Research Series on
Modern Chinese Literary
Genealogy

中国现当代文学谱系研究丛书

主编／刘勇 李怡 李浴洋

重塑姐妹情谊
社会性别意识与现代女性文学谱系的构建

张莉／著

文化艺术出版社
Culture and Art Publishing House

图书在版编目（CIP）数据

重塑姐妹情谊：社会性别意识与现代女性文学谱系的构建 / 张莉著 .—北京：文化艺术出版社，2023.5
ISBN 978-7-5039-7410-6

Ⅰ.①重… Ⅱ.①张… Ⅲ.①妇女文学—文学研究—中国—现代 Ⅳ.①I206.6

中国国家版本馆CIP数据核字（2023）第071697号

重塑姐妹情谊：社会性别意识与现代女性文学谱系的构建

著　　者	张　莉
责任编辑	刘利健
责任校对	董　斌
书籍设计	李　响
出版发行	文化艺术出版社
地　　址	北京市东城区东四八条52号（100700）
网　　址	www.caaph.com
电子邮箱	s@caaph.com
电　　话	（010）84057666（总编室）　84057667（办公室） 　　　　　84057696—84057699（发行部）
传　　真	（010）84057660（总编室）　84057670（办公室） 　　　　　84057690（发行部）
经　　销	新华书店
印　　刷	国英印务有限公司
版　　次	2024年4月第1版
印　　次	2024年4月第1次印刷
开　　本	710毫米×1000毫米　1/16
印　　张	24.25
字　　数	280千字
书　　号	ISBN 978-7-5039-7410-6
定　　价	88.00元

版权所有，侵权必究。如有印装错误，随时调换。

中国现当代文学谱系研究丛书编委会

策　　划　北京师范大学文学院
　　　　　北京师范大学鲁迅研究中心

主　　编　刘　勇　李　怡　李浴洋

编　　委　刘　勇　李　怡　张清华　黄开发　陈　晖　沈庆利　张　莉
　　　　　张国龙　梁振华　谭五昌　熊修雨　林分份　白惠元　姜　肖
　　　　　李浴洋　肖　汉　陶梦真　刘一昕　李春雨　刘旭东　张　悦

助理编委　汤　晶　解楚冰　乔　宇　陈蓉玥

"中国现当代文学谱系研究丛书"
总序

1928年，时任清华大学中国文学系主任杨振声发表了题为《新文学的将来》的演说。他在演说中提出——

> 文学是代表国家、民族的情感、思想、生活的内容。史家所记，不过是表面的现象，而文学家却有深入于生活内容的能力。文学家也不但能记述内容，并且能提高情感、思想、生活的内容。如坦特，如托尔斯泰，如歌德，他们都能改造一国的灵魂。所以一个民族的上进或衰落，文学家有很大的权衡。文学家能改变人性，能补天公的缺憾，就今日的中国说，文学家应当提高中国民族的情感、思想、生活，使她日即于光明。

此时距离"文学革命"，仅过去十年时光。作为"五四"一代作家，杨振声在演说中表达的是对于方兴未艾的"新文学"的殷切期待。如今，"新文学"已经走过百年历程。世纪回眸，陈独秀、胡适、鲁迅、周作人等前驱开辟的道路，早就在丰富的实践中成为一种"常识"。"新文学"的历史无负杨振声的嘱托。

当然，从最初的"尝试"走到今天的"常识"，其间的路途并不平坦，更非顺畅。此中既有"新文学"发生与发展本身必须跨越的关卡，也需要面对与"五四"之后的时代风云同频共振带来的挑战。在这一过程中,"新文学"的理想激扬过,也落寞过;曾经作为主流而显赫,也一度成为潜流而边缘;始终坚守自身的价值立场,但也或主动或被动地调整着前进的步伐。不过无论如何,"新文学"还是在百年风云中站稳了脚跟,竖起了旗帜,在"提高中国民族的情感、思想、生活,使她日即于光明"的征程中形成了与传统文化既有联结又有区别的现代文明的"新传统",与"国家、民族的情感、思想、生活的内容"打成一片。

"新文学"从历史中穿行而来的过程,便是"新文学"的种子落地生根的过程,也是其在观念、制度、风格与气象上不断自我建设的过程。"新文学"从来不是一成不变的,但其内核、本质、意涵与边界却也在探索与辩难中日益明确与积淀。

因此,看待、理解与研究"新文学",也就内在地要求一种历史的眼光、开放的精神、多元的视野与谱系的方法。而当杨振声演说《新文学的将来》时,他事实上也开启了更为自觉地从事"新文学"研究的传统。1929年,为落实与杨振声一道确立的"注重新旧文学的贯通与中外文学的融会"的清华国文系建系方向,朱自清开设"中国新文学研究"课程。此举被王瑶先生认为是"最早用历史总结的态度来系统研究新文学的成果",影响深远。

回溯百年"新文学"研究史,也包括中国现当代文学学科史,正如王瑶先生所言,"如果我们用历史的观点看问题",朱自清的筚路蓝缕"显示着前驱者开拓的足迹"。而朱自清奠立的"用历史总结的态度来系统研究新文学"的方法,正是现当代文学研究最为重要的学术经验。此后一代又一代学人的前赴后继,便都是在杨振声与朱自清的延长线上展开工作。我们策划"中国现当代文学谱系研究丛书",也是如此。

当年,朱自清的"中国新文学研究"课程不仅在清华讲授,还曾经到北京师范大学与北平大学女子学院等校开设。而后两者都是今日北京师范大学的前身。"新文学"研究的传统在北师大百年的教育史与学术史上薪火相传，代不乏人。以北师大学人为主体的"中国现当代文学谱系研究丛书"致力于站在新的历史与学术起点上继往开来，守正出新。

丛书中的十卷著作尽管各有关怀，但也有相近的问题意识，那便是都关注"新文学"在"改造一国的灵魂"中发挥的作用，以及在这一过程中对于"新文学"的锻造。"新文学"的核心价值是从"立人"精神出发，追求"改造中国人及其社会"，以建立"人国"，并且寄托对于人类命运的终极关怀。因此，"新文学"确立了以"人的文学"为基础的价值谱系，启蒙、民主、科学、解放是其最为重要的理念。而"新文学"对于"人的解放"的要求又是与国家的独立和富强以及人类一切被压迫民族的解放关联在一起的。所以，"新文学"对于个体的承担不会导向"精致的利己主义"，"感时忧国"的精神也包含了对于民粹主义的反思。"新文学"是一种自信但不自大的文学，是一种稳健但不封闭的文学。开放与交流的"拿来主义"态度是"新文学"的立身之本，与"无穷的远方，无数的人们"的血肉联系则是"新文学"的源头活水。"新文学"是一种真正的"脚踏大地"同时"仰望星空"的文学。对于"新文学"价值谱系的清理，既是一项学术研究的课题，更是一种精神砥砺的需要。

而从"新文学"传统中生长出来的"新文学"研究，同样有其价值谱系。王瑶先生强调，"研究问题要有历史感"。严家炎先生也曾经指出，"中国现代文学史的研究，首先要尊重事实，从历史实际出发"。这是对于学科品质与独立品格的根本保证。历史的态度与谱系的方法是中国现当代文学研究的正道与前路，这是前辈学者留给我们的最为重要的经验。而对于"新文学"研究而言，不仅有价值谱系、知识谱系、方法谱系，更有思想谱系、文化谱系、精神谱系。樊骏先生就注意到，在以王瑶为代表的学科先辈身上，同时兼备"两个精神谱系"："一是西方传统中的'普罗米修斯—但丁—浮士德—马克思'，一是中国、东方传统中的'屈原—鲁迅'。"他们"都是这存在着内在联系的两大精神谱系，在现代中国学术界的自觉的继承人"。钱理群先生认为，"新文学"研究的传统正是"精神传统与学术传统"合而为一的。这也就决定了当我们以历史的态度与谱系的方法研究中国现当代文学时，不仅是在进行学术创造，也是在精神提升。而这显然是与"新文学"的价值立场一致的。我们可喜地看到，这也正是丛书中的各卷作者不约而同的选择。

北京师范大学文学院高度支持丛书的编辑出版。而从《中国现代文学编年史》开始，我们就与文化艺术出版社确立了良好的合作关系。"中国现当代文学谱系研究丛书"作为师大中国现当代文学学科与师大鲁迅研究中心的最新成果，期待得到学界同人的赐教指正。我们也希望有识之士可以和我们一道共同推进中国现当代文学研究的发展与繁荣。

刘勇　李怡　李浴洋
"中国现当代文学谱系研究丛书"编委会
2023年5月20日

目 录

001 绪论：社会性别意识与百年女性文学谱系的生成

上 编

017 第一章 女性知识分子视角的初步形成
017 一、社会人的自觉
023 二、和"小脚女人"在一起
027 三、新一代女性形象的书写与建构

034 第二章 现代女性写作叙述范式的初步形成（1917—1925）
035 一、作为旁观者的第一人称
038 二、日记、书信体形式的采用
043 三、自白式写作

048 第三章 重估现代女作家的出现
049 一、冰心与《晨报副刊》《小说月报》
054 二、庐隐与《小说月报》
056 三、凌叔华与《晨报副刊》《现代评论》

061 第四章　被建构的第一代女作家的经典

061 一、结集与出版

063 二、序言与阐释

067 三、进入《中国新文学大系》

074 第五章　社会性别意识与新世纪女性写作的转型

075 一、从小说到影视改编：广受关注的女性形象

078 二、从个人到万物

082 三、女性批评家的崛起

086 第六章　这个时代的"不合时宜者"

087 一、都市女人与都市文化

088 二、作为成长背景的城市：老北京、新上海、物质台北

091 三、大时代里的"不合时宜者"

095 四、重建主体性

099 第七章　社会性别视野与都市情爱故事

099 一、"都市"：爱欲故事的必要空间

102 二、性：都市书写的文学惯例

105 三、谎言：爱欲故事的推动力

108 四、丛林法则与主体意识

112 第八章　新世纪以来的非虚构女性写作：一种新的女性叙事范式的生成

113 一、当女性写作遇到非虚构

115　二、从"我的世界"到"我眼中的世界"

118　三、有意味的细节：个人记忆与集体记忆的同构

121　四、重构"私人领域"与"公众空间"

124　五、作为女性的叙事人

129　**第九章　非虚构写作与想象乡土中国的方法**

130　一、村庄故事：来自农妇／回乡女儿的讲述

133　二、"低于大地"的"闲聊"与致力于"透视"的"回乡"

137　三、问题意识或以"乡愁"作为讲述方法

142　四、在熟悉的乡土中国之外

下　编

149　**第十章　一位现代女作家的诞生**

149　一、现代教育与现代女性写作

152　二、掀开"高门巨族"的一角

158　三、具有世界意识的"闺秀"

163　四、成为女作家

168　**第十一章　冰心文学形象的建构（1919—1949）**

169　一、"她抓住了读者的心"

172　二、"冰心"之美："温暖""爱""温婉""亦古亦今"

175　三、"女性的优美灵魂"

179　四、小资产阶级女性的代表

182　五、"冰心女士真是个小姐的代表！"

187　第十二章　一个作家的重生——关于萧红的当代文学影响力

187　一、李娟：我的阿勒泰

190　二、塞壬：下落不明的生活

194　三、孙惠芬：上塘书

197　四、迟子建的"生死场"

203　第十三章　仁义叙事的难度与难局——铁凝论（一）

205　一、我们这个时代的"仁义"志

210　二、传统美德·现代价值·民族国家话语

216　三、仁义叙事的新生长点

219　四、在新文学发展史的脉络上

225　五、"笨花"之"笨"，"洋花"之"洋"

228　第十四章　素朴的与飞扬的——铁凝论（二）

229　一、朴素的思考

233　二、女性的内省

240　三、内面之魅

246　四、"诚"与"真"

249　五、持续的成熟

250　第十五章　"起义的灵魂"——周晓枫论

251　一、对破损的执迷

255　二、在善恶的秘密交集处

260　三、有肉身的叙述

266　四、繁复的意义

268　**第十六章　异乡人——魏微论**

272　一、归去来：故乡与异乡

276　二、"乡村、穷亲戚和爱情"

280　三、性、女性、性别

288　附录：我们时代平凡女性的史诗——读魏微《烟霞里》

301　**第十七章　空间美学、女性视角与新乡村故事的讲法——论乔叶《宝水》**

302　一、乡村书写里的风景美学

306　二、总体性视野与乡村之变

309　三、反复、点染与乡村女性故事的真实呈现

314　**第十八章　先锋气质与诗意生活——廖一梅论**

317　一、在爱欲的无尽深渊里

321　二、众声杂糅

326　三、文学性或反大众

330　四、个人性与普遍性

336　**第十九章　"不规矩"的叙述人——鲁敏论**

336　一、持取景器者

338　二、"暗疾"："脱轨"的人与事

340　三、"父女情感"与"母女厌憎"

344　四、"东坝":"信"与"不信","不可能"与"可能"

348　第二十章　工厂、劳动与女性:郑小琼的文学世界

349　一、"黄麻岭"

352　二、"断指"的创伤性记忆

354　三、一个青年女工主体形象的浮现

357　四、嚎叫的力量

359　新的女性写作时代正在来临——《我们在不同的温度沸腾》序言(代结语)

绪论：
社会性别意识与百年女性文学谱系的生成

二十多年前，在我读硕士研究生时，以女性主义理论解读中国女性文学作品是通用的研究方法。在当年，啃读各种舶来的西方女性主义理论著作时，内心里也时有疑问升起：除了以女性主义理论解读女性文学作品之外，是否应该将这些作品还原于当时的发表现场，梳理出一种基于本土化经验的女性文学发展之路？

这些疑问和想法如影随形般伴随着我，直到今天。这也是我当年写作博士学位论文《中国现代女性写作的发生（1898—1925）》的动力所在。女性主义理论当然是重要的，但这些理论多半生成于欧美西方国家，并不能完全涵盖全世界女性的处境。研究及梳理中国女性文学，不应该对西方女性主义理论亦步亦趋，而应该有辨析力和主体性；要回到中国历史语境，从作品本身、历史语境出发，去理解中国女性文学的发展。将女性文学的发生置于百年时间维度，梳理中国现代以来的女性文学谱系，是本书所渴望探寻的。在本书中，我将现当代女性文学视为一个整体，上编关注一百年来中国女性文学发展史上的重要现象，下编则关注具体女作家作品，通过对文学现象及作家作品的研读，希望触摸中国女性文学谱系的生成与变化轨迹。

一

本书分为上下两编，共20章。最早一章写于2002年，晚近的一篇则写于2023年。

第一章到第四章，主要是从发生学角度讨论现代女性写作范式的初步形成。第一章《女性知识分子视角的初步形成》，主要聚焦于文学史上第一批女作家，关注她们的知识分子视角是如何在创作中初步形成的。这里所谈的女性知识分子视角，指的是一位女作家以"社会人"而不是以一位"闺秀"的眼光看世界，她们开始有性别视角，她们有意重塑长久以来被歪曲的青年女学生形象，呈现妇女生活的另一种评价体系——妇女的存在以及她们"琐屑的生活"本身就具有意义。我认为那便是女性文学关于姐妹情谊书写的缘起。

第二章《现代女性写作叙述范式的初步形成》是以1917—1925年的女性作家作品为例，考察女作家对于日记、书信体等形式和自白式表达的使用过程。从这样的叙述范式角度出发会看到，对于当时的女性写作者而言，使用第一人称、日记与书信形式写作是需要勇气的。那些勇敢地进行文本实践的女作家们——冰心、庐隐、冯沅君，为现代女性写作做出了卓有成效的贡献。

第三章《重估现代女作家的出现》侧重文学史现象，以新文学期刊（1917—1925）为对象考察现代女作家的出现。通过重新爬梳史料，我重点分析冰心、庐隐、凌叔华等人在《晨报》《小说月报》《现代评论》等报刊发表作品的具体历史语境，进而提出，在女作家成长的过程中，新文学期刊及其主办者、编辑者的帮助和扶持对女作家的成长起到了十分重要的作用。女作者们借助当年的"新媒体"走向社会、走向读者，成为中国现代文学史上的第一代女作家。

第四章《被建构的第一代女作家的经典》则主要关注第一代女作家如何进入现代文学史，如何被纳入文学正典的叙述中。这一章追溯了陈衡哲、冰心、庐隐、冯沅君、凌叔华等作家作品的成集、出版、评价以及进入《中国新文学大系》的经历。我认为，这些对女作家作品的阅读和评价，既代表了当时社会对女性写作的理解，也反映了读者对"新女性"形象的接受。就此，这一章所呈现出的是，现代女性写作发生史也是新女性被接受的历史。在现代女作家出现的历史过程中，男性读者和批评家们参与（主导）建构了最初解读女作家作品的历史——当然，性别的盲视或压抑也不容忽视。

如果说第一章至第四章所关注的是20世纪20年代女性写作发生之初的变化，那么第五章至第九章则聚焦于2010年前后女性写作的变化。第五章《社会性别意识与新世纪女性写作的转型》认为，21世纪女性写作发生了宝贵的转变，女作家大规模出现，女性写作者创作出了包括《双面胶》《蜗居》《杜拉拉升职记》等引起社会广泛关注的小说及影视作品；诸多女性写作者摆脱了私语式和自白式的言说方式而更倾向于使用第三人称，关注并书写平凡女性；从事评论的女性创作者日益增多，她们在网络、报刊上实时表达作为女性知识分子的意见。这些之所以称为变化，当然包含了与一百年前女性写作状态的比较，但从更深层面来说，是相对于20世纪90年代以来的女性写作而言的。

第六章《这个时代的"不合时宜者"》，是以三部小说《我爱比尔》《永远有多远》《世纪末的华丽》为例，分析女性作家在时代面前如何思考女性写作的问题。三部作品都写于世纪之交，相互之间有着某种细微的"互文性"：三部作品分别讲述了三个女人的情感生活，她们各自生活在中国的三个重要城市：上海（《我爱比尔》）、北京（《永远有多远》）、台北（《世纪末的华丽》）。女主人公的生活场景、性格特征与其身处的三座城市文化紧密相关，但更重要的是三部作品对所处的时代、所在的城市文化都各有态度与隐忧，对于马上到来的"世纪末"各有一番文学表达。这些表达基于王安忆、铁凝、朱天文的小说家身份，也缘于她们作为女性独有的感觉与认识。因为她们各自保有对时代文化的思考，她们的作品及人物才会令人念念难忘。

第七章《社会性别视野与都市情爱故事》，从"爱欲故事的必要空间""都市书写的文学惯例""爱欲故事的推动力""丛林法则与主体意识"四个方面，讨论了女作家在都市爱情故事表达上的深远意味。这一章节所涉及的文本是多样的，既包括潘向黎的《白水青菜》、金仁顺的《彼此》，也包括魏微的《化妆》、鲁敏的《惹尘埃》等。我试图将这些文本与一百年前的爱情小说进行对比阅读，所思考的是女性在爱情故事里的主体性。

第八章和第九章关注近年来广泛兴起的非虚构女性写作。在我看来，非虚构女性写作是百年女性文学史上卓有意味的文学现象，如何更深入地理解这一现象的起源与意义，是我一直以来思考的问题。在第八章《新世纪以来的非虚构女性写作：一种新的女性叙事范式的生成》中，我认为，中国的女性写作如何寻找突破的空间，如何在"个人"与"社会"、"我"与"世界"之间寻找到恰切的位置，这是自现代文学发生至今的九十多年的时间里，女性写作一直要面对的问题。2010 年以来的女性写作者们进行着非虚构写作实践，这些实践包括如何将个人经验与社会热点问题进行紧密结合，勾勒震撼人心、引人深思的"中国之景"；如何通过"有意味的细节"将个人经验转化为集体经验，使之具有"公共意象"；如何通过强调每一个个体及家庭对社会建设的重要性，进而重构壁垒森严的"私人领域"与"公共领域"；如何将文本的性别叙事特点与女性知识分子立场与情怀结合。我的观点是，非虚构女性写作文本的大量涌现，意味着中国女性文学借此形式重新返回了当代社会的公共言说空间。这是十年前写就的一篇论文，十年后看来，非虚构女性写作依然有着这样的特质。

第九章《非虚构写作与想象乡土中国的方法》主要着眼于女性非虚构写作与乡土中国书写。主要是从林白的《妇女闲聊录》与梁鸿的《中国在梁庄》入手，讨论当代女性写作者以非虚构这一文体想象乡土中国的方法。之所以选择这两部作品，首先在于它们的共性：都是中国当代文学中具有广泛影响力的作品、都讲述了一个村庄的故事、都由女作家创作、都采取非虚构的写作方式。《妇女闲聊录》在出版时被认为是纪录体长篇小说，而在今天看来则是典型的非虚构作品；《中国在梁庄》则一直被认为是非虚构写作中的典范之作。我主要从"村庄故事：来自农妇/回乡女儿的讲述""'低于大地'的'闲聊'与致力于'透视'的'回乡'""问题意识或以'乡愁'作为讲述方法"这三个方面出发，从两部作品的差异入手，讨论非虚构写作对于乡土中国想象的贡献，同时也结合其他同类著作，讨论非虚构写作者如何诚实表现所关注的乡村及农民生活，如何既摆脱启蒙视角，也不放弃写作者的主体性。

二

在一百年维度上讨论女性文学的变化，最终还是要落实到作家作品。本书的下编，主要观照女作家作品，包括凌叔华、冰心、萧红对中国女性文学的影响；铁凝、周晓枫、魏微、乔叶、鲁敏、郑小琼等作家的写作特质。显然，我并不是对文学史上的每位重要女作家都有论述，我希望从问题意识出发去理解她们的作品。

第十章《一位现代女作家的诞生》主要聚焦于一百年前凌叔华的写作，讨论现代女子教育对现代女作家出现的重要意义。通过对凌叔华阅读、写作、发表、成名等历程的考证，可以看到大学英文系的学习经历对她来说意味着世界观与文学观的重大改变，现代教育以及现代教育所延展出来的机会深刻影响着闺秀凌叔华最终成长为一位具有现代主体意识和世界意识的女作家。

第十一章《冰心文学形象的建构》中，我讨论的是1919—1949年冰心文学形象的变化，主要聚焦于对冰心的文学评价。在现代文学发生时期，冰心及其作品以一种既新又旧、既委婉又清澈、既苦闷又温柔的形式获得了广泛意义上的认同。这样的态度是有关文学风格的——委婉、清丽，也是对冰心作品中承袭才女写作的某种特点的认同。但同时，冰心又不缺少"新"的思想与理念，她受过新式教育，有着现代的思想，关注社会问题。冰心本人也是"新贤妻良母主义"的爱好者，与当时社会上流行的"贤妻良母主义"颇为相合——从作品到作者，冰心都符合当时大读者群对五四时期青年女性的审美喜好。

特别要说明的是，阅读这些批评家（主要是男性批评家）的评价时会深切认识到，当女性写作者进入现代文学评价系统时，其实是在进入以男性为主导的性别审美系统。20世纪20—30年代，对冰心作品的评价发生了显著变化，并非作品本身发生了变化，而是读者及批评者们所在的社会结构和阅读习惯、审美习惯发生了变化。新的精神价值、阅读趣味和对新的女性美的期待，为冰心作品打上了一种新的符码。这表明，对于女作家作品的阅读，不再只是对一个文本的接受和喜爱，还蕴含了男性对于女性美、女性品德、女性形象以及女性写作的看法，意味着不同社会语境下，对同一种类型女性的接受与摒弃。

第十二章《一个作家的重生——关于萧红的当代文学影响力》中，我想辨析的是，萧红所留下的文学遗产如何滋养当代女性写作者。这是打通现代文学与当代文学的一次尝试。从当代读者的视角望去，我们会发现，萧红正在以另一种方式重返人间："七十年来，尤其是近三十年来，当作为普通读者的我们谈起文学史上的著名原乡、那最难忘的小城，或者谈起现代文学史中最优秀的那几位作家时，也总是会情不自禁地谈起她。批评家也似乎对她越来越惦记了，读到让人难忘的作品时，他们常常喜欢使用类似的句式来表达：'他/她让我想到了萧红……''这让我想到萧红的《呼兰河传》……'"①

---

① 见本书第十二章。

在该章中，我分析了萧红作品与李娟、塞壬、孙惠芬、迟子建作品的相近之处。我们何以在李娟文字中辨认出萧红？"在她们的世界里，动物、植物和人都是一样的世界存在，大自然同是她们书写的主题，同是她们书写中带有意义的光；并且，她们书写日常生活和大自然时，都会使用一种迷人的'女童'之声，天真中有莫名的诗意，娇憨中有无端的怅惘。"①塞壬的《下落不明的生活》书写了我们这个时代的奔波，虽没有萧红的天真和天籁般的声音，但她面对苦难的直接和无畏不得不令人注目而视。另外，通过细读孙惠芬的作品会发现，她和萧红都将目光定格在东北大地上的农夫农妇，但她们对于人的书写角度有大不同。年轻的萧红对具体人事的理解逊于孙惠芬，孙惠芬的农村生活经验比萧红丰富，而萧红仿佛天生对整体性的东西保持敏感，她的意义在于写出了一个村庄的整体性处境。

也是在这一章中，我分析了迟子建与萧红之间的相同与相异。在《世界上所有的夜晚》中，迟子建书写了各种各样离奇的死亡，同时她也写了人的活着：无常、吊诡、卑微、无奈。那是属于迟子建的"生死场"，与萧红的《生死场》不同，它是清晰的和透明的。我认为，萧红的人物是蚁子般的死生，经由这些人的混沌存在，萧红书写了人在"物质层面"的"生"与"死"；迟子建则讲述了"人的感受层面"上的"生"与"死"。某种层面上，迟子建和萧红从共同的黑土地出发，走向了各自不同的美学方向，到达了各自的美学高度。

第十三、十四章中，我聚焦的是铁凝的写作。第十三章《仁义叙事的难度与难局——铁凝论（一）》中，我认为，作为当代文学史上的重要作家，四十年间，铁凝书写了一系列生活在中国北方冀中平原的鲜活人物——香雪、安然、大芝娘、白大省、安德烈、马建军、向喜、向文成以及一批有着丰富内心

---

① 见本书第十二章。

世界的不起眼的人物，他们身上具有与现代价值体系有所距离的"传统性"，他们是尚未被"文明"席卷的一群人，都是"仁义"的人。我认为，具有仁义之心的人物使铁凝的写作具有了独特的、历久弥新的美学意义，他们的存在也显示了铁凝写作系统里的核心价值观念——仁义。当然，具有仁义之心的人物在铁凝作品中并不直白与明晰，他们是复现的，或潜或隐，需要细读文本辨认。

第十四章《素朴的与飞扬的——铁凝论（二）》中，我从"朴素的思考""女性的内省""内面之魅""'诚'与'真'""持续的成熟"五个层面讨论铁凝小说的美学。我认为，三十多年来，铁凝作品之于女性写作的贡献是在两个向度完成的。一个向度是她将女性身体进行去魅，进行了一次卓有意味的解放，她笔下的女性身体努力逃离男性视角下的被注视命运，使女性身体回归女性身体本身；另一个向度的完成则是她将女性视为社会关系的总和，这也意味着，她关于女性生活的作品深具社会性别意识——并不是单向度地理解女性命运，而是多维度、整体性地理解女性之所以成为女性，女性何以成为女性这些问题。

第十五章《"起义的灵魂"——周晓枫论》关注的是散文作家周晓枫。周晓枫是对中国女性散文写作有着重要贡献的作家，她的与众不同在于执迷于"破损"，她看到世界的残缺，对一切完美的人事都保持深度怀疑。无论是人性还是童话，她都选择站在破损处思考，并向更深的暗处推进。她往往能看到许多人看不到的细小，比如阴影、暗痕、泪迹。这是心怀善好对世界有极大好奇心的写作者，她渴望穿越事物外表触摸其内核。她喜欢面向自己内心，返回到内心深处，与自我争辩。百转千回的思考最终投射在她的写作中，演变成她修辞上的浓烈、黏稠，以及繁复。

在第十六、十七、十八、十九章中，我所关注的是4位70后女作家魏微、乔叶、廖一梅、鲁敏。在第十六章《异乡人——魏微论》中，我认为魏微小说的叙述人总是流动的，夹杂在一个并不安稳的时间和空间里，进而对故乡／亲情的执迷书写便成为渴望寻找安稳信任以及由此而衍生的亲情、爱情的隐喻。异乡感折磨着每一个人物，也折磨着叙述人，这使魏微的小说远离了那种甜腻的亲情／温暖小说底色，也使我们得以更逼近她小说内在的核心。魏微不断地书写着那个渐变的故乡和被时代摧毁得面目全非的"小城"，她的文字常常令人重回昨日：我们每一个人，不都是这个飞速旋转时代的异乡人？每一个人，内心里都有个他乡与故乡。

此章末尾，特意附录了关于魏微最新长篇《烟霞里》的评论《我们时代平凡女性的史诗——读魏微〈烟霞里〉》。这部长篇是魏微文学写作美学的集大成之作，其中有魏微一以贯之的美学追求，有她人到中年后对于世事的洞彻理解。某种意义上，《烟霞里》是一位中年女性的生活感慨，是作家写下的关于我们时代平凡女性生活的优美之诗，饱含女性声音、女性视角、女性气质。这是独属于当代中国女性的长河小说，是百年女性文学发展史上的长篇代表作品。

第十七章《空间美学、女性视角与新乡村故事的讲法——论乔叶〈宝水〉》中，我主要关注的是乔叶获得第十一届茅盾文学奖的长篇小说《宝水》。这部作品书写了乡土中国的巨大变革，同时也以敏锐的女性视角展开叙事，写出了乡村女性的困境、觉醒、成长、蜕变。我从"乡村书写里的风景美学""总体性视野与乡村之变""反复、点染与乡村女性故事的真实呈现"三个角度分析这部小说之于中国当代文学史的意义。构建新的乡村美学是《宝水》的起点，小说所着意描绘的是中国村庄里的新伦理建设、新生活建设；小说家致力于在人与人的广泛关系中观察时代变化，展现人尤其是女性在这一场巨变中的主体性和能动性。《宝水》无论是对中国乡土小说还是中国女性文学都具有深远意义。

第十八章《先锋气质与诗意生活——廖一梅论》中，我从"在爱欲的无尽深渊里""众声杂糅""文学性或反大众""个人性与普遍性"等方面分析这位70后戏剧作家的开拓性贡献,她如实写下那些疑问、努力、挣扎、纠缠、迷恋和痛苦,以此确认自我的存在。那些在舞台上痛苦独语的人物,那大自然里稀缺的"犀牛",那经历风雨存留至今的"琥珀",都是廖一梅把自己从泥地里拔起来后所建造的诗意世界。当她的主人公开口说话,当这个弱的、偏执的、不屈不挠地坚持自我的人开始表达时,你会发现其中包含着她对狂躁现实的抵抗,一种不屈不挠的对平庸生活的超越。作为时代众声中的独语者,廖一梅的剧作有着这个时代艺术作品稀缺的尖锐和锋芒,她的剧作追求具有宝贵的个人性、文学性、诗意特质,也具有了这个时代一位艺术家应有的先锋精神。

第十九章《"不规矩"的叙述人——鲁敏论》对鲁敏的创作进行了整体性分析。鲁敏是视角独特、兴趣驳杂的小说家。某种意义上,她笔下的大多数人物是"越界者"与"脱轨者",他们渴望着一个脱离"常规"的世界。作为小说家,鲁敏热衷于对暗疾"显微"的书写,很多人物都出现了某种"暗疾":窥视欲、皮肤病、莫名其妙的眩晕、呕吐、说谎。她的人物于暗疾处脱轨,也于暗疾处渴望重生。这是一位因对人与人之间的关系不懈探求而脱颖而出的写作者。这是十五年前写的评论,今天看来,这些评价用在长篇小说《金色河流》里也是成立的。

第二十章《工厂、劳动与女性:郑小琼的文学世界》,所关注的是郑小琼的诗歌。在我看来,她的诗中有一位并不屈服的女性工人形象——这个女性主体触觉灵敏,她既看到作为故乡的农村在现代化城市面前的衰弱,也看到一个机器化时代个人力量的被吞没;而在社会学层面,作为书写者的郑小琼本人便是打工妹,作为打工者的漂泊生涯和经历使郑小琼成为我们时代能真正表达工人感受的书写者。作为文学/社会学主体的郑小琼及其诗歌充分表明,在当代中国一个复杂而具有异质性的女工形象正在形成。

《新的女性写作时代正在来临——〈我们在不同的温度沸腾〉序言》是本

书的结语部分，写于2022年，是我阅读近二十年女性散文之后的理解。"这些作品使我认识到，独属于我们时代的新的女性散文美学正在生成。一方面，新的女性散文美学首先指的是固有的女性散文写作风格和样态正在被打破，随笔体及心情文字只是女性散文写作的一种形式，这些作品散见于公众号里，拥有大量普通读者。另一方面，当代散文作家们也在尝试将更多的表现形式引入散文写作中，比如内心独白、纪实、戏剧化、蒙太奇手法等。"在这一章里，我提到了当代散文写作的趋向，"一种趋向指的是对内心隐秘持续开掘的'内窥镜式'书写方式，另一种趋向则指的是来自边地或边疆视野的表达。无论哪一种趋向，这些作品都是和更广大的女性在一起、感同身受，以独具女性气质的方式言说我们的命运。事实上，也正是在这种深具探索精神的写作中，我们看到了那些以往不容易看见的女性生存，听到了那些以往不容易听到的女性之声，这对既有的女性散文固定写作风格构成了强有力的颠覆"。"当然，还要提到写作者构成的多样性，在这个选本里，一些作家是久已成名的散文作家，而另一些作家则只是文坛新手或'素人'，她们中很多人只是刚刚拿起笔，而这里所收录的作品甚至还只是她们的唯一作品，但是，也已足够惊艳。我希望用选本的方式使更多读者认识她们。新的媒介方式给了女性更为广阔的写作舞台，为什么不写下去？——当越来越多的女性拿起笔，当越来越多的普通女性写下她们的日常所见和所得，那是真正的女性写作之光，那是真正的女性散文写作的崛起。"

三

近年来，关于女性情谊的作品持续被翻译引进，已经成为当代中国图书出版市场的重要景观，比如埃莱娜·费兰特的"那不勒斯四部曲"，角田光代的《对岸的她》，波伏瓦的《形影不离》，它们共同构成了有关女性友谊的世界文学地图。这些在我们当下生活中引起热议的作品，几乎都是出自国外作家。那么，中国作家如何重塑女性情谊，如何书写属于中国女性自己的故事？以"女性情谊"为视点，重新思考中国女性的生活和生存，将会为当代女性写作带来怎样的可能？这是值得重新思考和面对的，这是本书之所以以"重塑姐妹情谊"为题目的原因，这固然是一种梳理，但更是一种期盼。

在中国现代女性文学史上，有着重要的关于女性情谊书写的传统。近一百年前，《弃妇》（石评梅）里，表哥对"我"诉说他之所以想离婚，原因在于这是无爱的、束缚的婚姻。为此，他想离家出走。尽管"我"可以理解表哥讲述的痛苦，但最终，"我"却无法认同表哥决然的离婚方式。因为在石评梅眼中，这些不懂"爱情"、小脚的弃妇们，不是男人爱情悲剧的制造者，而是受害者。这样的理解，代表了石评梅那一代作家对女性情谊的思考，代表了她要和小脚女人"在一起"的立场。对被抛弃妇女形象的关注，也出现在冰心、庐隐、袁昌英、苏雪林、冯沅君的笔下。当这些女作家在作品中讲述小脚女人时，她们并不是在讲述与自己不相干的女人，她们书写的，其实正是她们的母亲。换言之，当现代女作家们获得表达权时，她们首先要写下的是那些在边缘处生活的女性故事，我认为，这是至为深切的女性情谊的表达，也是中国女性写作的优良传统。

要特别提到社会性别意识这一概念，它是本书的关键词，也是我进行文学研究的重要立场。社会性别这一概念并不是新生事物，它从20世纪70年代创立到今日已成为日益壮大的女性主义学术和理论的核心，在其他人文学科运用广泛。与先前研究者们使用的性别视角相比，它更强调性别身份的"社会性"。换言之，它关注两性社会关系的复杂构成，认为男性和女性之间的社会性别差异取决于多方面的因素，包括意识形态、历史、宗教、种族、经济和文化等，同时，它也关注性别内部的分化，由于阶级、阶层以及民族国家身份的不同导致的女性之间的利益差异。

从社会性别意识出发，我也想到"姐妹情谊"书写的另一个层面，女性如何书写她/他者，如何理解她/他者的生活。我认为，精英视角是今天的写作者应该警惕的，要看见无数的她，要看到更远方的那些女性的生活，看到那些女性不为人知的痛苦和困难，这是今天中国女性写作应该有的重要面向，也才会传达出真正的女性声音、女性立场和女性精神。这是本书重要的研究视点。

今天，女性话题前所未有地广受关注，代表了我们社会的开放和进步。这也让身处其中的我意识到，作为学者，不能囿于书斋而应该走向更广阔的天地，与社会同呼吸。因此，从2019年开始，我编纂了中国第一部女性文学年选，到今年已经持续五年，深受读者欢迎。从2023年起，女性文学年选分为女性小说年选和女性散文年选。从2021年起，我开始和自己的研究生团队一起主办"持微火者 女性文学好书榜"，持续推动女性文学的发展，扶持青年女作家的创作；我主编的女性文学主题书《光》也将与读者见面。

也是从2020年开始，我在《十月》杂志每年主持新女性写作专辑，也涵盖了女性劳动者、女性情谊的主题。从2024年起，《花城》则持续开始主持"新女性写作专栏"，是提倡与以往有所区别的新女性写作，是致力于呼唤新的女性写作美学的出现，也是呼唤作家们写下中国女性自己的故事。所谓"写下中国女性自己的故事"，指的是关于当下女性的生活的呈现，也包括如何理解当下中国女性生活中面临的问题，比如如何理解母职，如何理解婚姻，如何理解妻子身份、母亲身份与女性身份的关系，既不制造女性身份焦虑，但也要直面女性生活中切实的困难与难局。之所以特别提及这些与女性文学研究相关的工作，是因为希望在现实层面推动中国女性文学图谱的生成，也是与我关于百年女性文学谱系的思考相关，我认为，这一文学谱系是在不断生成中，还远没有达到完成。也因此，重塑姐妹情谊，也只是我的理想愿景。

为什么要持续不断地进行女性文学研究呢？正如我在《新女性写作专辑：

美发生着变化》的序言中所说,作为研究者,对女性身份的关注、对女性视角的强调,是为了追求平等。女性文学研究从不是为了关闭和排斥,而是为了更好地打开和理解,这个世界丰富、芜杂、辽远、阔大,它不应该男女对峙、泾渭分明。事实上,它是富有弹性的、开放的、多元的,充满生机和可能。

四

正如前面所提到的,本书各章节文字的写作时间跨度达二十年,这些文字之于我,有特别的纪念意义,二十年间我经历了博士研究生毕业,去博士后流动站工作,在天津师范大学工作九年,之后再回归母校北京师范大学的种种变动;二十年间我对女性生活、女性写作与女性文学的理解也发生着显著变化。坦率地说,本书中的某些章节在今天的我看来,确有青涩之处。是将最初的论文修改还是真实地呈现我作为一位研究者的变化?我决定以当年发表的版本结集,诚实面对二十年来我对女性写作、女性文学的理解轨迹。

要特别提及的是,本书中的各个章节,曾在不同期刊发表,也有被选刊转载,在此,特别向《新华文摘》《人大复印报刊资料》及原发刊物《文艺研究》《南开学报(哲学社会科学版)》《中国现代文学研究丛刊》《文艺争鸣》《南方文坛》《当代作家评论》《天津师范大学学报(社会科学版)》致谢,感谢诸位编辑老师,他们的刊发和肯定对一位年轻学人而言是温暖而有力的激励。

特别致谢本丛书主编刘勇教授、李怡教授,是他们的督促和支持使我有机会从谱系学角度深度思考百年女性文学的发展。感谢本书责任编辑,文化艺术出版社的刘利健老师,没有她的辛苦工作,就没有此书的如期出版。感谢我的博士研究生马思钰、张天宇两位同学,她们为此书稿做了仔细的校订。

特别感谢家人的陪伴和支持。

上编

第一章
女性知识分子视角的初步形成

女作家们的作品通常被认为是风花雪月，只与个人生活和感情际遇有关。原因多半是她们被约束在闺阁之内，因此没有机会去了解社会，也就没有关注其他人痛苦、情爱和命运之可能。1919年五四运动后，女性已经被认为是和男人一样的社会人：学生、青年、国家公民、社会成员、写作者。这样的身份使她们对社会问题的看法不再只是出于母亲、妻子及女儿的角度，她们还可以作为学校里的学生、国家的公民、一位教师或自由撰稿者去表达，并且也获得了表达的机会——报纸已经开始邀请这些高校就读的女学生成为撰稿人、妇女读物的编辑。总之，"社会人"的际遇使她们有足够的机会表达对社会问题的认识。

女性文本中，题材的广泛性也确实在印证着她们已经成长为现代写作者。她们以女性的角度去讲述女性，对女性阶层，尤其是小脚女人的同情令人印象深刻。某种程度上，尽管她们比小脚女人们有着更高的读写能力和话语优势，但是，她们甫一开始写作，就已然意识到了自己与她们同属于"我们女人"，毫无疑问，这是现代女性文学作品中"女性意识"的萌醒。

一、社会人的自觉

1919年5月4日爆发的学生运动，提升了中国公众对学生的认识程度。

这之后的 5 月 6 日，北京中等以上学校学生联合会成立。女学生们开始参加大规模的学生运动，并且成为学生运动力量的重要组成部分。[①] 从此，女学生们热情参与政治事务及社会事务的身影开始进入公众视野，并逐渐为社会所接受与认同。

（一）"完全的抛掷自己在他们中间"

1919 年后开始发表作品的女学生作家们，保持了对社会问题的热情关注。作为对社会问题有持续热情的女作家，庐隐开始关注受污辱受损害者，她笔下的人物有各种各样的社会身份：仆人、车夫、学生、教员、市民、渔夫、妓女、女工……她眼中的社会充满着悲惨及黑暗，人们的生活情状凄苦难言。庐隐对贫苦百姓生活的写作显现了一位年轻女学生对世界和社会问题的理解能力。她没有把"自我"隔绝在社会之外，相反，她把"我"视作社会中的一员，她以"社会人"的立场，对国家和民族问题表达看法："近几年来国运更是蜩螗，政治的腐败，权奸的专横，那一件不叫人发指？百姓们受的罪，稍有心肝的人，都终难缄默！"[②]

如果把女性写作看作绵延不绝的历史，相对于前辈——几千年来一直属于家内的女性写作而言，庐隐作品对社会问题的关注，显示的是一位女性作为"社会人"写作意识的萌醒。如果说以前的才女写作多是表达"与己有关"的情感，庐隐则关注了"与己无关"者。这也是现代女作家与闺秀女作家们的差异：社会性。这不同于以前喜爱诗词唱和、对黎民百姓生活无从触及的闺阁写作传统。这是现代女性写作发生期的特质——她们从闺阁中走出，她

[①] ［美］周策纵：《五四运动史》，岳麓书社 2001 年版，第 183 页。
[②] 庐隐：《一个女教员》，载钱虹编《庐隐集外集（1920—1934）》，书目文献出版社 1989 年版，第 38 页。

们急切地欲融入社会、欲表达属于"我"的所见所闻。

在当时,最先尝试"问题小说"写作的是冰心。她的《斯人独憔悴》发表于1919年10月7日至11日的《晨报》。小说中,作为子辈的青年学生想参加学生运动但却受到了父亲的阻挠,年轻人感受到苦恼与孤独。冰心触摸到了当时社会的最敏感部分,因而受到了社会的注意。《斯人独憔悴》也成为"五四"时代反映父子冲突作品中具有代表性和开拓意义的作品。另一部显示冰心对国家、社会问题的关注,又有着广泛影响的小说是《去国》,它发表于1919年11月22日至26日的《晨报》。主人公英士是位留美学生,学成归国后希望施展抱负为国效力。但是国家没有为他提供可以施展抱负的机会,他自己也蹉跎岁月。最终,英士再次"去国"。留学归国人员的生活情况与国家的衰败给读者以震惊之感——关注社会问题,引起全社会人的注意,实际上也是冰心创作小说的初衷:"我做小说的目的,是要想感化社会,所以极力描写那旧社会旧家庭的不良现状,好叫人看了有所警觉,方能想去改良。"[①]冰心的创作意图得到了读者的认同和尊重。她被当作一位有着良苦用心的爱国者来评价。[②]

事实上,女作家冰心女士之所以广为人知,与其小说的"问题"性质有很大关系——她以贴近普通读者的生活为着眼点,引发了读者们对国家前途、青年苦闷的关注。这是女性小说在中国现代史上第一次产生如此深广的影响。不仅仅是现代文学史,在古代文学史中,能在短时间内由作品而引发读者广

[①] 冰心:《我做小说,何曾悲观呢?》,载卓如编《冰心全集》(第一卷),海峡文艺出版社1994年版,第41页。
[②] "我想这位冰心女士,做那篇《去国》的时候,一定也有无限的怀抱!所以才做得那样的沉痛、那样的恳切,也是具有醒世的苦心!"载鹃魂《读冰心女士的〈去国〉的感言》,《晨报》1919年12月4日。

泛关注的女作家也并不多见。因而,冰心小说的成功在某种程度上被视作现代女性写作的发端并不为过。当然,这也意味着女性写作者在现代文学发生期所做出的重要贡献。

(二)"芟割蓬草的斧和锯"

从学堂里走出来的女性越来越多,也意味着女性读者群增加、女性著作者(创作、翻译)以及报纸上的女性撰稿人越来越多。一批人开始成为热心的报刊主编或主笔,如秋瑾、吕碧城、陈撷芬、何震、燕斌等人开始在报纸上与男子一起讨论男女平等问题,讨论女学堂的办学方向,号召妇女放足、号召妇女走出家庭进入学堂、号召妇女成为贤妻良母或者自立之人……除去报刊主要撰稿人之外,从国外留学归来的女学生们还成为翻译小说家,她们中包括薛绍徽、陈鸿璧、张昭汉、黄翠凝等,这些作者大部分都有在国外读书的经历,这也为她们最早进入公共领域提供了条件。

尽管有不少女性在报刊上发表文章,但是很长一段时间内,绝大部分女作者们的作品并不令人满意。1918年1月15日发行的《新青年》上,陶履恭就指出杂志社收到的女子投稿很多,但是质量却不尽如人意——"能无所忌惮研究女子问题,解决女子问题,释女子之真性,明女子之真位置,定女子与国家社会相密接之关系者,殆若凤毛。"① 这种情况在1919年后开始慢慢发生改变。随着中国第一代女大学生的出现,一批具有独立见解的女性出现在公众面前。比如1919年7月,北大学生被捕的听审会后,冰心在《晨报副刊》上发表的《二十一日听审的感想》一文,就以一位在场者的视角为读者再现了人心向背。

---

① 陶履恭:《女子问题》,《新青年》1918年第4卷第1号。

凌叔华最初进入公共领域时，是以一位辩论者的形象为公众所识。1923年，《晨报》开展"有关纯阳性的讨论"。在讨论中，读者萧度"深惧男性的畸形的发展，更感到中国女界的可危"。凌叔华以一位女学生的身份，反驳了这种把女子看作"无心前进的，可以作诗就算好的，或与文无缘的"看法。她希望人们对女作者能多扶持与栽培，不要对她们失望，更不可说"她们又回到梳头裹脚，擦脂弄粉的时期，女子们是没盼望的了！"[①]另一件事是发生在1924年，当时泰戈尔到中国访问，一位陆姓作者在《晨报副刊》上说，泰戈尔无论到哪一国，都被许多妇女欢迎，到华则不然，因他"土面灰发"，不能动中国女子钦慕之情。7月5日的《晨报副刊》上，凌叔华表达了她的异议。她说："我初读此段，心中非常难过。"进而，她对于用"丽质"限定女子的说法提出了质疑："中国女子与泰氏周旋者，确不止林小姐一人，不过'丽质'与否，不得而知。但是因她们不是'丽质'，便可以连女子资格也取消吗？中国女子虽不爱出风头，像西洋太太小姐那样热烈欢迎，可是我知道北京中等学校以上的女士，已经有几群下请帖请过泰氏。"[②]凌叔华以反驳的方式进入公共讨论，显现了一位受到新式教育的女子与男性及社会舆论进行争辩的勇气。她的发言逻辑严密，语气委婉，颇有几分"绵里藏针"的味道。

苏雪林参与的公共事务讨论，其影响和声势远大于凌叔华。从1920年开始，苏雪林（苏梅）担任《益世报·女子周刊》的主要撰稿人。1920年至1921年，她以热情的、不倦的写作支撑着《女子周刊》的正常运行，留下了大量有关社会问题讨论的文字。据王翠艳[③]的统计，苏雪林在该报写作时，曾

---

① 陈学勇编：《凌叔华文存（下）》，四川文艺出版社1998年版，第805页。
② 陈学勇编：《凌叔华文存（下）》，四川文艺出版社1998年版，第604页。
③ 王翠艳：《〈益世报·女子周刊〉与苏雪林"五四"时期的文学创作》，《现代中国文化与文学》2006年第1期。

使用过雪林女士、苏梅、天婴、傩伽（苏傩伽）等笔名。

1921年4月25日，苏雪林署名"苏梅"，在《益世报·女子周刊》发表《对于谢楚桢君〈白话诗研究集〉的批评》。在批评文章中，苏雪林的口吻严厉，指出谢著"立意的悖谬，遣词的不能，议论的浮薄荒唐"，认为谢著"不但拾人余唾而已，直要人拿金圣叹批《西厢记》的话来骂"。[①] 这立刻引发了一场论战。在《京报》为谢楚桢叫屈的文章刊载后，苏雪林立刻在《晨报》发表了《答谢楚桢君的信和AD君的〈同情与批评〉》，被人回应后，她除了继续连载《对于谢楚桢君〈白话诗研究集〉的批评》并刊发《最近的感触》，又在《晨报》发表《答罗敦伟君〈不得已的答辩〉》。晨报社与京报社，两大报社都因此卷进了这场笔战。

暂且放下这场笔战的是非不论，苏雪林对某个著作进行公开批评的行为本身就值得关注。这是女作家意见进入公共空间的开始，它不再仅限于同学之间的讨论，更不是在书信中互相交流，其犀利、尖刻的方式令读者无法忽视。当然，此时的苏雪林也清晰地意识到了自己作为批评者的责任和义务。在她看来，"新诗才萌芽的时代，万不能让恶木荆棘夹杂而生，妨碍他们的自由生长"，为这样的目的，她决定"不惮烦，要做芟割蓬草的斧和锯"。[②] 做"斧和锯"的体认与自觉，也使苏雪林不再只是一位撰稿者，还成为一位文学批评家以及新文化运动参与者。苏雪林的笔战史不只显现了其早期参与文学事务讨论的经历，还意味着一位现代女性进入文学批评领域的开始。

1920年后，参与文学史与历史研究的女学者越来越多。1936年出版的《新文学大系·史料索引卷》中，阿英收录了1917—1927年出版的文学

---

① 苏梅：《对于谢楚桢君〈白话诗研究集〉的批评》，《益世报》1921年5月16日。
② 苏梅：《对于谢楚桢君〈白话诗研究集〉的批评》，《益世报》1921年4月25日。

史专著，其中有三本著作来自女性——《文艺复兴小史》(1926年，商务百科小丛书)、《法兰西文学》(1923年，商务百科小丛书)、《李义山恋爱事迹考》(1927年，北新版)。这三本书的著者是陈衡哲、杨袁昌英、苏雪林(雪林女士)。这意味着有更多的女性开始进入以往妇女较少涉足的尖端的艺术领域——文学评论。

二、和"小脚女人"在一起

如果把是否识字作为判断标准，女性大抵可分为识字者与不识字者。相对于文字表达流利的女作家们，那些被剥夺了识字权利、被男人遗弃的女人们，无疑是"他者"——她们是不会在纸上言说的、与女学生世界截然不同的群体。在晚清女性知识分子眼里，这些女性的痛苦有着共性的一面：无知无识，被人当作玩具，不热爱国家，不追求上进——尽管晚清女作者们也对不识字女性以"姊姊妹妹"相称，但这种姊妹的意识更趋于把妇女作为一种群体去理解。可是，在五四时代的女学生作家那里，对小脚女人的理解与认识正在悄然地发生着某种变化——她们以个体的、鲜活的形象令人印象深刻。《贞妇》是冯沅君发表在《语丝》的一篇小说。何姑娘被留学归来的丈夫抛弃。她瘦弱、苍白，没有任何生命力，其理想就是生做慕家的人，死做慕家的鬼。最终，何姑娘在小说中完成了她的理想——为她的婆婆殉葬。在对悲剧的阐释中，沅君给予女主角以女性的同情。沅君没有借助对"贞妇"的批判去获取知识分子的"批判"的立场，她的情绪更为复杂——同情中，分明包含着对"贞妇"的"无可奈何"的"理解"。

石评梅的《弃妇》也表达了和小脚女人"在一起"的立场。表哥对"我"诉说他之所以想离婚，原因在于这是无爱的、束缚的婚姻。为此，他想离家出走。尽管"我"可以理解表哥讲述的痛苦，但却无法认同表哥的离婚方式。"但是我心里常想到可怜的表嫂，环境礼教已承认她是表哥的妻子了——什么妻，便是属于表哥的一样东西了。表哥弃了她让她怎样做人呢？她此后的心将依靠谁？……旧式婚姻的遗毒，几乎我们都是身受的。多少男人都是弃了自己家里的妻子，向外边饿鸦似的，猎捉女性。"[①] 弃妇，这些不懂"爱情"的、小脚的女人们，在石评梅眼中不是男人爱情悲剧的制造者，而是受害者；在她眼中应该受到谴责的是"表哥"，而不是"表嫂"。

对于小脚女人最深切强烈的关注来自留学归来的袁昌英。在她的剧本《孔雀东南飞》中，主人公并不是焦仲卿与刘兰芝，而是焦母以及与焦母有着相同处境的"姥姥"。如果说《孔雀东南飞》的历代读者们看到了悲剧的制造者焦母，那么袁昌英的贡献则是给予焦母以人性、母性和女性身份。当故事中兰芝和仲卿一个跳水而死，一个自缢身亡时，焦母疯魔般的哭泣动人心魄。这既是儿子的悲剧，也是母亲的悲剧。事实上，没有发言权、居住在乡下没有进入城市、被社会精英忽视的那群女人反复出现在袁昌英的作品中，她们是《孔雀东南飞》中的焦母，是《人之道》中的王妈，是《我也只好伴你消灭于这一切的黑暗中了》中的朱家娘子等。在袁昌英眼中，她们不应被视作自由恋爱的绊脚石，她们也不是面目可憎者，她们有自己的内心世界，她们是人，是女人。——在现代女性写作的最初，女作家们甫一开始写作就关注这些不识字的女人。换句话说，尽管这些女作家只是在校学生，但她们对性别的理解范围远大于"女学生"天地。

那么，在现代女性写作的发生期，对"小脚妇女"群体性的关注是不是偶然的巧合？如果不是，这是否显示出了女性写作的"女性意识"？

---

① 石评梅：《弃妇》，《妇女周刊》1925年12月20日。

要想解答这个问题，了解妇女写作者们的家庭背景显得非常必要。在苏雪林的文字中，母亲是她最为牵挂的。而现实生活中，苏雪林的母亲是位受到封建礼教束缚的女性，她的一生都被婆婆的无理要求折磨着，但却甘心忍受。袁昌英的母亲是位农村妇女，她一共生育了四个女儿，但只有袁昌英一人成活。只会生育女儿的母亲在亲戚邻里的白眼和耻笑中郁郁而死。[①]这些都意味着，当袁昌英、苏雪林在文字中讲述受礼教迫害的妇女时，她们不是在讲述与自己不相干的女人，作为不识字妇女的女儿，她们书写的正是母亲。换言之，当新式女子、女儿开始获得讲话能力时，她们要为旧式女子——自己的母亲代言。

另一些女性写作者，石评梅、庐隐、冯沅君，当她们讲述弃妇——那些被有知识、有文化的男性抛弃的乡下妻子时，情绪或许更为复杂。在高君宇与石评梅的悲剧中，石评梅之所以不与高君宇结合，在许多人看来在于高君宇是位已婚男人，他在乡下有位小脚的妻子。但当石评梅在《弃妇》中讲述表哥欲离婚的故事时，实际上也泄露了心迹。令人同情的"弃妇"，在现实生活中，其实正是她的"情敌"。所以当石评梅在文本中替那位乡下表嫂担心、忧虑时，其实也是在关心自己的"情敌"。小脚女人，是情敌，也是姐妹。作为《妇女周刊》的主编，石评梅所面对的不只是一个爱情的选择，还意味着如何理解女性，使自己不再成为女性痛苦的制造者。可以说，石评梅是站在了"我们女人"的立场在为那些弃妇代言："自由恋爱的招牌底，有多少可怜的怨女弃妇践踏着！同时受骗当妾的女士们也因之增加了不少，我想着怎样才能拯救表嫂呢？"[②]这是一位倍感焦虑与痛苦的女性，这种痛苦也只属于有自

[①] 参见李杨《作家、学者袁昌英》，载杨静远编选《飞回的孔雀——袁昌英》，人民文学出版社2002年版，第188页。

[②] 石评梅：《弃妇》，《妇女周刊》1925年12月20日。

觉意识的女性知识分子。而与石评梅相比，庐隐的痛苦更令人同情。当她和郭梦良结合时，他有乡下妻子。当庐隐以出演话剧女主角的身份在舞台上痛斥抛弃妻子的男学生时，生活中，她却不得不与郭梦良的妻子、母亲在同一屋檐下生存。其间，性格敏感的庐隐所感受到的内心之纠葛，一定超过我们的想象。

复杂的痛苦情绪被沅君写在了《旅行》中。当女主角沉浸在甜蜜爱情中时，她的良心不能安宁。她本来是反对男人为了同别的女人恋爱而抛弃妻子的，在她看来，这种行为是世间最没有人道的行为。但是，深爱"他"的她，又分明觉得那个乡下女人是自己的情敌。于是，她谴责自己："怎么我的心会这样险！怎么这样不同情于我们女子呵！"[①]"我们女子"！沅君已经敏感地意识到性别属性，也认同这样的性别身份。当她们真诚地渴望和她们在一起成为"我们女子"时，这份对于"姐妹情谊"的想象和认同却又分明属于乌托邦性质。正如《旅行》中所描述的，当爱情/爱人横亘在她和她之间时，"我们女人""在一起"便也成了一种空想。

与前面几位作家相比，凌叔华做的是另外的工作。她借助于自己曾经的闺中女儿身份[②]书写闺阁中的隐秘，这些隐秘既包括小姐、太太的秘密，也包括新式妻子的苦恼。例如大小姐是阁楼中的闺秀，也是《绣枕》中的主人公。闷热的夏天，她在阁楼里辛苦地绣着一对有着翠鸟和凤凰的枕头，希望借此

[①] 冯沅君：《旅行》，载袁世硕、严蓉仙编《冯沅君创作译文集》，山东人民出版社1983年版，第22页。

[②] 凌叔华的父亲有众多妻妾，她有近十个同父异母的姊妹，她的家族有广泛的亲戚朋友及交际网络，她与一群性格迥异的母亲、姨妈、姐妹及仆人住在一起，这使凌叔华从小就可以看到属于女人之间的种种争斗，听到属于女人之间的内心隐秘，体验到和她们共有的经历。——这一对于凌叔华身世的了解，来自她的自传体小说《古韵》，载陈学勇编《凌叔华文存（上）》，四川文艺出版社1998年版，第452—593页。

获得一门好亲事。可是男人们也并没有拿这对绣枕当回事,绣枕也根本没有带给她好亲事。①事实上,凌叔华的小说《绣枕》《吃茶》《茶会以后》展示了一段从闺房到茶会,从封闭到慢慢开放的有关交际与交往的历史。这既是女儿们真实的生活史,又是中国历史上的良家妇女们从内到外的"解放史"。在凌叔华的小说中,女性走出之缓慢、迟疑以及充满着不安、尴尬的情状,远不是社会舆论给予肯定就能解决的。某种意义上,借由自己的特殊经历,凌叔华从女性生活中发现了历史的另一面,为现代写作史做了重要补白。

三、新一代女性形象的书写与建构

作为现代中国的第一代女性知识分子,"五四"女作家们也完成了新一代女性形象的自我书写与建构。这种书写是从女学生形象的自我书写开始的。1919年,女学生谢婉莹(冰心)以《"破坏与建设时代"的女学生》为题,对理想中的女学生形象提出了自己的想法。文中,谢婉莹对姐妹们有许多"应该做"的建议:服饰上要有节制,言行上要挑实用的、稳健的去做,要读有价值的书和杂志,要关注世界的新潮流,要培养秩序的、庄严优美的感情,要注意家事实习等。如果把《"破坏与建设时代"的女学生》看作谢婉莹在为理想的女学生形象画像,那么,虽然拿笔的是其本人,但画像中所体现的价值观念更多的是来自社会的期待。换言之,谢婉莹更关心如何使女学生形象被社会接受与认同。

这种关注与期望最终体现在小说创作中,进而形成冰心笔下人物众多但又类型分明的女学生形象。一种类型是被社会损害者。她们是《秋雨秋风愁

---

① 对《绣枕》的论述详见本书第十章。

煞人》中的英云、《庄鸿的姊姊》中庄鸿的姊姊、《是谁断送了你》中的怡萱。叙述人把三位女学生之悲剧根源都指向了社会，试图引起全社会对女学生生存处境的关注。另一种类型则是风格委婉、受到新式教育、勇于思索的女学生。她们以配角形式出现在文本中，深得作家本人钟爱，她只用寥寥几笔便可勾画出其神韵。比如《斯人独憔悴》中，她是温和驯顺的颖贞；《去国》中，她是马上要去留学美国的妹妹芳士；《还乡》中，她是以棠，一边写着信，一边与哥哥聊着回乡的事情；《最后的安息》中，她是无限同情翠儿的城市女孩子惠姑……读书、放学归来、在桌前写信、看诗、打球，穿素淡衣服成了冰心笔下女学生们共有的行为习惯。这些女学生善解人意、有同情心和怜悯心、有思索力——女学生以文本复现的形式被轻描淡写，或被浓墨重彩，共同形成了冰心笔下特有的女学生形象系列。

令人印象深刻的是，尽管读者在阅读中可以感受到女学生们衣着素淡、态度活泼、爱思索，但却几乎看不到她们的眼睛、脸颊甚至手臂。读者从这里获得的与其说是一系列女学生形象，不如说是一个有着相同精神气质的青年女性幻影。换言之，女学生们在小说中并非被"视觉"，而是被"感觉"的群落——她们不是"被看"的"尤物"，而是有思想、有爱心、对家庭与社会有责任感的女青年。某种程度上，冰心之于文学史的贡献在于创造了一类"亦古亦今"且更接近现实生活的、有着更多女性气息、天真而又活跃、有无限生命力的女学生形象。这是一群"去情欲化"的女学生，这是属于现代中国的一群女性，她们借助于冰心的塑造与书写逐渐被普通读者了解、尊重、接受与认同。

与冰心不同，冯沅君笔下《隔绝》系列中的女主角是位深受"新思潮"影响的女性。这位新女性的出现不仅带给读者与众不同的、新鲜的、富有叛逆精神的新一代女学生形象，还使人认识到"五四"带给青年女性的重大的、有关精神气质上的"革命"。

　　首先，这位女性给人的强烈冲击力在于她对"爱情"的态度。男女之情在传统中国女性那里是被有意"不提"或羞于谈起的，她们很少会把自己内心的爱情表达出来，即使偶然谈起，也常常使用"双关""谐音"的隐晦方式。沅君笔下的缳华则不然，在她眼里，爱情是使青年成为青年，与旧势力决斗的最好武器。缳华懂得自由，懂得自由是人最可宝贵的东西。"身命可以牺牲，意志自由不可以牺牲，不得自由我宁死。"① "人们要不知道争恋爱自由，则所有的一切都不必提了。"② 他们目标一致、行动一致、思想也一致。这也显现了此一"爱情"的理想色彩，与其说他们开始的是一场恋爱，不如说他们是在进行一场以恋爱为名的反封建斗争。

　　不能就此断定他们之间只是乌托邦性质的恋爱。作为讲述者，缳华流露出恋爱女人的感性与柔情，在被隔绝后的回忆中，她怀念那些拥抱、接吻，还有同床而卧。她直言自己在拥抱中"不能自持"，也享受恋爱中的接吻。昔日在爱情中沉默的羞怯者形象被一位甜蜜地享受恋爱欢愉的女青年形象替代。事实上，这种对于爱情行为的"享受"表述，也暗含了一位具有主体精神的女性正在成长，她开始慢慢摆脱被动者的地位。"你开始敢于握我的手，待走到了畅观楼旁绿树丛里，你左手抱着我的右肩，右手拉着我的左手，在那里踱来踱去，几次试着要接吻我，终归不敢。现在老实告诉你吧，士轸！那时我的心神也已经不能自持了，同维特的脚和绿蒂的脚接触时所感受的一样。"③

---

① 冯沅君：《隔绝》，载袁世硕、严蓉仙编《冯沅君创作译文集》，山东人民出版社1983年版，第4页。
② 冯沅君：《隔绝》，载袁世硕、严蓉仙编《冯沅君创作译文集》，山东人民出版社1983年版，第4页。
③ 冯沅君：《隔绝》，载袁世硕、严蓉仙编《冯沅君创作译文集》，山东人民出版社1983年版，第7页。

在绣华的世界里，女性的身体开始从去情欲化形象中慢慢苏醒——这身体以甜蜜的、悸动的、略带害羞又颇为热烈的形象出现，这身体的拥有者享受爱情带来的一切，并为此深深着迷。而最后对"两性结合"的拒绝，则是绣华以自己的方式呈现出"与众不同"。某种程度上，感受到身体苏醒的她是位精神至上者，这或许与绣华对爱情的理解有关——爱情的精神力量远大于肉体的欢愉。尽管孟悦、戴锦华认为这样的守节实际上是"借不及乱而保护捍卫自己"[①]的看法不无道理，但我更倾向于认为这是五四时期爱情话语力量的强大。神圣爱情的信念控制了青年们的身体。因而，阅读冯沅君的小说，会感受到身体在小说中以一种复杂的样态呈现出来：它会呼吸、会感受、会思考，它是属于"人"的气息。

在庐隐眼里，女性进入学校学习知识文化的经历既令人自豪又令人焦虑。女学生于生活中感受到的忧虑、苦闷、彷徨、无助，远远大于这个身份所给予她们的快乐与光荣。进了学校后，知识带给女学生们的不仅仅是一个新的社会身份，更是一种新的自我的体认，是不容于父母、亲戚以及社会的体认，最后成为"异类"。接受学校教育的女青年们，因为从学校里发现了世界进而体认到了自我。这体认带着眼泪与矛盾。这是一群病人。知识与其说带给她们以身病，不如说是心病——精神上的困扰。其精神上所遇到的困扰，不仅仅是如古代才女那种相思之苦，也有着其对社会、人生以及自我所产生的疑虑。她们不享安逸，她们"没事找事"；她们有着与其青春年华很不相称的悲凉、伤感——因为知识而痛苦，因为束缚而无奈；她们不愿意放纵性欲，也不愿意听从父母之命；她们左右摇摆，心神不定。在家内女儿走向勇敢的、

---

① 孟悦、戴锦华：《浮出历史地表——现代妇女文学研究》，中国人民大学出版社2004年版，第53页。

叛逆的、具有自由意志的新女性之路上，她们无疑是一群时代的"多余人"。这也是一代五四青年的痛苦体验。

凌叔华则提供了女学生的另一种形象。她笔下的女学生对女学生群体没有责任意识；她们不是新文化运动影响下的女青年；她们的日常生活中没有那么多的思考，更谈不上痛苦与彷徨；她们只是开朗、活泼、少不更事的生活常态中的女孩子。以短篇小说《小刘》为例。故事的起因是一位已婚女子怀孕了，女学生小刘和小周对这位朱姓同学的怀孕进行奚落和调侃，直至她哭着跑出课堂。小说后半段是十二三年后"我"与小刘的重逢。此时的小刘30多岁，已经是五个孩子的母亲。在十二三年后见面情景的衬托之下，学堂生活变成了一段有关青春的回忆。凌叔华以冷静而客观的方式对曾经的女学生时代给予了正视：离开父与夫的家庭的女性——女学生时期，才是女性一生中的黄金岁月。

事实上，对于新的女性形象的想象与书写其来有自。在晚清民初的作家那里，"新女性"并非褒义称谓，那些留过洋（起码也说几句外语）、总是振振有词的女学生爱钱、浮荡、不守贞节、蔑视男性。正如陈平原在《中国现代小说的起点——清末民初小说研究》中指出的，新小说作者们常常"借两种不同类型的女性，表达二十世纪初中国知识分子对两种不同文化的选择"[①]。此一论点其实也意味着，新小说作者们并非真正关心如何书写女性形象，也无意对其内心世界进行开掘——与个人形象和命运相比，小说作者们更关心的是民族—国家的命运。

也正是晚清民初小说中女性声音的缺席、对女性体验缺乏认知，五四时

---

① 陈平原：《中国现代小说的起点——清末民初小说研究》，北京大学出版社2005年版，第231页。

期的妇女写作者们——冰心、冯沅君、庐隐、凌叔华的贡献才会被深刻认识。并不夸张地说，冰心、冯沅君、庐隐、凌叔华以她们的书写使晚清小说中那群被扭曲的女性形象获得了某种修正，她们以富有实际意义的创作为中国文学提供了一群富有人的气息的、具有强烈主体意识的、有血有肉的女学生形象，也最终使读者和社会接受了与晚清民初小说女学生形象迥异的新一代女性形象。

贺玉波，20世纪30年代的一位批评家，在《歌颂母爱的冰心女士》中，对于冰心的《六一姊》分析道："《六一姊》是一篇无多大意思的作品，仅仅描写儿时乡下姑娘的琐屑，而且是旧式女子美德的颂词。作者想赐给我们的到底是些什么？"[①]

轻描淡写的文字中，显示了一位批评家对于"乡下姑娘""旧式女子美德"的不屑。在他的评价体系中，乡下姑娘与旧式女子们的生活，因与重大社会组织问题、人生的真谛无关而应该被忽视。贺玉波的评价代表了当时流行的有关女性写作的批评标准。这样的标准意味着，写作只有与社会、与重大人生问题联系在一起时，才具有意义。但是我认为，当第一代女性写作者们以群体关注的方式书写这些看起来"无意义"的女性生活时，实际上是在传达一种与贺玉波们迥异的评价标准。她们用文本书写的方式再现那些妇女和生活：小脚妇女、疯女人、闺阁女子、为情感伤怀的太太们，使她们进入历史。

而本身作为中国现代历史上第一代女大学生／女作家，冰心、冯沅君、庐隐、凌叔华等人也以对女学生形象的重新塑造参与建构了新的社会性

---

① 贺玉波：《歌颂母爱的冰心女士》，载范伯群编《冰心研究资料》，北京出版社1984年版，第226页。

别——女性知识分子／女学生。现实生活中，这些"五四"女作家也成为中国历史上较早的一批职业女性。换言之，"五四"女作家们以现实／文本互动的形式完成了对五四时期新一代女性形象的塑造与书写，她们以把自我／女性写进文本的方式，把自我／女性嵌入了世界和历史。

　　事实上，这些女性写作者是在以写作的方式重估女性。不是从主流批评标准出发，不是从民族国家话语角度出发，而是以一位知识妇女书写母亲、姐妹和"我们"的方式获得完成。换句话说，她们以文本的方式为重新评价女性生活做出了开创意义的工作，她们和后来的女作家们：丁玲、萧红、张爱玲、苏青等人一起，以文学的方式呈现另一种评价体系——女性的存在以及她们"琐屑的生活"，本身就具有意义。

第二章
现代女性写作叙述范式的初步形成（1917—1925）

在中国古代，用文言写作的女性一般自称妾、奴。而在现代写作史上，当一位现代女性试图采用白话文形式讲述自我时，她绝不可能使用奴、妾。她们开始使用"我"。这是一个重大的、非比寻常的变化。因为"对于中国女性而言，确立'我'与'自己'的关系，意味着重新确立女性的身体与女性的意志的关系，重新确立女性物质精神存在与女性符号称谓的关系，重新确立女性的存在与男性的关系、女性的称谓与男性的关系等等一系列重大问题"。[1]

在五四时代，《伤逝》中子君的那句名言"我是我自己的，他们谁也没有干涉我的权利！"[2]具有经典意义。在孟悦、戴锦华看来，"我是我自己的"是女性向整个语言符号系统的挑战，也是子君们成为主体的话语瞬间，这一瞬间结束了女性的绵延两千年的物化、客体的历史，开始了女性主体生成的阶段。"我"，在这里就变得意味丰富。它不只是一个称谓，还意味着对"自我"的一种认识："我"，拥有对"自己"的权利。换句话说，使用"我"，表明了

---

[1] 孟悦、戴锦华：《浮出历史地表——现代妇女文学研究》，中国人民大学出版社2004年版，第31页。
[2] 鲁迅：《伤逝》，《鲁迅小说集》，人民文学出版社1990年版，第240页。

她与男性之间不再是主客关系，而是主体与主体的关系。①但是在上述对子君话语意义的分析中，一个被忽略的事实是，子君是虚构的人物。她本身没有说话能力。她之所以能发出这样的声音，是缘于鲁迅（一位男性作家）的文学想象。而《浮出历史地表——现代妇女文学研究》的阐述，却把子君——鲁迅小说中的女主角说出来的话，当作是女性自己发出的语言。这令人遗憾。"我是我自己的"与其说是女性自己发出的，毋宁说是由新文化运动领导者所期待、想象的新女性发出的呼声。

正是在这样的基础上，现实写作中，女作家们以文本发出的"我是我自己的"呼声就更显宝贵。本章即是从现实写作层面，以冰心、庐隐、冯沅君的作品为例分析女性在"我"的使用上所付出的巨大努力。

一、作为旁观者的第一人称

已有专家指出，第一人称个人叙事是中国白话小说史上的创新。②而可以肯定的是，使用"我"作为讲述者，在现代女性写作发生史上也至关重要。女作家以"我"的方式讲述故事并较早在读者中引起反响者，是冰心。在她的小说《两个家庭》中，叙述者就是小说中的"我"——女学校里的好学生。整部小说从"我"的视角出发去看两个留学生家庭所发生的故事：一个恶家庭，一个好家庭。恶家庭之恶在于太太是位宦家小姐，不懂得家政管理，同时又学得女权皮毛。好家庭之好，在于太太亚茜是女学生出身，知书识礼，

---

① 参见孟悦、戴锦华《浮出历史地表——现代妇女文学研究》，中国人民大学出版社2004年版，第31页。
② 参见［捷克］米列娜《晚清小说的叙事模式》，载米列娜编《从传统到现代——世纪转折时期的中国小说》，伍晓明译，北京大学出版社1991年版，第64页。

对家政和孩子管理得当。恶家庭的结局是陈先生最后得病而死，好家庭则是举案齐眉，其乐融融。

令人新鲜的是讲故事者"我"。这里我想借用对《狂人日记》的解释来解读《两个家庭》。正如研究者们业已指出的，《狂人日记》不只是引进了一种新的写作形式，也引进了一种新的观察视角，狂人借助于"疯癫"看到了另一个世界，而读者也得以通过狂人的眼睛重新看待历史与传统，这进而也产生了一种特别的社会人物——不循规蹈矩的、满脑子都充满"特异"符号和"古怪"想法的"新"人。女学生之于"狂人"的相似之处在于其身份的"陌生"。因为"陌生""新鲜"，便也获取了独特的观察社会的视角。当女学生身份的女作家以"我"作为叙事人称时，同样的故事因叙事人物的身份不同将会别具新意。[1]

女大学生的身份和视角虽然新鲜，但读者若想深入了解其内心却异常艰难。因为冰心小说虽然看起来是自叙，但有关"我"的内心情感、冲突，以及心理活动，在小说中几乎不会呈现。比如《秋雨秋风愁煞人》中，"我"既在故事之中，也处于故事之外。三位女主角各有自己的不同，淑平死了，英云虽生犹死（嫁到一个旧家庭），而"我"呢，则会乐观地生活下去。"我"在小说中没有行动力。我们既无法听到"我"的心声，也无从了解她的内心。她只是英云故事的倾听者与描述者。换言之，意识到表现自己，而这个"自己"是"冰心女士"，是女儿，是姐姐，是同学，是朋友，却单单不是有着丰富内心世界的"我"。这也显现了冰心小说中的"我"和晚清小说中"我"的

---

[1] 《晨报》在发表作品时，也使用了"实事小说"作为标记，帮助读者确立了一种认识，即冰心女士＝叙述人"我"。于是，"我"的所见所闻不只是代表了一位文学作者对社会问题的关注，还象征了一位"新女性"的视角与声音——她不是以"闭月羞花之貌"及"伤春之情"而著称的"才女"，她是位有着深刻思想和爱国热忱的中国社会上最早的一批"女大学生"代表。

相似之处：他（她）只是事件的目睹者、记录者和观察者。他（她）内心世界的情感炽热或忧伤，都无意与他（她）的读者分享。更进一步说，虽然第一人称在冰心小说中较早出现，进而确立了冰心小说的真实性，但是第一人称的主观性叙述在冰心小说中并没有得到充分发挥。她克制地讲述着"我"，并有意地把自己疏离出来。

为什么她要克制讲述，而不热烈袒露内心世界？得从冰心所处的环境说起。在《我做小说，何曾悲观呢？》里，冰心谈到读者来信认为她的作品很悲观。"我笑着辩道：'我并没有说我自己，都说的是别人，难道和我有什么影响。'母亲也笑着说道：'难道这文字不是你做的？你何必强辩。'"[1]母亲的回答印证了当时流行的从"文"联想到"人"的阅读方式——读者们喜欢把小说当实事阅读。冰心感受到了这样的阅读压力。因而，于冰心而言，叙事上的自我清洁化是自我保护，是处于艰难创作环境中女作家不得不采取的叙事策略。另外，冰心也有请家人做自己第一读者的习惯："这时我每写完一篇东西，必请我母亲先看，父亲有时也参加点意见。"[2]当冰心把她的父亲、母亲、弟弟们作为作品的第一读者时，指望她抛弃乖女儿、好姐姐的形象而创作出一位"女性"——有着内心隐秘和炽热情感的青年几乎是空想，这是她的教养所不允许的。换句话说，当冰心意识到自己作品的第一读者是父亲、母亲和弟弟时，当她意识到万千读者都期待一个完美的"冰心女士"时，她不可能创作出一部与传统抗辩、与世界抗辩、对人们的阅读习惯进行挑战的作品。所以虽然冰心是中国现代女性写作史上比较早的频繁使用"我"的作者，但在她的小说中，对第一人称的使用并没有迈出富有"革命性"的一步。在冰

---

[1] 冰心：《我做小说，何曾悲观呢？》，载卓如编《冰心全集》（第一卷），海峡文艺出版社1994年版，第40页。

[2] 冰心：《回忆"五四"》，载范伯群编《冰心研究资料》，北京出版社1984年版，第74页。

心那里,"我"是一位遮遮掩掩者和羞怯者。

二、日记、书信体形式的采用

庐隐的写作,其实是先走了一段"弯路"。最初,她和五四时期的大部分作家一样,关注社会问题,关注自己并不熟悉的底层生活:纱厂女工、受到水灾的市民、人力车夫、被迫卖身的妓女……选材的多样性使她成为20世纪第一个十年中最关注社会问题的女作家,但并不意味着她寻找到了一种适合自我的表述方式。直到1922年年底,她发表书信体小说《或人的悲哀》。从艺术角度而言,这部小说粗糙且充满感伤气息,但它从形式到内容上所做的尝试还是应该被提起——对庐隐本人而言,这意味着一种新的创作方式;对现代女性写作而言,则是形式上的重要开拓。

以书信形式进行写作,对于自古以来的女性而言是亲切而熟悉的倾诉手段。凭借"鸿雁",家内的女性与远方亲戚互通消息、传达情意,也与远在他乡做官或经商的丈夫讨论家政以及诉说只属于夫妻间的私密。这些书信只属于私人领域,它不可能进入公众领域——被出版、被传抄以及被阅读。一方面因为书信本身的特殊属性,另一方面也在于女性的地位,社会上不允许她们走出家外的习俗,使其作品被公众认知的可能性大大降低。除了少数幸运的女性能留下作品和心得之外,指望女性发表涉及私密情感的书信简直不可能——女性作家既没有这样的勇气和想法,也不会得到出版商的允许和读者们的认可。几千年来,女性的书信只有随风而逝的命运。从这个意义上讲,庐隐书信体小说在《小说月报》上的出版、发表,在显示了社会的宽容、文学观念的丰富性之外,还应当被理解为"个人主义"兴起的结果。此处,"个人主义"兴起的含义是双重的,既包含了作者对个人主义的认同,也包含了阅读者对这种行为的接纳。

从《或人的悲哀》开始，庐隐对书信体的采用很频繁。这种书信形式既包括了整部小说以书信体作为创作方式（如《或人的悲哀》），也包括在小说中夹杂大量的"书信"（如《海滨故人》《胜利以后》）。当然，新的形式从来不会孤立出现，它常常与新鲜的内容共存，《或人的悲哀》也不例外。在这部小说中，亚侠对她的朋友讲述了自己生活中的情感困惑、肉体痛楚、面对生存的迷茫——这是一位深受存在主义影响的女学生。亚侠不同于那位被当时读者们广为接受的"亦古亦今"的"冰心女士"，她带领读者进入了一个更为细微和内在的空间，她的痛苦与内心世界令人感到陌生。某种程度上，亚侠有点类似于"狂人"，她的病痛很难被人理解，她的语言常常语无伦次——她既想袒露自我，但又处处顾及，这一切使她看起来病了。这种疾病的表征使阅读者认识到了亚侠与社会之间的"不相容"，进而感受到不安。借助于书信体，庐隐寻找到了适合女性使用的语言及表达方式——它们与逻辑性的、条理清晰的男性写作不同。无论是内容或形式，书信体都显示了"女性"特质：含糊、感性、令人困惑。

从《或人的悲哀》开始，庐隐不再以扩大创作范围为目标，她的创作对象开始集中于"女学生"这个群体，她着意对她们的内心世界进行开掘。这显然是她所熟悉的领域。当然，作为"作者内心生活的最直接的物质见证"[①]，书信体形式本身为庐隐讲述内心提供了可靠的保证。由此，她的小说风格的调子也得以确立：灰暗的世界里，每一个人的处境都令人绝望。

---

① ［美］伊恩·P. 瓦特：《小说的兴起——笛福、理查逊、菲尔丁研究》，高原、董红钧译，生活·读书·新知三联书店1992年版，第214页。

在尝试完书信体小说之后，庐隐开始尝试日记体。① 日记的私密性应该早就有人注意到了，它很适合一种内心的、自白式的讲述。但是女性使用日记形式写作，依然不是容易之事。毕竟女性走出家门进行写作的历史还不长，把自己的日记拿出来发表需要勇气。1923 年 6 月 10 日，《小说月报》上发表了庐隐的《丽石的日记》。

《丽石的日记》讲述的是隐秘故事：同性爱。尽管日记中丽石在强烈地表达着她内心的厌世、不安以及绝望。但是必须得指出，小说并不令人受到感染。庐隐并没有最大限度地利用日记体所应该带来的各种便利：细碎的情绪、瞬间的感受、与友人相处的点滴……很遗憾，这些都没有成为日记中的内容。相反，日记的主人只以评论他人的方式讲述某个人的不幸，她甚至也没有细致点染丽石与沅青之间情感的种种微妙感受。她对于自我以及周边环境的描述，在日记中只给人以"走过场"的印象。一个人物在这一天出现，在另一天就不见了。除了沅青之外，日记中没有一个贯穿始终的人物，这些都显示了作家在谋篇布局上的青涩。换句话说，尽管日记体为庐隐的片段式的偶感提供了可以自由抒发的机会，但小说家对这种形式的使用远非成功，她未能使每日中发生的种种故事生动地展现于读者面前。小说的情节因为缺少细节而只流于感叹。"具体可见的生活场景、结实的细节，难得进入她的艺术世界。"② 因而庐隐小说的情绪，是"远人"的，"少了鲜活的人的气息"。③ 这甚

---

① 日记小说对于现代文学读者来说并不陌生。作为第一部白话小说的《狂人日记》便是以日记体形式进行写作的。并没有确切资料显示这种"遗失的日记"形式对现代小说创作有过怎样的影响。但是日记小说形式的采用，在现代小说写作中渐成普遍却是事实。
② 赵园：《"五四"小说家简论——庐隐·王统照·凌叔华》，《论小说十家》，浙江文艺出版社 1987 年版，第 375 页。
③ 赵园：《"五四"小说家简论——庐隐·王统照·凌叔华》，《论小说十家》，浙江文艺出版社 1987 年版，第 371 页。

至使读者有了"你痛苦不痛苦,与我们有什么关系"①的感叹。

庐隐的写作既采用了新的书信、日记体形式,又引入了对女性内心世界的开掘,但庐隐小说依旧有其"传统"的一面:隐性读者是女性。在《或人的悲哀》中,亚侠书信的预设读者是"KY"。小说后面的"附书"可以看出,被称为 KY 的收信者是"KY 姊"———一位并未出场但却有着重要性别特征的人物。在《丽石的日记》中,日记的获得者同样也是女性朋友。作者、预设读者及书写内容都属于女性世界,我们完全有理由把它们理解为典型的女性文本。但是就这部小说的时代语境而言,对于女性读者的刻意强调其实显示的是女性作者的保守态度。隐性女性读者的预设使小说家逃脱了可能的"责备"——给女人的信并没打算给男性读者阅读(尽管这种理论上的对男性读者的排除并不可能)。另外还需要提及的是,虽然两部小说都采取了书信、日记的形式进行第一人称叙述,但是两部小说最后的结局又都暗示书信及日记中的"我"是已经消失于现实世界的"我"——庐隐以这种方式显示了叙述人和作家本人的分离。

为什么庐隐会刻意把书信的作者、日记的主人与小说作者分裂开来?为什么她不使用更简单的方式?我认为是为了躲避。庐隐刻意不让读者把日记的作者认为是小说家本人。这是庐隐的"道德意识"在作祟。小说家庐隐没有与世俗社会作对的勇气,因为这需要背负令人难以想象的压力。事实上,关于女性小说家写小说常会遭遇到读者的揣测并非凭空想象。与冰心、庐隐同时代的小说家凌叔华即有亲身经历。1924 年,燕大女学生凌叔华经周作人的推荐,在《晨报副刊》发表了小说《女儿身世太凄凉》。之后,《晨报》便

---

① 赵园:《"五四"小说家简论——庐隐·王统照·凌叔华》,《论小说十家》,浙江文艺出版社 1987 年版,第 375 页。

收到读者来信，写信人指责小说中女主人公的际遇就是凌叔华本人，而凌在小说中并没有讲清楚她"出嫁又离婚"的事实。在给周作人的回信中，凌叔华解释有关出嫁又离婚的事实根本不存在，而通过小说情节进而指责小说作者的行为是别有用心者的诽谤。幸运的是，《晨报》接到这封读者来信后并没有马上发表，而是把这封读者来信经周作人转给了凌叔华，请她说明情况，这才避免了一场有可能扩大的有关女性名誉的风波。[①] 具体到凌叔华这篇小说，以第三人称都受到如此责难，更何况庐隐使用的是"我"！所以说到底，庐隐小说中痛苦的流露必须要有分寸、有保留、有克制。

总之，庐隐在小说中撇清"第一人称"与"叙述人"之间关系的做法，与冰心把"我"隔离于事件发生之外的做法如出一辙。她们有所顾虑，忧心忡忡。她们都毫无例外地意识到了阅读对象带给她们的压力。因而，作为女性，她们不愿意冒着第一人称可能带来的危险——因为日记和书信中吐露的心情会使她难为情。当然，把女性写作时感受到的压力简单地理解为某个人物所致——男性、父亲或家人都是狭隘的，意识到这是传统习俗带来的压力可能更接近历史现实。这也正如女性研究者们早已指出的，"人们必须明白，每一个妇女——无论她是何等的解放——都深受她的教育和在成长过程中受到的抚养的影响。因此，她们会犹豫不决；很多人不会有勇气过这样一种生活；而那位有勇气过这种生活的女子就会在街上遭到人们的嘲笑，被人们戳脊梁骨"[②]。

---

① 凌叔华在致周作人的信中讲述了此事件的来龙去脉，在她无奈的辩解中，我们可以看到一位女小说家面对现实中的非难时的无可奈何。信件内容参见凌叔华《凌叔华文存（下）》，四川文艺出版社1998年版，第893页。
② [法]西蒙·德·波伏娃:《妇女与创造力》，载张京媛主编《当代女性主义文学批评》，北京大学出版社1992年版，第149页。

三、自白式写作

最大限度地利用书信体优势进行表达，从而在小说中建立起拥有自我精神能量的女性形象的小说家，是冯沅君。冯沅君的小说产量不能和冰心、庐隐相比，但却以鲜明的情感及个性令人难以忘怀。某种程度上，她为现代女性写作的发生史填补了空白——既是关于青年女性的新鲜形象，也是关于一种新的女性叙述范式的建立。

并没有任何先兆，之前也很少看到她的其他小说习作，冯沅君的第一篇小说《隔绝》，便以一种横空出世的姿态发表于《创造季刊》第2卷第2号。这篇署名为淦女士的小说没有以"遗失手稿"的方式出现，它只是一封匆忙之间写就的、情感炽烈的书信。第一句话便是以"士轸"作为书信的唯一读者，这为这篇书信体小说建立了足够的私密特征。她对他讲自己的生存处境，"从车站回来就被幽禁在这间小屋内。这间屋内有床，有桌，有茶几，有椅子，茶碗面盆之类都也粗备"[①]。在信中，她向她的爱人热情诉说，诉说她在家庭内所遇到的种种情况——在"我"看来一切都是高尚的、纯洁的、神圣的，而他们却以为丢脸和令人气愤。女青年毫无顾忌地讲述她的哭泣、反抗，也回忆爱情给予她的力量。

这不再是只限于同性之间的信件。这封信有关男女之情，它具有私密性质。但这种私密的诉说，不是靠感叹与眼泪，而是靠细节。借"我"（被囚禁的女学生）的视角，使读者对信件的真实性产生了最大限度的认同。"我"是情感的主动倾诉者。以往传统爱情故事中那个羞怯的、沉默的女性角色——那位无言的或被他者言说的青年女性开始主动说话。书信形式在这里不再只

---

① 袁世硕、严蓉仙编：《冯沅君创作译文集》，山东人民出版社1983年版，第3页。

是一种形式，还是小说内容、自传的一部分。它不只是闺房女儿之间的谈话，她的隐性读者是其男友，她无视旁人的存在。这书信内容公之于世不再只意味着女儿内心的隐秘被泄露，还意味着男女之间更隐秘的情事被泄露。

回忆冯沅君所处的时代，更有利于我们理解这种从形式到内容的"隐秘性质"。在冯沅君以前，"那些女作家所写的爱情，多半是以家庭间亲子的爱为主。这个时代可以冰心女士为代表。在沅君以后，自由恋爱，大家已经是大谈特谈……沅君的作品在现在的我们看来，自然没有什么大胆，然而我们要认清她的时代的背景。在她发表《隔绝》的时代，大家谁敢赤裸裸的大胆的描写男女的爱情？然而这样惊人的作品，竟由一个女作家的笔下写出来了"[1]。换言之，当大多数女性沉默时，冯沅君选择了书信体式的内心独白形式，她对"我"的世界进行了深描。无论是写作者冯沅君，还是她笔下被隔绝的缳华，都勇于对既定规则进行破坏、对社会传统进行抗辩："我真要对上帝起交涉了。以后假如他不能使爱情在各方面都是调和的，我誓要他种一颗种子，我拔一颗爱苗，决不让爱字在这个世界再发现一次。"[2]抗辩还表现在她的行为方式上：她大方地告诉爱人拥抱时那不经意间的心动。当"他"几次试着要吻"我"时，"我"内心的不能自持。她讲述他们之间的甜蜜的接吻、拥抱时她内心的渴望。"你开始敢于握我的手，待走到了畅观楼旁绿树丛里，你左手抱着我的右肩，右手拉着我的左手，在那里踱来踱去，几次试着要接吻我，终归不敢。现在老实告诉你吧，士轸！那时我的心神也已经不能自持了，同维特的脚和绿蒂的脚接触时所感受的一样。"[3]书信方式促使冯沅君以最

---

[1] 毅真："几位当代中国女小说家"，载黄人影编《当代中国女作家论》，光华书局1933年版，第26—27页。
[2] 袁世硕、严蓉仙编：《冯沅君创作译文集》，山东人民出版社1983年版，第11页。
[3] 袁世硕、严蓉仙编：《冯沅君创作译文集》，山东人民出版社1983年版，第7页。

大的精确性表现她在生活中所发现与感受到的一切。

《隔绝》显示了冯沅君对于书信形式的恰当使用。其后,在小说《旅行》中,冯沅君开始尝试使用自白式表达,她以一位有着独立意志的女性身份讲述"我"的心灵世界。《旅行》中,冯沅君摆脱了女性写作时所倚赖的所有"拐棍"——书信体或日记体形式。在这里,"我"不再只是旁观者和记录者,"我"不再躲躲闪闪,"我"大大方方地承认,"我"就是我,我就是当事人,所有的一切,都是我曾经经历过的。换言之,从《隔绝》到《旅行》,作为女作者的冯沅君不再只是一位记录者和旁观者,也不再是一位习惯性遮掩内心者,她开始真正写自己。通过写她自己,她返回到自己的身体:接吻、在众人面前与他拉手、深情的拥抱……"他把我抱在他怀里的时候,我周身的血脉都同沸了一样,种种问题在我脑海中彼起此伏的乱翻。我想到我的一生的前途,想到他的家庭的情况,别人知道了这回事要怎样批评,我的母亲听见了这批评怎样的伤心,我哭了,抽抽咽咽的哭。"[1] 冯沅君使女性的身体在她的小说中"活了起来"。

《旅行》中,"我"开始观察"他"。"在将到目的地点的时候,他的面孔上不知为什么渐渐显出极紧张的样儿,虽然他那双眼睛里充满了愉快的希望似的,而且不时的伏在我们中间的那件行李上对我极温柔的微笑。此时他所最爱说的话,就是到那里恐怕已是十点多了,吃吃饭,收拾收拾东西,我们只能有六个钟头休息的时间。每一站路他总要把他的小表从衣袋中摸出三五次,来看上面的针已走到哪里了。时间若不是冷酷的铁面无私的,怕要受他的运动而改日常的步骤。"[2] 这是冯沅君小说中少有的出现"我"观察"他"的

---

[1] 袁世硕、严蓉仙编:《冯沅君创作译文集》,山东人民出版社 1983 年版,第 20 页。
[2] 袁世硕、严蓉仙编:《冯沅君创作译文集》,山东人民出版社 1983 年版,第 19 页。

细节。这也是女作家作品中较早地以独立女性的身份观察"他"的开始。在此之前的《隔绝》中,"我"和"他"是"一体"的,共同向封建势力进行战斗。但是在《旅行》中,尽管"我"也偶尔称"我"和"他"为"我们",但当两个私奔的青年进入旅馆即将单独相处时,"我"发现了"他"的"变态"——没有外力的压迫,"我"看到了他内心隐隐的紧张与兴奋。"我呢,我此时也体验不出这样的变态心理,我只觉得对于晚上将要实现的情况很可怕——但是仅仅用害怕二字来形容我所觉得的也不曾妥当,因为害怕的情绪中,实含有希望的成分。"① 既希望又害怕的情绪含有了性别视点。但是"我"只是看到了他的兴奋与愉快,却并没有意识到自我身体的"诱惑性"。她的身体并没有完全苏醒,因而,也就没能获得一种清醒的对于男性欲望的认识和捕捉。②

无论如何,《旅行》为现代文学史贡献了一位有着强烈性别色彩和个人魅力的女学生叙述人,她对于书信体形式的放弃,显示了她对拟想读者们的信任。她与她的读者们平视,把他们当作能够理解她的交流对象。她比先前那位在《隔绝》中备受困扰的女学生写信人更坦然、更勇敢地面对整个世界。这态度使小说具有别种魅力,它真实,有说服力,又令人理解。冯沅君的坦然和大方震惊了读者:"她在当时表现了一个特殊的特色,那是一般女性作家所不敢做的,这就是她非常大胆的在封建思想仍旧显着它的威力的时代里勇敢而无畏的描写了女性的毫无讳饰的恋爱心理。"③ 因为她"抓破了一切虚伪的

---

① 袁世硕、严蓉仙编:《冯沅君创作译文集》,山东人民出版社1983年版,第19页。
② 把丁玲小说《梦珂》中梦珂感受到的男性欲望与《旅行》中女主角感受到的男性欲望相比,不难发现,前者更富有冷静、清晰的色彩。这也意味着丁玲比冯沅君具有更为敏锐的性别意识。
③ 黄英(阿英)编:《现代中国女作家》,北新书局1931年版,第110页。

面具",因为她"赤裸裸的表现了女性的恋爱的心理的过程",因为她的"创作里面潜藏着一种生命的活力"。[①]读者们不得不接受了她——冯沅君,一位勇敢的女性作家。

如上所述,尽管大约自1919年后,女作家和男作家获得了同样的表达机会,但在表达方式的选择上,尤其是在有关"我"的确立与陈述上,女作家们面临的挑战和阻碍更多。她们浮出历史地表的过程充满了困难与努力。当然,她们冲破重重阻力讲述"我"的故事的历程也表明,现代女性写作的发生有着自己的历史轨迹。在这个发生过程中,许许多多的女性写作者进行过尝试和努力,而冰心、庐隐和冯沅君无疑是她们当中的最突出者,其贡献值得铭记。

---

① 黄英(阿英)编:《现代中国女作家》,北新书局1931年版,第110、112页。

第三章
重估现代女作家的出现

中国历史上现代意义的女学生——不是请私塾先生进入家庭，也不是名士文人在家中收的女弟子，出现在晚清。有资料可查的中国人自办的第一所女校出现在1898年。女学堂的出现，意味着几千年来一直生活在家内的中国女性可以合法地走出家庭、进入女校读书，也使同龄女性之间的交流机会增多、与男性交往的可能性加大，这是现代女作家出现的客观条件。但这并不意味着，进入学堂学习的女性就必然会成为现代女作家。她们需要写作实践、需要发表作品的机会，更需要个人的聪慧与努力。五四新文化运动中，女高师和燕京女大就出现了一大批具备上述条件的女大学生，其作品出现在高等学校校刊的同时，也开始进入新文学期刊，现代女作家们以集体的形式浮出水面。1918年，陈衡哲在《新青年》上发表诗歌、小说和独幕剧，成为《新青年》最重要的女性作者；从1919年开始，冰心成为《晨报》《小说月报》的重要作者，也成为声名远播的女作家；大学3年间，庐隐写了有十几万字的作品，它们分别发表在《晨报副刊》、《人道》月刊、《批评》半月刊、《时事新报》(《文学旬刊》《学灯》)、《小说月报》、《小说汇刊》；从女高师到北大国学院，冯沅君作品分别发表在《创造季刊》《创造周刊》《语丝》，被誉为当时最勇敢的女作家；苏雪林则先后在《晨报副刊》《民铎》《民国日报》《国民日报》《时事新报》等刊物发表作品，另外，她还曾担任过《益世报·妇女周刊》的主要撰稿人；凌叔华则在《晨报副刊》及《现代评论》发表作品，日后成为《现代评论》的代表性作家;等等。

上面的史实表明,在"五四"的热风里,女学生们迅速成为新文学杂志的重要作者;同时这样的统计也显示,新文学杂志为女性作者提供了相当广阔的发表作品的空间。事实上,在陈衡哲、冰心、庐隐、冯沅君、凌叔华等人成长为现代女作家的过程中,新文学报刊起了举足轻重的作用。

一、冰心与《晨报副刊》《小说月报》

在第一代女作家中,能用得上"家喻户晓"四个字来形容的,恐怕非冰心莫属。当然,这样的评价具有双重含义:她既和其他女作家一样在文坛上得到众多同行的赞誉,也得到了广大普通读者的认同。这除了冰心本身的写作才华之外,20世纪20年代发行量可观的《晨报》功不可没。

在晚年的回忆录中,冰心强调了自己是被"五四""震"上文坛的事实。她当时是协和女子大学预科一年级的学生,参加了北京女学界联合会的宣传股——被要求多写反封建的文章,在报纸上发表。冰心的远房表哥刘放园是北京《晨报》的编辑。表妹找到表哥,希望他帮忙。他"惊奇而又欣然地答应了"[①]。在这家报纸,冰心先是以女学生谢婉莹的署名发表了两篇杂感《二十一日听审的感想》《"破坏与建设时代"的女学生》,之后开始使用"冰心"发表文学作品。

从1919年9月18日首次使用冰心女士这个署名开始,到1920年12月21日止,冰心女士在这一年间毫无疑问地成为《晨报》的重要作者。1919

---

① 冰心:《回忆"五四"》,载卓如编《冰心全集》(第七卷),海峡文艺出版社1994年版,第26页。

年9月18日至22日，连载了《两个家庭》；半个月后，10月7日至11日连载了《斯人独憔悴》；10月30日至11月3日，连载了《秋雨秋风愁煞人》；11月22日至26日连载小说《去国》；1920年1月6日至7日连载《庄鸿的姊姊》；3月至5月，又有小说以连载的形式发表，它们是《最后的安息》（1920年3月11日至12日）、《还乡》（1920年5月20日至21日）等。除了这些连载小说，她还发表过杂感和单篇小说。粗略算来，一年多的时间里，冰心的名字几乎每月都有几天出现在《晨报》上，并且常常以连载形式。频繁发表作品，又常以连载形式，并不必然导致一位女学生成为读者关注的女作家。重要的还是要取决于其作品本身的魅力——她被评论家赞誉为"抓住了读者的心"[①]。这对于日刊，尤其是以市民为主要读者群的报纸来说，尤其重要。

　　冰心之所以能"抓住"读者的心，除了她本人的敏锐观察力和艺术表现力之外，可能与她的表兄刘放园的点拨有关。谈到刘放园当年对自己的帮助，冰心回忆说他"鼓励我们多看关于新思潮的文章，多写问题小说"[②]。"新思潮"和"问题小说"应该得到重视，它们显示了在1919年时作为《晨报》编辑的刘放园对于社会敏感问题的把握：这位编辑触摸到了时代的脉搏、了解到《晨报》读者的兴趣点。刘放园在提出这些建议的同时，还给冰心寄去了当时新出版的刊物《新青年》《新潮》《少年中国》《解放与改造》等。刘放园的双重身份——表兄／编辑，既可以解读为一位编辑对于来自高校的女学生作者的希望，也可以解读为表兄帮助表妹提高稿子的命中率。无论出自何种立场，

---

① 阿英：《〈谢冰心小品〉序》，载范伯群编《冰心研究资料》，北京出版社1984年版，第401页。
② 冰心：《回忆"五四"》，载卓如编《冰心全集》（第七卷），海峡文艺出版社1994年版，第29页。

刘放园的心思都没有付之东流。从后来的情况看，聪明而善解人意的冰心领会了表兄的期待和建议，"把我所看到的听到的种种问题，用小说的形式写了出来"①。另外，对于一位初尝写作的年轻人而言，冰心还有着普通作者所没有的待遇，她没有收到过退稿。"我寄去的稿子，从来没有被修改或退回过，有时他还替上海的《时事新报》索稿。"②——正是表兄的引导、提携和呵护，使初次写作的冰心在《晨报》获得了得天独厚的条件。

自《斯人独憔悴》始，冰心的写作日渐成熟，她也慢慢习惯了一种新鲜视角：讲述学生的世界。这些小说中的人物与刚刚结束的五四运动相互映照，有点类似于五四运动参与者们生活侧记的印象。《斯人独憔悴》发表后，北京《国民公报》的"寸铁栏"一个星期后就有读者来信说，读完《斯人独憔悴》他想到了"李超"事件。③另外，当时的学生团体对小说也很感兴趣，在新明戏院演剧时，这部小说成为登上舞台的首选剧本——冰心小说获得了现实与文本间的"互文"效果。

发现读者们对"社会问题小说"的热衷，同时，也发现了问题小说与现实之间的"互文性"，《晨报》编辑加强了冰心与读者们的互动。在1919年11月22日至26日五天的连载中，冰心发表反映留学生回国后报国无门的小说《去国》。一周之后，《晨报》就刊登了读者鹃魂的读后感《读冰心女士的〈去国〉的感言》④。需要着重提到的是，这篇感言与一般的读者来信不大相同，它篇幅很长，以至发表时从第7版一直转到了第8版。把常常刊登广告的第

---

① 冰心：《从"五四"到"四五"》，载卓如编《冰心全集》（第七卷），海峡文艺出版社1994年版，第37页。
② 冰心：《关于男人（之四）五 我的表兄们》，载卓如编《冰心全集》（第七卷），海峡文艺出版社1994年版，第629—630页。
③ 晚霞：《"寸铁栏"短评》，《国民公报》1919年10月17日。
④ 鹃魂：《读冰心女士的〈去国〉的感言》，《晨报》1919年12月4日。

8版让出篇幅刊登某个小说的读后感，显示了《晨报》对冰心作品引发的社会效应格外看重。

从作品发表到被人讨论、改编成话剧、作品的读后感被报纸大幅刊载，1919年8月到12月，年仅20岁的冰心作品以密集连载的形式、以与国事紧密相关的主题，赢得《晨报》读者关注。到1919年12月1日《晨报》建刊一周年之际，纪念特刊上刊登了四位作者的文字。与三位作者胡适、鲁迅、起明（周作人）并列发表作品的，正是冰心。特刊的排列形式，是《晨报》对于刚刚20岁的冰心——一位女性作者的扶持。成就冰心新文学史上女诗人地位的，依然是《晨报》。1921年，冰心写了一段杂感，名为《可爱的》，在《晨报》登出来时被分了行。记者孙伏园对分行的解释是认为冰心的文章很有"诗趣"，所以就把杂感与诗趣打通了。[1] 分行发表鼓励了冰心大胆尝试，之后她又创作了《迎神曲》《送神曲》等。通常情况下，作者前无古人的尝试常常会受到编辑和报纸的质疑或否定，《晨报》也有着类似的困惑。在《晨报副刊》"新文艺"栏目将连载冰心小诗的前夜，刘放园在给冰心的电话中还有"这是什么？"[2] 的疑问，但作为冰心的"老朋友"，《晨报》最终给予了其尝试以理解与支持。在1922年1月1日至26日，《晨报》从新年的第一天开始连载《繁星》，而在同年的3月21日至6月30日则陆续连载了《春水》。

如果没有《晨报》，女学生谢婉莹会成为女作家冰心吗？这个假设或许没有意义。但这样的提问却提醒我们认识到载体对于作品，以及编辑对于作者的重要性。对于冰心的问题小说，正是《晨报》编辑最初多写问题小说的提

---

[1] 参见冰心《我是怎样写〈繁星〉和〈春水〉的》，载卓如编《冰心全集》（第五卷），海峡文艺出版社1994年版，第142页。

[2] 冰心：《我的文学生活》，载卓如编《冰心全集》（第三卷），海峡文艺出版社1994年版，第9页。

醒、适时刊登读者来信的方法，才引发了读者的关注与讨论，也为冰心作品获得广泛程度的认同提供了条件。同时，正是《晨报》编辑的包容，才有了"冰心体"的一度盛行。换句话说，无论从影响力还是发行量来说，《晨报》都为冰心成为知名的女作家提供了最为迅速、直接和最重要的平台。如果没有《晨报》，冰心也许依然会成为女作家，但是她的成长道路恐怕会有更多的曲折。总之，冰心与《晨报》之间良好的合作关系，最终使其成为"新文艺运动中的一位最初的、最有力的、最典型的、女性的诗人，作者"[①]。

如果说《晨报》使冰心成为万众瞩目的女作家的话，那么《小说月报》则为冰心提供了获得"文学同人"认可的重要平台。1921 年，冰心列名于文学研究会。同年，《小说月报》革新，全面登载新文学作品。1921 年 1 月 10 日，在《小说月报》革新的第一期上刊载了杂志的"改革宣言"，附录了"文学研究会宣言"和"文学研究会简章"，这是具有"历史意义"的一刻。从此之后，这部杂志成为现代文学史上有着重要地位的文学期刊，现代文学史上大部分著名作家的小说都从这里开始发表。也是在这一期上，冰心发表了小说《笑》，被排在仅次于周作人和沈雁冰的"理论"之后，显示了她作为文学研究会主要作者的地位。同期发表作品的还有叶绍钧（叶圣陶）、许地山、瞿世英、耿济之等人。不能忽略的是，除冰心外，他们都是文学研究会的发起人。

1921 年 4 月 10 日，冰心在《小说月报》发表《超人》。《超人》发表时，《小说月报》的主编茅盾化名"冬芬"讲述了自己看完这篇小说后的感受："我不禁哭起来了！"这样的感受很快引起了读者的共鸣。之后，从 1921 年 4 月到 1922 年 10 月，冰心共发表了 8 篇小说，另有一篇杂感和一篇散文。换

[①] 黄英（阿英）：《谢冰心（节录）》，载范伯群编《冰心研究资料》，北京出版社 1984 年版，第 197 页。

句话说，在这个月刊杂志上，18个月的时间里，她发表了10篇作品，大约每2期便有一篇，同时，她的作品也常被放在《小说月报》创作篇目的"头条"给予推荐。另外，在她频繁发表作品的1922年，《小说月报》在《创作批评》栏目中还集中了3期发表读者对于冰心作品的感想，如第8期的3篇感想是《评冰心女士底三篇小说》（佩薇）、《读冰心作品就感》（直民）、《读了冰心女士的〈离家的一年〉以后》（张友仁）。第9期的两篇感想是《论冰心的〈超人〉和〈疯人笔记〉》（剑三）、《评冰心女士底〈遗书〉》（断崖）。第11期也是3篇感想《读冰心女士作品的感想》（赤子）、《读〈最后的使者〉后之推测》（式岑）、《对于〈寂寞〉的观察》（敦易）——《小说月报》时代的冰心，如在《晨报副刊》一样受到了杂志的扶持，也使她获得了诸多"文学同人"的认可。1923年1月和5月，冰心前期的两部代表著作《繁星》《超人》以文学研究会丛书的形式相继在上海商务印书馆出版，进一步奠定了她的新文学女作家的地位。

二、庐隐与《小说月报》

就庐隐的创作之路而言，《小说月报》是其文学生涯拯救者的说法并不夸张。此前，还是女高师学生的庐隐曾把她的小说习作《一个著作家》送给一位陈姓老师看，但受到了严厉的否定，他认为她的小说根本不像小说[①]。后来，庐隐在同乡郑振铎的介绍下，把这部小说寄给了茅盾（时任《小说月报》主编）。一个月后，小说在《小说月报》这一有着重要影响力的新文学杂志上发表。回忆录中，庐隐说这"金榜题名"般的惊喜，把灰心的她从自卑中解脱

---

① 庐隐：《庐隐自传》，载钱虹编《庐隐选集·上》，福建人民出版社1985年版，第586页。

出来："从此我对于创作的兴趣浓厚了，对于创作的自信力增加了。"①

《小说月报》不仅使庐隐的创作兴趣增强，也使这位刚刚踏上文坛之路的作者很快为读者所知晓。自 1921 年 2 月 10 日《小说月报》第 12 卷第 2 号上发表《一个著作家》后，在 6 月、7 月、8 月，庐隐的小说连续三期被刊登；之后，第 11 期、第 12 期依然有她的小说发表。当然，1921 年 7 月 10 日这期在发表小说的同时，还刊载了她的创作谈《创作的我见》。大致算来，1921 年《小说月报》出版的 12 期中，有 6 期刊载了"庐隐女士"的作品。接下来尽管没有 1921 年那样的发表频率，但在 1922—1923 年，庐隐的许多代表作也依然在《小说月报》中发表，其中包括《或人的悲哀》《丽石的日记》以及《海滨故人》等。

在《小说月报》中，庐隐并没有享受像冰心那样被大力推介的待遇，也没有获得那样广泛的"同行认可"。但就其创作生涯考察，《小说月报》毫无疑问是推动女学生庐隐成为新文学女作家的重要力量。自然，这并不意味着《小说月报》对庐隐的扶持是无原则的。庐隐小说"很注意题材的社会意义"的开掘，其小说仅从取材范围而言也具有很大的开阔性，从城市到乡村，从教育到婚姻、恋爱、工人农民以至对民族问题的关注……她的着眼点，正与《小说月报》编者们的文学理念相吻合。因而，正如《晨报》认同冰心在问题小说创作方面的努力一样，《小说月报》对庐隐作品对于社会问题的关注表达了欣赏之意——只有杂志所追求的审美口味与作家的作品气质之间相吻合时，杂志期刊为女作者提供的平台才可以显现其作用。毕竟，作为杂志长期顾客的阅读者们的阅读趣味是不可忽视的，即使是报纸期刊有意扶持，若作者的气质和作品的格调与杂志风格不相吻合的话，读者也很难接受。

---

① 庐隐：《庐隐自传》，载钱虹编《庐隐选集·上》，福建人民出版社 1985 年版，第 577 页。

另外需要指出的是，虽然冰心和庐隐都是《小说月报》的女作者，但庐隐为成为《小说月报》的作者所付出的努力可能要大于冰心。尽管茅盾以不无赞赏的语气认为庐隐的写作视野开阔，但是，也正是这种对其写作视野开阔的期待，在某种程度上束缚了这位刚刚进入文坛的女学生。在《灵魂可以卖吗？》这篇小说中，庐隐讲述了一位从女校辍学的纱厂女工对于灵魂自由的呼唤。这样的呼唤与其说是一位生产女工的想法，莫若说是当时对哲学颇感兴趣的女学生庐隐在学校课桌上想象女工生活更为合适一些。没有亲身经验和经历，再加上想象力的有限，在这些被夸奖为"社会题材开阔"的作品中，庐隐显现了创作者的吃力。她无法真实传达出一位女工的生活经验，也无法真实表达生活在困苦中的人们的心声。庐隐放弃了她熟悉的领域，去追求题材的丰富性，这样的结果是，一方面，她因此而确实获得了更多的发表作品的机会（她的小说集《海滨故人》由上海商务印书馆出版，被收入文学研究会丛书）；另一方面，却是以她有意无意间牺牲自己所长为代价的。庐隐的创作及发表经验，既可以为20世纪20年代爱好文艺的女学生如何在新文学期刊的帮助下成长为女作家提供佐证，也可以看作一位女作者为获得"主流"的认可所采取的"策略"（或是所做出的"牺牲"）。1922年年底，写作经验日趋成熟的庐隐开始回归自我，她创作了一系列以女学生生活为创作题材的小说，即《丽石的日记》《海滨故人》等。在这里，她不仅为文坛提供了一代女性知识分子形象，也找到了一种与个人气质相吻合的表达方式。

三、凌叔华与《晨报副刊》《现代评论》

在燕京女大读书时期，凌叔华就对文学创作深感兴趣。在给周作人的信中，她信心十足地表达理想，希望做一个女作家。并且她还寄给了周作人一些稿件。"所寄来的文章是些什么,已经都不记得了,大概写的很是不错,便拣了一篇小说送给《晨报》副刊发表了。"①在回忆中,周作人明确地说:"她的小说因我的介绍在《晨报》上连载","其时《现代评论》还未刊行";此后"她的文名渐渐为世上所知,特别是《现代评论》派的赏识,成为东吉祥的沙龙的座上宾了"。②一般认为,周作人推荐的这篇小说是《女儿身世太凄凉》,它经过著名编辑孙伏园的稍事修整,发表在1924年1月13日的《晨报副刊》上,这通常被认为是凌叔华的处女作。求助于周作人去发表小说,这是凌叔华如何借助于著名老师的影响、为小说找到发表阵地的一个实例,它显示了一位热爱文艺的女学生在"表现自己"方面的主动精神。

《女儿身世太凄凉》与凌叔华后来的成名小说类似,都着眼于"高门大户"人家女儿的经历,更与当时"控诉家庭罪恶"的问题小说相似。她的另一篇小说《资本家的圣诞》,描画了一个贪图享乐、伪善、自私的资本家老爷形象。文章对资本家的蔑视态度和嘲讽语气也表现了当时身为"女学生"的凌叔华对待资本家的态度与立场。很明显,凌叔华早期《晨报》上的小说,较之于后来《现代评论》时期的作品,有着青涩、粗疏的毛病,含蓄、委婉的凌氏风格还没有形成。

把凌叔华1924年1月的《女儿身世太凄凉》与1925年1月发表在《现代评论》上的《酒后》放在一起,会发现两篇作品艺术追求上的某些变化。是什么使凌叔华早期的作品与《现代评论》时期的作品出现这样的差异?这恐怕与凌叔华本人的阅读习惯有关。③据凌叔华自述,她是《晨报》长期的读者。学生时代,她对《晨报副刊》上的各种讨论,"什么'女子参艺'哪,

---

① 周作人:《几封信的回忆》,《文艺世纪》(香港)1963年第12期。
② 周作人:《几封信的回忆》,《文艺世纪》(香港)1963年第12期。
③ 凌叔华作品在艺术追求上的变化还与陈源结识有关,详见本书第十章论述。

'日本货'哪,'爱情定则'哪,'科学与玄学'哪……"①都很感兴趣。这样的一位热心读者,了解报纸编辑的"爱好""口味",明白读者们的兴趣所在并不奇怪。当她变成写作者,希冀自己的作品在报纸上发表时,恐怕在内心深处便有着迎合报纸办刊口味、盼望获得发表机会和众人关注的倾向。实际上,凌叔华早期小说在《晨报》上发表的事实也表明了其投稿"策略"之成功。正如上文所分析的,这种融入策略也出现在冰心、庐隐身上。她们的这种创作倾向既与其当时青年学生的身份相关,也与她们的阅读倾向有关。与其把女作者们不约而同接近主流的写作姿态看作女性主体意识的自我压抑,不如看作作者的写作策略更符合事实。毕竟,这种策略不只是女性作者运用,男性作者也不例外。也正因如此,新文学的倡导者们才得以推动一种新的阅读习惯、写作习惯的建立。1924 年 5 月,凌叔华在迎接泰戈尔的茶会上认识了陈源(陈西滢)。同年 12 月,《现代评论》创刊。1925 年 1 月,《酒后》发表在《现代评论》上。之后,1925 年至 1926 年,凌叔华在《现代评论》上发表了一系列小说,由此而广为人知。②

  由上可知,在冰心、庐隐、凌叔华成为女作家的过程中,新文学期刊扮演了重要的、不可或缺的角色。而这种情况并非个别和偶然,在其他女作家的成长之路上,新文学期刊的作用同样不可忽视。以中国现代文学史上的第一位女作家陈衡哲为例。陈衡哲最早能够为人所识,中国现代史上卓有地位的新期刊《新青年》的作用不可低估。自 1918 年《新青年》第 5 卷第 3 号开始,陈衡哲先后在《新青年》发表《人家说我发了痴》(1918 年第 5 卷第 3 号)、《老夫妻》(1918 年第 5 卷第 4 号)、《鸟》(1919 年第 6 卷第 5 号)、《散

---

① 凌叔华:《读了纯阳性的讨论的感想》,载陈学勇编《凌叔华文存(下卷)》,四川文艺出版社 1998 年版,第 802 页。
② 关于凌叔华风格的重要转变,本书第十章将有详细论述。

伍归来的"吉普色"》(1919年第6卷第5号)、《小雨点》(1920年第8卷第1号)、《波儿》(1920年第8卷第2号)等作品。作为最早在《新青年》发表文学作品的女作者,也是发表作品最多的女作者,陈衡哲进入《新青年》的作者群不仅仅是获得发表作品的机会,还意味着成为"新文学运动初期干部,最初出现于新文坛的女作家"[①]。

在《新青年》获得比其他女性作者更多的发表作品的机会,陈衡哲的留美学生经历值得关注。在美国读书期间,当胡适构想白话文写作的梦想时,陈衡哲便是他的支持者。因而,当胡适成为《新青年》的主将时,陈衡哲的作品便比别人更有机会发表。当然,1917年至1920年,正是文学革命与白话文写作都处于艰苦卓绝之时,如陈衡哲般对白话文写作有着创作实践热情、对文学有着独特理解力的女作者于《新青年》而言也是可宝贵的。

冯沅君的成名与创造社的期刊有关。冯沅君以"淦女士"为笔名在《创造季刊》(第2卷第2号)上发表了《隔绝》之后,在《创造周报》第45号、46号、49号又相继发表了《旅行》《慈母》《隔绝之后》,进而以系列作品震惊了文坛。正如许多批评家指出的那样,冯沅君只以几篇内容相近、结构类似的作品就获得了文坛的瞩目,一方面在于"她非常大胆的在封建思想仍旧显着它的威力的时代里勇敢而无畏的描写了女性的毫无讳饰的恋爱心理"[②],这样的女性精神气质符合了时人对于叛逆的、敢于主动表达爱的新女性形象的期待;另一方面与冯沅君本人是《创造》的读者,受到创造社创作观念的影响有关,其作品所获得的关注无疑借助了《创造季刊》《创造周报》的影响力。毕竟在短短的一段时间里,同一位女作者的稿件接连发表会带给读者比

[①] 阿英编选:《中国新文学大系·史料·索引(影印本)》,上海文艺出版社2003年版,第220页。

[②] 黄英(阿英)编:《现代中国女作家》,北新书局1931年版,第110页。

较强的冲击力。

苏雪林的成名得益于《晨报副刊》《益世报》。1919年10月，刚到北京的苏雪林在《晨报副刊》上发表了《新生活里的妇女问题》。之后，她和同学一起，受邀担任《益世报·女子周刊》主编。1920年至1921年，在《益世报》专门为女高师学生作者提供的阵地上，笔耕不辍的苏雪林以每月两三万字的产量成为《女子周刊》当仁不让的主笔。和当时大部分青年作者们类似，苏雪林以一位"五四人"的身份观察社会与人生以及女性的生活经验，她的文字大都与反映现实黑暗、底层百姓生活以及礼教对女性的迫害有关。

尽管以上主要是以《新青年》《晨报副刊》《小说月报》《新青年》《创造》等杂志为主要考察对象，但并不意味着当时只有这些杂志对女性作者进行了扶持。事实上，在冰心、庐隐、冯沅君、苏雪林的创作目录上，《语丝》《时事新报·学灯》《民国日报·觉悟》《益世报》等报刊都曾刊载过她们的作品。正是来自新文学期刊的不约而同的支持，陈衡哲、冰心、庐隐、冯沅君、凌叔华等人及其作品才日益为广大读者所熟悉并引起同行关注，这是女作者们成长之路上具有重要意义的一步。从此，她们由热爱文艺的女学生逐步成长起来，最终成为广为人知的女作家。当然，作品关注社会问题、符合新文学事业的构想、显示其与"旧的"闺阁女作家的不同审美情趣，也是当时报纸期刊对于年轻女作者们的期待。最终，接受了现代教育的女作者们没有让编辑们失望，她们以旺盛的创作热情和优秀的作品回报了新文学期刊所提供的宝贵机会，进而"浮出历史地表"。

新文学女作家与新文学期刊之间紧密互动的事实表明，作为现代文学的重要组成，中国女性文学同现代男性创作是共生同长的。唯其如此，中国新文学事业才得以完整与丰富。

第四章
被建构的第一代女作家的经典

陈衡哲、冰心、庐隐、冯沅君、凌叔华等被公认为中国现代文学史上的第一代女作家，但1917—1925年发表作品的女作者却绝不只是这几位。是哪些因素使她们被"公认"为中国现代女性作家中的代表？她们是如何从浩如烟海的作家群中进入批评家视野、进入现代文学史的教材中，如何被其时作家及后来的批评者们进行评价和定位的？本章关注的是她们的作品成集、出版、阐释以及她们进入《中国新文学大系》的经历——这是现代女作家进入"文学史"并确立合法地位的过程。

一、结集与出版

作为中国文学的始祖，孔子删诗的行为意味深长。——编纂者的权力如此重要，它使诗文得以保存、流传，有成为经典的可能。1928年以前，陈衡哲、冰心、庐隐、冯沅君、凌叔华等人几乎全部出版了作品集。[①] 尽管她们在重要的文学杂志上有过发表作品甚至连载的经历，但在当时，大部分的新杂志发行数量不应该得到高估。《少年世界》杂志曾对新杂志做过一番调查，列出的40种杂志，平均每期销数都在一千份到四千份之间，最多是六千份左

---

① 1925年7月，庐隐小说集《海滨故人》出版。1927年1月，冯沅君小说集《卷葹》出版。1928年1月，凌叔华小说集《花之寺》出版。1928年，陈衡哲短篇小说集《小雨点》出版。

右，最少的只有两百份。①这样的数字意味着作家作品成集尤为重要：成集在于凝聚读者，呈现作家的全面创作实绩，为评论者提供评论的便利。

凌叔华的经历具有代表性。1925年，凌叔华的小说《酒后》在《现代评论》第1卷第5期发表后，得到了周作人的注意。"在《现代评论》里读得一篇叔华先生的小说《酒后》，觉得非常地好。"②但是在这之后并没有人对凌叔华的小说进行系统评价，直至1928年1月，凌叔华的小说集《花之寺》由上海新月书店出版。1928年12月9日，弋灵的书评《"花之寺"凌叔华女士的短篇小说集》发表于《文学周报》第7卷。同年12月18日，《海风周报》第2期发表钱杏邨的文章《"花之寺"——关于凌叔华创作的考察》。1931年6月30日，沈从文在《文艺月刊》第2卷第5、6期合刊发表评论《论中国现代创作小说（续）》，谈及凌叔华创作特色："使习见的事，习见的人，无时无地不发生纠纷，凝静地观察，平淡地写去，显示人物'心灵的悲剧'或'心灵的战争'……"

作品成集的过程也是作家自我风格建构的过程。依然以凌叔华为例，凌叔华的第一篇小说是《女儿身世太凄凉》，之后，其1924年在《晨报副刊》上发表了6篇作品，其中2篇是小说。但是出版于1928年1月的小说集《花之寺》并没有收录她发表在《晨报》上的两部小说。因而，在评论凌叔华的小说时，也就有了著名学者赵园的看法："凌叔华的创作，看不出怎样分明的'由幼稚到成熟'的过程。她一下笔就写得很熟，象是老于此道。"③非常有可能的是，赵园并没有看到凌叔华在《现代评论》之前所创作的小说。如果不从《晨

---

① 参见《出版界》，《少年世界》1920年第1卷第4期。
② 平明（周作人）：《嚼字》，《京报副刊》1925年1月19日。
③ 赵园：《"五四"小说家简论——庐隐·王统照·凌叔华》，《论小说十家》，浙江文艺出版社1987年版，第387页。

报副刊》寻找以瑞唐为笔名的作品,后来的读者及文学批评家们将永远没有机会读到。那么凌叔华为什么会抽掉前期作品？这跟她的丈夫陈源的建议有关。

　　作为现代文艺丛书的第四本,凌叔华的第一个短篇小说集《花之寺》由其丈夫陈源编定。在《编者小言》中,陈源讲到了他们的收集原则:"在《酒后》之前,作者也写过好几篇小说。我觉得它们的文字技术还没有怎样精炼,作者也是这样的意思,所以没有收集进来。"[①]作为《现代评论》的主编,同时也是英美文学专业的教授,陈源很有经验地建议把风格成熟的小说进行收录,对与后来风格不一致的、"没有怎样精炼"的作品进行了剔除。这样的删减保证了小说集的品质,也使凌叔华作品从一开始就"形成"了独特的、用墨节制、态度客观的风格。小说集出版后的评论中,没有人提到凌叔华作品的多样性,更没有人提到其最初作品的青涩感,代之而来的则是对其作品一以贯之的风格的欣赏。

二、序言与阐释

　　小说进入流通阅读领域是否能为读者所接受,不再只与小说本身的品质有关,还包括与小说集有关的一切包装,比如出版社的名气与实力。进入文学史的第一代女作家作品集几乎都由当时的著名出版社推出,如冰心的《繁星》《超人》由上海商务印书馆出版,《春水》由新潮社出版;庐隐的《海滨故人》由上海商务印书馆出版;冯沅君的《卷葹》由北新书局出版;凌叔华和陈衡哲的小说集则由新月书店出版。小说集归入何种系列丛书,丛书的主编是谁也是重要的:冰心和庐隐的作品作为文学研究会丛书出版,冯沅君的

[①] 陈源:《花之寺·编者小言》,新月书店1928年版。

小说则是鲁迅主编的"乌合丛书"之一。冯沅君的小说集从命名、结集到印刷、出版都是鲁迅亲自出面，并且鲁迅还写信给画家陶元庆，请他设计《卷葹》封面，自己则撰写广告词。

　　名人推荐固然重要，名人作序的作用也不可低估——它以"权威"方式塑造小说作者的形象、确立对作品理解的范式，进而奠定作家作品论的基本框架。没有一位女作家作品的序言可以与陈衡哲小说集的序言相媲美。陈衡哲小说集《小雨点》除自序外，还有两个人作序，一位是她的丈夫任叔永；另一位是她的好朋友，大名鼎鼎的胡适先生。因而，有着三个序言的陈衡哲小说集《小雨点》甫一出版，就显示出与众不同的"建构"意味。最重要的序被称为"胡序"。胡适先是讲了陈衡哲与自己的交往："民国五年七八月间，我同梅任诸君讨论文学问题最多，又最激烈。莎菲（陈衡哲的笔名——引者注）那时在绮色佳过夏，故知道我们的辩论文字。她虽然没有加入讨论，她的同情却在我的主张的一方面……她不曾积极地加入这个笔战；但她对于我的主张的同情，给了我不少的安慰与鼓舞。她是我的一个最早的同志。"①

　　"最早的同志"的提法并非虚言。在《尝试集》"自序"中追述当年在美国和一班朋友讨论语言、文学问题时，胡适写道："至今回想当时和那班朋友，一日一邮片，三日一长函的乐趣，觉得那真是人生最不容易有的幸福。我对于文学革命的一切见解，所以能结晶成一种有系统的主张，全都是同这一班朋友切磋讨论的结果。"②另外，在胡适的留学日记中，他也提到过这些朋友们之间的诗文唱和。1916年，《留美学生季报》的主笔任叔永收到陈衡哲寄来的两首五绝，他看后，觉得是"在新大陆发现了新诗人"，立即把诗抄寄

---

① 　胡适：《小雨点·胡序》，《小雨点》，新月书店1928年版。
② 　胡适：《尝试集·自序》，亚东图书馆1920年版。

给胡适，要他猜是何人所作。胡的回答一语中的："两诗妙绝。……《风》诗吾三人（任、杨及我）若用气力尚能为之，《月》诗绝非吾辈寻常蹊径。……足下有此情思，无此聪明。杏佛有此聪明，无此细腻。……以适之逻辑度之，此新诗人其陈女士乎。"《胡适留学日记》这个似乎只能从古书上读到的"知音"故事，为胡适所谓的"同志"加上了一个绝佳的注脚。

胡适与陈衡哲之间的关系并不属于"公共领域"，它看起来更像是一种有着某种私人意味的（我把同学朋友看作了私人情谊）"知音"关系。"知音"与"同志"尽管可能指的都是两个人志趣相投，但所呈现的话语意义却明显不同。"同志"，大多数情况下指的是没有性别意义的、没有私人关系的公共称谓，它意味着"志同道合"，也常常指在一个神圣的领域里的同路人。胡适对陈衡哲的"同志"称谓，其实是把二人关系引入了一种有"理想""意义"的事业中来。作为新文化运动的领袖胡适的"同志"，便也不再只是一个人的"知音"，而是革命事业的同路人。——恐怕这也是文学史家胡适在为陈衡哲作序时，为何没有从文学价值上去阐释陈衡哲作品带来的意义，而先从"最早的同志"身份说起的原因吧。不管无心还是有意，把类似于"知音"的朋友关系转化为"同志"的说法，对于陈衡哲的文学地位无疑有着某种提升。换言之，胡适为陈衡哲进入现代文学领域确定了一个"元老"的"身份"。

不只是"最早的同志"的定位，胡适还为陈衡哲确立了"现代文学史上最早使用白话文写作的作者"的地位。"当我们还在讨论新文学问题的时候，莎菲却已开始用白话文做文学了。《一日》便是文学革命讨论初期中的最早的作品。《小雨点》也是《新青年》时期最早创作的一篇。民国六年（1917）以后，莎菲也做了不少的白话诗。我们试回想那时期新文学运动的状况，试想鲁迅先生的第一篇创作——《狂人日记》——是何时发表的，试想当日有意作白话文学的人怎样稀少，便可以了解莎菲的这几篇小说在新文学运动史上的地位了。"① 把《一日》和《狂人日记》的地位相提并论，胡适从时间上或许可以获得支持，但这种说法依然值得商榷。《一日》是以流水账式的方式讲述了美国女学堂里的日常生活，尽管采用的是白话形式，言语也颇多生动有趣，但也止于"白话的小说"。另外，《一日》的读者群与《狂人日记》的读者数量并不能相提并论，更谈不上影响力。但胡适言之凿凿的评价不容置疑，陈衡哲小说的文学意义也借由这次短篇小说集中的"序言"得以生发。

随着女作家作品的出版，对其作品风格的系统批评阐释工作也同时进行，比如冰心的作品风格就被热烈讨论，大量相关评论问世后也被收集成书，批评家们都认为其风格温婉、优美、亦中亦西。② 评论文章也都讨论到了凌叔华作品的温和、平淡，冯沅君小说的"时代意义"……与此同时，女作家们也被作为整体的写作现象进行论述。毅真在1930年7月出版的《妇女杂志》上发表了《几位当代中国女小说家》一文，把女作家进行了分类，"闺秀派"作家包括冰心、绿漪（苏雪林），"新闺秀派"包括凌叔华，"新女性派"则是冯沅君、丁玲，这是较早的对女作家进行集体论述的论文。其后，文坛上出现了女作家作品评论热潮。③ 在短短不到5年的时间里，有7部现代中国女作家评论集和1部女作家作品评论集出版，这也意味着编选者们正在书写现代

---

① 胡适：《小雨点·胡序》，《小雨点》，新月书店1928年版。
② 关于冰心作品风格的评论，详见本书第十一章。
③ 从1931年至1935年，据不完全的统计，已经有7本有关现代中国女作家评论集、作品集出版。1931年4月，黄英编选了《现代中国女作家》一书，由北新书局印行。1931年5月，复兴书局出版了《中国现代女作家》。也是在1931年，北新书局出版了《现代中国女诗人与散文家》。1932年，上海北新书局出版了《中国现代女作家》，上海文艺书局出版了雪菲女士编的《现代中国女作家创作选》。1932年9月，上海现代书局出版了贺玉波著《中国现代女作家》。到了1933年，黄人影编选的《当代中国女作家论》由光华书局出版。另外，作为专门研究女作家作品的评论集也于1932年由北新书局出版，这本李希同编的名为《冰心论》的专集全部收录的是《小说月报》《创造季刊》上对于冰心的评论文章。

中国女性写作史。而写作文学史的过程当然也是不断筛选和提炼作家作品的过程，1930年，毅真讨论当代中国女小说家时挑出了五位——冰心、绿漪、凌叔华、冯沅君和丁玲；之后，黄英编选的《现代中国女作家》则延伸到九位——冰心、庐隐、陈衡哲、袁昌英、冯沅君、凌叔华、绿漪、白薇、丁玲。到1933年的《当代中国女作家论》时，这个数字没有改变，只是由冰莹替代了袁昌英。现代中国女作家名单的慢慢固定，意味着"共识"逐渐形成。当然，1917—1930年，诸多对女性作家的评论中并没有哪种评价更显"权威"，直至1935年《中国新文学大系》的问世。

三、进入《中国新文学大系》

《中国新文学大系》是奠定现代作家作品地位的"权威"与"经典"。"自从胡适、郑振铎、鲁迅以及《大系》的其他编者奠定了经典性的中国现代文学史观的基础后，这种千篇一律的叙述在中国大陆、在美国和欧洲一遍遍地讲述着。"[①]那么，在作为经典的《中国新文学大系》中，有哪些现代女性写作者入选，其作品如何被讲述、被评价就都值得关注。某种程度上，被《中国新文学大系》关注与解读的过程，就是第一代女作家被经典化的过程。

以阿英的《中国新文学大系·史料·索引》为例，共收录了1917—1927年的总史、会社史料、作家小传、创作编目、翻译编目和杂志编目等，可谓十年现代文学作家名录大全。尽管看起来已经"全面"，但阿英在序言中还是说"现在印出的全书，实际上不过是原稿二分之一，然已超过预定的分量不

[①] 刘禾：《跨语际实践——文学，民族文化与被译介的现代性（中国，1900—1937）》，宋伟杰等译，生活·读书·新知三联书店2002年版，第323页。

少"①。阿英的遗憾也暗示，即使是在资料丰富的"史料索引卷"中，收入的名录也是有所选择的——进入《中国新文学大系》的杂志、作家几乎无一例外地与"两社一刊"有关，如《新青年》、文学研究会及《小说月报》、创造社主办的系列刊物以及《语丝》《新潮》等。

《史料·索引》卷中涉及女作家部分的收录分为三种类型：其一是作家小传，其二是著作集录，其三则是杂志存目。从这三种史料中，都可以检索到当时女性写作者的创作实绩，其中作家小传最为重要。这被认为是《中国新文学大系》公认的作家名录，有着某种"进入纪念碑"的意味。阿英收录了9位女作家的名字。和男作家一样，这些女作家被按照姓氏笔画的顺序散列在整个现代写作者的队列中，她们是袁昌英、凌叔华、陈衡哲、陈学昭、冯沅君、黄白薇、黄庐隐、谢冰心、苏梅。作家小传并不长，每个人20—50字。主要是对这些作家的原籍、作品集，或在哪个杂志发表作品进行简单列出。虽然篇幅有限，但阿英还是对作家尽可能地做了扼要评价，显示了其"史家"笔力。

小传中被阿英特别评价的一共有6位女作家。他给予陈衡哲的特殊定语是"新文学运动初期干部，最初出现于新文坛的女作家"②。对于冯沅君，他着重介绍说"小说《隔绝》初发表于《创造周刊》，极惹起注意。后继续有作"③。对于黄庐隐，除了介绍她的生平之外，简介中多了"文学研究会会员"④

---

① 阿英编选：《中国新文学大系·史料·索引（影印本）》，上海文艺出版社2003年版，第6页。
② 阿英编选：《中国新文学大系·史料·索引（影印本）》，上海文艺出版社2003年版，第220页。
③ 阿英编选：《中国新文学大系·史料·索引（影印本）》，上海文艺出版社2003年版，第222页。
④ 阿英编选：《中国新文学大系·史料·索引（影印本）》，上海文艺出版社2003年版，第223页。

的特别说明。对黄白薇，则指出她是"以著诗剧《琳丽》知名"[1]。对谢冰心的介绍中，指出她是诗人、小说家之外，还是"文学研究会干部"[2]。这些作家中，陈衡哲、谢冰心被冠以"干部"的称呼值得注意。"干部"这个词，在"史料"语境中，是主力、主要参与者或贡献者的意思。事实上，"干部"的称呼还出现在介绍其他男作家那里，比如鲁迅被介绍为"《新青年》干部作家"，郑振铎、沈雁冰被介绍为"文学研究会干部"等。"干部"的称呼在男女作家身上被同样使用，显示陈衡哲和谢冰心与胡适、鲁迅、沈雁冰等人身份相同，都被视作对新文化运动、新文学写作产生重要影响的人物。换句话说，陈衡哲和谢冰心在新文学发生期所做出的贡献在"史料"中得到了公正和客观的呈现。

创作总目也有女性作者们的身影。在冰心《春水》之后，阿英给予了特别的说明："作者在新诗方面最大的贡献为小诗，据周作人自己的园地小诗篇可知。"[3]在介绍《繁星》时，指出这是"作者第一小诗集，初发表于北京晨报，商务印单本，为文学研究会丛书。封面绿纸灰色印繁星图，是为中国小诗最初之作，亦影响最大之作"[4]。冯沅君的《卷葹》："作者最引起注意之作品，初发表于《创造周报》。"[5]庐隐的《海滨故人》："海滨故人一篇，为作者

---

[1] 阿英编选：《中国新文学大系·史料·索引（影印本）》，上海文艺出版社2003年版，第23页。
[2] 阿英编选：《中国新文学大系·史料·索引（影印本）》，上海文艺出版社2003年版，第227页。
[3] 阿英编选：《中国新文学大系·史料·索引（影印本）》，上海文艺出版社2003年版，第308页。
[4] 阿英编选：《中国新文学大系·史料·索引（影印本）》，上海文艺出版社2003年版，第332页。
[5] 阿英编选：《中国新文学大系·史料·索引（影印本）》，上海文艺出版社2003年版，第336页。

前期代表作。此书是作者第一个创作集。"①等等。在这一时期，女性写的文学史专著被列入了进来，它们是陈衡哲的《文艺复兴小史》、杨袁昌英的《法兰西文学》、雪林女士的《李义山恋爱事迹考》。

在杂志存目部分，阿英列出了主要杂志详目。这些杂志包括《新青年》《新潮》《小说月报》《文学周报》《诗》《戏剧》《创造季刊》《创造周报》《创造日》《洪水》《语丝》等。——女性写作者们的名字散落其中，既包括陈衡哲、冰心、庐隐、冯沅君、苏雪林，也包括评梅女士、王士瑛女士、玉薇女士、CF女士、侍鸥女士等。无论是杂志、作家小传，还是创作目录，阿英都尊重了史料的原貌。如果作者后面加上了"女士"，就以女士录入，如果没有也不特别标明女性身份。这种既没有单列为女性作家介绍，在介绍作品时也没有特别标明其性别特征的方式，还出现在茅盾、鲁迅的《序言》中。这是新文学史对于女性写作的认识：她们是现代写作者队伍中的一部分，而不是特殊的一个。平等的收录和对性别不加以强调的方式，是现代女性写作发生时的"幸运"。当然，把女性创作纳入经典作家作品序列、人物小传，使女性写作成为现代写作一部分的方式，也暗示了"五四"时代知识分子的"男女平等"的价值观。《史料·索引》涉及的作家作品众多，但也显得有些芜杂。因而，也就有了按题材进行编选的其他各卷，这些卷目包括小说、散文、诗歌、戏剧、文艺理论等。

冰心是《中国新文学大系》中被收录作品最多的女作家。她的名字先后

---

① 阿英编选：《中国新文学大系·史料·索引（影印本）》，上海文艺出版社2003年版，第339页。

出现在《史料·索引》卷、《小说一集》《散文二集》和《诗集》中。①对冰心作品的大量收录证明了这位勤奋创作的女作家在第一个十年里所做的开拓性贡献不只属于女性写作领域的，还属于整个新文学史。茅盾是《中国新文学大系》中第一位对冰心小说做全面评价者，"文学应该反映社会的现象，表现并且讨论一些有关人生一般的问题"是《小说一集》中茅盾判断小说的标准。冰心前期1921年的问题小说、1921年以"爱"为哲学的小说其实都符合这样的评价体系。但是茅盾在《中国新文学大系》中并没有给予冰心小说以更为积极的评价，原因需要从茅盾1934年发表的《冰心论》谈起。《冰心论》中，茅盾曾把冰心作品进行分期："问题小说"是第一时期，"爱的哲学"是第二时期。在茅盾看来，冰心的"问题小说"并没有表现现实，而是试图以"爱"解决社会问题，他对此并不认同。在茅盾眼里，冰心的"美"和"爱"其实就是一个人"灵魂的遁逃薮！"②。

茅盾欣赏庐隐："庐隐与'五四'运动，有'血统'的关系。庐隐，她是被'五四'的怒潮从封建的氛围中掀起来的，觉醒了的一个女性；庐隐，她是'五四'的产儿。"③茅盾承认庐隐那些写身外的广大社会生活题材的作品"幼稚"，但认为"庐隐如果继续向此路努力不会没有进步"。茅盾说从庐隐作品中看到一批青年，这些青年是"五四"时期的"时代儿"。④所以借助于是否"进步"，茅盾对冰心和庐隐两位作家的"文学成就"给予了重新评价。

事实上，鲁迅对于冯沅君作品的欣赏也含有对新女性形象的欣赏之意。

---

① 《小说一集》选收了《斯人独憔悴》《超人》《寂寞》《悟》《别后》共5篇小说；《散文二集》收录了《寄小读者》《往事》等散文在内的22篇作品；《诗集》中则收录了《繁星》《春水》《诗的女神》《假如我是个作家》《纸船》等共计8首诗作。
② 茅盾：《冰心论》，《文学》1934年第3卷第2号。
③ 茅盾：《庐隐论》，《文学》1934年第3卷第1号。
④ 茅盾：《庐隐论》，《文学》1934年第3卷第1号。

在《中国新文学大系·小说二集》中，他引用冯沅君《旅行》中"拉手"一段，评价道："这一段，实在是'五四'运动之后，将毅然和传统战斗，而又怕毅然和传统战斗，遂不得不复活其'缠绵悱恻之情'的青年们的真实的写照。"[①]——冯沅君笔下那位追求爱情自由的缥华，是不是与子君的形象有某种共通性？从茅盾、郁达夫、鲁迅等人的批评文章中会发现，某种程度上，《中国新文学大系》的编选者们对这些女作家的评价与他们的女性观有密切关系，这些批评家赞美/批评某位女作家作品时，既意味着对一种女性写作风格的鉴赏，也是对一种女性形象的接受或排斥。

当然，虽然鲁迅与茅盾都可能对某种类型的女性形象有所偏爱，但是在对于作家作品的理解上，前者显然更尊重文学作品本身的特点。鲁迅关于冯沅君小说"未伤其自然""将毅然和传统战斗，而又怕毅然和传统战斗"的分析、关于凌叔华在开拓女性写作领域的贡献在于掀开"世态的一角"，勾画"高门巨族的精魂"的评价，既没有背离作品本身的魅力，又比普通批评家更加富有洞见。

《中国新文学大系》装潢考究的插画中，是一位体格健壮的播种者在播撒种子，这是"曾经的播种"，是1917年新文学革命以来播下的种子终有收获；也是"现在的播种"，面向未来。就女性文学发展而言，这两个意义也都蕴含其中。与1917年《新青年》强烈呼唤女性写作者但应者寥寥的情形相对照，十年间女性写作的成绩成为新文学的重要成果。在总结女性写作实绩时，《中国新文学大系》潜在地确立了女作家作品的判断标准：以表现社会与人生为主要评价体系的标准不仅带给了冰心和庐隐的作品以"别种模样"，还将如影

---

① 鲁迅：《导言》，载鲁迅编选《中国新文学大系·小说二集（影印本）》，上海文艺出版社2003年版，第7页。

随形地影响女性本人对写作的判断,这使后来的许多女作家急迫地抛弃"小我"而进入"大我"。——当有着巨大影响力的《中国新文学大系》代代相传时,以是否反映社会问题为判断标准的写作价值观也得以成功推行。(当然,这种标准并不是只针对女性写作。)

  需要说明的是,尽管本章突出了影响第一代女作家"经典化"的诸种因素,但是,所有这些条件都具备的女性作者并不必然进入《中国新文学大系》。换言之,最终使这些作家作品成为经典的,在于作家本人的勤奋创作和作品本身具有的魅力。第一代女作家在《中国新文学大系》中的地位是女性自身发挥作用的结果。

第五章
社会性别意识与新世纪女性写作的转型

21世纪以来，中国当代文坛罕有地活跃着从20世纪30年代到80年代出生的五代女性写作者的身影①：她们以勤勉不懈的状态创作出了当代文坛的一大批优秀作品，这些作品在包括茅盾文学奖在内的诸多政府奖和民间奖中屡获肯定。②这是21世纪女性写作的显在变化，本章关注的是其隐秘转型，即具有社会性别意识的写作。

正如读者注意到的，本章使用的是"社会性别"概念，而非"女性主义理论"——女性主义理论常常假定女性因为在生理上相似，所以在利益上也相互一致。而事实上，女性在社会中的共同利益不单取决于生理上的相似性，还取决于她们所从属的阶级地位和民族国家属性。"社会性别"强调性别身份

---

① 正如读者所意识到的，此处使用了"女性写作"而不是"女性文学"，因为论者倾向于戴锦华教授的分析，"女性写作""标识着对女性创作的作品及女性写作行为的特殊关注，旨在发现未死方生中的女性文化的浮现与困境，发现女作家作品中时隐时现的女性视点与立场的流露，寻找女性写作者在男权文化及其文本中间或显露或刻蚀出的女性印痕，发掘女性体验在有意无意间撕裂男权文化的华衣美服的时刻或瞬间"。戴锦华：《涉渡之舟——新时期中国女性写作与女性文化》，北京大学出版社2007年版，第16页。

② 女作家作品在各类文学奖项/选刊选本中所占比例明显增加，稍加留意鲁迅文学奖获奖者的性别比便会发现，第一届短篇小说奖获奖者的男女比例是4：2，中篇小说是9：1，而到了2004—2006年的第三届短篇小说和中篇小说获奖者的男女性别比都是2：3，女性获奖者超过50%。另一个例子则是2010年的"中国小说学会奖"，从长篇、中篇、短篇到海外文学特别奖，四位获奖者严歌苓、方方、范小青、张翎均为女性。

的"社会性",它关注两性社会关系的复杂构成,认为男性和女性之间的社会性别差异取决于多方面的因素,包括意识形态、历史、宗教、种族、经济和文化等,同时,它也关注性别内部的分化,由于阶级、阶层以及民族国家身份的不同导致的女性之间的利益差异。

女性写作者的社会性别意识使 21 世纪女性写作发生了宝贵的转变[1],这些变化包括女性写作者创作出了一系列引起社会广泛关注的小说及影视作品;诸多女性写作者自觉地摆脱了私语式和自白式的言说方式而更倾向使用第三人称,关注并书写贫穷女性的疾苦;从事评论的女性创作者日益增多,她们在网络、报刊上实时表达作为一位女性也作为一位知识分子的意见,为中国当代社会的文明和进步做出了贡献。与 20 世纪 90 年代以来的女性写作相比,21 世纪女性写作有着作为文学和社会性别的双重自觉。

一、从小说到影视改编:广受关注的女性形象

说起 21 世纪女性写作成绩,不得不提到那些引发全社会热议的改编自女作家原作的影视作品,包括《中国式结婚》《媳妇的美好生活》,还包括《蜗居》《双面胶》《杜拉拉升职记》等。本章仅以作家六六和李可的创作为例。

女作家六六于 1999 年开始在网络上写作。她最初引起广泛关注的作品是反映都市婆媳关系的小说《双面胶》。书写婆媳矛盾并不新鲜,但《双面胶》的独到之处在于婆媳冲突中还铭刻有当代中国社会诸多尖锐的矛盾:越来越

---

[1] 笔者曾在《社会性别意识的彰显——论新世纪女性写作十年》(《文艺争鸣》2010 年第 15 期)中对 21 世纪女性写作的成就进行过整体意义上的讨论。需要说明的是,本章的第二节及结语部分都曾在前文出现过,所不同的是,在此前基础上,本章希望将畅销书及时评写作也纳入女性写作的考察范围,更为深入地探讨社会性别意识对女性写作的影响。

大的城乡差距；两代女性在性别理解与认同上的极大落差。小说结尾是女主角丽鹃因怒失言，亚平在母亲的鼓动怂恿下，丧失理智疯狂地将拳头砸向妻子，隐喻了日益尖锐的城乡冲突的释放。小说面世以来异常火爆：新浪、搜狐等网站登载；诸多个人博客转帖；《新京报》《城市快报》《新民晚报》等全国近20家媒体连载……这一切都使小说直接进入了普通市民的阅读视野。小说的畅销及电视剧的热映深刻表明《双面胶》触及了时代的"脉搏"，就此而言，六六小说的社会影响力应该获得足够关注。

　　与《双面胶》相比，六六的另一部小说《蜗居》反映的矛盾更为尖锐和复杂，受众层面更为广大。这是由上海普通市民买房难所引发的故事，金钱带来的困窘使女青年海藻最终投入了市委秘书长宋思明的怀抱，这也使读者得以窥视贪官的幕后生活。《蜗居》字里行间都有这个时代普通市民的困惑和无奈，如"攒钱的速度永远赶不上房价上涨的速度"[①]。房奴们的心声："如果30年还完贷款，利息都滚出一套房子来了。"[②] 夫妻之情、母女之情、姐妹之情，初恋与婚外恋，富人与穷人的爱情，官场的腐败和美好爱情的可能性，都在小说《蜗居》中得到了切实的展示。同名电视剧《蜗居》的上映更使房子、票子和腐败官员的生活以及一个女性如何获得自己的理想与幸福等话题成为全社会关注的热点。一部小说拥有如此众多的读者与观众，与小说选择关注的话题有重要关系。《蜗居》之所以受关注，在于它以海藻姐妹的个人际遇表达了当代都市人内心深处普遍存在的焦虑和绝望。

　　李可的《杜拉拉升职记》系列小说是21世纪第一个十年来的另一个热点话题。名牌大学出身的杜拉拉并没有好的家庭背景，也没有漂亮的外貌，她

---

① 六六：《蜗居》，长江文艺出版社2007年版，第1页。
② 六六：《蜗居》，长江文艺出版社2007年版，第56页。

不靠身体、后门以及各种潜规则，她依靠的是个人的聪明才智，学习并利用外企生存规则而鲤鱼跳龙门，成为典型的中产阶级代表。小说书写的是青年女性通过清白读书智慧生存并走向成功的故事，杜拉拉也因最后的成功而成为一代青年的偶像。"杜拉拉"和"海藻"代表了当代中国青年女性的两种典型命运，也是两位女性作家李可和六六为当代中国社会提供的镜像。二人都是苦读学习考上大学的毕业生，一个人的命运是靠职场规则努力打拼获得提升，最终实现从月薪4000元变成年薪20万元的梦想；另一个则是依凭美貌半推半就成为二奶，进而摆脱贫穷命运。从图书出版到影视、话剧，"杜拉拉"最终成长为"品牌"的道路表明了大众对公平竞争、靠个人奋斗取得成功的向往，这也是小说之所以畅销的一个重要原因。

作为女性写作者的六六和李可的写作及成名都具有某种"新世纪"色彩。六六是旅居新加坡的女性，在中国出生成长，对家庭生活的熟悉和敏感是其创作的原动力。而李可本人则有着与杜拉拉相似的成长背景，毕业于名校，后在世界五百强企业的人力资源部做领导。两个人都不是严格意义上的女作家，写作在最初只是她们的"副业"，而她们的成名方式也具有某种"新世纪"色彩，她们的作品首先是以帖子的形式在网络论坛发表后被不断转帖，因受到读者和网友的热捧而一举成名。六六也曾经明确表示过，读者的反映和回帖给予了她写下去的热情。六六和李可对社会热点的聚焦与关注，既有主动性也有"身不由己"之处——为了在网络上获得更多数人的关注和点击，她们需要寻找读者的兴奋点。因而，她们都喜欢从生活琐事出发，从人与人的情感出发，从一位女性的成长经历出发，正是作为女性的生存经验和视角与社会问题的巧妙结合成就了这两位畅销书作家，才使她们笔下的人物成为当代女性形象的一个缩影。这不能不说是女性写作近年来的意外收获。

二、从个人到万物

必须指出的是，尽管《蜗居》《杜拉拉升职记》等都书写了中国社会关系国计民生的热点问题，但这样的写作是有限度的，或者说是有缺憾的。这些作品文学技法上并不成熟，女性视角也并不完善。两部小说使用的是世俗意义上的女性视角，看似寻找女性如何独立和自立，但如果仔细分析杜拉拉的"成功"便发现，其一路走来包含对男性及权势的利用、对社会诸种规则的妥协等。这也意味着，尽管我们可以认为《蜗居》《杜拉拉升职记》等小说是女性写作的收获，但却不能冠之以"社会性别自觉"及"文学自觉"，这些作家的小说只是呈现了当代社会的原生态，并没有表现出一位具有独立意识的女性写作者的自觉、敏锐以及人文情怀。这样的工作是由另一部分作家完成的，她们大都是活跃在文学期刊领域的作家，她们中也曾有诸多人是女性写作的代表。

林白具有典型性。作为 20 世纪 90 年代女性写作的代表人物，她曾自我总结过个人写作的变化，"原先我小说中的某种女人消失了，她们曾经古怪、神秘、歇斯底里、自怨自艾，也性感，也优雅，也魅惑，但现在她们不见了。阴雨天的窃窃私语，窗帘掩映的故事，尖叫、呻吟、呼喊，失神的目光，留到最后又剪掉的长发，她们生活在我的纸上，到现在，有十多年了吧？但她们说不见就不见了，就像出了一场太阳，水汽立马就干了。……我从房间来到地边，跟牛和南瓜厮混在一起，肌肤相亲，肝脏相连，我就这样成为了万物"①。这是林白在《万物花开》中的后记。林白在《妇女闲聊录》中以一个农村妇女口述的方式完成着自己创作中最艰难的转型。《一个人的战争》中"我"与世界是对抗的，而在《妇女闲聊录》之后，"我"开始去关注、去凝

---

① 林白：《万物花开·后记》，人民文学出版社 2003 年版，第 283 页。

视世界和他人，这不是一次简单的写作方式的变化。小说家的人生观和价值观都发生了重要的、有意义的调整，她开始关注她们，关注那些与自己并不处于一个阶层的女性们的生活现状。

还没有哪个时代的女性写作像今天这样，对底层女性生存境况的关注和书写如此真切、丰富和深入，深具社会性别意识和人文情怀，同时也具有深切的文学自觉。以迟子建为例，21世纪女性写作二十年来，迟子建以一大批优秀作品成为生于20世纪60年代的女作家中首屈一指的代表。在她数量庞大的作品中，《世界上所有的夜晚》是闪烁光泽的优秀作品，小说是以经历丧夫之痛的"我"在行程中所见到的人和遇到的事为线索，讲述一路上她听到和看到的各种各样的死亡。蒋百嫂的丈夫从煤矿上失踪了，再也没有回来。蒋百嫂害怕黑夜——她酗酒，她哭泣，她常带各种男人到她家里过夜。"我"在蒋百嫂酒醉不醒后来到她的另一个房间。那里有一个巨大的冰柜。冰柜里是戴着矿灯的男人蒋百，他蜷在冰柜里仿佛端坐在冰山脚下。失踪的蒋百若是找不到，这次矿难就以未完成的方式不能上报，官员们便没有责任。蒋百嫂获得了一笔钱，她的丈夫在冰柜里则成为永远的冰山……黑暗世界里低微的叹息和哭泣，那最底层人民的苦痛、不安都被这位生活在北中国的女性看到、听到和感受到了。迟子建具有宝贵的写作自觉："我经历个人生活变故的那段岁月，中国频频发生重大矿难。看着电视上那一张张悲痛欲绝的寡妇的脸，我在想，她们面对的亲人的死亡，比我经历的要惨痛得多。……伤痛确实是有'轻'和'重'的，在那个时刻，我不愿意过分放大自己的痛，我愿意用我的笔去挖掘那些女人心中不能言的'痛'。"[①]21世纪以来，迟子建甚

---

① 迟子建：《深度访谈之一 捍卫人类灵魂"原乡"的生命史诗》，载王红旗《爱与梦的讲述——著名女作家心灵对话》，社会科学文献出版社2010年版，第25页。

为丰富的作品具有共同的特质，她关注独特的群落，她写空村，写小镇，写独臂人，写拆迁户，写失业者，写农民百姓，写那些被忽略和被忽视的人们，从《鬼魅丹青》《花牤子的春天》到《福翩翩》，迟子建以令人感喟的悲悯情怀为21世纪以来的女性写作以及21世纪以来的中国当代文学的发展做出了重要的贡献，她卓有意义的社会性别写作也成为21世纪女性写作最为宝贵的收获。

孙惠芬是另一位社会性别意识明显的作家。《民工》中，她以一位女性特有的敏锐透视到了这个社会最难耐的疼痛，工地上的民工依然在为饥饿所困扰，生活和基本生存权利毫无保障，而在农村中守候的妻子则在疾病与寂寞中死去。小说的结构精妙，通过"奔丧"既书写了农民工父子的困窘和穷苦，也书写了那位死去的永远沉默的女性，她的悲苦，她的疾病，她在丈夫和儿子离开村子讨生活后的无助和脆弱。将目光投向百姓和普通人生的书写不只是以上几位作家，葛水平、魏微、鲁敏都有着共同的价值判断和取向。这些女性写作者将目光投向"底层"生活并不只是写作对象的改变，还是一次叙述视角的变化：她们不再只是如同《妇女闲聊录》那样听木珍诉说的他者，她们自觉地和写作对象在一起，去感受世界并成为她们其中的一员。

诗人郑小琼是21世纪女性诗人中的佼佼者，其诗歌意象在整个中国当代文学的写作中都是陌生而具有冲击力的。在高温里很快可以融化的铁，无休无止的永远开动的流水作业，黄麻岭，塑料工厂，日益被工业排泄物污染的村庄的小河，长年分居的打工夫妻，城市的拾荒者，躺在医院里受了工伤的工人，在工厂门口等待拿可怜的赔偿金的工友，一张张年轻女性的脸……郑小琼的书写给予劳动者、劳作以及诗歌本身以尊严，透过她的文字，读者深刻认识到一代又一代的青春如何被消费和被牺牲。另一个青年女性作家是塞壬，在《下落不明的生活》中她讲述了一种不断迁移的生活，流浪，游走，从此地到彼地。塞壬是有敏锐痛觉的书写者，她反复书写自己，但她对自我的书写与《一个人的战争》和《私人生活》的最大不同在于，她是通过自我的眼睛看世界，而不是看镜子里的"我"。因而当她书写自己的隐匿，自己的受伤和卑微时，她便将一个独有的飘零的女性形象书写成了一种时代象征。这个四处迁徙讨生活的女性，象征了我们这个时代大多数人漂泊无依、没有安全感的命运。

郑小琼和塞壬都是工厂打工者，流离失所者，所以当"她们"书写"我"，当"她们"书写"她们"时，"她们"就是"我"，"我"就是"她们"，"我们"和"她们"就永远地凝结在了一起。一如迟子建所说："我觉得雄鹰对一座小镇的了解肯定不如一只蚂蚁，雄鹰展翅高飞掠过小镇，看到的不过是一个轮廓；而一只蚂蚁在它千万次的爬行中，却把一座小镇了解得细致入微，它能知道斜阳何时照耀青灰的水泥石墙，知道桥下的流水在什么时令会有飘零的落叶，知道哪种花爱招哪一类蝴蝶，知道哪个男人喜欢喝酒，哪个女人又喜欢歌唱。我羡慕蚂蚁……而我想做这样一只蚂蚁。"[①]将自己视作体验人间疾苦的蚂蚁而不是俯瞰世界的老鹰，充分表明了21世纪以来的女性写作已然躲避了被广为诟病的"中产阶级趣味"的写作，意味着21世纪女性写作不再只是有关女性知识分子生活的写作，不再是精英写作，她们摒弃了个人化写作常有的叙述的尖利、独白、呓语，她们开始把"我"放进了社会现实中。

从"闺房"到"旷野"，从"个人"到"万物"的转变，是21世纪女性写作者们有意识的转型。如果说姐妹情谊有多种多样的表现，那么，21世纪十年的女性写作是通过对贫穷的"不可见阶层"女性生活的书写，通过理解

[①] 迟子建：《世界上所有的夜晚》，《钟山》2005年第3期。

她们的艰难、分担她们疾苦的方式表达对另一群姐妹的深切关注，这是对女性群体的重新认知，这是另一种意义上的"姐妹情谊"。

三、女性批评家的崛起

21世纪女性写作的另一个自觉转型表现在一批具有独立性别意识及社会情怀的女性写作者的出现。她们与当下鲜活、变动和复杂的社会进行互动，表达作为公共知识分子应有的意见和态度，这是21世纪十年另一次更为切实和富有意义的转型，而这个转型尚未受到批评家们的认真关注。这些作者包括刘瑜、戴锦华、李银河、翟永明、毛尖等人。

刘瑜侧重的是民主常识的普及，她的主要代表作是《民主的细节》和《送你一颗子弹》。她的文字常常发表在《南方周末》和《南方都市报》上。她习惯于从生活的点滴出发书写"民主""政治"等宏大话题。在被问到人们通常如何理解"性别思维"时，这位女性说："我学的是政治学。我对政治也比较有兴趣，因为政治和生活息息相关嘛。如果大多数人觉得这比较'反常'的话，我觉得是'大多数人'有问题，而不是我，他们需要作出解释，而不是我。"[①] 她侧重分析政治的日常性，致力于普及常识，她以其亲切和家常的文风充分发挥了女性富有弹性和韧性的优长，为一个社会的文明和进步做着"润物细无声"的贡献。

回顾中国女性写作的发展史会发现，女性争取在公共空间里自由言说与表达已经有一百余年的历史。1898年出版的《女学报》是经正女学堂的校

---

① 刘瑜：《政治的肮脏，在很大程度上，正是人们的政治冷漠造成的》，《晨报周刊》2009年7月23日。

刊,主要撰稿人就是一批有知识的女性:潘璇、康同薇、李蕙仙、裘毓芳等人。女性主办的报纸在晚清末年发行,也意味着打破了女子不言家外事的千年传统。在当时,甚至有一批女性成为热心的报刊主编或主笔:秋瑾、吕碧城、陈撷芬、何震、燕斌。她们在报纸上与男子一起讨论男女平等问题,讨论女学堂的办学方向,号召妇女放足、走出家庭进入学堂、成为自立之人。当然,尽管有不少的妇女在报刊上发表文章,但是很长一段时间内,女作者们的作品并不令人满意。"更通观本志所刊布诸文,舍一二投稿家外,非背诵吾族传来之旧观念,即剿袭西方平凡著者之浅说。"①没有原创性的个人观点和敏锐的表达是女性写作者进入公共空间后面临的问题。

五四新文化运动至今,情况已经改变,越来越多的女性知识分子借助传媒进入了公共视野。中华人民共和国成立之后,报刊上出现女性写作者的身影已经是平常之事,但并没有令全社会瞩目的女性批评家出现。在这样的历史背景下去理解,会发现21世纪女性写作者的贡献更应该重视。戴锦华、刘瑜、毛尖等人的写作使读者摆脱了头脑中长久以来形成的女性杂文只限"风花雪月"的通常印象,其见解并不因为是"女性"言说而获得关注,而是因为其见解犀利,具有启发性。在当代中国,她们的写作不仅可以代表女性杂文写作的最高成就,也的确可以代表当下时文写作的最高水平,这是21世纪十年来女性写作最切实、最富有社会意义的收获之一,而这样的收获因诸多研究者关于女性写作的狭窄定位并没有获得足够的关注和理解,这是令人遗憾的。

在整体讨论20世纪90年代女性写作时,戴锦华指出过陈染《私人生活》的问题:"她在女性的拒绝姿态与自我放逐之后再度涉及了女性与社会间的

---

① 陶履恭:《女子问题——新社会问题之一》,《新青年》1918年第4卷第1号。

定位——那在阳台（私人、个人空间）长得过大的龟背竹是否该移到窗外的世界中去？女性写作是否应走出'私人生活'再度寻找它与社会现实的结合部？"[①]对于这样的疑问和建议，21世纪女性写作者们以具有强烈社会性别意识的创作实绩进行了有意义的回应。从《上种红菱下种藕》《富萍》《逃之夭夭》《月色撩人》到《妇女闲聊录》《万物花开》，从《笨花》到《小姨多鹤》，女性写作者们对底层女性的命运给予了更多关注，她们更善于从复杂的社会环境生活中书写爱情、身体、性以及婚姻，更善于在浮世中刻画如浮萍一样的个人命运。这是写作观念的变化，21世纪女性写作远离了以自我为中心的感受世界的方法；这是价值观的坚守，她们的写作远离了大众文化的浅薄，她们以书写我们所在的城镇、乡村，以与艰辛度日的劳动者在一起的方式，表明了自己的立场和价值取向。

21世纪女性写作的社会性别意识的凸显令人无法不想到现代女性写作发生期的情景。中国现代女性写作发展到今天已经有九十余年，在最初写作时，年轻的受过高等教育的女性写作者们"天然地"具有社会人的自觉：自己有书写社会问题的责任，意识到自己不只是一名女性，还是一位公民、一个社会人、一个挣工资者、一个应该对社会发声的人。将女性写作与社会现实紧密结合，是"五四"文学传统给予女性写作的宝贵资源和源点。今天，21世纪女性写作的转型深刻表明了中国女性写作正在重新寻找和继承自己的优良传统，她们将个人写作与社会现实结合的努力呈现了新的"精神气质"，即为"不可见的"族群言说的勇气、对边缘群体的眷顾和对边缘立场的坚守。她们的劳动使我们重新理解了"女性写作"的精神。

---

① 戴锦华：《涉渡之舟——新时期中国女性写作与女性文化》，北京大学出版社2007年版，第378页。

一如本章开头中所提到的，如果我们把20世纪90年代以来女性写作中的"个人化写作"和"身体写作"中那种幽闭、封闭和中产阶级趣味的写作，把一些人的"美女写作"视作一个理解背景，那么21世纪女性写作的独有气质——开放性和人文情怀将被发现。如果说20世纪90年代的个人写作和女性写作完成了女性写作阶段必要的"向内转"，那么，21世纪女性写作以诸多写作实绩完成的则是"向外转"，正是这样的宝贵转型使女性写作与社会现实紧密结合在了一起。如果说，"经历了新时期女作家创作的繁荣，90年代女性写作在性别自觉与文学自觉的双重意义上进入、展现了更为成熟厚重的格局"[①]，那么21世纪女性写作则是在"社会性别自觉"与"文学自觉"的双重意义上开创了一个新的格局。

[①] 戴锦华：《涉渡之舟——新时期中国女性写作与女性文化》，北京大学出版社2007年版，第378页。

第六章
这个时代的"不合时宜者"

"时时维持着警觉状态,永远不让似是而非的事物或约定俗成的观念带着走。"这是萨义德在《知识分子论》中所言。面对社会潮流时的紧张、疏离及警觉,这是一切优秀作家面对世界时应有的态度。人类文学史上所有的作家在面对自身所处的时代时,都有着属于知识分子的警觉与疏离,他们敏感、孤独、特立独行;他们清醒、智慧、尖锐,是并不与时代潮流为伍的人。——优秀的文学作品都是"不合时宜"的,它是那个时代的"异者之声"。好的作家善于发现他的时代"病人""狂人"与"独异者"。本文拟以三部小说——《我爱比尔》《永远有多远》《世纪末的华丽》为例分析作家面对时代现实如何思考写作的问题。之所以选择此三部作品为研究对象,原因在于其甫一问世便备受读者与批评家关注,具有重要的文学史意义。王安忆、铁凝、朱天文三人在华语文学世界也具有代表性——王安忆和铁凝在大陆常常被并称为当代文学"双子星座",而朱天文的写作则被台湾批评家视为"台湾文学与文化的新动向"。三部作品发表的时间相近,都发表在20世纪90年代:《我爱比尔》发表于《收获》(1996年第1期),《永远有多远》发表于《十月》(1999年第1期),《世纪末的华丽》则完成于1990年4月。而且非常巧合的是,三位作家还都是同龄人,王安忆出生于1954年,铁凝出生于1957年,朱天文出生于1956年。

《我爱比尔》《永远有多远》及《世纪末的华丽》之间有细微的"互文性"。三部作品都讲述了三个女人的情感生活,她们分别生活在中国的三个重要城市：上海（《我爱比尔》）、北京（《永远有多远》）、台北（《世纪末的华丽》）。女主人公的生活场景、性格特征与其身处的三座城市文化紧密相关，也保有所在城市的文化精神内涵。但更重要的是，三部作品对所处的时代发展、所在的城市文化都各有隐忧与态度，而对于马上到来的"世纪末"各有一番文学表达。这些表达基于她们的小说家身份，也缘于她们作为女性独有的感觉与认识，因为她们各自保有对时代文化的思考，她们的作品及人物才会令读者及批评家不断地讨论和评说。

一、都市女人与都市文化

《永远有多远》中的主人公白大省是中国当代文学史上的著名女性，她热情、简单、仁义而宽厚。白大省总是以一种空想的热情热爱着她喜欢的男性，她不解风情，不断地被各种男人抛弃、拒绝、伤害。男人们用各种方式与她分手。她也被自己的弟弟、表妹算计、欺骗。被爱情伤害构成了白大省与外部世界的关系。小说的结尾处，抛弃过白大省的男友由日本归来，请求她成为自己女儿的继母。白大省答应了，这是常人难以理解的决定。白大省再一次鬼使神差地成为她不想成为的那种人。

《永远有多远》写的是被时代抛弃的女性。白大省令人想到电视剧《渴望》里的刘慧芳，那个处处忍让、以奉献为美德的女性曾经在20世纪80年代的中国家喻户晓，其命运主题曲《好人一生平安》也被传诵一时。但作为翻版刘慧芳，白大省在"世纪末"不被认为是"好人"，其感情生活也不"平安"。她身上的"仁义"美德被她身边的很多人理解为"傻""容易欺骗"。她身上有着过时的"仁义"美德。她是一个生活在北京的，有些像得了"仁义病"的女人。

阿三是一个陷入狂热爱情之中的女人，她热爱美国外交官比尔的一切，坚信自己与比尔之间有爱情，即使暂时没有，也会获得。比尔之于阿三是"神"，是电影里的"铜像"，比尔对阿三说："虽然你的样子是完全的中国女孩，可是你的精神，更接近我们西方人。"这使阿三心花怒放。比尔对阿三的接纳意味着西方及西方文化对文艺女青年阿三的认同和接受，比尔也使阿三"西方化"的灵魂获得安慰。所以，比尔离开后她寻找着和比尔有共同特征的男性，比如马丁。《我爱比尔》首先是一个爱情故事，这个爱情故事里，阿三狂热地追求她的热爱对象，从不想要了解她的对象是否也爱她、适合她，她是否要因之放弃自己的主体性。

《世纪末的华丽》中的女主人公米亚是一个青年模特。王德威分析说，《世纪末的华丽》中"米亚是个订做的世纪末人物，一个金光璀璨、千变万化却又空无一物的衣架子。而朱的小说自身，何尝不可作如是观。米亚（或朱天文）对服装与形式的极致讲究，淘空了所谓的内容，而没有内容的空虚，正是《世纪末的华丽》最终要敷衍的内容"[①]。小说的写作方式对于大陆读者来说有些陌生——它充溢着对服装、对形式、对流行风尚不厌其烦的描摹，甚至超过了对人物本身的关注。米亚的情感世界也是古怪的，她厌倦了光鲜的生活，耽溺于手工世界，并不介意自己的女友身份合法与否。

二、作为成长背景的城市：老北京、新上海、物质台北

在《永远有多远》中，白大省的仁义美德与她所生长的城市以及城市的质地是共生共存的。"北京若是一片树叶，胡同便是这树叶上蜿蜒密布的叶

[①] [美] 王德威：《从〈狂人日记〉到〈荒人手记〉》，《当代小说二十家》，生活·读书·新知三联书店 2006 年版，第 10 页。

脉。要是你在阳光下观察这树叶,会发现它是那么晶莹透亮,因为那些女孩子就在叶脉里穿行,她们是一座城市的汁液。胡同为北京城输送着她们,她们使北京这座精神的城市肌理清明,面庞润泽,充满着温暖而可靠的肉感。她们也使我永远地成为北京一名忠实的观众,即使再过一百年。"以老北京／胡同／北京姑娘的叙述,《永远有多远》同构了白大省与北京之间的亲密关联。贺桂梅在《文学与城市——世纪之交的城市书写与女性表象》中对《永远有多远》中女性与城市文本的同构性做过详细而深入的分析:"《永远有多远》以一个胡同里长大的女性的情感故事,来呈现北京精神的全部内涵,这一叙述结构及其象征性表达是相当清晰的。白大省的故事并非仅仅是一个女性的故事,而同时是北京故事。她的'仁义',她的'傻里傻气的纯洁和正派',她的实在和'小心眼不多',她的'笨拙而又强烈之至'的感情,也正是胡同北京的品性。"①

在《世纪末的华丽》中,台北有另一种景象:"这是台湾独有的城市天际线,米亚常常站在她的九楼阳台上观测天象……违建铁皮屋布满楼顶,千万家篷架像森林之海延伸到日出日落处。"这是与北京完全不同的城市风景,"水汽和云重得像河,车灯破开水道逆流奋行,来到山顶,等"。"终于,看哪,他们等到了,前方山谷浮升出一横座海市蜃楼。云气是镜幕,反照着深夜黎明前台北盆地的不知何处,幽玄城堡,轮廓历历。"张诵圣在《朱天文与台湾文化及文学的新动向》中认为,《世纪末的华丽》及同名短篇小说集书写的不仅仅是人,还有城市本身——荒芜、空洞,没有实质性的城市与米亚由衣饰充斥的模特生活一起构成了紧密的关系。

---

① 贺桂梅:《文学与城市——世纪之交的城市书写与女性表象》,《人文学的想象力——当代中国思想文化与文学问题》,河南大学出版社2005年版,第171页。

《我爱比尔》很少写上海的城市风光,几乎没有我们印象中的弄堂、高楼、外滩和淮海路等标志性建筑。它书写的是另一个上海,一个文化意义上的上海。女主人公阿三是美术系大学生,她与美国外交官在一次画展中相识。作为绘画者,她渴望西方的创作技法和赏识,也懂得如何取悦西方人。"她向比尔介绍中国的民间艺术:上海地方戏,金山农民画,到城隍庙湖心亭喝茶,还去周庄看明清时代的居民。"上海有周庄、丝绸、菊花,有阿三对京剧的迷恋,这都是比尔所喜欢的上海。小说中也书写了阿三参加外国人聚会、中国女作家的沙龙,以及在华泾村的生活等。阿三很享受在上海街头与比尔的搂抱,享受与西方都市结合、共在的幻景:"出酒店来,两人相拥着走在夜间的马路上。阿三钻在比尔的羽绒服里面,袋鼠女儿似的。嬉笑声在人车稀少的马路上传得很远。两人都有着欲仙的感觉。比尔故作惊讶地说:'这是什么地方?曼哈顿、曼谷、吉隆坡、梵蒂冈?'阿三听到这胡话,心里欢喜得不得了,真有些忘了在哪里似的,也跟着胡诌一些传奇性的地名。比尔忽地把阿三从怀里推出,退后两步,摆出一个击剑的姿势,说:'我是佐罗!'阿三立即做出反应,双手叉腰:'我是卡门!'两人就轮番作击剑和斗牛状,在马路上进进退退。路灯照着,将他们的影子投在地上,奇形怪状的。"① 阿三身上有典型的"自我殖民"色彩,小说中她对比尔的爱与对西方文化的迷恋是共生的,上海从前的"租界"背景与阿三身上的新式上海都市文化气息纠缠在一起——只有作为时尚都市的上海,才能产生对西洋文化如此执迷的阿三。

《永远有多远》《世纪末的华丽》和《我爱比尔》都以一个女性作为书写的对象,但她们的情感际遇与人生波折又无可避免地与她们生活的城市之间有紧密关系。

---

① 王安忆:《我爱比尔》,《收获》1996年第1期。

三、大时代里的"不合时宜者"

《我爱比尔》中,阿三身上固然有着十里洋场的上海气息,但也未尝不是20世纪八九十年代中国文化中独有的印记,那是一切以"西方文化"为是,一切以"西方文化"为最的时代。这背景使她的爱情生涯充满了隐喻气息。——阿三与活跃的时代的关系则是火热的,她一次次渴望融入这个时代的文化氛围,成为时代文化的一部分,作为"爱比尔"的个人,阿三是20世纪90年代中国的"合时宜者"。

《我爱比尔》不只书写一个女人与她所处时代文化之间的关系——比尔和阿三之间深不可测和仿佛无法逾越的沟壑使阿三和比尔之间的无法合拍最终体现为他们之间的差异,那是冷冰冰的经济利益不平等与政治格局的不相宜。整部小说是在阿三的反省与追悔中讲述的,进入劳改农场后的她对自己的过往产生了深刻的怀疑和反省,反省"我爱比尔"这个事实本身。王安忆在此部小说里不动声色的客观叙述与阿三的个人反省形成了反差,这使整个故事读到最后变得异常残忍。作为与时俱进者的阿三,当年多么沉湎于被西方接纳的幻觉!可是,当比尔告诉阿三,"作为我们国家的一名外交官员,我们不允许和共产主义国家的女孩子恋爱"时,现实才露出强硬、狰狞、无情的面目。阿三与比尔之间的爱情,使人无法不想到詹明信在《处于跨国资本主义时代中的第三世界文学》中所言的:"关于个人命运的故事包含着第三世界的大众文化和社会受到冲击的寓言。"[①] 阿三的自我痛苦与怀疑不应该只理解为阿三的个人感受,也是作为叙述人的王安忆的冷静思考。

---

① [美]詹明信:《处于跨国资本主义时代中的第三世界文学》,《晚期资本主义的文化逻辑》,生活·读书·新知三联书店1997年版,第523页。

白大省和阿三的相似之处在于总是渴望不属于她的东西，渴望成为"西单小六"——一个风情万种，在任何时代都可以收获她的爱情、也深得时代文化精神的美丽女人。但具有仁义美德的白大省总是不能如愿。在这个注重实利、讲究算计，处处为自己打算的时代里，白大省彻底地成为一个"不合时宜者"。

《永远有多远》讲述的也不仅仅是白大省的际遇，铁凝一开头就讨论到了仁义："在七十年代初期，这其实是一个陌生的、有点可疑的词，一个陈腐的、散发着被雨水洇黄的顶棚和老樟木箱子气息的词，一个不宜公开传播的词，一个激发不起我太多兴奋和感受力的词……"为什么一个不宜公开传播的词，在1999年却成为叙述人咏叹的对象？这是一个新的社会和时代，新的价值观和伦理观如高楼一样迅速被认同，20世纪80年代末以来那些现代化观念被狂热接纳，而"陈旧的"观念和道德体系则在顷刻之间被无情地抛弃与忽略。一切都因被命名为全球化与现代化而显得理所应当。可是，真的是这样吗？我们物质生活的丰饶一定要以精神世界的贫乏为代价吗？白大省在大骂郭宏的第二天给"我"打电话，她说她在沙发缝里发现了一块"皱皱巴巴、脏里吧唧"的小花手绢，是郭宏孩子的手绢。"白大省说所以我的良心会永远不安。我问她说，永远有多远？"皱皱巴巴的小脏手绢细节唤醒了白大省的母爱本能，仁义美德在她身上重新浮现。这是一次主动的选择。白大省在小说最后寻找到了她的主体性，做出了属于她个人的选择。铁凝书写了那些属于民间的美好，对时代发展中所遗失的"传统美德"进行了深情而又百感交集的回视。

或许，作为艺术人物，阿三的幸运在于她的渴望最终没有被时代以及西方文化接纳，这使得我们有机会深刻认识到追随"发展"的脚步、亦步亦趋做"合时宜者"的危险。而白大省的魅力则在于她与整个时代和社会的格格不入，缓慢的反应、笨拙的转身以及空怀一腔热情使她成为这个时代的"特立独行"之人——阿三和白大省是中国大陆文学史上两个令人难以忘怀的"怪里怪气"的形象，经由这两个人物，王安忆和铁凝表达了在时代潮流面前的警惕，即在迅猛发展的时代与城市面前，"与时俱进"的危险以及保持主体性与独立性如何可能。

米亚与阿三、白大省完全不同。在爱情里，青春无敌的她是主动的，与每一个男友的交集与分手都是她的主动选择。米亚对爱情的主动选择构成了她与外部世界的关系。但小说很少写她与男性情感的交融。正如詹宏志在序中所说，"小说花费大量篇幅细细描述各种服装时尚与身上饰物，相对地逐步揭露一个行尸走肉的身体"①。似乎是，无论从爱情选择还是生活方式的选择上她都是合时宜的，但是也并不尽然。王德威认为《世纪末的华丽》不只是朱天文的纸上服装秀。在他看来，这篇小说谈衣服，于有意无意间击中了时代的要害。

> 它让我想起张爱玲散文《更衣记》里的一段话："时装的日新月异并不一定表现活泼的精神与新颖的思想。恰恰相反。它可以代表呆滞；由于其他活动范围内的失败，所有的创造力都流入衣服的区域里去。在政治混乱期间，人们没有能力改良他们的生活情形。他们只能够创造他们贴身的环境——那就是衣服。我们各人住在各人的衣服里。"朱天文尽得张派真传。她避谈政治，却在绫罗绸缎间，编织了

---

① 詹宏志：《一种老去的声音》，载朱天文《世纪末的华丽》，上海译文出版社2010年版，第3页。

一则颓靡的政治寓言。①

以此说来,米亚的颓废风格、物质主义以及 25 岁便觉年华不再的感慨,也不只是她的"怪癖",还在于她对这个时代的不适应。这是另一种形式的不合作。但张诵圣表达得更为贴切:"一方面朱天文精确而生动地描绘出处亚热带地理环境的台湾都市中特有的噪音、湿气、灼热及污染的空气和水;另一方面,其中的意象也有力地传达出否定人文价值的荒芜和野蛮。"②

米亚、阿三、白大省的情感际遇隐喻着她们与外部世界所在的关系。——无论是否曾经"与时俱进",三部小说的女主人公在小说结尾处都没有跟上时代的"步伐"。具有主动精神的阿三在"爱比尔"的回忆中不断地反省和懊悔。一直渴望成为别人的白大省回归了自己的"仁义",没有成为自己想成为的那种人。最令人吃惊的是米亚,在物质世界面前变得缓慢和迟钝——她和老得可做爸爸的老段虽有露水情分,但"他们过分耽美,在漫长的赏叹过程中耗尽精力,或被异象震慑得心神俱裂,往往竟无法做情人们该做的爱情事"③。米亚离开了那帮与时尚结缘的朋友,没有成为"空洞"的衣架,她转而躲进自己的空间学做手工,渴望用手艺养活自己。——阿三、白大省、米亚在小说的结尾没有与城市文化精神共同"前进",她们和她们身在的都市文化保持了距离,她们最终成为时代的"不合时宜者"。

---

① [美]王德威:《从〈狂人日记〉到〈荒人手记〉》,《当代小说二十家》,生活·读书·新知三联书店 2006 年版,第 11 页。
② 张诵圣:《朱天文与台湾文化及文学的新动向》,载梅家玲编《性别论述与台湾小说》,台湾麦田出版社 2000 年版,第 336 页。
③ 朱天文:《世纪末的华丽》,四川文艺出版社 1999 年版,第 185 页。

四、重建主体性

　　三部作品通过讲述三个女性的城市生活，表达了对这个时代文化的隐忧与思考。这样的分析固然言之成理。但我还想强调的是，小说到底是小说，是文学作品，是与"人心"有关的艺术表达。尽管小说家对时代文化表达了自己的态度，但恐怕她们更看重的是人内心的苦楚、迷茫以及疼痛。在一个被理论、制度和风尚牵制的时代里，三位女作家不约而同地尊重着小说人物的感受力，并对此进行了书写。

　　"有一天男人用理论与制度建立的世界会倒塌，她将以嗅觉和颜色的记忆存活。从这里并予之重建。"这是《世纪末的华丽》中被人广为引用的话，研究者认为这是朱天文的"女性宣言"："然而这叙述不必是对未来文明的评语，如果当它是对目前文化状况有所不满的女性宣言，可能更为恰当。"[1]在对男人世界的未来表达忧虑时，朱天文企图建设属于女性的未来文明。朱天文在这部小说中有自己的时间观念，她将写作设在了尚未到来的1993年，以未来的时间回视此刻。在她的小说里，传统的时间对于米亚来说已失去意义，25岁的她便早已觉察自己的"年老色衰"。小说中，朱天文对米亚的时间感受进行了独特的认知，这个女孩子感受到了时间的飞速，但是她还是会依靠嗅觉记忆存活，依靠味道与颜色获得对自我的重新确认，也远离那些光怪陆离的浮华。以嗅觉、味觉感受、理解世界是及物的、安稳的、实在的和妥帖的。

　　《永远有多远》中，铁凝以一种个人的、物质的感受表达了对逝去的北京的怀念，这个北京与那个被越来越多的"世都""天伦王朝""雷蒙""凯伦饭

---

[1] 张诵圣:《朱天文与台湾文化及文学的新动向》，载梅家玲编《性别论述与台湾小说》，台湾麦田出版社2000年版，第343页。

店"充斥的北京城是不搭界的。小说开头就有大量对嗅觉、味觉的追念。叙述人回忆着二十多年前夏日的午后,"我"和表妹白大省经常奉姥姥的盼咐拎着保温瓶去胡同南口的小铺买冰镇汽水。说到当时北京的小铺,"南口不卖油盐酱醋,它卖酒、小肚、花生米和猪头肉,夏天也兼卖雪糕、冰棍和汽水……你知道小肚什么时候最香吗?就是售货员将它摆上案板,操刀将它破开切成薄片的那一瞬间"。关于喝汽水的感觉,叙述人记忆犹新:"我只记得冰镇汽水使我的头皮骤然发紧,一万支钢针在猛刺我的太阳穴……这就叫冰镇。没有冰箱的时代人们知道什么是冰凉,冰箱来了,冰凉就失踪了。"——《永远有多远》绝不只是写一个女性的世纪末际遇,它还有关民族文化选择,城市发展选择,更是小说家内心文化价值观的取舍。在世纪末,在胡同与摩天大楼之间追问"永远有多远"是一种态度——什么是应该留存的?什么是应该珍视的?也许答案就在那些胡同里,那些与胡同共生同长的北京姑娘身上,她们身上的仁义美德是北京城乃至中国文化中的珍宝,是一个城市/民族文化生命中的汁液、经络、血脉。

《我爱比尔》中,阿三从劳改农场逃出后挖出一个鸡蛋。它唤起了她内心深处的记忆、感受以及痛楚。"这是一个处女蛋,阿三想。忽然间,她手心里感觉到一阵温暖,是那个小母鸡的柔软的纯洁的羞涩的体温。天哪!它为什么要把这处女蛋藏起来,藏起来是为了不给谁看的?阿三的心被刺痛了,一些联想涌上心头。她将鸡蛋握在掌心,埋头哭了。"——在最初与比尔的性爱中,阿三刻意掩饰了自己的"处女"身份,以迎合他的西方人生活方式。但作为物的处女蛋最终重新唤回了阿三的主体感受,这种感觉使她具有了重建自我主体的可能性:怎样在这个时代真正辨别自己想要的,怎样才真正了解自己是谁,了解自己的欲望和身份,进而确立自己的位置?阿三是矛盾的:"这其实是一个困扰着她的矛盾,那就是,她不希望比尔将她看作一个中国女孩，可是她所以吸引比尔，就是因为她是一个中国女孩。""处女蛋"引发了阿三的痛楚，这使她不得不面对当初为何要对"自我"进行压抑这个事实。这种表达方式也再一次说明，尽管民族国家话语的存在使《我爱比尔》从"爱情"中脱离开来——小说讲述了男人与女人在性和身体感受上的"不可沟通性"，这既是美国外交官身份的比尔和中国文艺女性阿三的不可沟通，也是西方经验和东方经验"沟通"艰难的深刻隐喻。"所有第三世界的文本均带有寓言性和特殊性：我们应该把这些文本当作民族寓言来阅读。"[①]《我爱比尔》使人不得不正视民族文化主体性如何建立及建立的艰难性与可能性问题。身份认同和困惑是《我爱比尔》中阿三无法回避的问题，也是这个时代中国知识分子无法回避的问题。爱情故事与民族身份思考的联袂登场，个人情感与民族际遇共同受到重创，这显然出自一种高明的小说叙述策略——小说表层是阿三爱情故事的书写，内核却是叙述人王安忆在一个世纪快要结束时的表达，是一位在"全球化时代"写作的中国作家的文学式发言。[②]

　　阿三、白大省和米亚以不同的及物方式表达了个人主体的回归。这既是作为女性主体的确认，也是对民间、民族文化主体的再次确认。这样的主体性选择与时代的宏大潮流构成了"反动"，也正是这样的"反动"衬托了三位作家进行"世纪末想象"时的清醒。这三部作品出版后很快成为她们个人创作生涯的转折之作——读者们都感受到了作家本人视角与叙述声音的变化。詹宏志在给小说集《世纪末的华丽》写的序言中以"一种老去的声音"来指代朱天文小说的变化。"老"也许指的不是单纯的衰老，而是与青春作别，是

[①] [美]詹明信：《处于跨国资本主义时代中的第三世界文学》，《晚期资本主义的文化逻辑》，生活·读书·新知三联书店1997年版，第523页。

[②] 本章中关于《我爱比尔》的分析，部分引自笔者论文《三个文艺女性，一场时代爱情》，《南方文坛》2008年第6期。

一个作家走向成熟、一个作家文化价值观的日益完善。

　　三部作品应该被视作三位作家创作历程中的"节点"。主人公最终选择成为这个时代的不合时宜者是否表明了她们看尽浮华后内心的守持，她们对某一种文化价值取向的强调？王安忆、铁凝、朱天文对世纪末的反思意识与对城市流行文化的疏离姿态与警觉性应该被重视。——身处物质台北的朱天文在《世纪末的华丽》后出版了她的近期代表作《巫言》，将她对物质化时代的物质书写向繁复推进；铁凝由《永远有多远》中对"仁义"的凝视后出版了长篇小说代表作《笨花》，再一次向本土与民间寻找写作资源；王安忆在《我爱比尔》之后，先后有《长恨歌》《富萍》以及《天香》等长篇力作发表，对民族文化主体性的思考使她的作品在浮世中具有了某种定力。

　　本章希望已勾勒出作家面对时代时的一种思考角度与表达方式。尽管我们可以将"世纪末的想象"理解为作家在一个世纪"终结"时刻意放缓步伐进行思考与反省，但同时也更应该理解为作家的一次自我更生，是作家文学写作生涯的再度出发。

第七章
社会性别视野与都市情爱故事

> 这是一种真正的城市感觉，它唤起了人们心中潜存的某种原始情感。物质、奢华、欲望、放荡、文明……世俗社会里可能有的虚荣，我们要在这里寻找。
>
> ——魏微《从南京始发》[1]

一、"都市"：爱欲故事的必要空间

张洁的《爱，是不能忘记的》是一篇重要的建构了新时期爱情话语的小说，这篇发表于1979年的作品，以其对爱情、婚姻、法律、道德进行的深度思索震动了新时期文坛。爱情，这神圣而又崇高的话语，在小说中显露出太阳般的魅力。女作家钟雨与有妇之夫相爱，相爱的方式迥异于常人。两人之间除了以《契诃夫文集》作为信物之外，钟雨只能凭借名为"爱是不能忘记的"笔记本与"他"倾心交谈。爱情是神秘的力量，超越了空间的阻隔和时间的流逝。没有握过手，没有说过几句话，只是在心中相爱，却认为是爱的极限，原因何在？"尽管没有人间的法律和道义把他们拴在一起，尽管他们连一次手也没有握过，他们却完完全全地占有着对方。那是任什么都不能使

---

[1] 魏微:《从南京始发》,《作家》1998年第7期。

他们分离的。"[①]——爱情，在小说中不仅仅被表述为人生不可或缺的，有着神圣、伟大、神秘、能超越生死的力量，而且被作为先验的生命信仰与根本意义，可以超越世俗的法律、道德等障碍和界限。

中国古典文学作品中，书写男女之情的作品并没有张洁笔下的骄傲与自豪。在长达数千年的中国历史中，因为有了"授受不亲"的"礼防"限制，男女之间没有自由相处的可能。既然连男女间的自由相见都不允许——被视为私通、耻辱与大逆不道——更何况相爱？

脍炙人口的《西厢记》中，两个未婚男女的见面只能是在危难关头才能超越"礼防"。彼此间若有好感，也要由红娘传书，月下相会，以躲避老夫人的监视。在《玉簪记》中，男女主人公之间的相见是在道观——女主人公只有在做了尼姑后——才可以与男主人公相见相爱。而《牡丹亭》感天动地的爱情发生，则是在杜丽娘的春梦之中。因爱而死，复又因爱而生的杜柳爱情是非人间性的。正是被锁春闺的女子无法与男子自由相识，所以也才有了如此离奇的故事并长演不衰。

与上述爱情故事的发生相比，《红楼梦》中的男主人公贾宝玉无疑是幸福的。他可以与林黛玉共读《西厢记》，也可以呆看宝姐姐的玉臂并不会让人指责超越礼防。但这日日相见是有条件的。如果没有为贵妃元春的省亲而建造的大观园，如果没有宝二爷的特殊身份，一切都不能想象。——大观园只是作家曹雪芹为读者建立的男女自由相处的乌托邦。而为了能使宝二爷混迹其中，曹雪芹颇费心思地为贾宝玉行为的合理与合法化提供了诸多理由：皇妃元春唯一的弟弟，老祖宗最为疼爱的孙儿，以及元春以圣谕准其与姐妹同住等。这些与通常男子不同的身份的强化，从另一方面暗示了彼时男女正常交

[①] 张洁：《爱，是不能忘记的》，花城出版社1980年版，第117页。

往的不可能性。

除了以上这些特殊的境遇，中国古代爱情作品规定的情境通常是青楼妓院、勾栏瓦肆。《卖油郎独占花魁》《杜十娘怒沉百宝箱》《桃花扇》《海上花列传》等作品中，我们不难体味出作家眼中女主人公特殊的商品身份意味。爱情故事中的女主人公通常是娼妓——总之，在特殊的空间里和特殊的人物身上，爱情的发生才成为可能。青楼成为中国小说中男女之情发生最为频繁的场所是事出必然，因为良家妇女并没有抛头露面的合法性。

没有男女间自由交际的合法化，你情我愿、志同道合的爱情发生起来就不可能光明正大。而妇女幽闭的处境反映在文学作品中，即是在以男女之情为主要表达的爱情小说中，作家的想象与书写颇多障碍。在难以穷尽的古代爱情作品中，梁祝故事就颇为独特。这个在现代国人心中已与经典二字相连的爱情故事，与跟它同名的小提琴协奏曲一样有着缠绵、热烈、决绝的意味。梁祝之间的交往既不同于陌上桑间的一见钟情，也不同于青楼妓院的鱼水相恋，其基础是男女之间的三载同窗——共同的求学经历、共同的知识背景以及共读生涯中的彼此了解，使祝英台爱上了梁山伯。把男女相会的地点由后花园而移至学校——男女主人公之间的长期生活和相互交往的基础，为相爱不得便化蝶相随的悲剧效果做了坚实的、充分的铺垫。

在这部爱情故事中，作为公共空间的"学堂"是形成两位主人公交往的背景，祝英台女扮男装的身份也颇耐人寻味。彼时的社会，女性只有扮作男性去求学才能使得这一爱情成为可能。若非如此，祝英台何以与梁山伯共同诵读诗书讨论学问，而梁山伯又何以有缘得见养在深闺的祝英台？即便是偶能相见，也不过惊鸿一瞥，也可能或竟成为巫山云雨、始乱终弃的另一种悲剧结局。

就整个中国爱情故事的发展而言，普通女性走出深闺并与男性交际公开、女性主体意识的形成、现代情爱观念的普及，是现代意义上你情我愿的情爱发生的前提。这些前提的共同完成是在20世纪二三十年代的中国都市中。男人与女人在都市里相恋，在学堂、在舞会、在咖啡馆、在酒吧相识后日久生情，一段故事风生水起，都市成为新文学作品中讲述爱欲故事的必要发生空间。

二、性：都市书写的文学惯例

在流光溢彩的大都会里，女人与男人相遇，一段故事也即将发生。这是很多都市小说的故事开头。现代以来的女性写作中，最早具有典型意义的女性都市故事似乎是丁玲的《梦珂》。女学生离开家庭进入社会时，她的身体慢慢苏醒。她要面对的不是乡下那个封建家庭，而是都市的花花世界以及那个"他"。小说中有一段梦珂与她两位表哥共同下棋的场景，其中有独属于20世纪20年代末爱欲故事的"暧昧"和"色情"。

又是在一个下棋的晚上。她是正坐在澹明的对面，晓淞是斜靠拢她的椅背边坐着，强认的要替她当顾问，时时把手从她的臂上伸出抢棋子。当身躯一向前倾去时，微弱的呼吸便使她后颈感到温温的微痒，于是把脸偏过去。晓淞便又可以看到她那眼睫毛的一排阴影直拖到鼻梁上，于是也偏过脸去，想细看那灯影下的黑眼珠，并把椅子又移拢去。梦珂却一心一意在盘算自己的棋，也没留心到对面还有一双眼睛在审视她纤长的手指，几个修得齐齐的透着嫩红的指甲衬在一双雪白的手上。皮肤也像是透明的一样。莹净的里面，隐隐分辨出许多一丝一丝的紫色脉纹，和细细的几缕青筋。澹明似乎是想到手以外的事了，所以总要人催促才能动子。看样子还以为在过分的用心，而结果是输定了。①

爱情的温柔、体贴、殷勤的背后是真正的色情动机。当女学生丁玲用极其细微的笔触写出男人眼中的梦珂时，她对女性在欲望世界里的地位显然有了深刻了悟——这美丽而诱人的躯体面对的是商品社会中被物化的命运。她可以逃离诱骗她情感世界的表哥，但依旧要来到水银灯下，她无法逃离这整个秩序化与男性化的商品社会。女青年梦珂发现在爱情的幌子之下，她要面对赤裸裸的、她从未遭遇到的欲望世界。这被称为第一部关于女性睁开眼睛意识到性的作品，似乎包含了都市故事中的诸多必要元素：性、谎言、都市里司空见惯的丛林法则。如何看待性与谎言，如何认可都市生活的种种规则成为困扰近 90 年女性写作的一个母题。

"性成为了 90 年代文学的一个重要的文学惯例（conventions），成为了先锋和流行写作的一个重要的标志。"②所谓文学惯例，艾布拉姆斯认为第一层意思是作家和观众默契并共同接受的一些手法，比如独白。第二层意思则指文学作家常用的题材、体裁和艺术技巧。"当代文学作品对性问题的直率正如狄更斯时代对它的回避一样都属于文学惯例。"③

欲望是 20 世纪 90 年代个人化写作的重要标志，而情欲则是其中最为重要、最吸引作家书写的地带。70 后作家魏微则以《乔治和一本书》讲述了一

---

① 丁玲：《梦珂》，《小说月报》1927 年第 18 卷第 12 号。
② 旷新年：《写在当代文学边上》，上海教育出版社 2005 年版，第 158 页。
③ ［美］M.H. 艾布拉姆斯：《欧美文学术语辞典》，朱金鹏、朱荔译，北京大学出版社 1990 年版，第 60 页。

位名叫乔治的香港人因为丢失了一本名为《生命中不可承受之轻》的书而失去了性能力的带有嘲讽的故事。

似乎每一部都市文学作品中都逃不过性欲，在一个将人的欲望无限扩大的空间里，如何寻找、获得失去性爱的欢愉是当代女性写作的一个隐秘轨迹。铁凝的《无雨之城》中对爱/性不同的理解是男女主人公最终分手的重要原因。爱与性对这位青年女性来说是个人自由的象征，也是无关道德的。性使为官的男人解放，给予他无趣的官僚生活以激情。但性爱的欢愉与男人的政治前途相比太无足轻重了，坚持不离婚对他们的性爱构成了锋利的伤害。铁凝在《无雨之城》中对性的讲述，表明了女主人公对爱情理想主义以及对人性晦暗的伤心。

潘向黎的《白水青菜》是一部都市情感题材小说，丈夫出轨和年轻女人一起生活，女主人公则不厌其烦地煮着她的"白水青菜"，以期男人回归家庭。在21世纪以来的都市情感作品中，性的忠贞与纯粹已经不再是婚姻中最重要的事情，重要的是婚姻的完整。在六六的流行小说《蜗居》中更可以看到性的出轨是一个问题，而如何为家庭付出金钱是另一个问题。——在这部被广泛关注的都市情感作品中，使妻子愤怒的似乎不只是丈夫性的背叛，而更重要的是他在"小三"身上花钱的不吝惜。在这个故事中，潜藏的愤怒是，这个男人不仅不为家庭付出真情，甚至也不为家庭付出金钱，这似乎也是读者与公众为妻子鸣不平的最重要原因。婚姻里的性忠贞在当代女性写作的发展轨迹中变得越来越不重要。从对性的贞节的看重到对婚姻形式的看重表明新时期以来中国文学都市叙事的隐秘变化，在这个变化过程中，歧义丛生。

金仁顺是十年来书写爱情故事最引人注目的女作家。她故事中人物的性观念发生了重要的变化。《云雀》中，尽管看起来只不过是有妇之夫用金钱包养女大学生的故事，但小说还写了欲望之外的情感。男人和女大学生之间还是有感情的,他对她是疼惜和不舍的,性关系是这两个人之间最本质的关系,这样的关系中掺杂了金钱、身体以及情感,小说写得并不轻浮庸俗,保有了都市爱情的尊严和体面。如果说《云雀》是都市文学典型的"公寓"故事,《人说海边好风光》则是都市文学另一个题材"宾馆故事"的变种。出外旅游的同事们在海边的宾馆里上演的是"欲望"猜测,谁与谁有"性"/暧昧关系是整部小说令人感兴趣的所在,虚与实、信与不信、真与假都在机智、幽默的对话中展开,宾馆里的故事,说到底是"欲望男女"。

这些情爱故事的出演表明新一代青年作家对性的理解的开放与多元,性与爱不必然如影随形,性在这些年轻一代作家眼中更接近它的本质"欲望"。在这些文本中,性爱不是一种信仰,也不是一种生活方式的体现,它只是欲望生活中不可缺少的一部分罢了。正是对性的这种理解,男女见面的空间在小说中越来越司空见惯了,咖啡馆、酒吧、电影院不再作为书写性爱故事的必要发生地,公寓、宾馆也成为常见场所,这些空间像水一样弥漫在情爱故事里,当这些空间变得寻常可见时,都市的欲望化、物质化、享乐化才会被察觉。

三、谎言:爱欲故事的推动力

谎言是情爱叙事惯例中的重要因素,当男女互不信任时,故事得以转折,结局即将到来——谎言是情感故事山重水复的重要原因。几乎每一个爱情故事都与一个善意或恶意的谎言有关,是否正视、对待和原谅对方是推动整个爱情叙事的原动力。而如何面对谎言,则体现了一代又一代作家价值观的不同。

因为信仰爱情/男人而被欺骗的悲剧从新文学发生时期就已开始。茅盾的《自杀》写的是环小姐在恋爱发生变故后思忖自杀的全部心理过程。环小姐爱上的是一位英俊的革命青年。不久，她怀了孕，可那青年又说要离她而去从事革命。夜晚，环小姐想象的是如何把孩子带大，实践爱情的承诺，享受人生中的真正幸福。但是在白天，当她面对现实的时候，社会的非议、现实的残酷使得她恐惧、绝望。

> 她抖着手指把丝带挽成一个环，心脏要裂开来似的发出凄绝的诅咒：哄骗呀！哄骗呀！一切都是哄骗人的，解放、自由、光明！还不如无知无识、任凭他们作主嫁了人！至少没有现在的苦闷，不会有现在的结局！……
>
> 她站在床沿，全身发抖，眼睛里充满了血，她再不能想了，只有一个念头在她的胀痛到要爆烈的头脑里疾转：宣布那一些骗人的解放自由光明的罪恶！死就是宣布！①

环小姐受了解放、自由和光明等进步思想的鼓舞，追求真正的爱情，结果那位打着自由幌子的男人带给她的却是未婚先孕，最后她不得不面对自杀的结局。

几乎每一个爱情故事里，谎言及欺骗的制造者都是男性。《梦珂》中，梦珂深刻了解到表哥们的欺骗；《永远有多远》中，白大省不可救药地被男人们忽视和欺骗；《惹尘埃》是鲁敏受到关注的小说作品，在丈夫因车祸去世后，女人发现隐藏在男人背后的巨大谎言。《白水青菜》中，妻子对丈夫的"出轨"/说谎佯装不知，最终她接受了有欺骗前科的丈夫，保住了家庭的安稳；

---

① 茅盾：《自杀》，《小说月报》1928年第19卷第9号。

《蜗居》中的结尾是妻子看到了丈夫为小三海藻提供的奢华的居住条件,她愤怒地撕打她,以致打掉小三肚子里的孩子——一切都源于男人的谎言、欺骗和背叛。

在这些关于谎言的都市爱情小说中,盛可以的《白草地》令人印象深刻。这是一篇由"性与谎言"交织在一起的故事,这位男主人公是一个销售,每天为得到一张订单而磨破嘴皮。在男女关系中,如果他对多丽说谎,他可以得到很大的一笔订单,但他无法和一个失去乳房的女人做爱,也无法放任自己的说谎。这样的"没有说谎"最终成为压倒那个女人离世的稻草。"我"喜欢玛雅,为了这个女人,他习惯对他妻子说谎。小说结尾,他看到了自己被两个女性用谎言欺骗的荒诞命运。玛雅给予他的名牌礼物全部来自淘宝网的山寨产品,这也意味着他们之间的关系在玛雅那里一钱不值。另外,出售给玛雅产品的正是他的妻子,妻子完全了解他的一举一动,看着他演戏,给他早上的水杯里放置"雌性激素",最终使他变得越来越女性化,失去了男性能力。但是这两个女人都不是无缘无故地报复他的,玛雅因为屡屡被男人欺骗从而报复她遇到的每个男人,而他的妻子则是无法忍受他的说谎和出轨而给予他惩罚。

被重重谎言包裹的都市情爱故事令人齿冷心寒,这是一部典型的如何说谎的男人的小说,盛可以以极其冷静的方式书写了作为受骗者的女人对男人的仇恨。女性的主体性在这里突显出来。在这个背叛的故事中,女性的制造谎言、欺骗男性并不是毫无道理的,在这个小说的逻辑中,它甚至有其强大的说服力。她们每一个都是被欺骗者,她们在欺骗中成长,也在欺骗中壮大。最终,她们由谎言的被动承受者而成为施予者,她们主动欺骗和报复,《白草地》中有一种难以遏制的"女人的愤怒",这愤怒不仅将男主人公变成"阴性",而且还将他变成"狗"的同伴,甚至剥夺了他的性能力。

《白草地》因"以说谎对待说谎"而令人印象深刻,魏微的《化妆》也书写了一个以说谎对待说谎的故事。身为成功律师的嘉丽去见当年的情人"科长"时,不仅换了衣服,同时也换了身份,她变成了离异的下岗女工。见面后,科长相信了嘉丽外表所代表的一切,并且还想当然地把她归为了靠出卖身体而生存的女人。嘉丽面对的是前情人的最终唾弃。

四、丛林法则与主体意识

在现代都市里,弱肉强食、优胜劣汰、适者生存构成了"丛林法则"。如何对待出轨和说谎的男人会使我们看到这些女作家如何看待这被资本占有的情感世界,也可以看到她们如何看待那冷冰冰的丛林法则。

在一些作品里,女性对爱情中的谎言是假装不知的——婚姻里要忍让,爱情里要包容,最终女主人公守得云开见月明。这当然不是现代以来中国文学叙事的模式,这个模式源远流长,甚至可以追溯到王宝钏的寒窑故事。比如《白水青菜》中,女主角明知对方的欺骗却依然有耐心,依然在煮她那道"白水青菜",这不是一个简单的菜肴,它还意味着耐心、宽容,以及爱。作者最终给予了这位妻子美好的结局,第三者知趣地离开了,丈夫回到了她的怀抱。

但是自古以来,这样的故事都有另一种讲法,比如《杜十娘怒沉百宝箱》——这个女人绝不容忍欺骗,她宁愿赴死。虽然近几年来的都市小说有关于顺从规则的结尾,但更多的故事则指向如何以恶制恶,以欺骗对待欺骗。《蜗居》中当妻子看到丈夫的小三时,她选择的是疯狂地撕打,甚至将小三肚里的孩子打掉,这是歇斯底里的宣泄。《白草地》女主人公的报复则是阉割男人,使之成为"女人"。小说中充满了对男人的愤怒之气,但是这样的愤怒之气是女性主体性的体现吗？

还有一种是习惯性的妥协和模仿。金仁顺的《彼此》中，因丈夫在结婚典礼之前的肉体失控而导致了婚姻中的不信任。小说中的女主人公最终爱上了自己的医生同事，顺利地与前夫办好了手续。但就在结婚典礼之前，前夫和她相见，"黎亚非拿了盒纸巾过去，抽了几张递给郑昊，他伸出手，没拿纸巾，却把她的手腕攥住了，黎亚非说不清楚，是他把她拉进怀里的，还是她自己主动扑进他怀里的"。相似的一幕重新上演，当年的"彼"变成了"此"，当年的"此"变成了"彼"。她不能确认到底发生了什么，欺骗变成了惯性，也意味着他们未来婚姻生活的岌岌可危。这是无意识的以恶制恶，以欺骗对待欺骗，还是最后关头的情不能自已，小说并没有给出清晰的路径，但这个故事却表明了一位年轻女作家是如何面对、想象婚姻／爱情的欺骗，如何解决这样的欺骗的。小说以"他们的嘴唇都是冰凉的"结尾，在这个结尾后面，衍生出的是对人性的深刻怀疑。

由被欺骗到成为欺骗者的过程对于作家来说可能是无意识的，但近几年在当代新锐女作家笔下不断复现则使人重新思考何为作为人的主体性和作为女性的主体性问题。鲁敏《惹尘埃》最具代表性。肖黎的丈夫因一次事故而去世，留下了"午间之马"的疑团，这个疑似出轨的故事导致了肖黎对谎言的敏感。小说中，她是谎言的承受者，但同时也是谎言的制造者（她与施工单位合谋使自己的利益最大化）。"谎言"是这部小说的核心，它不仅弥漫在中年夫妻之间，也弥漫在都市生活的每一个角落。在肖黎看来，那些房屋中介、保险推销员、汽车销售、记者、医生、公务员等都是"谎言制造者"。在小说的前半部分，肖黎像是一个唐·吉诃德一样跟风车战斗，作为一位对现实生活有敏锐感知能力的作家，鲁敏意识到"谎言"在都市生活中的无处不在，但这个人物显然也在被她身边的人们改造着。徐医生临终前劝慰肖黎：

"要知道，说谎这种事情，真算是咱们最大的人情世故，它是有传统有渊源的，你就得服这个软……"而韦荣临走前也说了一番"高论"："世界就是世界，它脏也好、假也罢，存在的就是合理的……"

终于，小说结尾，肖黎鬼使神差地认同了"说谎"这样的生存法则。

> 也许，怀念徐医生、感谢韦荣是假，作别自己才是真——对伤逝的纠缠，对真实与道德的执念，对人情世故的偏见，皆就此别过了。她将会就此踏入那虚实相间、富有弹性的灰色地带，与虚伪合作，与他人友爱，与世界交好，并欣然承认谎言的不可或缺，它是建立家国天下的野心，它是构成宿命的要素，它鼓励世人对永恒占有的假想，它维护男儿女子的娇痴贪，它是生命中永难拂去的尘埃，又或许，它竟不是尘埃，而是菌团活跃、养分丰沛的大地，是万物生长之必须，正是这谎言的大地，孕育出辛酸而热闹的古往今来。①

肖黎这样的转变令人遗憾。在《小说选刊》关于《惹尘埃》的讨论中，石一宁认为"这篇小说表面上是一出喜剧，但其实在某种程度上却折射了时代的悲剧和文学精神的萎靡"。张慧瑜则认为"而小说对人物如此塑造，只能说明是一种后现代的思维在规定着叙事，这一思维倾向于认同消极的主体，而排斥积极的主体和否认主体的能动作用"②。这是有道理的。

为什么这位有敏感力的作家会认同这样的法则？这令人困惑。鲁敏个人后来也有一个坦白的说明。

---

① 鲁敏：《惹尘埃》，《人民文学》2010 年第 7 期。
② 石一宁、季娅娅、张慧瑜：《在谎言面前，沉默还是呐喊？》，《小说选刊》2010 年第 8 期。

我一心以为我会愤怒到底，不合作到底，继而在一片乱糟糟的灌木丛中走投无路，不知所终……然而，这个发言过程如此奇妙，没有人打圆场，或是逼着我给谎言献花，说着说着，往古时看看，往左右看看，往后面张张，我发现我的腔调变了，想法变了，最终的结果是：我老老实实地认同了这个以"谎言"为关键词的混沌世相，并甘愿跟它一起跳起了进退自如的"交际舞"。结尾处，我甚至给"谎言"致以了颇为用心的书面献辞，赞美它在整个人类发展史中的伟大功用。现在的我大概比起初要稳重得多了吧。[1]

《惹尘埃》引发的争议和作家本人的自白使人再次意识到，在都市文学叙事中看起来司空见惯的书写隐含着我们这个时代的"精神危机"，在爱欲故事、谎言充斥的都市情感生活中，作家是否具有独立判断能力将表明你是否认同那个看不到摸不着的"丛林法则"。是以恶制恶、是存在的即是合理的，还是另有一种书写方式？正是在此意义上，《化妆》中作为欺骗者的嘉丽流露出来的沉痛、绝望才让人无法忘怀。小说没有把嘉丽在爱欲故事中的难题消解，而是将她精神的疑难进行了呈现。——无论是在哪个时代，选择成为与风车搏斗者都该令人尊敬。

---

[1] 鲁敏：《作者自白》，《小说选刊》2010年第8期。

第八章
新世纪以来的非虚构女性写作：
一种新的女性叙事范式的生成

　　我觉得自己要从人群中把这些女工淘出来，把她们变成一个个具体的人，她们是一个个女儿、母亲、妻子……她们的柴米油盐、喜乐哀伤、悲欢离合……她们是独立的个体，她们有着一个个具体名字，来自哪里，做过些什么，从人群中找出她们或自己。

——郑小琼《女工记》[①]

　　或许，我所做的只是一个文学者的纪实，只是替"故乡"，替"我故乡的亲人"立一个小传。……对于中国来说，梁庄不为人所知，因为它是中国无数个相似的村庄之一，并无特殊之处。但是，从梁庄出发，你却可以清晰地看到中国的形象。

——梁鸿《中国在梁庄》[②]

　　在今天，一个自认的好人总不能什么也不做，总不能继续束手待亡。哪怕多数人在侧目观望，认为我做的这些全无意义，渺小微弱，

[①] 郑小琼：《女工记》，《人民文学》2012年第1期。
[②] 梁鸿：《中国在梁庄》，江苏人民出版社2010年版，第4页。

甚至是飞蛾扑火。如果它完全是徒劳，也要让这徒劳发生。

——王小妮《上课记》①

一、当女性写作遇到非虚构

对于女性文学叙事特点，有许多看法已趋于共识：看重自身经历，强调身体感受和内心经验；叙述破碎、含混、不清晰；注重细部而欠缺宏观视野和社会意识。——中国的女性写作如何寻找突破的空间，如何在"个人"与"社会"、在"我"与"世界"之间寻找到恰切的位置，这是自现代文学发生至今的90多年的时间里，女性写作一直要面对的问题。

2006年，林白借助《妇女闲聊录》修正了某种已被固定成型的女性写作经验，作为20世纪90年代女性文学的旗帜性人物，她以"低于大地"的姿态忠实记录了乡村女人木珍言所说的有关王榨村凋敝而触目惊心的一切。这是林白个人、也是当代女性文学从闺房到旷野的重要转变。"假如说《妇女闲聊录》开辟了女性书写的新空间的话，那么不是它提供了某种新的结论，而在于它探寻了一种思路：个人言说、知识分子观念乃至宏大叙事，这些原本被言之凿凿地看作是女性文学书写特色或者是与女性文学背道而驰的东西，现在有了被重新定位的可能。"②

2010年第2期《人民文学》杂志开设新栏目《非虚构》。何为"非虚构"？编者认为它区别于我们通常所说的"报告文学"或"纪实文学"，它涵盖范围广阔，不仅仅是传记，"诺曼·梅勒、杜鲁门·卡波特所写的那种非虚

---

① 王小妮：《上课记》，中国华侨出版社2011年版，第3页。
② 董丽敏：《性别、语境与书写的政治》，人民文学出版社2012年版，第223页。

构小说，还有深入翔实、具有鲜明个人观点和情感的社会调查，大概都是非虚构"。在杂志看来，"今天的文学不能局限于那个传统的文类秩序，文学性正在向四面八方蔓延，而文学本身也应容纳多姿多彩的书写活动，这其中潜藏着巨大的、新的可能性"。①杂志的呼吁很快得到写作者们的积极响应。从 2010 年第 1 期设立《非虚构》栏目至 2012 年第 5 期，《人民文学》先后发表了近 20 篇非虚构文本，由女性作家创作的非虚构作品《梁庄》（梁鸿）、《上课记》（王小妮）、《羊道·春牧场》《羊道·夏牧场》（李娟）、《盖楼记》《拆楼记》（乔叶）、《女工记》（郑小琼）一经发表便引起了巨大的社会反响。——虽非有意，却是实情，《人民文学》非虚构作品产生了一批别具性别意识的非虚构女性写作文本。

　　这些文本关注中国社会的热点问题——乡村问题、大学校园、工厂女工、被拆迁族群，女作家们为当代中国勾勒了细微、具体、震动人心的真实图景，她们弥补了《妇女闲聊录》留下的空白，这是关于新的女性文学叙事范式的实践。这些实践包括如何将个人经验与社会热点问题进行紧密结合，勾勒震撼人心、引人深思的"中国之景"；如何通过"有意味的细节"将个人经验转化为集体经验，使之具有"公共意象"；如何通过强调每一个个体及家庭对社会建设的重要性，进而重构壁垒森严的"私人领域"与"公共领域"；如何将文本的性别叙事特点与女性知识分子立场与情怀结合。

　　当然，随之而来的问题是，为什么女性写作遇到非虚构文本时能产生如此诸多引起读者共鸣的作品，非虚构与女性写作的结合是否偶然，在非虚构文体与女性写作之间隐藏着何种关联？

　　非虚构文体的开放性为女性写作如何摆脱"自传式""个人化"的写作习

---

① 《人民文学》2010 年第 2 期卷首语。

惯提供了发展方向。当强调关注社会现实的非虚构文体与强调个人化叙事的女性写作相遇，个人经验与集体经验出现"交叠"，非虚构文体本身具有的对"真实性""亲身经验"的强调与女性写作中对"个体经验"及细节的重视使非虚构和女性写作的结合产生某种奇妙的化学反应，这最终成就了《人民文学》栏目里一个个独具意味的"中国之景"。——非虚构女性写作文本的大量涌现使"非虚构"写作具有了中国特色，也意味着中国当代文学及女性文学都借此重新返回了当代社会的公共言说空间。

二、从"我的世界"到"我眼中的世界"

在今天的中国，我们为什么对非虚构情有独钟？——读者不是对报告文学或纪实文学这种文体不满，而是对它长期以来的写作姿态和方式不满，它没有能满足我们对现实的渴望，现实太光怪陆离，而我们渴望自己的困惑获得疏解。作为读者，我们希望知道那些地下的隐秘和暗藏，我们希望看见我们不能用肉眼看见的那部分，我们不希望看到被打包和被代表的声音，我们希望看到作为个体的那些痛苦和伤心——这些痛苦和疼痛不是被利用的，不是被剪接和处理的，这些痛苦、伤心和困惑也是不能用天平和数字来衡量的。我们渴望我们的文字不要苍白、失真、作假、"被整容"，我们希望我们看到的一切纪实类作品都是"非虚构"的。更重要的是，我们渴望看到作家作为一个人去倾听、去书写和去理解我们身在的现实。

《非虚构》栏目的设置回应了这样的"渴望"。所谓"非虚构"，面对的是虚构，强调的是与虚构的不同，强调的是它与虚构的不搭界，与失真的、苍白的、没有生命力的文学写作类型不搭界。正是对"非"字的强调，这一文体生发了另外的语义指向，也刷新了我们关于艺术创作与现实世界之间关系的想象。"这个词包含着一种争夺的姿态,争夺什么呢?争夺真实。它是把有些在这个时代困扰着我们的问题放到了台面上:文学如何坚持它对'真实'的承诺?小说在这个时代是不是在这个问题上面临极大的困难?小说失去的那部分权威性在相当大的程度上是由于小说家而未必是由于小说这个体裁。我们常常明显感觉到作者缺乏探求、辨析、确证和表达真实的足够的志向、诚意和能力。希望通过'非虚构'推动大家重新思考和建立自我与生活、与现实、与时代的恰当关系。"[①]

《非虚构》栏目里的这些文本都是以"我"为视点的有关现实热点问题的书写,都在试图思考"我"与"现实"、"我"与"时代"的关系。《梁庄》是发轫之作,作为一名大学教师,梁鸿讲述了她所见到的二十年来故乡发生的变化。这部非虚构作品引发了社会对农村问题的广泛关注,获得了包括"文津图书奖"在内的多个奖项。《盖楼记》《拆楼记》是非虚构小说,乔叶讲述了"我"和姐姐一家亲历的拆迁,她尽其可能地还原了我们这个时代纷繁复杂的"拆迁"语境。《女工记》中,郑小琼以诗歌及手记的形式对每个作为个体的女工生活进行了还原。《上课记》则是诗人王小妮自2005年以来任大学教师的教课手记,她温和而耐心地倾听青年人的困惑与痛苦并诚实记录下来。

使用"我"来讲述个人亲见是这些非虚构作品的共同特点,这似乎也是近百年来自传式女性写作的惯用模式。自传式写作是非虚构写作的一部分,但自传与非虚构的写作目的和表达方式有明显差异。以"我"为叙述者的非虚构更强调的是"我"眼中的世界,而非"我"的世界。在自传式女性写作中,"我"是主角,世界的一切都是以"我"为主。因而《一个人的战争》《私人生活》中与"我"有关的一切是:我的内心、我的身体、我的情欲、我

[①] 李敬泽:《非虚构:文学的求真与行动》,《文学报》2010年12月13日。

的爱情、我的性、我的男人、我的忧郁、我缺席的父亲、我乖僻的母亲、我的女友们……在自传式女性写作的视野里，是厚厚的密不透风的窗帘，是暧昧的卧室，是暗自生长的龟背竹……一切都是围绕"我"展开的。而在非虚构写作中，"我"不是主角，"我眼中的一切"才是我的主要叙述对象，它指的是我的乡亲们的生活，我的同事们的悲欢，我的学生们的苦闷，我姐姐一家的困难……

写作者面对世界的态度也是不同的：自传式写作是内视的，是倾听自我声音的；而非虚构写作则是向外的，是倾听他者之声的，非虚构写作中的"我"都是开放的，她愿意和世界交流。——以"我"的视角书写"我"眼中的世界，虽然带有"我"的认识、理解、情感，但最终的写作目的是渴望"我"眼中的世界被更多的人所知晓，即渴望"个人经验"转化为"公共经验"。在非虚构写作的视野里，"我"是大地、是活生生的现实的一部分。

"我的故乡""我的村庄"是《梁庄》写作的起点，终点则是"我眼中的乡村世界""我眼中的乡土中国"——梁庄的一切是"我"的，但更是"我们"的，无论是出发点还是落脚点，梁鸿都在试图绘制"中国之景"，这种创作意图使文本中具体的个人际遇具有了清晰的指向性。《今天的"救救孩子"》讲述了一个少年强奸了82岁老太的故事。最初，这故事基于个人经验的讲述："起初听到这一事件时，我本能地对王家孩子有一种同情的心态，那么年轻，正值青春，这样的事情又是在怎样压抑和冲动的情况下所做的呀。但又的确是他，以残忍的手段杀害了一个古稀老人。"[①] 紧随这段话的是叙述人在村庄里的走动："我在村庄里转悠，那一座座崭新的房子、巨大的废墟、肮脏的坑塘，还有水里的鸭子、飘浮的垃圾，组合成了一幅怪异的景象，让人有种说

---

① 梁鸿：《中国在梁庄》，江苏人民出版社2010年版，第52页。

不出的难受。"① 叙述人的行走过程是带领读者共同观察的过程，是逐渐使读者将"我的村庄"认同为"我们的村庄"的过程，陌生而荒芜的风景与震动人心的命案同构了一幅古怪的普泛意义上的"乡村"景象。

与"走动"几乎同步，个人的叙述视角也随之抽离出来，变成一种整体认知："道德感在乡村深深地埋藏着，他们对王家少年的态度显示了乡村对原始古朴道德的尊重，因为这与他们善良的本性不相符合，与乡村基本的运行方式也不符合。……没有人提到父母的缺失、爱的缺失、寂寞的生活对王家少年的潜在影响，这些原因在乡村是极其幼稚且站不住脚的。而乡村，又有多少处于这种状态中的少年啊！谁能保证他们的心灵健康呢？"② 叙述人忧心忡忡的讲述中，"王家少年"的故事溢出了"梁庄"的边界，王家少年不再仅是王家少年，梁庄也不再只是"我"的梁庄。当然，叙事人还使用了《今天的"救救孩子"》作为此一章节的标题，个人记忆与中国现实的缩影的重叠，个人感慨与"五四"时期鲁迅的《狂人日记》的衔接都使这个有意味的场景不仅进入当下的"公共领域"，还承担了进入现代中国历史叙述的"公共话语"功能。

三、有意味的细节：个人记忆与集体记忆的同构

立足于公共记忆的唤回，《梁庄》中书写了许多个人记忆，那是站在那些受伤害的、边缘的立场的讲述，这也是女性写作中的常用视角。选取"有意味的细节"是重要的，在梁庄，"我"看到六七十岁的老人又当爹，又当老师、校长，内心极为复杂。叙述人说："我反复启发父子分离、家庭割裂、情

---

① 梁鸿:《中国在梁庄》，江苏人民出版社 2010 年版，第 52 页。
② 梁鸿:《中国在梁庄》，江苏人民出版社 2010 年版，第 4 页。

感伤害所带给孩子的那种痛苦和悲剧感（这一启发甚至有点卑鄙），芝婶总是重复一句话，那有啥门儿，大家都是这样子。"①这是启蒙与被启蒙姿态都很明显的段落，让人想到鲁迅《故乡》中面对"闰土"时的神情，但，芝婶毕竟不是闰土，她并不喜欢将自己的命运上升到某种高度，她不想抱怨。这是叙述人试图将个人境遇勾勒为"集体境遇"中遇到的困难。不过，虽然个人叙事向公共叙事的滑行过程出现障碍，但是叙述人"村庄女儿"的身份弥合了这样的裂缝。她是这个村庄三十多年来的"在场者"，是芝婶的晚辈、邻里，她有足够的理由理解并心疼她："但是，当看到芝婶注视孙子的眼神时，那疼惜、怜爱的眼神，你又会有一种明显的感觉，芝婶绝不是没有意识，她只是把这种疼痛、这种伤感深深埋藏起来。她没有抱住孙子整天哭，也没有对哭泣的儿子过分表示安慰，因为在乡村生活中，她们必须用坚强来对抗软弱。"②不是外来的闯入者，而是村庄的晚辈、亲人，这样的视角和身份使"我"注定不会被村庄人拒斥，个人经验与"在场感"为梁庄故事的可信性打下了坚实的基础。

　　相较于《梁庄》中的知识分子气质，《拆楼记》中的叙述人是拒绝启发和启蒙的。作品中有位叫小换的妇女，她拆楼拆得很早，她宁愿听话地赶快拆迁也不贪恋眼前抵得过无数年低保费之和的赔偿金，因为她绝不愿放弃任何与"公家饭"亲近的机会，这样的算账方式令人震惊。另一个细节是，公务员们在饭桌上说起某个钉子户家女主人提出的最后要求是："我拆下的旧窗，你们得给我买走！"这让如临大敌的拆迁者深觉可笑。《拆楼记》中的个人体验和个人感受是重要的，是否站在被拆迁者立场是理解这段文字的关键，而

---

① 梁鸿：《中国在梁庄》，江苏人民出版社2010年版，第61页。
② 梁鸿：《中国在梁庄》，江苏人民出版社2010年版，第61页。

恰好叙述人的姐姐一家正在面临拆迁，"我"意识到，这两位妇女并不是不会算账，而是因为以往的生活经验告诉她们，只有吃亏保平安才是底层农村生存下去的法则。那么，她们只能算、不得不算在外人看起来极"可笑"的账目。《拆楼记》里的两个细节讲述的是个人经验里被拆迁户们的"怯懦"和"愚蠢"，但却"于无声处"凸显了此时代的集体经验。

有意味的细节，并非报告文学或纪实文学为塑造典型人物、展开事件所着意寻找的那种细节，在这些非虚构文本中，"有意味的细节"指的是最触动人内心深处的场景，这些细节常常是心痛与难过互相缠绕，"性别立场"和"阶层认同"相互指认，成为此时代被高度隐喻化的集体经验。这是一首关于"讨薪者"的诗："她们跪在厂门口举着一块硬纸牌／上面笨拙地写着'给我血汗钱'。"①"讨薪"是当代中国人并不陌生的画面与场景，它们常常出现在报纸、网络和电视上，已经成为当代人的"公共记忆"。《女工记》中的场景不仅有讨薪者们的"跪讨"，还有观看者。数天前，这些观看者是这些讨薪者的老乡、工友、朋友，甚至是上下工位的同事，可是，在此刻："她们面无表情地看着四个跪着的女工／她们目睹四个工友被保安拖走　她们目睹／一个女工的鞋子掉了　她们目睹另一个女工／挣扎时裤子破了　她们沉默地看着／跪着的四个女工被拖到远方　她们眼神里／没有悲伤　没有喜悦……／她们面无表情地走进厂房。"②工友们的"面无表情"触动了郑小琼的内心，"她们深深的不幸让我悲伤或者沮丧"③。

另一细节出现在曾经工友的办公室，郑小琼亲见了她对下属的变脸，

---

① 郑小琼：《女工记》，《人民文学》2012 年第 1 期。
② 郑小琼：《女工记》，《人民文学》2012 年第 1 期。
③ 郑小琼：《女工记》，《人民文学》2012 年第 1 期。

"唉，没有办法，我也不想这样，但是她们笨死了。这些打工仔……"[①]"然后她数落她嘴中的打工仔的偷懒等恶行。当她说着这些，在那一刻，我觉得我们有着清晰而巨大的差别，我只是她嘴中所说的那些打工仔中的一个，而她只是曾经的打工仔，此时，我们站在两个不同的立场之上。"[②]一如梁鸿的村庄女儿和大学老师的双重身份有助于她将"个人记忆"转化为"集体记忆"，女工和诗人的双重身份帮助了郑小琼。"我"与工友姐妹无疑是私人关系，但更有工头与打工仔关系的隐喻。郑小琼的讲述既不是对现实场景的空洞图解，也不是道德训诫式的崇高叙事，而是立足于个人内心情感的自然流露，它感染读者重新认识个体与社会之间的关系。当然，这两个细节也表明郑小琼身上有天然的性别立场，这种性别立场使她的写作更为深刻而敏锐，一种对性别关系的复杂认识正在郑小琼的文本中形成。《女工记》中，每个个体都是具体的，但合在一起又变得面容模糊——"中国女工图像"越来越清晰地显现在文本深处。

四、重构"私人领域"与"公众空间"

与生俱来的性别／边缘立场帮助这些写作者获得了独一无二的"显微镜"，借助于那些"有意味的细节"，她们个人的体验、个人的思考闪现出"集体性"／"公共性"特征，进而形成了"公共经验的共同体"。但进一步的问题是，仅仅通过边缘立场、个人体验方式就能将"个人经验"转变为公共经验吗？深层次使大众读者认同女性写作者的立场的原因是什么？

---

① 郑小琼:《女工记》,《人民文学》2012 年第 1 期。
② 郑小琼:《女工记》,《人民文学》2012 年第 1 期。

这些作家都有共同的内在视点,她们将个体放置于"家庭""社会关系"的框架中去理解和认识,她们将每一位工人、农民、被拆迁者、大学学生还原为社会关系中的人、每个家庭的重要成员,她们将人作为"社会人"去理解和认识。——"家庭"是这些女作家将个人经验转化为集体经验的中间地带。

　　在大众媒体中,工厂女工的其他社会关系通常被忽略和简化了。郑小琼《女工记》对女工的理解不是孤立的,她将她们还原到现实的社会关系网络中,这个网络的最基本单位是家庭。女工不仅仅是女工本人,还是作为女友、作为女儿、作为妻子、作为母亲的女性。可是,她们却无法过属于"社会人"的基本生活,无休无止的劳作使她们不得不成为流水线中的"零件",而不是有血有肉的"人"。"天天上班,加班,睡觉,丈夫在另外的一个工厂,有丈夫跟没有丈夫一个样……上班是流水线,下班是集体宿舍。没有家,没有丈夫,儿女在电话线的那一端,家隔在几千里的地方。"①将工厂女工还原为"家庭"成员是重要的,它唤起了读者最基本的人道主义情感:那站在流水车间里的每一位工人都是家庭里的重要成员——父亲、母亲、丈夫、妻子、儿子、女儿,这是最基本的、超越政治与阶级的具有普世价值的情感,也是最能直击读者内心的情感。

　　一如《梁庄》中对少妇春梅的凝视。春梅正值青春,丈夫在煤矿打工,长年不归,她思念、猜疑、无处解脱,最终精神恍惚,留下了"我不想死,我想活"的遗言撒手而去。春梅的情欲之伤是她和丈夫的共同苦闷:"人们在探讨农民工的问题时,更多地谈及他们的待遇问题,却很少涉足他们的'性'问题。仿佛让他们多挣到钱就解决了一切问题,仿佛如果待遇好些,他们的性问题就可以自觉忽略不计。可是,难道成千上万的中国农民,就没有权利

---

① 郑小琼:《女工记》,《人民文学》2012年第1期。

过一种既能挣到钱、又能夫妻团聚的生活吗？"①夫妻团圆、性问题，这是个人的伤痛，也是家庭的伤痛。当村庄为无数家庭之痛所困时，岂不是国家之忧伤？从家庭出发对农村问题的理解角度也是最能引发读者共鸣的。

这些非虚构文本的魅力在于由普世情感引发共鸣，而非对真相的私密性窥探。当然，对于文学作品的接受过程，读者从不是消极同化者，他们常常有能力也有热情对文本进行积极处理。这些文本之所以引起轰动，还在于作家的内在立场与社会内在的热情相一致。在当代中国，很多人已经隐约意识到城市化进程在不断地摧毁和挤压农村的发展空间，影响着一个个农村家庭的幸福和祥和，《梁庄》像一面镜子一样验证了这样的判断和理解。这就是《梁庄》何以比《妇女闲聊录》的影响力更为广泛的原因，前者更符合大众读者对农村的情感上的认知与理解，更能唤起读者内心最为朴素的情感。

是否习惯于从"家庭"立场考虑问题似乎是男女性别差异使然，男性惯于关注"国家大事"，喜欢从"宏观角度"讨论问题，他们也往往会将家庭与国家问题分为"家事"与"国事"、"私人领域"与"公共领域"。女性则不同，她们通常没有这样的分类，无论何种问题，她们都喜欢从家庭、个人角度理解，也往往从最细微处感觉世界，这是女性面对世界的独特之处。因而在女性眼中，私人领域与公共领域也并非截然分明。一如在这些非虚构文本中，几乎每一位女性书写者在理解"社会问题"时都本能地采用了"家庭"视点。《拆楼记》中，"我"和公务员们的饭局场景最值得玩味。以前，作为个体，她会听着饭桌上的"段子"哈哈一笑，可是当她以被拆迁者家属身份站在姐姐一家的立场上时，饭桌上所有对拆迁户智商的调侃在她眼里都变成了权力的高高在上。《上课记》中，当王小妮嘱咐她的学生放暑假回家的火车

---

① 梁鸿：《中国在梁庄》，江苏人民出版社2010年版，第102页。

上要记得让钱"贴着肉"时，这不是老师的职业道德使然，而是她站在父母的立场去叮嘱他们。《上课记》打动读者之处在于作家既将学生们视为作为社会个体的青年，也将每一位学生视为一个个家庭的不可匮缺的成员。

这些非虚构文本通过将女性／个体还原为社会个体的方式使农村、工厂、拆迁等社会问题重新回到我们的视野中，也使写作者的个人经验有效地转化为集体感受。这也表明了这些女性写作者对于个人的理解和认识：个人的生存并不是个人化生存，家庭是我们对个人身份认同的重要基础。通过立足并强调个人之痛与家庭之伤，这些文本最终成就了对国家之忧的勾勒，也对壁垒分明的"私人领域"与"公众空间"秩序进行了重构。

五、作为女性的叙事人

王小妮、梁鸿、乔叶、郑小琼、李娟等并不是传统意义上的女性写作者，她们中也没有人承认过自己是女性写作者，但，这些文本所构造的独特的真实的社会"风景"都是通过一位女性的眼睛来完成的。"看"是意味深长的行为，它经过观看主体的过滤、吸收、删减，用什么样的方式，用什么样的视角，站在何种立场上观看，对文本呈现的风景起着决定作用。这些文本中的性别立场是强烈的，对性别身份的直接体认使她们书写的风景具有了独特性。尤其令人印象深刻的是，当这些写作者试图书写一位女性眼中的"世界"和"现实"时，她们所要谋求的不是对"个人记忆"的重写，而是希望经由"个人记忆"来重构"公共记忆"；她们所强调的也不是这些声音、场景的"边缘"与"偏僻"，相反，她们试图在文本中生产出独具视点的公共议题，她们渴望个人的关注点能与"社会关注点"衔接。

这并不是指点江山的激扬文字，而是对社会责任恰如其分的承担。郑小琼说,"我并非想为这些小人物立传,我只是想告诉大家,世界原本是由这些小人物组成,正是这些小人物支撑起整个世界,她们的故事需要关注"①。作为女性作家,她们对于个人的社会责任也有深刻的反省:"在记录和写作的过程中,也是审视反省自己的过程,从一节课的准备到一个学期的终止,不断地自我调整修正,从一个传统施教者的角色渐变成一个讲述倾听讨论观察者的角色,这变化丝毫没有被动性,我想只有这样才可能更接近一个今天意义下的好老师。"②

她们都具有社会责任感和忧患意识,《梁庄》出版后改名为《中国在梁庄》,无论是书名还是作家本意,都试图使"梁庄"与"中国"之间形成同构关系,作家试图将梁庄作为"乡土中国"的"微缩景观"。尽管以往的女性写作在试图进入公共领域时也都使用家国同构的方式,但在《中国在梁庄》中,令人感到新鲜和陌生的是,那位具有忧患意识的叙事人是位女性,虽然在文中她的父亲和兄长都出现了,但他们显然是在辅助她完成一项有意义的调查工作。作为家园和归宿,梁庄/中国不仅属于父兄,也属于女儿、母亲和姐妹。梁鸿的大学教师身份使她不是羞怯的、"低于大地的"倾听者和记录者,她的交流带有思考性、引导性和主导性——女性叙事人在这里具有强烈的主体意识,她忠实于个人经验并立志将个人经验转化为公共情感,她渴望更多的群体能与她一同观看这个"梁庄",并与她产生共鸣和互动。这是对作为国家及社会主体的女性写作者身份的重建。《梁庄》《女工记》《拆楼记》引起的社会反应充分表明了这些具有女性特征的文本早已成为"公共领域"的"热点文本",这是女性写作的一次僭越,是女性叙事有意与公共议题之间寻找结

---

① 郑小琼:《女工记》,《人民文学》2012年第1期。
② 王小妮:《上课记》,中国华侨出版社2011年版,第8页。

合点的书写实验。

　　这些非虚构女性写作者虽未公开宣布自己的女性意识和女性立场，但从她们的行文中可以看出，这些作家面对自己的女性身份是坦然的，她们认识到女性进入世界和感受世界的方式是独特的。这些非虚构作品强调的个人经验、家庭立场即是她们信任连绵的、情感的、直接的体验和感受的体现，她们认识到这些特点往往能帮助女性作家超越民族国家、政治身份、阶级立场等壁垒森严的框架，接触到事物更为核心的部分。世界在这些女作家眼里不是作为观察对象而存在的，而是作为体验对象。她们珍视她们面对世界时的敏感和疼痛感，并毫不遮掩地表现了出来。——非虚构女性写作文本的写作经验表明，敏感、细腻、强调内心感受和直接经验、强调情感和细节并不是女性写作的缺点，如果运用得恰到好处则恰恰是其优长。

　　非虚构女性写作文本将具有性别意味的写作视角与具有性别特征的文本叙事进行了内在的贯通和转化，它们在个人经验与集体经验之间的紧张地带发挥了独特的作用。这些文本中独属于女性叙事美学的部分需要被重新认知。事实上，新一代女性文学研究者们逐渐意识到，对于女性文学来说，性别分析一方面可以作为一种质疑不公正的性别文化／格局的力量；另一方面，"女性文学有没有在文学特有的叙事层面形成自己的特点，性别分析是否可以在美学的层面上展开等等，在很大程度上，也成为'性别'是否能够成为文学分析有效范畴的重要内容之一"[①]。正如上文所分析的，非虚构女性写作整合了女性写作中独特的写作特点——细节、散文化、经验式呈现，在这些文本中，那些动人的细节、情感的饱满度是我们阅读其他慷慨激昂的非虚构叙事所不能给予的。

[①] 董丽敏：《性别、语境与书写的政治》，人民文学出版社 2012 年版，第 207 页。

这些文本中的女性身份是重要的吗？如果将写作者们的女性身份隐去，还会受到如此关注吗？这些问题或许没有标准答案，但这样的提问方式将使我们重新理解作为女性的叙事人在这些非虚构文本中所起到的重要作用。

将2010年以来出现的非虚构文学创作热潮放置于中国当代文学发展史中，其脉络约略可以看到某种轨迹：20世纪80年代以来的中国文学叙事是与文学启蒙有关的，作家们喜欢将自己的个体经验上升为国家经验讲述；20世纪90年代则是与公共经验的断裂时期，写作者们以强调个人的、身体的、物质的、日常的、破碎的经验来抵抗80年代对文学公共记忆的图解。——如何将个体经验与集体经验进行有效的转化，如何将文学重新唤回到社会公共空间？这是近几年中国文学面临的内在困境，恐怕也是2010年10月《人民文学》发布"行动者"非虚构写作计划的目的。此计划要求作者对"真实"的忠诚，要求作品具有较高的文学品质；特别注重作者的"行动""在场"；要求作家"以'吾土吾民'的情怀，以各种非虚构的体裁和方式，深度表现社会生活的各个领域和层面，表现中国人在此时代丰富多样的经验"。《春牧场》《冬牧场》《拆楼记》《女工记》等即是此写作计划资助的作品。——这些非虚构文本的出现不仅意味着新的女性文学叙事范式／美学的生成，也意味着当代文学在寻找重新回到公共空间的可能。

当然，尽管目前《人民文学》杂志的《非虚构》栏目已取得了广泛的社会影响，但内在的问题与疑难也应该意识到。首先，非虚构作家该如何理解"现实"与"真实"，如何处理现实中的"真实"与文学表达中的"变形"？其次，本章提到的这些非虚构作品几乎都是忠于个人经验式的"呈现"，这是今天非虚构写作的优势，也可能是桎梏。——写作者是否应该只满足于个人经验或把目下的现实呈现出来？非虚构写作如何避免对"现实"的流水账式、表象式的记录？对非虚构写作"呈现"的理解与追求是否会影响中国当代非虚构写作的进一步发展，非虚构文本是否应该提供认识世界的方法并深刻反思和反省社会与自身的方法？对现实的忠诚"呈现"是当下非虚构写作的新起点，但不应该是终点。非虚构写作不应该只是现实的镜子，还应该是现实的放大镜与显微镜。如何更为深刻地为读者提供理解与认识世界的方法，如何帮助读者深入了解与认知我们自身与社会是目前非虚构女性写作面对的新高度，也是整个非虚构文体写作面临的挑战。

第九章
非虚构写作与想象乡土中国的方法

近年来，一大批描写乡土中国的作品成为媒体与公众讨论的热点话题。这些作品包括《私人生活的变革——一个中国村庄里的爱情、家庭与亲密关系（1949—1999）》《中国农民调查》《浮生取义——对华北某县自杀现象的文化解读》《妇女闲聊录》《中国在梁庄》《一个村庄里的中国》《新乡土中国》《生死十日谈》《崖边报告：乡土中国的裂变纪录》《我的凉山兄弟——毒品、艾滋与流动青年》《过日子：农民的生活伦理——关中黄炎村日常生活叙事》等。从广义来说，这些作品都属于非虚构写作，尽管有些作品属于社会学研究，有些作品偏重于纪实，有些作品则被认为是非虚构小说。

本章拟从林白的《妇女闲聊录》与梁鸿的《中国在梁庄》入手，讨论当代写作者以非虚构这一文体想象乡土中国的方法。之所以选择这两部作品，首先在于它们的共性：都是中国当代文学中具有广泛影响力的作品、都讲述了一个村庄的故事、都由女作家创作、都采取非虚构的写作方式。《妇女闲聊录》在出版时被认为是纪录体长篇小说，而在今天看来则是典型的非虚构小说；《中国在梁庄》则一直被认为是非虚构写作中的典范之作。

不过更重要的是差异。这两部作品勾勒了不同的乡土中国之景，其叙述立场、叙述策略、叙述旨向都有较大差异。在笔者看来，这些差异在当代乡土中国的非虚构写作中具有代表性。本章将从两部作品的差异入手，结合其他同类著作，讨论非虚构写作之于乡土中国想象的贡献，同时也希望指出近年非虚构写作的同质化倾向，讨论非虚构写作者如何诚实表现所关注的乡村及农民生活，如何既摆脱启蒙视角，同时又不放弃写作者的主体性。简言之，本章希望由个案出发而致力于寻找想象乡土中国的更多方法、更多的可能性。

一、村庄故事：来自农妇／回乡女儿的讲述

2003年7月，人民文学出版社出版《万物花开》时，在小说后面发表了名为《妇女闲聊录》的8万字文字作为"附录"及"补遗"，那是作者为创作《万物花开》而收集的素材。令人意外的是，附录比小说正文更令批评家和读者兴奋，它被认为是一次"最胆大包天的尝试"[①]。因而，《妇女闲聊录》在2005年作为单行本由新星出版社出版，成为轰动一时的文学事件，林白也由此获得了2004年度华语传媒文学奖"年度小说家"奖。

今天看来，《妇女闲聊录》之所以令人难忘，一方面，因为它是林白作为女性主义代表作家的转型之作。在这部作品中，她不仅看到了更为广阔的世界，也听到了更多"别人的声音"[②]。另一方面，这一文本值得关注处在于木珍讲述的王榨村生活，新鲜、粗粝、生猛，令读者深感陌生。

《妇女闲聊录》讲述的是王榨村的日常生活，而最吸引人的首先是村民过年的情景：贴对联、包包面、买爆竹、看烟花、办年货；春节走亲戚时互送酥糖和猪肉；喜欢打牌；现在村民不喜欢种小麦而选择种油菜，给蔬菜打农药很正常；孩子们中午在学校里自己做饭，甚至要抢饭吃，然而学校还是空了，许多孩子早早出去打工挣钱；有的女孩子去工厂做工，有的女孩子去做

[①] 林白：《妇女闲聊录》，新星出版社2008年版，封面文字。
[②] 林白：《世界如此辽阔》，《妇女闲聊录》，新星出版社2008年版，第226页。

"二奶";人们喜欢去城里找工作,有收破烂的,有木工,也有修表的和贩药的;女人间无话不谈,互相拿性事做调侃;年轻人结婚不领证,老人们死后怕火葬;有的人病死了,有的人撑死了,有的人死得莫名其妙;人们喜欢看戏逛庙会,希望中彩票盖大房子,也喜欢看打架……侃侃而谈的乡村女性讲述了一个活生生的乡土中国。

《中国在梁庄》首发于《人民文学》2010年第9期,单行本则由江苏人民出版社于同年出版。这部作品被称为非虚构写作的"扛鼎之作",获得广泛赞誉,引发读者对中国农村生活的持续关注。作品讲述梁庄这个"废墟村庄"[①]的状况:村子里污染严重,人们在黑色的河流上建立"幸福生活"[②];砖厂使百姓们遭殃,人们甚至不敢靠近村子里的河流;一个留守少年强奸并杀害了一位老太太,令人心痛;梁庄小学变成了梁庄猪场;有理想的青年为生活所迫日渐消沉,对生活感到失望;昔日的少年伙伴变成了成年"闰土";村子里的文化茶馆和戏台子很冷清……梁庄破烂、衰败,一片荒芜。《中国在梁庄》的字里行间弥漫着一位高校女教师回乡所见的痛切思考与感悟。

细致对比会发现,这两部作品讲述的乡村生活内容多有交叉,比如污染、教育、留守儿童和老人、文化生活和道德等。换言之,王榨村和梁庄的生活有许多重合之处,大体属于同一个乡村之景。但是因为创作者身份和社会地位的不同,同一个乡村之景在不同的讲述中呈现出不同的样貌。王榨村在林白那里是快乐、热闹、有生气的村庄,而梁庄在梁鸿那里则是寂寞、千疮百孔、令人唏嘘的存在。那么随之而来的问题是,是什么引发了这样的不同,这些不同背后代表着怎样的叙述立场、叙述策略以及乡土中国的想象方式?

---

① 梁鸿:《中国在梁庄》,江苏人民出版社2010年版,第23页。
② 梁鸿:《中国在梁庄》,江苏人民出版社2010年版,第29页。

《妇女闲聊录》与《中国在梁庄》中的叙述人尽管都是女性，但她们的社会地位、思考方式却有明显差异。前者通篇几乎都是农村妇女木珍的声音，这是林白的有意为之："我听到的和写下的，都是真人的声音，是口语，它们粗糙、拖沓、重复、单调，同时也生动朴素，眉飞色舞，是人的声音和神的声音交织在一起，没有受到文人更多的伤害。"[1] 而这种大胆让农民说话的方式也是《妇女闲聊录》最受关注之处。在这里，木珍是作为一个有独立思考能力的农民出现的。刘志荣认为，木珍的声音至为重要，"她讲她的世界时的那种生动、泼辣、生机勃勃的感觉，跟文人脑子中的想象的农民的形象差别太大了"[2]。

《中国在梁庄》的叙述人虽然也来自乡村，但由于受过完整的高等教育，她不是以乡村中人而是以离乡之女的身份进行叙述的。换言之，《中国在梁庄》是以一个回乡者的视角重新审视家乡二十多年来的巨变。时光荏苒，那些熟悉的邻里乡亲、那些熟悉的景致和人事全变了模样。家乡成了我们"前进"中的包袱和累赘。这个女儿无法将眼前的村庄和记忆中的村庄并置在一起，无法安之若素，无法不加判断地展示梁庄。所以在这部作品里，尽管梁庄人也在发声，但分贝最高、最具感染力的还是作家本人的声音，她的判断、好恶与悲悯情怀都强有力地引导着读者。

讲述人社会地位与文化水准的不同，导致两部作品的叙述方式、价值取向、表达路径的差异。木珍站在村庄内部进行讲述，即使她后来离开农村到北京打工，但依然觉得王榨村里发生的一切都很有意思，她不认为这里的生活悲惨，也不认为这里的生活不值一提。木珍与王榨村里所发生的一切是同

---

[1] 林白：《世界如此辽阔》，《妇女闲聊录》，新星出版社2008年版，第226页。
[2] 张新颖、刘志荣：《打开我们的文学理解和打开文学的生活视野——从〈妇女闲聊录〉反省"文学性"》，载林白《妇女闲聊录》，新星出版社2008年版，第241页。

处、共在的。作为讲述者，木珍的文化水平有限、眼界有限，而正是因为其所知有限，使她对村庄里发生的一切都没有批判和审视。

梁鸿则不同。作为梁庄拿到博士学位的女儿，她的眼光比木珍更辽阔，心里有比村庄更大的世界。她思考的问题非常宏大："我希望，通过我的眼睛，能使村庄的过去与现在、村庄所经历的欢乐与痛苦、村庄所承受的悲伤慢慢浮出历史地表。由此，透视当代社会变迁中乡村的情感心理、文化状况和物理形态，中国当代的政治经济改革、现代性追求与中国乡村之间的关系，一个村庄如何衰败、更新、离散、重组？这些变化中间有哪些与现在、未来相联系？哪些是一经毁灭就永远不会再有，但对我们民族又非常重要的东西？"[1] 也因此，叙述人将自己的回乡所见取名为《中国在梁庄》。换言之，作为叙述人，她不只是要写梁庄，而是要通过梁庄来思考中国，写出作为中国典型问题存在的梁庄。正是以上种种不同，造成两部作品最终在媒体接受层面有着不同的际遇。

二、"低于大地"的"闲聊"与致力于"透视"的"回乡"

《妇女闲聊录》和《中国在梁庄》都给读者带来了强烈的震惊体验。作为作者，林白和梁鸿遭遇乡村生活时的震惊一定不亚于读者。但是《妇女闲聊录》里记述者的震惊感并没有直接传递给读者，而在阅读《中国在梁庄》时，每一位读者都能清晰地感受到梁鸿的震惊。

这是因为两位作家使用的叙述策略不同。从《妇女闲聊录》的书名可以看出，它与一般访谈和纪录体文字的不同之处在于"闲聊"。如果说"访谈

---

[1] 梁鸿：《从梁庄出发》，《中国在梁庄》，江苏人民出版社 2010 年版，第 2 页。

录"一般由问话人做主导，那么"闲聊"则由说话人做主角。从《妇女闲聊录》的谈话顺序来看，"木珍有充分的自主性和灵活性，根据自己的思路和见闻来闲聊。即便是在她跑题和不合逻辑时，即内容与该卷标题不一致及前后重复时，作者也未刻意提醒她重新入题"①。然而在《中国在梁庄》中，作者将自己的震惊感毫不掩饰地表达出来，从始至终在引领读者的思考和理解，记录者本人具有强大的主体性。

在这样的叙述策略背后是对乡村生活的不同理解，如何理解木珍及其生活决定了《妇女闲聊录》的写作旨向和叙述方式。在《万物花开》之后的附录《妇女闲聊录》中，林白写过关于木珍其人的说明，也正是在这段话里，她表达了自己面对木珍及其所述之事的态度。

> 木珍是我家的亲戚，从湖北农村来，小学毕业，比她的丈夫有文化，喜欢读书，读金庸和岑凯伦，还有《家庭杂志》。说话爱用书面语，比如说老婆，一定要用"妻子"，她大概认为老婆这种字眼粗俗。她说话的方式并不是我一贯认为的农村妇女的方式，那种所谓土得掉渣的，那不过是文人的臆想。她说的事也如此，跟我经验中的农村相去甚远。总之我认为她是一个有趣的人，她的闲聊也同样有趣。我写作《万物花开》的部分素材，就来自她的闲聊。但她说的大多数故事我没有写进去，如果我日后有志于此类写作，它们就可以变成许多中短篇小说。但我觉得，一个云山雾罩的文本未必比这些闲聊更有价值。由于这种认识，我将放弃对它们的另一种使用，而把它们辑录于此。②

---

① 朱坤领：《小说形式与内容的新尝试——林白〈妇女闲聊录〉研究》，《当代文坛》2009年第5期。
② 林白：《万物花开》，人民文学出版社2003年版，第171页。

从这个讲述中可以看出林白的态度。首先，林白欣赏木珍，认为她是一个有趣的人；其次，在作家看来，木珍并不是那种"土得掉渣"的农民，她讲述的农村与林白经验中的农村相去"甚远"。因此林白认为这样的闲聊有价值，甚至比"云山雾罩的文本"更有价值。这种对农民及其生活的欣赏使林白决定尽可能让木珍发声，并把自我全部隐藏在文本之后。在《妇女闲聊录》的"后记"中，林白坦承自己的叙述立场是"低于大地"的，在这里，她令人印象深刻地提到了"我愿意多向民间语言学习，更愿意多向生活学习"[1]。正是对民间生活的尊重，决定其要采用"闲聊"的方式。

"闲聊"给文本所带来的作用是深远的。在与张新颖对谈时，刘志荣提到木珍闲聊的重要性。

> 她的叙事大胆、流畅，让你很吃惊，这与文学体制制造出来的农民形象是完全相反的，后者总是低三下四、受尽压制却敢怒不敢言，如果再向以前的启蒙传统中追溯，就是麻木——总而言之，似乎"他们不能表达自己"，只能别人去代言。但我们看到木珍开口说话时不是这样，她有自己的主体意识，虽然不是知识分子想象的那样，但她就是一个有自己独立人格的人。[2]
>
> ……
>
> 木珍的叙述不但没有居高临下的感觉，也没有低三下四的卑琐的感觉，她就能够把自己的生活世界里的事情自然生动、理直气壮地叙

---

[1] 林白：《世界如此辽阔》，《妇女闲聊录》，新星出版社 2008 年版，第 226 页。

[2] 张新颖、刘志荣：《打开我们的文学理解和打开文学的生活视野——从〈妇女闲聊录〉反省"文学性"》，载林白《妇女闲聊录》，新星出版社 2008 年版，第 241—242 页。

述出来——我觉得这是非常重要的，它让我们看到了一般的老百姓绝对不是我们的文学制造出来的那个样子，他们可能会有些混乱、肮脏，但绝对有属于他们自己的生活世界和心灵世界，一点也不比知识分子简单。①

的确如此，木珍的闲聊使读者和批评家看到一种新的农村生活，这一形象也是对惯常农民形象的一次有力反拨。而只让木珍一个人开口说话的文本处理，对读者如何理解木珍及王榨村的生活也具有内在的引导作用，它有意使读者进入村庄，避免使读者居高临下地看待王榨村里发生的一切。

《中国在梁庄》则不然。作品里虽然有许多梁庄人在说话，但他们的声音常常被有意识地裁剪而归纳到某一类的问题里，他们的讲述仿佛只是在证明某一种问题的存在。梁鸿在此后的访问中曾多次谈到她希望避免启蒙主义视角，但是在《中国在梁庄》中，她并没有完全调整好个人的写作姿态。事实上，作为读者，刘颋也委婉地批评作者对梁庄过于强大的控制力，"从文本的表现力而言，让人物或者一草一木来说话，比作者自己说更有说服力"②。比如在关于留守老人的问题上，"我"一直试图使老人认清他们际遇的艰难，而老人却一直躲避，不愿意正视自己的困境。在讲述梁庄人的生活时，如何尊重他们的感受并让他们发出自己的声音？这部作品在叙述时似乎忽略了这一点。书中也讲到一段村里人对幸福生活的认可："和几个老人在一起，谈到合作医疗、免税、补贴，大家都非常兴奋，说这是几朝几代都没有的事情。按一位老人的话说：'现在早晚穿得像客人一样，没有破烂现象，说话办事不一样。

---

① 张新颖、刘志荣：《打开我们的文学理解和打开文学的生活视野——从〈妇女闲聊录〉反省文学性》，载林白《妇女闲聊录》，新星出版社 2008 年版，第 242 页。
② 《〈梁庄〉讨论会纪要》，《南方文坛》2011 年第 1 期。

坐在家里，南京北京，国内国外，都了解。各种知识在电视里都能学到、看到，当然高兴。'"①但是在这样的陈述之前，作者加上了自己的看法："中国的农民永远是最容易满足的，给他一点好处他们就念念不忘。"②显然，作者并不认可这样的幸福感，因为，她觉得一切还可以更好。

这样的叙述态度使读者意识到，作为梁庄的女儿，梁鸿并不认同村庄发生的巨变，许多变化在她看来并不合理。因此，作品中的"众声"并不明显，叙述人强烈的悲悯情怀控制了整个文本。这种悲悯情怀不仅使读者，也使文本中每个人的生活笼罩在一种独特的情感氛围里，牢牢地吸引了广大读者。今天看来，《妇女闲聊录》在如何理解乡土生活方面具有某种先锋性和冒犯性，看似"零度叙述"的文本也引起了许多评论家的赞扬，但也在另一些批评家那里遇到抵抗。因为这里的农民和乡土生活挑战了大众读者所能接受的底线，使人深感不适，这是这部同样讲述乡土中国的作品并没有能在更广大的社会层面引起共鸣的重要原因。

三、问题意识或以"乡愁"作为讲述方法

写作《中国在梁庄》时，梁鸿有清晰的问题意识。这从作品的章节标题可以看出。从第二章开始，每个章节是一个问题，书中大致讨论了七个问题："蓬勃的'废墟村庄'""今天的'救救孩子'""离乡出走的理想青年""守在土地上的成年闰土""被围困的乡村政治""农村的'新道德'之忧"以及"乡村的未来梦想"。每一个问题里讲述者所讲述的内容与"我"忧虑的问题

---

① 梁鸿：《中国在梁庄》，江苏人民出版社2010年版，第192页。
② 梁鸿：《中国在梁庄》，江苏人民出版社2010年版，第192页。

都形成互相阐释的关系。这些小标题表明，作者试图通过思考中国乡村目前存在的问题来讲述梁庄的故事。

当我们放大一些情景时，另一些东西则会被淹没。问题意识可以使读者在短时间内对梁庄有清晰的认识和把握，但也可能遮蔽乡土中国的某些特质。比如"我"来到吴镇，想到以前人们在商业街上"以物易物"，而"现在，吴镇已经成为新的集市中心和贸易中心，一排排崭新的房屋矗立在道路两旁全是尖顶的欧式建筑，很现代，却显得有些不伦不类。镇子原来的主街道被周边新兴的街道和新建的房屋所包围，更加显得破败不堪，荒凉异常。原来的一些房屋、商店都还在，甚至连店名都没变，但是，由于整体方位的变化和房屋的破旧，他们的存在却给人一种奇异的陌生感和错位感。我始终无法适应这一错位，每次走在路上，都有强烈的异乡异地之感"①。作家为何有"荒凉异常"之感？既是因为那些欧式建筑的不伦不类，也夹杂着时过境迁的感慨。这里已经有了崭新的房屋，人们的物质生活客观上也比以前好了，但由于被今非昔比的"问题感"笼罩，繁华便成了问题。在这里，读者没有看到梁庄人自己的理解，有的只是回乡者本人的感喟。

作为中国问题镜像的梁庄，暗合了今天中国知识分子和大众对乡土中国的想象。"从本质上讲，《中国在梁庄》是一次带有大众品格的跨界言说的尝试。所谓重建自我与现实、知识与生活的关联，说白了，即是面向大众发言。听得懂、有共鸣是必要的基础。而'中国'则是提请公众注意的起点，我们于此达成'共识'。"②写作者是观看者，受访者则是被观看者和有限制的言说者，这导致梁鸿作为问题的讲述者出现在文本中，也使写作者与被访问者之

---

① 梁鸿：《中国在梁庄》，江苏人民出版社 2010 年版，第 7 页。
② 李丹梦：《"非虚构"的"中国"——论〈中国在梁庄〉》，《文学报》2011 年 12 月 1 日。

间没能建立起平等关系。正如杨俊蕾所分析的：

> 《梁庄》的非虚构叙述显然昭示了另一个被遮蔽的潜文本存在。作者"我"一次次进入不同村人的私人生活，相反，那些村人却很少进入作者的生活，表现出反向叙述上的有意遮蔽或者删除，再次印证"事实"（fact）与"虚构"（fiction）的区分本身经常值得怀疑。另外，作者苦心营造的谈话语境在引导／窥视的功利诉求下力求全景呈现，使读者几乎看到梁庄的每一类人，却看不到梁庄人和人之间的自然关系和彼此间的动力影响。每一类人代表每个问题方向的单篇章节造成了文本内的结构裂隙。①

梁鸿本人显然也意识到了这一点，在两年后完成的《出梁庄记》中，她消解了自己强烈的问题意识而有意使农民工自己说话，从而让自己真正成为一个记录者、一个乐于倾听他人声音的写作者。也是在那部作品里，她写出了活生生的、有主体性的农民工群像。

当然，没有问题意识的非虚构写作是不存在的。当作家决意写这个而不写那个时，意味着问题意识已经开始形成。《妇女闲聊录》中的问题意识尽管没有《中国在梁庄》那么清晰，但它依然有自己的问题意识。首先，林白认为木珍与我们通常理解的农民形象并不相同，这是她写作的问题意识之一；其次，另一个问题意识则是她认为木珍讲述的农村生活超出了我们的想象，是一种与众不同的乡村经验；最后，林白是深具女性意识的写作者，她意识

---

① 杨俊蕾：《复调下的精神寻绎与终结——兼谈〈梁庄〉的非虚构叙述旨向》，《南方文坛》2011年第1期。

到妇女视角、闲聊以及王榨村本身所具有的民间性和边缘性,因而在这部作品中,她侧重选取夫妻关系、性关系、女性身体疼痛来凸显农民的际遇。可是,当木珍津津乐道于村民讨论绑架问题、丈夫为老婆出气而追打哥哥和母亲时,如何体现记录者的态度?如果只是一味地呈现,写作者的主体性又如何确立?

已经有多位研究者指出《中国在梁庄》中有浓郁的乡愁。乡愁于《中国在梁庄》是一把双刃剑,没有乡愁就没有这部作品的诞生,也没有这部作品的广受欢迎。事实上,许多读者在这样的乡愁中感受到某种亲切,但是这种乡愁也遮蔽了其他一些东西。贺桂梅在谈到阅读《中国在梁庄》的感受时说:"在这个叙事过程中,我感觉到或许有比较浓的、一种面对'破碎'家园的感伤姿态。我虽然很喜欢这种叙事的感觉,但还是会想这种叙事本身可能带来什么问题。它构成了人们进入这个乡村世界的基本'透镜'。虽然梁鸿有很强的自省意识,不过这种经验和情调大概总会以不同方式传递到书写的过程中去,并在某种程度上左右着梁庄人的呈现方式。"①

比如作品中多次提到兴建高速公路给村民生活带来的不便,一个村庄变成了两个,这使得回乡的女儿再也找不到原来的生活样貌。但是高速公路的兴建是否使村民的出行更便捷?我们应站在怀旧的立场上来理解高速公路的意义,还是站在村民当下的生活上来理解?作者对这一问题的思考显然受限于乡愁。当然,梁鸿在作品中也并未完全回避乡村的美好。

> 整个乡村给人一种温暖自在的感觉,虽然有触目惊心的破败。它的确有变化,但也是自在的变化,没有时间与速度,因此,也就没有

---

① 《〈梁庄〉讨论会纪要》,《南方文坛》2011年第1期。

危机与焦虑。几位妇女在村头的树下打牌，有的人带着孙子到处闲逛聊天，有的人在田地里干活，青年也在各自忙碌。我预想的悲伤、痛苦、无奈都慢慢被消解，甚至被我自己给否定了。因为在这里，这些都只是生活的一部分。[1]

可惜，对村庄美好一面的认识在书中并不多。事实上，"温暖"与"荒凉"两相兼顾，恐怕才是更复杂、更接近真实的梁庄样貌。这是作家在思考和处理梁庄问题时所忽略的，也让人感到有些遗憾。

在《中国在梁庄》的"前言"中，梁鸿谈到过对"言不及义"式写作的厌恶，梁庄对她来说是找回学术自信和写作意义的关键。换言之，梁庄不仅仅是梁庄本身，也是梁鸿作为批评家重新界定自我的媒介。尽管避免启蒙视角、放弃各种成见，但从回到乡村的那一刻起，梁鸿就已经将梁庄视为帮助自己逃脱无意义生活的"抓手"。与其说她是为梁庄人代言和说话，不如说这是她作为知识分子借梁庄面对社会的一次非虚构写作形式的发言。

《妇女闲聊录》则几乎没有乡愁，它荡涤了感伤、感慨和感动，拒绝将乡土和乡村问题化。这部作品是作家尽可能不带成见地进入乡村的尝试，是作家站在农村内部和以农民视角进行的讲述。这是林白精心完成的另一个乡土中国之景，是被我们视而不见或不愿面对的乡土中国之景。可是，读者在《妇女闲聊录》中只看到"被看者"在言说，却没有看到"看者"的言说；只感到"被看者"的能量，却没有感到"看者"的能量。在某种意义上，记录者放弃了她的主体性。这是它的问题。

无论是《中国在梁庄》还是《妇女闲聊录》，它们共同的困难都在于写作

---

[1] 梁鸿:《中国在梁庄》，江苏人民出版社 2010 年版，第 193 页。

者在叙述过程中如何清醒地认识"自我"以及如何认识"自我"与所写对象的关系。前者的问题在于克制情感和尽可能尊重写作对象的主体性,而后者的问题则是如何与写作对象平等交流,如何使文本不陷入暧昧、破碎和含混的境地。

四、在熟悉的乡土中国之外

1921年,鲁迅发表了短篇小说《故乡》。离家二十年后回到故乡,记忆中的故乡与眼前的村庄之间出现了巨大的裂隙,这使鲁迅遭遇极为强烈的震惊体验。九十多年过去了,中国知识分子在书写回乡经验时,几乎都采用"归去来"的写作模式,这种写作引领了近年来乡土中国的写作热与阅读热。《中国在梁庄》也不例外。梁庄及其相关作品,为我们这个时代想象乡土中国提供了重要镜像,它将被遮蔽的乡土重新带回社会公共空间。而最近几年的春节,网络上会出现大量"回乡所见"的热帖,这对全社会关心"三农"问题有重要的推动作用。有关梁鸿为非虚构写作做出的贡献已众所周知。然而,一旦这种文体成为众人争相模仿的写作范式,便意味着它由先锋变成了枷锁。一些问题需要反思:在梁鸿的写作范式之外,在"归去来"回乡书写范式不断累积的今天,有没有另一种想象乡土中国的方式。换言之,在大量同质化的书写之外,有没有其他对中国乡村及中国农民的理解方式?

当然,近年来也有一些非虚构写作者致力于另一种乡土中国的写作。其中熊培云的《一个村庄里的中国》是出版以来印刷已达15次的畅销书,具有代表性。这位作家几年间不断回到村庄,与村民相处、交流,写下许多关于乡村日常生活的所见所闻。与梁鸿的写作不同,他不仅关注此刻的村庄,也关注这个村庄在百年历史脉络里的人事风俗流变。那些村民亲身经历的故事、那些偶遇的村干部、那些"文革"时的"知青"传说、乡村的精神病人、露天电影院等，书中都有所涉及。整部作品让人觉得平实、沉静，有说服力，也富于启发性。读《一个村庄里的中国》，可以看到村民生活对作者的冲击，也可以看到他们相互间的交流与互动。虽然书名中也有"中国"二字，但村民们也并不全以问题或病灶的方式出现，这是难得的另一种想象乡土中国的方式。[1]

令人印象深刻的是，熊培云在《一个村庄里的中国》中引用农学家董时进的说法："我素来认为要知道乡村的秘密，和农民的隐情，惟有到乡下去居住，并且最好是到自己的本乡本土去居住。依着表格到乡下去从事调查，只能得到正式的答案。正式的答案，多半不是真确的答案。"[2]调查，或者带着问题去考察乡土，书写一个"定见"之内的乡村是有问题的。在今天那么多一窝蜂的写作热潮里，怎样避免匆匆一去便写下洋洋洒洒回乡之感的文字，尤其值得深思。

在完成这篇论文之际，笔者在《新京报》上读到岳永逸的文章《"返乡文学"和"乡愁大军"背后，是被代言的农民日常生活》，作者严厉批评了当下返乡写作者的主题先行、吸引公众眼球的写法。在他看来，新近出版的《过日子：农民的生活伦理——关中黄炎村日常生活叙事》会使我们认识到，"当代乡土中国不仅仅有被符号化、情绪化和非虚构化的梁庄，不仅有被同样高调炒作的似乎只有毒品、艾滋的凉山诺苏，不仅有被网友热议实则子虚乌有

---

[1] 本章开篇提到的另外一些关于乡土中国的著作多属于学术著作，写作者均多次往返自己所关注的村庄，围绕对问题的思考和理解深入调查写就，如《私人生活的变革——一个中国村庄里的爱情、家庭与亲密关系（1949—1999）》《浮生取义——对华北某县自杀现象的文化解读》《我的凉山兄弟——毒品、艾滋病与流动青年》等。这些著作致力于通过采访和调查解决问题，因为写作方式的冷静，对调研对象有深入、独特的理解而令人难忘。

[2] 熊培云：《一个村庄里的中国》，新星出版社 2011 年版，第 7 页。

的'上海女孩'逃离的'黑黢黢'的江西农村,还有黄炎村这样人口殷实、鸡犬相闻的村庄……由此,对三农中国的关切,也就不仅仅是痛心疾首的片段、片面的'崖边'或'断崖'式的轻快媒介思维与唯我独尊的精英教化的千年定势"①。而就笔者的阅读经验而言,与其说这部《过日子:农民的生活伦理——关中黄炎村日常生活叙事》讲述了一个真实的、日常的乡土中国,不如说它新颖的写作理念对当下乡村苦难式书写模式进行了反拨。但是,在当下,如果有一个一心一意"过日子"的日常乡村,那么,农民面对污染、贫穷和教育条件匮乏的困境时又怎么安心"过日子"?或者,在这些尖锐的社会问题面前,农民"过日子"的信念受到了什么样的冲击,他们怎样应对这样的冲击?对此,该书显然并未深刻触及。

中国现代文学史上,鲁迅、沈从文、赵树理构成了书写乡土中国的三种重要传统。在阅读当下乡土中国纪实作品时,我常常想到现代文学发生期的乡土写作及"问题小说"。尽管文学史上对这些作品的文学性颇多微词,但我们依然不能否认其在中国社会现代化进程中的重要作用。一如无论我们怎样批评乡土中国非虚构写作中的同质化倾向,也得承认这些作品对于今天的中国社会有着重要的意义。想当年,鲁迅的《故乡》虽然与那些"问题小说"发表在同一时期,也都是启蒙主义视角的写作,但艺术性高下立判。在《故乡》中,作家呈现乡土中国的态度冷静而克制,并没有把自己从农民的生活中剥离出去。因而在《故乡》中,尽管叙述人有强烈的情感,却绝非浅表意义上的抒情和愤怒,这也是鲁迅的乡土小说之所以成为经典、能跨越时代流传至今的重要原因。

---

① 岳永逸:《"返乡文学"和"乡愁大军"背后,是被代言的农民日常生活》,《新京报》2016年3月5日。

在鲁迅的启蒙主义写作之外，沈从文构建的是一个美好的乡土湘西，那里有勇毅、纯朴而自在的农民。但在某种意义上，那其实只是一种景观性的写作。沈从文在20世纪40年代对自己的乡土写作也有过非常沉痛的反省。[1]在书写一个田园牧歌式的乡土中国时，如何不脱离事实对作家是一个挑战。这意味着沈从文式的乡土书写既要认识到乡村的明亮和光泽，也不躲避它的黑暗和困顿。20世纪40年代，赵树理的乡土写作通常被认为是站在农民内部的写作，他使一个个面目模糊的农民眉眼分明，有了性格和主体性。但是，赵树理写作也常常面对这样的两难：当他站在农民立场发声时，怎样保持自身作为知识分子的主体性和批判性，而不误把农民身上的"灰暗"当作"光明"？

整体而言，今天的乡土中国非虚构写作都处在这三种范式之下。如何写出乡土中国的真实面容，如何写出农民自己真实的声音对近代以来的每一个作者都是挑战，到今天也不例外。我认为，面对乡土中国，非虚构写作者诚实表现"我"之所见固然重要，但更需要思考的是如何理解我们所关注的对象，如何既摆脱那种"自上而下"的视角，同时也不放弃写作者的主体性。如何不把"我们"从"他们"那里切割出来？如何真实地传达他们的生活而尽可能不以我们的判断为标准？如何不把乡土中国人的生活问题化、戏剧化？也许，一个面目含混、明亮与灰暗并存的乡土中国不会引起全社会的热议，也不符合众人心目中的乡村图景，但却有可能更接近事实本身。

---

[1] "可是近三十年来，这个'多数'的农民，在中国这么一大片土地上，活得如何卑屈，死得如何悲惨，有一个人能注意到没有？除了拢（笼）统的承认他们的贫和愚，是一种普遍现象，可是这现象从何而起？由谁负责？是否有人能够详详细细的来解释过？"参见沈从文《〈七色魇〉题记》，《自由论坛》第3卷第3期，转引自解志熙《考文叙事录》，中华书局2009年版，第234页。

下编

第十章
一位现代女作家的诞生

> 这几年来，我立定主意作一个将来的女作家，所以用功在中英日三国文上……中国女作家也太少了，所以中国女子思想及生活从来没有叫世界知道的，对于人类贡献来说，未免太不负责任了。
>
> ——1923年，"凌叔华致周作人的信"[①]

一、现代教育与现代女性写作

现代女子教育对现代女作家的出现有着至关重要的意义。[②] 因为，在中国，女学生是第一群以合法名义离开家庭的女性。这也意味着几千年来只能在家内生活的良家妇女进入了公共领域。女性生活中出现的诸多新变化——走出家庭、进女校读书、与同龄女性交流、出外旅行、参与社会活动、与男性交往……都是现代女性写作发生的客观条件，是女性写作时必不可少的那张"安静的书桌"。这里的书桌并不是实指，它象喻的是生存环境。家内的妇女时常会被要求做饭、做家事、刺绣、带孩子，即使父母、丈夫允许她们写

[①] 周作人：《几封信的回忆》，《文艺世纪》（香港）1963年第12期。
[②] 参见张莉《从"女学生"到"女作家"——第一代女作家教育背景考述》，《中国现代文学研究丛刊》2007年第2期。

作,这件事也常常会被家务打断。但在女校,上述情况则不会发生——读书、习作不会被认为是不务正业,尤其是在她们的国文课堂上。当然,"安静的书桌"还隐喻了安静思索、自由选择情感归宿的可能。——自由选择一位有共同旨趣爱好的丈夫,对她们由文学青年成长为现代女作家无疑颇有助益。

如果把中国现代文学理解为"用现代文学语言与文学形式,表达现代中国人的思想、感情、心理的文学"[①],那么,这也就意味着现代女性的写作史是现代女作者出现的历史、是具有现代精神的女性文本如何生成的历史。因而,尽管我们可以说女性身体从家内"位移"进学校对于中国现代女性写作者的出现是重要的,但并不意味着所有进入女校、毕业于女校的写作者,就必然是现代女性写作者。值得庆幸的是,进入女校后的妇女们遭遇了新文化运动。如果说"兴女学"运动在中国第一次发现了妇女的生产者价值(即生育优质国民),那么五四新文化运动则看重的是"妇女是人——有着独立自由意志的人"[②]。现代女作家们的轨迹——逃离家庭、接受新文化教育、自由选择婚姻、自由写作,既是庐隐、冯沅君、白薇的生命经历,也是丁玲、萧红等人的人生体验。人的意识和女性意识的苏醒使她们参与了现代文学的书写,并且,她们也开创出了现代女性写作传统——五四运动为现代女性写作培养了一批有着独立意识的写作者。

---

① 钱理群、温儒敏、吴福辉:《中国现代文学三十年(修订本)》,北京大学出版社1998年版,第1页。
② 钱理群在《试论五四时期"人的觉醒"》一文中认为,"辛亥革命时期的妇女问题是从属于政治的,所强调的是妇女在政治上与男子的平等,即与男子一样平等地担负起对于国家、民族、社会的责任,共尽'国民'的义务"。而"五四时期的妇女问题则是服从于'人'的解放这一时代的总主题的。事实上,五四时期发现的是妇女独立价值。他们首先确认的妇女不是儿媳妇,不是我的妻,而是一个人"。参见王晓明主编《二十世纪中国文学史论》(第一卷),东方出版中心1997年版,第328页。

第十章 一位现代女作家的诞生

借用伍尔夫的句式来讲述现代女性写作者的发生史是必要的：现代女性写作者的诞生，要感谢两场战争，一场是把女性从家内解放到家外的"贤妻良母"的战争，另一场则是在"五四"时代的"超贤妻良母"运动，它为女性解放提出了"堂堂正正地做一个人"的目标。如果说女性走出家庭进入公共领域只是为女性写作提供了客观条件，那么五四新文化运动则为现代女性写作提供了一群创作者——一批具有现代主体意识的女性。她们是勇于用"我"说话、勇于发表对社会的看法、勇于内心审视、也勇于向传统重新审视与挑战的新青年，也是与男性青年并列的女性青年。

本章拟从身体与精神位移／解放两方面阐释现代教育之于现代女作家出现的意义。身体的位移指的是在家外读书，接触外面的世界——与非亲缘关系的同龄人、师长以及异性交往，参加社会活动，投身学校以及社会的文艺演出，等等。精神气质的变化则指的是女性对女性生活和自我意识的体认，它主要包括作家对妇女社会身份的理解、现代两性关系中女性主体性地位的思索与关注，以及女性对独立人格的认知等。当然，这两个方面之所以分开论述，只是为了便于阐释与理解。事实上，它们毫无疑问是一而二、二而一的。并且，身体和精神的位移／解放并没有时间先后之分。

以个案进行讨论远比普泛意义的笼统讲述更有说服力。我以凌叔华为例。凌叔华是中国现代文学史上别具风格的女作家。在《中国新文学大系·小说二集》"序"里，鲁迅对其小说的评价为："她恰和冯沅君的大胆，敢言不同，大抵很谨慎的，适可而止地描写了旧家庭中的婉顺的女性，即使间有出轨之作，那是为了偶受着文酒之风的吹拂，终于也回复了她的故道了。这是好的——使我们看见和冯沅君，黎锦明，川岛，汪静之所描写的绝不相同的人物,也就是世态的一角,高门巨族的精魂。"①

就凌叔华的成长史而言,作为一个书写了另一种生活的小说家,她毫无疑问受惠于现代女子教育制度的普及——她先后进入北洋直隶第一女子师范学校(天津)和燕京女大学习,在校期间就开始发表文学作品,渐为文坛所瞩目。凌叔华与其他女作家不同之处在于,于陈衡哲、庐隐、冯沅君、苏雪林等人而言,如果没有进入学校,她们获得读书写字进而成长为一位女作家的机会并不大。凌叔华则不然。即使没有进入现代学校,没有接受现代教育,凌叔华依然有成为女作家的可能,因为她出生于高门巨族,拥有自己的家庭教师,她学诗作画都得到父母的支持。

换言之,如果没有日后进入女校的经历,她依然可以成为一位闺阁女作家。因而,探讨现代教育之于凌叔华的重要性将从外在的物质条件进入精神的肌理:对于凌叔华,一位并不缺少学习机会的女性而言,现代教育依然重要。身体的位移促使她开始有机会"凝视"曾经的闺秀生活,英文系大学生的教育背景则对她意味着世界观与文学观的重大改变。以凌叔华为中心的讨论将为我们如何理解现代教育与女性写作之间的关系注入新的角度,即现代教育以及现代教育所延展出来的机会最终如何影响一位闺秀成长为具有现代主体意识和世界意识的女作家。

二、掀开"高门巨族"的一角

用"阁楼上的闺秀"形容凌叔华再恰当不过。她出身于大家庭,父亲曾

---

① 鲁迅:《中国新文学大系·小说二集》"序",《鲁迅全集·第6卷》,人民文学出版社1973年版,第257页。

任顺天府尹、直隶布政使等职，家世优越。凌叔华幼年时就有著名的宫廷画师教她国画、英语，并且她的家庭关系也比其他女作家更为复杂——其父亲有诸多妻妾。凌叔华从小就与她的家人们，一群性格迥异的姨妈、姐妹及仆人居住在一起。这使她从小就目睹女人之间的种种争斗和内心隐秘，体验和亲历她们的生活。①

凌叔华被送进学校是在1919年的秋天。那一年，她19岁。在那里，她遇到了一位令她尊重的国文教师张先生。这位老师曾要求同学们以记述五四运动为题写作文，他选出最好的送到《天津日报》发表。"第二天早上，张先生带来一张报纸。下课时，他当着全班朗读。我听出来，那是我的作文。脸红心跳，紧跟着眼泪也下来了。我谁也不敢看，并感到同学们开始用一种以前从未有过的奇怪、羡慕的目光注视着我。"②张先生把报纸送给凌叔华，并对她说："上面有你的名字，等你有一天成了作家，就更会珍惜这篇东西。"③发表作品的惊喜，带给直隶女师时代的凌叔华写作的自信，是她日后立志成为女作家的最初动力。

和许多后来成为作家的女孩子一样，凌叔华在大学时代爱好文艺。在燕京女大，她编过两出英文短剧《月里嫦娥》《天河配》，并以西式音乐的方式呈现，从布景、对话、舞蹈到音乐，凌叔华都是自己策划。据说，这两出戏在协和医院小戏园演出两天，观众爆满，卖出了1000多张票，剧本被刊登在

---

① 对于凌叔华身世的了解，来自她的自传体小说《古韵》(Ancient Melodies)，参见陈学勇编《凌叔华文存（下）》，四川文艺出版社1998年版，第452—593页。另外，在2001年第1期的《新文学史料》（第128—143页）上，也刊有陈学勇校对的《凌叔华年表》，其中介绍了凌叔华的祖父、父亲的官职。
② 陈学勇编：《凌叔华文存（下）》，四川文艺出版社1998年版，第578页。
③ 陈学勇编：《凌叔华文存（下）》，四川文艺出版社1998年版，第578页。

《科学及文学期刊》。卖票所得款项则捐给基督教女青年会赈灾。[1]凌叔华还热心地为当时的校刊《燕大周刊》写稿,她发表了《约书亚瑞那尔支》,并于1924年5月3日、10日分两期连载,其后,她又在5月17日、24日分两期发表了《汝沙堡诺》,31日发表了《加米尔克罗》。

在1919年之前的成长岁月中,凌叔华大部分时间与家人生活在一起——她看待生活的角度毫无疑问是单一的。但1919年之后开始有了不同。直隶女师和燕大的经历使她开始从空间层面对以往的生活产生了疏离:看待自己以往的生活时,既是在看自己,也有了看他者的意味。

对凌叔华小说的解读将使我们认识到走出家外的经历如何使她慢慢视曾经的闺秀生活为"事件",例如《绣枕》。《绣枕》不是凌叔华的处女作,但发表在《现代评论》上的这篇小说却使她树立了自己的风格,也使读者记住了这位年轻的小说家。大小姐是《绣枕》的主人公。闷热的夏天,她在阁楼里辛苦地绣着一对有着翠鸟和凤凰的枕头,以期获得好亲事。但男人们没有拿这对绣枕当回事,绣枕也根本没有带给她好亲事。看到绣枕回到手边,大小姐回忆起她当年的刺绣——"做那鸟冠子曾拆了又绣,足足三次,一次是汗污了嫩黄的线,绣完才发见;一次是配错了石绿的线,晚上认错了色;末一次记不清了。那荷花瓣上的嫩粉色的线她洗完手都不敢拿,还得用爽身粉擦了手,再绣。……荷叶太大块,更难绣,用一样绿色太板滞,足足配了十二色绿线。"[2]生活的希望、爱情的畅想以及未来的憧憬都曾寄托于绣枕:"她夜里也曾梦到她从来未经历过的娇羞傲气,穿戴着此生未有过的衣饰,许多小姑娘追着她看,很羡慕她,许多女伴面上显出嫉妒颜色。"[3]这是属于闺房的、

---

[1] 陈学勇编:《凌叔华文存(下)》,四川文艺出版社1998年版,第967页。
[2] 陈学勇编:《凌叔华文存(上)》,四川文艺出版社1998年版,第56页。
[3] 陈学勇编:《凌叔华文存(上)》,四川文艺出版社1998年版,第57页。

波澜不惊的、不为人知的故事,在外面,在男人们看来不值一提的绣枕背后,隐藏着多少青春少女的梦想与希冀!如果说家内绣花的小姐对自己的封闭与被动际遇并不自知,那么告别封闭闺房的凌叔华显然因生活空间的扩大而获得了回视以往生活的便利。凌叔华小说对于闺秀生活的讲述,某种程度上应该理解为一个闺秀在生活际遇改变后对曾经的"小姐生活"的重新审视。

《吃茶》《茶会以后》中,芳影、阿珠、阿英是走出闺房的小姐。《吃茶》中芳影走出闺房,进了学堂,认识了同学的哥哥。从国外归来的男学生懂礼貌、尊重女人,会赞美和体贴女性——陪她一起游公园,上下车时会扶她,还为她提手袋、拿大衣……他的一切,在中式语言中都暗示着对女人的好感和殷勤,也难怪芳影对他的所作所为理解为"有意思"。芳影心内掀起了涟漪。当同学邀请芳影担任哥哥婚礼的伴娘时,芳影才恍然大悟,那"有意思"原来是"外国最平常的规矩"!在假想的恋爱中,芳影成为时代的弃者。(但是,当这种不适应表错情不只发生在芳影身上,还发生在黄小姐身上时,那位号称外国规矩的男青年是否也应该反省自己的一切做得恰当?)

《茶会以后》以闺房里女儿的谈话为主。阿珠和阿英讨论着茶会上各个人物的穿着、表情及行为,最后谈到了和阿珠有过短暂谈话的男青年。待嫁女儿的内心,在走出闺阁遇到"戴黑边眼镜的男青年"后出现了波澜。凌叔华没有使阿珠和阿英有关男青年的谈话再次深入,因为她深知,在闺秀女儿们的教养中,深入讨论男性几乎是不被允许的。但"他"确实引起了阿英内心的变化。这种变化,以心情对风景的感受所取代。"现在只过了一天,这些花朵便已褪红零粉,蕊也不复鲜黄,叶也不复碧绿了。黯淡的灯光下,淡红的都是惨白,嫣红的就成灰红。情境很是落寞。"[①]《茶会以后》中,尽管闺房女

[①] 陈学勇编:《凌叔华文存(上)》,四川文艺出版社1998年版,第78页。

儿的时间和节奏与闺房之外的时间节奏相比缓慢而陈旧，但是，阿英内心的怅惘却暗示了她的动心以及有可能发生的将来。

《绣枕》《吃茶》《茶会以后》，从闺房中绣花到去外面与男青年吃茶、谈话，三段故事有点像女儿们进入"外面的世界"的三部曲。借由这三段看似不相干、但事实上却有着内在线索的故事，凌叔华以亲历者——一位曾经的闺秀的身份，展示了一段从闺房到茶会、从封闭到慢慢开放的有关女性交际与交往的历史。大小姐、芳影和阿英们显然是与"五四"话语不相关的一群人，她们没有追赶时代的思想，也没有与时代同步的意识。换句话说，虽然她们进入了时代及社会，但她们只是被时代裹挟着向前的一群人，而绝不是走得最快的那个。因而，在一个变化最剧烈的时代，人们争相讨论和注目那些走在风口浪尖上的人群时，她们注定是被遗忘者。并且，从一贯的看法而言，闺房的存在也使她们成为读者及公众无从了解的那群人。幸而，现代教育使她们中的一些人有机会走到外面世界——凌叔华以她得天独厚的条件摸到了一把宝贵的"钥匙"。闺房——她不仅曾生活其中，又得以生活其外，这际遇引领她注目自己的姐妹们，也打开了新式夫妻生活中的"幸福"之门，倾听那些幸福妻子们的烦闷与不安。

相对于闺房女儿们的保守，妻子们是"现代的""知识"女性。她们生活安逸，日子悠闲，从看起来毫无波澜的中产阶级生活中，凌叔华呈现了她们内心的"不安宁"。那不只属于女人自己，也与男人、性以及婚姻有关。短篇小说《酒后》讲述的是三个男女的小故事：夫妻两个及酒后睡在壁炉旁的客人。自始至终睡着的、只作为讨论对象出现的客人是有才华的男性诗人。看到酒后面容微红的诗人后，妻子很想吻他。于是，她把这个想法告诉了丈夫。对妻子百依百顺的丈夫，最终同意拉着她去吻客人一下。但妻子最终放弃了欲望。想吻一位有才华的、家庭并不幸福的诗人的想法，显现出妻子内心

"越轨"的渴望。尽管她把这想吻他的愿望解释为对才华的向往，但是，听着丈夫的绵绵情话，内心却想吻另一位男人，怎么看起来都是一种莫名的讽刺。——虽然凌叔华并没有为我们过多提供妻子与丈夫的生活，但妻子的隐秘还是呈现出来，这是一位婚姻秩序中的女性对欲望的不自主的暴露。

凌叔华小说的另一类人物，是一群没有青春、风情、思想及文化的太太。《中秋晚》的开篇，描述了一对夫妻中秋节晚上的生活。他们结婚不久，关系还算是融洽。太太正使唤仆人做团鸭——吃团鸭意味着团圆，一年不会分离。此时，丈夫接到了干姐姐病重的消息。丈夫没有正式吃团鸭就匆匆出门。之后，干姐姐去世，夫妻争吵，瓶子摔碎，夜晚的一切在太太眼里都预示着厄运的开始。后来，丈夫逛园子，太太怀过的两个孩子都因小产死了。小说的结尾，太太和她的母亲一起收拾东西准备从房子里搬走，丈夫没有了财产，把房典当了。回忆起曾经遭际的一切，太太认为是丈夫中秋节晚上没有吃团鸭的缘故，她的母亲则把这一切归之于命。在太太和她的母亲，以及和太太相似的诸多女性那里，"命"是她们笃信的信条。令人印象深刻的是，叙述人并没有以批判迷信者的方式去讲述这个完全值得"批判"的故事，她并没有以游离于太太价值观的视角去诉说，相反，叙述人和太太一起看周遭世界中的一切，并给予她同情。"她好像置身在迷暗的森林中，恐怖，寒栗，忧愁缠住了她。她只盼望有个人来看慰她，用手领她出来。她想只要能默默拉着她的亲人的手——自然头一个是敬仁——她就可以去了大半的恐怖、忧愁了。"[①]我认为，凌叔华是一个过去生活的"疏离者"，正是她对自我过往生活的游离，使她为她的亲人和朋友们的生活留下了宝贵而真实的画像。——这得益于空间疏离与身体位移后所带来的某种便利。

---

① 陈学勇编：《凌叔华文存（上）》，四川文艺出版社1998年版，第84页。

三、具有世界意识的"闺秀"

1923年9月1日，燕大国文系教师周作人收到了女学生凌叔华的来信。在这封信中，凌叔华认为自己与其他女学生不同的地方在于阅读经验的丰富。另外，她提到自己将来志做女作家的理想："中国女作家也太少了，所以中国女子思想及生活从来没有叫世界知道的，对于人类贡献来说，未免太不负责任了。先生意下如何，亦愿意援手女同胞这类事业吗？"[①] 当时的凌叔华只是燕大女学生，尚未有小说发表，但她的志向还是令人眼前一亮，尤其是她认为中国女子思想及生活从来没有叫世界知道的看法。很显然，凌叔华已经意识到中国女性世界的隐秘性："从来没有叫世界知道。"她意识到对女性生活进行反思和凝视的写作不仅仅是对女性有益，也是对人类的贡献。换言之，在写作的最初，凌叔华就有着与众不同的写作观——并不是只有与社会和重大事件有关的女性生活才值得书写，事实上那些琐屑的细节也都值得记录。在她眼里，女性生活让世界知道本身就有意义，把这封信看作凌叔华写作态度和写作方式的"发生"丝毫不为过。

这种对妇女生活的认识及写作观发生于何时已无从可考，但凌叔华的燕大英文系学生背景不应被忽视。英文系的系统学习对一个青年的文学观念与风格的形成定有助益，这从凌叔华后来有意模仿曼斯菲尔德的作品可以约略窥知。我认为，燕大经历对凌叔华来说是一次不同寻常的世界观或文学观的转型。在给周作人的信中，她既讲到了女子思想及生活对于人类贡献的重要性，也提到了中国女子尚未为世界所知，这其实显示了年轻的凌叔华的两种视野：女性的与世界的。所以，当我们理解凌叔华掀开了"高门巨族"一角

[①] 周作人：《几封信的回忆》，《文艺世纪》（香港）1963年第12期。

时，只停留在这是一位闺秀在书写曾经的自我经历并不恰当。如果把文学书写比作"泄密"，当凌叔华试图书写"从来没有叫世界知道""中国女子思想及生活"时，其实她早已立志做一位"有意识的泄密者"。她意识到了女性书写的重要性，也意识到了书写中国女性生活的重要性。这一切都说明，在最初书写时，凌叔华对于她曾经的生活和经历、对于中国女性生活，早就有了一份责任感。这应该被视作闺秀凌叔华的创作与历来中国读者印象中的闺秀写作的最大区别。在凌叔华这里，女性们的生活尽管是与世隔绝的，但作为小说家的她绝不自怜与自伤，她的学习背景和生活经历使她有了足够的智慧和理解力去进行另一种阐释。因而，她的小说书写也不再只是普通的对闺秀生活的展示，而是以一种现代人的批判眼光看待"闺秀"生活的种种封闭与无奈。

《绣枕》的故事没有年代背景。它可以发生在任何时代的女儿的闺阁中。除了知道主人公是位年轻的小姐之外，我们不知道她的名字。因而，无名无姓的大小姐的际遇就不再只是一个人的经历，而是象征与隐喻。与其说《绣枕》的故事书写了一种女性生活，不如说它以"绣枕"作为指代，书写了几千年来中国女性被动的、待价而沽的物化命运。事实上，绣枕与大小姐之间有着许多共同点：生活在封闭的空间、没有主动权，只有被选择的命运。绣枕是被选择的客体，是婚姻物化的标志，而大小姐，尽管是有血有肉的真人，但在绣枕故事中，她既无从表达自己的内心，又无从选择婚姻，跟客体又有什么区别？面对未来的婚姻，面对令人无限憧憬的幸福生活，大小姐所能做到的，唯有"绣"。她没有主动权，没有选择权，在这样一场有关自我命运的抉择中，她只有等待，等待，再等待。即使是在《吃茶》《茶会以后》中，闺阁中的女儿虽走出了闺房，但依然没有能走出被动——内心的愿望与欲望是否应该表白，如何表白，她们还没有找到自己的表达方式及交际方法。想与姐妹讨论但又无从说起——是千百年来的"教养"使她们欲言又止，于是，小说中的她们，唯有以"忘了""记不清方才想说什么"来结束。

《绣枕》《吃茶》《茶会以后》，既是女儿们真实的生活史，又是中国历史上的女性从内到外的"解放史"。在凌叔华的小说中，这样的"走出"与杂志中讨论的男女交际公开虽属于一回事，但理解和讲述角度迥异。在当时的"五四"语境里，男女交际成为风潮，仿佛只要交际公开，所有问题便迎刃而解。可是在凌叔华那里，女性走出之缓慢、迟疑以及充满着不安、尴尬的情状，远不是社会舆论给予肯定就能解决的。与杂志中的激烈争论和乐观期待相比，小说中女儿们的走出倍显艰难，那不是动作，而是过程——从无望到希冀，从被动到心动的漫长过程。女儿们从闺房走入社会，是身体的一种位移——既是有关生理意义的走出，也是心理意义的走出。凌叔华小说中，女性被视作有意识、有情感的人，而非无意识的随声附和者，她对女性的认识更复杂，也更接近现实中的女性。

凌叔华对新式妻子生活的书写也不只是简单的书写，她写就了"现代人"对婚姻关系的"非分之想"。《花之寺》中，美满婚姻中的丈夫收到了一封陌生女子的来信，并应邀赴约。当然，出现在约会现场的根本不是陌生的女子，而是他的妻子。令人感兴趣的是那封信。"我在两年前只是高墙根下的一棵枯瘁小草。别说和蔼的日光及滋润的甘雨，是见不着的，就是温柔的东风亦不肯在墙畔经过呢。……幽泉先生，你是这小草的园丁，你给它生命，你给它颜色（这也是它的美丽的灵魂）。"[①]

陌生女子（实际上是妻子）把幽泉（丈夫）比喻成仁慈体物的园丁，赞美他使她有了"生气"，给了"小草""生命""颜色"以及"灵魂"。女人的书信为我们提供了写信者对于男女之间关系的想象与判断：男人创造女性，

[①] 陈学勇编：《凌叔华文存（上）》，四川文艺出版社1998年版，第93—94页。

给予她生命与灵魂,她感激他为她所做的一切,并无怨无悔地默默追随他。这种抒写获得了男性阅信者的好感。他认为这个女子"怪有意思的"。岂止是怪有意思?他还分明地感到了受用。为了找到出外和陌生女子见面的理由,幽泉解释为"奇异的梦",从而可以堂皇地出门。小说最后,丈夫和妻子在愉快的气氛中,在花之寺里郊游。表面看来,夫妻二人的关系并没有受到破坏,但"危机"却不能说不存在。在丈夫"不依"妻子的所作所为时,妻子回答:"算了吧,别'不依'我了。……我就不明白你们男人的思想,为什么同外边女子讲恋爱,就觉得有意思,对自己的夫人讲,便没意思了?……"

幽泉笑了笑答:"我就不明白你们女人总信不过自己的丈夫,常常想法子试探他。"①

以妻子的回答作为小说的结束,复杂性也便显露出来了。"……难道我就不配做那个出来赞美大自然和赞美给我美丽灵魂的人吗?"②

新式情爱关系中,一方面是夫妻二人的甜蜜,另一方面是对陌生者的期待。这种对"陌生者"的期待不只是丈夫的,还有妻子的——当燕倩以小草、被给予美丽灵魂者的形象出现在信中时,当她以"反问"的方式表达自己渴望做信中女人的愿望时,燕倩显现了她的另一个愿望:做丈夫的情人,做那个被阳光照耀的小草。换句话说,非分之想与其说是属于丈夫一个人的,不如说属于夫妻二人,也由此,他们获得了平凡生活"陌生化"的效果。夫妻双方以"拟想外遇"的方式各自获得了圆满。

在《浮出历史地表——现代妇女文学研究》中,孟悦、戴锦华通过对小说的解读看到了叙述人借书信做出的戏谑之语,从而认为"信的书写者的写

---

① 陈学勇编:《凌叔华文存(上)》,四川文艺出版社1998年版,第99页。
② 陈学勇编:《凌叔华文存(上)》,四川文艺出版社1998年版,第99页。

作行为似乎是对男性规定的女性标准的戏谑"①。但是，我认为在小说最后的对话中，当妻子娇嗔地问丈夫"……难道我就不配做那个出来赞美大自然和赞美给我美丽灵魂的人吗"时，那位妻子看起来更像是对"做小草"的渴望。成为小草，成为丈夫情人的渴望，使她在信中成为另一位人物。所以，在我看来，《花之寺》讲述的其实是夫妻二人的"拟想外遇"。一位是在阅读书信时由于被想象为情爱关系中的支配形象而获得快乐，另一位则是在书信中以一位被创造的柔弱形象获得满足。这种主动与臣服的男女关系受到一对新式夫妻如此的喜爱，问题便在这里被隐性凸显：这对夫妻，不会不了解男女平等的主题，也不会不了解爱情的观念，更进一步说，他们也不可能不知道男女之间的人格平等，但是在内心深处，他被陌生者的柔弱求爱以及对自己能力的无限赞美打动，而她，一位受过高等教育的女性，则希望自己做一个被丈夫给予灵魂的小草。——这就是所谓的新式的夫妻关系吗？这是"五四"以来的妇女解放吗？凌叔华的小说，为当时所谓的"妇女解放"做了别样注解。

无论是在《绣枕》《吃茶》《茶会以后》，还是在《太太》《送车》中，当凌叔华讲述女性的害羞、迷失、恐惧、无聊与渴望时，既是同情——因为外界的并不为小说人物所知的情节与人事，她都了解，也都懂得；但同时，这种了解以及立志做泄密者的文学观又使凌叔华书写时具有了批判的力量。例如《有福气的人》，主人公是章老太太。小说的2/3篇幅讲述的是章老太太的福气和好命：从年轻到年老从来没有忧过柴米，30岁就做了"命妇"，不与丈夫的小妾争风吃醋，四世同堂，儿子媳妇都很孝敬她，刚刚过完一个体面

---

① 孟悦、戴锦华：《浮出历史地表——现代妇女文学研究》，人民大学出版社2004年版，第89页。

的生日……看起来章老太太真的令人羡慕。可是，当老太太走出屋外去看望儿子和孙子们时，她听到了儿子与媳妇间的议论。他们争吵着谁又从老太太那里拿走了宝贝，盘算下次如何从老太太那里拿些东西回来……在儿子们眼里，老太太只是被视作可以掠夺与挤压的财源，于是，老太太几十年来感受到的"福气"顷刻间化为乌有，着实令人同情。可是，从"有福气"作为题目的立意和小说的字里行间又可以体会到，叙述人的同情中分明有微微的讽刺。正如《中秋晚》中太太和她的母亲看到的是团鸭带来的厄运，而叙述人看到的则是别的一样，老太太的福气，从另一个角度观察则无疑是"假象"。老太太和太太，因为叙述人的观察角度与故事人物的角度与价值观不同出现了分裂。这个叙述人既同情和理解她的人物，并和她们在一起；但她又与她们分离，她常常对人物的价值观表示不赞同甚至批判。所以，当凌叔华把闺秀们的生活作为需要"凝视"的事件时，在同情和理解她们的同时，叙述人早已具有了游离"她们"的力量与勇气，她使自己成为自我阶层的"凝视者""泄密者""逃离者"与"批判者"。

四、成为女作家

凌叔华的小说处女作是经周作人推荐后发表在《晨报副刊》上的《女儿身世太凄凉》。虽然从小说的行文及语言中都约略感觉到凌叔华后来的一些叙述风格，但整个故事的立意与其后来的作品相比，显得直白而粗糙。故事由两个女人互相倾诉自己的不幸来推动，作者甚至让她的女主人公婉兰直接站出来后悔："总而言之，女子没有法律实地保护，女子已经叫男人当作玩物看待几千年了。我和你，都是见识太晚，早知这家庭是永远黑暗的，我们从小学了本事,从小立志不嫁这样局促男人,也不至于有今天了。"①直白的语言与当时"控诉家庭罪恶"的问题小说相似,而与她后来作品的含蓄、委婉方式相悖。我认为,凌叔华早期发表在《晨报副刊》上的小说较之于在《现代评论》时期的作品,有着青涩、粗疏的毛病,独特的凌氏风格还没有形成。

要再次提到她与陈源的相识。在此之前,凌叔华在《晨报》的作品并不出众,但却是符合《晨报》趣味的写作。1924年5月,凌叔华在迎接泰戈尔的茶会上认识了陈源(陈西滢)。1924年7月,她从燕大毕业。同年12月,《现代评论》创刊。1925年1月,《酒后》发表在《现代评论》上。之后,1925年至1926年,凌叔华在《现代评论》上连续发表了《吃茶》《绣枕》《再见》《花之寺》《有福气的人》《等》《春天》《他俩的一日》《小英》等小说,由此而成为广为人知的小说家。1926年,陈源和凌叔华结婚。这些时间背景意味着,《现代评论》创刊后,凌叔华的大部分小说都是发表在陈源(她的未婚夫、后来的丈夫)做主编的杂志上。这与她辗转经由周作人把小说推荐给孙伏园发表的情况相比,待遇自然不同。就青年作者创作角度而言,凌叔华在1925年之后的创作将不再受到编辑的挑剔,自由写作的空间大了许多。并不夸张地说,《现代评论》对于凌叔华个人写作史而言意义重大,其大部分作品在这个杂志上连续刊发的方式最终成就了她的现代女作家身份。退一步讲,即使给《现代评论》写稿有着一定的压力,但丈夫给予的压力与陌生权威编辑给予的压力不能相提并论。这也表明,自1925年开始,由陈源主编的《现代评论》为凌叔华提供了诸多作家梦寐以求的、理想的创作环境:自由的、不必迎合编辑和读者进行写作的发表平台。

陈源先后就读于爱丁堡大学和伦敦大学,并获得博士学位。陈源对于英

---

① 陈学勇编:《凌叔华文存(上)》,四川文艺出版社1998年版,第13页。

美文学的深入了解使夫妻二人有了共同文学审美观的可能。很难知道陈源对凌叔华小说有何种影响，也没有证据可以表明陈源对凌叔华的写作进行过点拨，但与陈源相识后，凌叔华的作品风格日趋成熟却显而易见。我认为，不应回避陈源对凌叔华现代文学史地位的塑造起到了重要作用这一事实。这种作用既表现在凌叔华婚后开始与"新月派"艺术追求趋近，阅读趣味发生变化（结婚后，她越来越喜欢契诃夫、曼斯菲尔德的作品，其作品也被认为与曼氏作品相似），也表现在陈源亲自编辑凌叔华第一部小说集上。正如前文所述，凌叔华的第一篇小说是《女儿身世太凄凉》，但是出版于1928年1月的《花之寺》（凌叔华小说集）并没有收录。正是这种有选择的收录塑造了凌叔华与众不同的创作风格与审美情趣，使她成熟而深具特色的女作家形象深入人心。这与编纂者当初的有意塑造是分不开的。

如果没有在泰戈尔茶会上与陈源相遇，如果凌叔华和陈源没有共同的英文系出身的教育背景，他们是否会结为伴侣？如果凌叔华没有成为女学生，她会不会如《吃茶》《茶会以后》中的女主人公错失那位戴黑框眼镜的男青年一样错失自己的人生？虽然这"假定"不会发生，但它却为我们提供了一个理解凌叔华成长经历的方式。就一个闺秀成长为一位女作家的角度而言，现代教育延伸出来的机会成就了凌叔华的作家梦想：正是直隶女师时代张先生帮助发表的第一篇铅字作品，为凌叔华走向作家之路提供了最初的动力；正是因为燕大时期英文系的学习经历，使她树立了一个现代女作家所应该具有的世界性眼光与视角；正是因为作为小说作者的凌叔华与作为《现代评论》主编的陈源的结合，最终成就了中国现代文学史上一位女作家的诞生。

"记得穿上校服的第一天，我和姐姐高兴坏了。那是1919年秋，我们穿上淡蓝色的棉织上衣，黑色的短裙，配上一双黑鞋。我们还把辫子在耳朵上挽成两个发髻，我对着镜子左照右看，异常快乐，对妈说：'妈，我们终于长大了。'"①进入直隶女子师范的凌叔华和她的梅姐,很快便沉浸在"美好的校园生活里"。学生经历使"梅姐"后来成长为一位医生,凌叔华成长为一位作家。在我看来,闺秀／燕大女校学生的双重身份,使凌叔华远离了一般意义上的闺阁写作的风格与路数,而开创了另一种现代女性写作范式——她以女人为自己的主要讲述对象,她从女性的生活中发现历史的另一面,她以被众人忽视的生活为题材,她使不可写的闺秀生活成为可写的,从而为现代写作史做了重要补白。

但是,必须指出,凌叔华对于此种写作范式的开掘并未能推进到纵深与宽广处,她并未深入、尖锐而广泛地书写那个隐秘的世界。她的经历本值得读者有更高层面的期待,但遗憾的是她并没有能够完成,而只是浅尝辄止——某种程度上,作为小说家的凌叔华,其创作成果并不丰富和厚重,这令人深感遗憾。我认为,凌叔华的幸运在于恰逢现代教育为闺秀所提供的机会,她的成长经历为中国传统闺阁女子如何借助现代教育提供的机会最终完成转型提供了最恰当的范本。就文学本身而言,她的贡献则在于以自身的写作实践开创了一种现代女性写作方式,"她的人物塑造、情节设置、叙述语调乃至叙事视点都体现了一个女性作家的特有选择"②。到了20世纪40年代,张爱玲横空出世——她也以描写高门大户生活为对象,也有着与凌叔华类似的出身与教育背景。但毫无疑问的是,张爱玲所取得的文学成就更值得称道、关注与尊重,她以一种游离于"五四"之外的、民族国家之外的视角,提供了理解女性生活、人类生活的别一种角度,她是真正现代意义上的作家。

虽然无法与张爱玲的写作成就相提并论,但凌叔华在发生期所做出的贡

---

① 陈学勇编:《凌叔华文存(上)》,四川文艺出版社1998年版,第576页。
② 孟悦、戴锦华:《浮出历史地表——现代妇女文学研究》,中国人民大学出版社2004年版,第91页。

献也需铭记。正如许多女性文学研究者们业已指出的,凌叔华不仅为我们提供了一群"时代"之外的女性,讲述了她们内心世界的欲望与隐秘,也提供了一种温婉的、充满着女性叙述风格的小说艺术。在世界范围内,这样的写作方式在国外有简·奥斯汀或曼斯菲尔德,在中国,后来者是张爱玲、苏青。

第十一章
冰心文学形象的建构（1919—1949）

中国现代文学史上对冰心的阅读不只是阅读本身，还是一个文化现象。20世纪二三十年代的批评家都喜欢谈论冰心作品对当时广大读者所产生的影响，其热烈程度远超于我们的想象。对于一位女作家作品进行的广泛阅读与热烈讨论，波及程度和影响范围之广，在整个现代文学史上并不多见。在当年《冰心论》的编者李希同眼里，冰心是"现代中国女作家的第一人"[1]；在当时的文学青年王统照看来，冰心作品在"中国新文坛上别开生命"[2]；阿英则认为谢婉莹（冰心）是新文艺运动中的一位"最初的，最有力的、最典型的女性的诗人，作者"[3]；沈从文认为，冰心作为一位作家所得的赞美可以用"空前"[4]来形容，并且在他看来，冰心带给读者们的喜悦并没有哪一位作家能够超越。令现代读者们意想不到的是，说到对青年们所产生的影响，阿英把冰心与鲁迅相比。在这位批评家眼里，尽管从创作的伟大性及成功方面看，鲁迅远超过冰心。但是"青年的读者，有不受鲁迅影响的，可是，不受冰心文

---

[1] 李希同：《〈冰心论〉序》，载范伯群编《冰心研究资料》，北京出版社1984年版，第234页。
[2] 剑三（王统照）：《论冰心的〈超人〉与〈疯人笔记〉》，载范伯群编《冰心研究资料》，北京出版社1984年版，第326—327页。
[3] 阿英：《谢冰心》，载范伯群编《冰心研究资料》，北京出版社1984年版，第197页。
[4] 沈从文：《论冰心的创作》，载范伯群编《冰心研究资料》，北京出版社1984年版，第196页。

字影响的，那是很少……"①

尽管读者和批评家们在不同的时代有着不同的评价体系，但对冰心的褒奖与批评都与其作品中建构的女性形象和流露的女性气质有关。本章希望从共时读者经验的认同、时人对女性美的阅读及阶级视域下的冰心作品三个方面，重估冰心及其作品的接受意义。笔者认为，在冰心女士最初出现的三十年里，对于冰心的阅读既是文学作品的阅读史，也是一种新女性形象的接受史——接受"新的女性写作"的方法，也是接受"新女性形象"的途径。

一、"她抓住了读者的心"

1919年9月18日至22日的《晨报》发表了女学生谢婉莹以冰心为笔名的小说处女作《两个家庭》。如果说这部作品发表后反响并不热烈的话，那么接踵而至的另外三篇小说《斯人独憔悴》《秋雨秋风愁煞人》《去国》，则给年轻的冰心带来了巨大声誉。

声誉的建立与当时《晨报》读者的密切参与性阅读有关。1919年10月7日至11日，冰心在《晨报》发表"实事小说"《斯人独憔悴》。一周后，《国民公报》"寸铁栏"发表了晚霞的短评："我的朋友在《晨报》上看见某女士作的《斯人独憔悴》那篇小说，昨天又看见本报上李超女士的痛史，对我蹙眉顿足骂旧家庭的坏处，我以为坏处是骂不掉的，还请大家努力改良，就从今日起。"学生团体还把《斯人独憔悴》搬上了北京新明戏院的舞台。1920年1月9日，一位观剧者写下了他的观后感："《斯人独憔悴》是根据《晨报》

---

① 阿英：《〈谢冰心小品〉序》，载范伯群编《冰心研究资料》，北京出版社1984年版，第400—401页。

上冰心女士底小说排演的，编制作三幕，情节都不错，演的也好。……这剧里明明演的'五四'的故事……"①以上两个事例中，读者和观者提到了"李超"和"五四"的细节表明，他们在阅读文本（话剧）时都联想到了当时的社会热点问题。

　　这只是读者们参与冰心小说阅读的开始。《去国》②在读者中引起的反响更甚于《斯人独憔悴》。小说发表一个星期后，《晨报》就使用了从七版到八版的巨大篇幅刊登了"鹃魂"的读者来信。这位读者认为社会上归国留学生们的际遇与小说反映的很相符，进而认为这是一部好的小说。尽管没有确切的证据表明《晨报》读者的阅读习惯，但从编者们为《秋雨秋风愁煞人》做过"实事小说"的注解上看，普通读者爱看有"真实性"小说的阅读倾向是存在的。事实上，在鹃魂的《读冰心女士的〈去国〉的感言》中，作者就坦言他并没有把《去国》当作"普通小说"，他也不希望读者们把《去国》当作普通小说对待。在他看来，小说《去国》是"研究人材问题的一个引子"③，所以他号召读者们应该一起来研究研究。这种把真实再现生活作为好小说评判标准的做法显示，当时《晨报》普通读者绝不是文本的被动接受者，他们也不是单纯意义上的文学读者，因为他们并没有把小说当作"文学性文本"来阅读，而把它们看作"社会性文本"——读者对于小说的接受过程并不是消极同化，而是对文本进行积极处理的过程。④在此处，读者们绝不是一个缺乏概念、动机、价值、标准等毫无作为的文本的接受者，相反，他们有着独立的对文本

---

① 止水：《观学生团演剧底私论》，《晨报》1920年1月13日。
② 冰心：《去国》，《晨报》1919年11月12日至26日。
③ 鹃魂：《读冰心女士的〈去国〉的感言》，《晨报》1919年12月4日。
④ 参见[荷兰]佛克马、蚁布思《文学研究与文化参与》，俞国强译，北京大学出版社1996年版，第163页。

第十一章　冰心文学形象的建构（1919—1949）　　171

的处理能力，当他们阅读作品时，读到的是与社会及自我生存环境相关的事实时，并没有把小说当作虚拟作品，更没有提到小说本身的"文学性"。换句话说，当时《晨报》普通读者并没有把小说当作"文学性文本"来阅读，而把它们看作"社会性文本"。正是他们的阅读理解——他们主动在独立的小说文本与现实生活之间建立的重要联系，使冰心小说形成了特有的影响力。

似乎是，冰心作品从最初开始发表时就已经成为"诠释过的文本"[①]，换言之，从最开始，冰心的作品一直被当时的读者"积极处理"。这种处理，"既指接受者经过阅读而接受了文本这样的较为简单的事件，也指经过复述、评注、翻译和修改而接受某些类别的文本以及由处理过的文本刺激产生较有独立意义的新文本这一连串衍化多变的事件"[②]。评论家们也意识到冰心问题小说的内容与时代有着某种"互文关系"。茅盾认为冰心的受欢迎并不偶然："因为'人生研究是什么'？支配人生的，是'爱'呢，还是'憎'？在当时一般青年的心里，正是一个极大的问题。"[③]而冰心的小说则是对这一问题的探索性回答。所以在阿英看来，冰心作品所表达的苦闷正是在新文化运动初期青年中普遍的情形。[④]因而，他准确地把冰心作品受欢迎的主要原因总结为："她抓住了读者的心。"[⑤]

---

① ［荷兰］佛克马、蚁布思：《文学研究与文化参与》，俞国强译，北京大学出版社1996年版，第167页。
② ［荷兰］佛克马、蚁布思：《文学研究与文化参与》，俞国强译，北京大学出版社1996年版，第167页。
③ 茅盾：《〈中国新文学大系·小说一集·导言〉有关冰心的论述》，载范伯群编《冰心研究资料》，北京出版社1984年版，第360页。
④ 参见阿英《〈谢冰心小品〉序》，载范伯群编《冰心研究资料》，北京出版社1984年版，第400—401页。
⑤ 阿英：《〈谢冰心小品〉序》，载范伯群编《冰心研究资料》，北京出版社1984年版，第400—401页。

二、"冰心"之美:"温暖""爱""温婉""亦古亦今"

列名于文学研究会后,冰心发表作品的重心从《晨报》转移到《小说月报》,其读者类型也开始由市民、青年学生慢慢转变为文学爱好者、新文学作者及文学批评家。此时,把冰心小说当作"研究社会问题的引子"的阅读倾向悄然发生改变,读者们更注重阅读后的精神感受,这些感受包括爱、温暖、同情、感动、空灵、可爱、清丽、温和、清澈……

当年的文学青年巴金自称是冰心作品的爱读者,在他眼中,冰心的作品可以温慰读者,给他们在寒冷的夜间和寂寞的梦里送些许温暖。[1]这种从作品中获得的温暖和安慰,在其他读者那里多次被提起。一位退学村居的读者读完《春水》后,感到了"天真的童心,温暖的人情味,坚贞的人的向上力,阳光和花的新生"[2]。在读者眼里,冰心与普通的作者不同。比如在阅读完冰心小说《超人》后,读者认为,"时下的人道主义的作者,任是说了多少同情于苦人的话,总是索然无味,而冰心女士底描写母爱描写小孩……却是回回使我们堕泪"[3]。另一位读者则认为冰心为世人造了"两道桥梁——慈母的爱与小孩的美"[4]。因而在他看来,冰心作品不同于"血和泪"的文学与"感情奔放"的"幻想"文学,而是"非血非泪也非幻想的一潭秋水般安定沉静的文学",因而他赞美冰心,因为她的作品没有"世纪末"文学的气息。

---

[1] 参见巴金《〈冰心著作集〉后记》,载范伯群编《冰心研究资料》,北京出版社1984年版,第255页。
[2] 燕志:《读〈春水〉》,载范伯群编《冰心研究资料》,北京出版社1984年版,第387页。
[3] 佩蘅:《评冰心女士底三篇小说》,载范伯群编《冰心研究资料》,北京出版社1984年版,第313页。
[4] 直民:《读冰心底作品志感》,载范伯群编《冰心研究资料》,北京出版社1984年版,第317页。

从《超人》中所获得的有关"爱"的感受,并不足以传达冰心小说给予人的温暖之意。一位离家在外读书的青年,通过阅读《离家的一年》,获得了深刻的精神体验。他说,小说中的事实是平凡而寓有深长背景的,再加上"女士描写的委婉尽致,缠绵慈爱的情感,溢然于字里行间。读了使人哭,同时并可使人兴奋,觉得现在的世界中,也正还有天堂在"[1]。冰心这部小说还引起了赵景深"深深的共鸣"[2],令他回忆起儿时的情景。式岑则说:"自从《离家的一年》起,在高洁的爱里,更罩了层薄薄的悲哀,使读的人于感得轻云般的暖意外,还觉得种暮景般的凄凉,格外使人陶醉了。"[3]巴金回忆说,他的哥哥甚至还一字一句地抄过冰心的《离家的一年》。[4]

在教会学校读书的叶灵凤对冰心小说中的情调深深着迷。当时的他正读了《繁星》,被那种婉约的文体和轻淡气氛迷住,去教会女校看戏回来后便模仿冰心的体裁写了两篇散文,描写那天晚上看戏的"情调"。写成后深得几位爱好新文艺的同学的赞赏,他自己当然也很满意,后来还抄了一份寄给那位女主角,可惜没得到什么反应。但是,从此以后,叶灵凤便对新文艺的写作热心起来了。[5]叶灵凤这段回忆录的目的是讲述冰心对于他成长为一位作家的影响,但故事中的其他细节,比如那几位同学对叶灵凤文字的共同赞赏,则

---

[1] 张友仁:《读了冰心女士的〈离家的一年〉以后》,载范伯群编《冰心研究资料》,北京出版社1984年版,第325页。
[2] 赵景深:《冰心的〈繁星〉》,载范伯群编《冰心研究资料》,北京出版社1984年版,第366页。
[3] 式岑:《读〈最后底使者〉后之推翻》,载范伯群编《冰心研究资料》,北京出版社1984年版,第352页。
[4] 参见巴金《〈冰心著作集〉后记》,载范伯群编《冰心研究资料》,北京出版社1984年版,第255页。
[5] 参见叶灵凤《读书随笔》,生活·读书·新知三联书店1988年版,第11页。

暗示了冰心作品的文字和气氛已经深刻影响了当时读者的文学阅读习惯。

事实上，在获得温暖、爱、情调的同时，几乎每一位读者在阅读中都提到了冰心作品中所传达的美感。沈从文认为冰心作品传达了"文字的美丽与亲切"[1]，李希同认为她的文笔"雅淡"[2]，丁玲则有"文笔的流丽"[3]的评价。不仅如此，读者们还从冰心作品中看到了旧文学的影子，赤子总结冰心的文字是"中文西文化""今文古文化"，另有一种丰韵和气息，"永远是清丽和条畅，没有一毫的生拗牵强，却又绝对不是《红楼》《水浒》的笔法，因为她已将中国的白话文欧化了"[4]。阿英则干脆把这样的文字称为"冰心体"[5]。他敏感地认为这代表了一种新倾向的存在——"以旧文字作为根基的语体文派"[6]。胡适也有类似的评价。胡适回忆说，在当时，大多数的白话文作家都在探索一种适合于这种新的语言形式的风格，但他们当中很多人的文字十分粗糙，有些甚至十分鄙俗。而冰心女士的作品不然，因为她"曾经受过中国历史上伟大诗人的作品的熏陶，具有深厚的古文根底，因此她给这一新形式带来了一种柔美和优雅，既清新，又直截"。"不仅如此，她还继承了中国传统对自然的热爱，并在她写作技巧上善于利用形象，因此使她的风格既朴实无华又优

---

[1] 沈从文：《论冰心的创作》，载范伯群编《冰心研究资料》，北京出版社1984年版，第196页。
[2] 李希同：《〈冰心论〉序》，载范伯群编《冰心研究资料》，北京出版社1984年版，第233页。
[3] 丁玲："五四"杂谈，载范伯群编《冰心研究资料》，北京出版社1984年版，第256页。
[4] 赤子：《读冰心女士作品底感想》，载范伯群编《冰心研究资料》，北京出版社1984年版，第342页。
[5] 黄英（阿英）：《谢冰心》，载范伯群编《冰心研究资料》，北京出版社1984年版，第215页。
[6] 阿英：《〈谢冰心小品〉序》，载范伯群编《冰心研究资料》，北京出版社1984年版，第401页。

美高雅。"①

三、"女性的优美灵魂"

温暖、爱、优美、高雅、温婉、亦古亦今、中西合璧等评价，仅仅是读者对冰心作品内容与形式的感受吗？在对冰心进行阅读的过程中，几乎没有读者不提到冰心的女士身份，这应该引起注意。例如在张天翼看来，冰心的作品中显示了作者的女性特征，包括"温柔、细腻、暖和、平淡、爱"②。也有读者认为，冰心的优势在于把她的"女性的特长发挥得出"。这些女性的特长包括"丰富的想象力与真挚的心情，都很可爱，精细的描写，与伶俐的笔致"③。有的读者从冰心的作品中感受到了"谨严的气度"，她的作品总带着一种不可名状的"庄严，充满了雍容华贵的态度，使读者生敬礼之心"④。还有读者从她的作品中能看到她的人格："超然高举一尘不淬。"⑤直民甚至从她的作品中看到了她的形象："象一朵荷花一样，洁白，一尘不染地直伸起来的诗人，那便是冰心女士了。从现世中挣扎出来的人，多少是带一些伤痕的，唯

---

① 这段叙述是1989年香港出版的英文《译丛》第32期，"冰心专号"，燕大美籍教师鲍贵思女士在《春水》译本中引用了胡适对冰心作品的评价。转引自冰心《回忆中的胡适先生》，载卓如编《冰心全集》（第八卷），海峡文艺出版社1994年版，第598页。
② 张天翼：《冰心》，载范伯群编《冰心研究资料》，北京出版社1984年版，第194页。
③ 成仿吾：《评冰心女士的〈超人〉》，载范伯群编《冰心研究资料》，北京出版社1984年版，第335页。
④ 赤子：《读冰心女士作品底感想》，载范伯群编《冰心研究资料》，北京出版社1984年版，第342页。
⑤ 赤子：《读冰心女士作品底感想》，载范伯群编《冰心研究资料》，北京出版社1984年版，第341页。

有慧心者乃能免此。"[1]陈源从冰心的作品中,不仅感受到了她的女性身份,也感受到了她的年龄特征——是个没有出过学校门的聪明女子。[2]沈从文则总结说,冰心作品在显示出作家"人格典型"时,也显示了"女性的优美灵魂"[3]。——是的,几乎所有的读者都感受到了作品中传达出来的"女性特质"。

也许有人认为,在当时,冰心作品的受欢迎,其女性身份是次要的,唯恐这种与性别有关的理解会抹杀冰心作品的文学成就。但不可否认的是,作者创作文本以后,其性别特征、精神气质以及与作者有关的一切,实际上与她的文本已然浑然一体。既然如此,讨论冰心作品的广受欢迎,割裂她的女性身份是明智的吗?尤其是当每篇小说的作者署名都是冰心女士时,对于一位阅读者来说,要求他们忽略"女士"并不现实。更何况,在冰心发表作品的时代,"当时女子读书者本已不多;能够在文坛上稍露头角者尤其稀少"[4]。"女士"的署名就更令人瞩目。当然,上文中列举的有关冰心作品的评价和感受早已清晰地显示,读者从作品中获得的慰藉带有性别意味是一种客观现实。换句话说,那些温暖、爱、亲切、善良以及包容、善解人意,借助于冰心作品语言的优美、内容的温和,都以"女士"的署名获得了强调。

值得关注的是,在解释冰心作品显示"女性的优美灵魂"[5]时,读者们不约而同地使用了与吃有关的意象。这些感受既包括夏日炎热中"清凉芬冽的

---

[1] 直民:《读冰心底作品志感》,载范伯群编《冰心研究资料》,北京出版社1984年版,第317页。
[2] 参见陈西滢《冰心女士》,载范伯群编《冰心研究资料》,北京出版社1984年版,第194页。
[3] 沈从文:《论冰心的创作》,载范伯群编《冰心研究资料》,北京出版社1984年版,第196页。
[4] 毅真:《闺秀派的作家——冰心女士》,载范伯群编《冰心研究资料》,北京出版社1984年版,第356页。
[5] 沈从文:《论冰心的创作》,载范伯群编《冰心研究资料》,北京出版社1984年版,第196页。

泉水"①的比喻，也包括"最对症的清凉剂"②的说法，还有读者把冰心小说比喻成"一碗八宝粥，里面掺满了各样的干果，我们读了可以得到杂样的甜酸的滋味"③。有关食物的比喻也许是无意间的巧合，但批评家们的不约而同却也显现了在现代文学发生期时，男性阅读女性文学作品时的潜在立场——某种赏玩的意味。

赏玩的色彩在张天翼的读后感中得到了集中体现："作者对于修辞极注意，她爱浸些旧文学的汁水进去，但不会使你起反感，象裹了足的放了足，穿高底鞋，也有好看的。"④这段评价中，隐含了一位男性阅读者对于一位女性写作者的双重价值判断标准。就文学层面而言，张天翼不反感冰心作品中"旧文学"的意味。这段话的另一层面是有关女性美的判断，即他认为"解放脚"穿上"高底鞋"，也有好看的说法。用女性的脚与鞋比喻冰心的文学风格——张天翼阅读女性作家作品的态度使人极容易联想起旧式文人对古代才女的推崇，这推崇在郁达夫那里也获得了确认。"我以为读了冰心女士的作品，就能够了解中国一切历史上的才女的心情；意在言久，文必己出，哀而不伤，动中法度，是女士的生平，亦即是女士的文章之极致。"⑤——男性批评家们对冰心作品中流露出来的有关"女性美"的赞美与推崇，不再只是有关文学欣赏层面对于一位文学作者的评价，还隐含了男性对于女性品德的要求

---

① 赵景深：《冰心的〈繁星〉》，载范伯群编《冰心研究资料》，北京出版社1984年版，第366页。
② 《〈春水〉的回响（附言）》，《晨报》1924年3月26日。
③ 梁实秋：《〈繁星〉与〈春水〉》，载范伯群编《冰心研究资料》，北京出版社1984年版，第370页。
④ 张天翼：《冰心》，载范伯群编《冰心研究资料》，北京出版社1984年版，第194页。
⑤ 郁达夫：《中国新文学大系·散文二集·导言》，《中国新文学大系·散文二集》，上海文艺出版社（影印本）2003年版，第16页。

和喜爱。

应该重新回到历史语境来理解这些评价,尽管20世纪20年代的中国已然提倡男女平等,女性独立与女性解放。但是,在这些男性知识分子那里,女性身上的温柔、细腻、暖和、平淡等与"女性"有关的特点,那些令男人"不反感"的特征依然有着重要的地位。因而,冰心作品所获得的来自男性读者与男性批评家们的赞美,既是男性文学读者对于文学作品本身的欣赏,同时也是男性对于"现代女性"品德的想象。从上文中有关吃的意象、女性脚和鞋的类比评价可以看到,男性读者们的阅读倾向无可避免地受到长久以来的阅读习惯限制。这种阅读习惯使得他们接收到了冰心作品的女性气息,但也潜在显现了他们对于女性审美标准的固执与保守——他们对于女性美的认同,更多地来自对"新中有旧"的女性的赞美。

事实上,这也表明,一位女作者的作品在进入现代文学评价系统时,也要进入以男性为主导的性别审美系统。换言之,在现代文学的发生时期,在现代中国文学的初创时期,冰心作品受到欢迎和赞扬,也就意味着必须符合两方面的审美契合,既符合大众对女性写作的审美,又符合社会对新的女性形象的想象。很幸运的是,在一个阅读与审美都面临着挑战的时代,冰心以及作品以一种既新又旧,既委婉又清澈,既苦闷又温柔的形式获得了广泛意义的认同。这样的态度是有关文学风格的——委婉、清丽,也是对冰心作品中承袭了才女写作的某种特点的认同。但冰心又绝不缺少"新"的思想与理念,她关注社会,热爱国家,她受过新式教育,有着现代的思想。再加上冰心本人就是新贤妻良母主义的爱好者,这与当时社会上流行的贤妻良母主义颇为相合——从作品到作者,冰心女士都符合了当时大读者群对"五四"时期青年女性的审美喜好。

有意味的是,梁实秋对于冰心《繁星》与《春水》的批评中流露出来的情绪，显示了一位现代女作家无可逃避地面对男性同行性别轻视的困境。梁实秋批评冰心作品时说，他"最大的失望便是她（冰心）完全袭受了女流作家之短，而几无女流作家之长"①。在分析冰心小诗的特征时，他又再次指出"冰心袭承了女流作家的短处"。尽管梁实秋的文章不无见地，但他多次使用"女流"的称谓却突显了某种意味。读者也很强烈地体会到作为久负盛名的女作家冰心所遭遇到的窘迫：梁实秋对当时妇女写作的不屑。

当然，也有读者表达了他们对于女作家作品中"女性气息"的不同认识。1929年2月25日的《大公报》上，张荫麟对《真美善》杂志的"女作家专号"中"言作家而特标女子，而必冠以作者之照相"②进行了批评。指出这种捧场"才女"，是昔日名士的做法，袁枚之流收罗若干"女弟子"以为娱。现在提倡严肃之生活的时代，不应该再有这种情况出现。并且，张荫麟对特别标明作家的女性身份极为不满，他认为"女士"不应该成为作品的商标。尽管张荫麟对"中国女作家"的评价颇是刻薄，但这种对当时以"女作家"作品为嗜好的阅读倾向的批评，对于"发表了作品的女性即标为女作家"的情状而言无疑是一种反动。如果说在郁达夫那里，对冰心"传统才女"的评价是一种正面的、褒扬的评价的话，那么历史学家张荫麟那不以为然的看法，正是两个人因读者身份、审美情趣不同所引发的截然相左的感受。

四、小资产阶级女性的代表

1934年8月，茅盾在《文学》上发表《冰心论》，对冰心作品做了全面

---

① 梁实秋：《〈繁星〉与〈春水〉》，载范伯群编《冰心研究资料》，北京出版社1984年版，第371页。
② 张荫麟：《所谓"中国女作家"》，《素痴集》，百花文艺出版社2005年版，第84页。

评价，某种程度上，他对于冰心作品的定位与认识影响着后来冰心作品的阅读与批评。在《冰心论》中，茅盾把冰心作品进行分期："问题小说"是第一时期，"爱的哲学"是第二时期。对于冰心的第一时期作品，茅盾说："她既已注视现实了，她既已提出问题了，她并且企图给个解答，然而由她生活所产生的她那不偏不激的中庸思想使她的解答等于不解答，末了，她只好从'问题'面前逃走了，'心中的风雨来了'时，她躲到'母亲的怀里'了。这一个'过程'，可说是'五四'时期许多具有正义感然而屠弱的好好人儿他们的共同经验，而冰心女士是其中'典型'的一个。"① 很明显，作为"革命者"的茅盾，对于冰心小说中流露出来的"中庸"并不认同。"软脊骨的好人"并不是他喜欢的阶层。在茅盾眼中，冰心的"问题小说"并不是在表现现实，而是"'舍现实的'，而取'理想的'，最初乃是一种'躲避'，后乃变成了她的'家'，变成了一天到晚穿着的防风雨的'橡皮衣'"②。

茅盾对于冰心作品"爱的哲学"的不欣赏，出于一位文学批评家对于中国社会的不同理解和认识，但也有另外的可能，即来自他本人对某类女性形象的认识。事实上，对于女性形象的不同理解和认识，他在评价冰心的《是谁断送了你》中的女学生怡萱时初见端倪。在茅盾那里，怡萱的悲剧并不全是社会造成的，与男学生、父亲与叔父没有必然关系，而是"女学生的'怯弱'断送了她自家"③。这位对于女性解放有着激进认识的批评家，对于冰心不喜欢"极端派"的做法委实不能赞同。茅盾欣赏叛逆的、坚强的时代女性，在对时代女性系列的书写中显现了他对此种女性的偏爱。茅盾看重的女性无论是现实生活中还是文学作品中，都绝不是温和的、中庸的、主体性并不强

---

① 茅盾：《冰心论》，载范伯群编《冰心研究资料》，北京出版社1984年版，第243页。
② 茅盾：《冰心论》，载范伯群编《冰心研究资料》，北京出版社1984年版，第240页。
③ 茅盾：《冰心论》，载范伯群编《冰心研究资料》，北京出版社1984年版，第243页。

大的女性。因而，在茅盾眼里，尽管冰心经历了五四运动，但是"五四"精神在冰心那里却打了些折扣："也许我们会觉得奇怪，为什么风靡'五四'时期的什么实验主义，什么科学方法，好象对于冰心女士全没影响似的。可是这道理，我们也懂得：一个人的思想被他的生活经验所决定，外来的思想没有'适宜的土壤'不会发芽。"①

真正的"五四"青年才是茅盾所欣赏的。这从他在同期对于庐隐的评价可约见端倪。从庐隐作品中，茅盾说他可以看见一些"追求人生意义"的、热情的，然而空想的青年在书中苦闷地徘徊，又看见一些负荷着几千年传统思想束缚的青年在书中叫着"自我发展"。②读庐隐作品，他说自己就仿佛在呼吸着"五四"时期的空气。这种对于庐隐的夸奖，以及对于冰心作品中庸气质的不认同，最终体现在《新文学大系·小说一集》的"导言"中。

在"导言"中，茅盾使用是否反映社会现实的标准，使冰心、庐隐呈现了某种微妙的"变形"。读者和批评家们认为"文笔优美"的冰心小说在茅盾的评论中并没有被提到，他只对于冰心小说在现实中的无力解决问题给予了批评。而对庐隐，他赞扬的是她对于社会现实的反映、对青年心理的真实再现——借助于是否真实地表现当时的社会现实这个标准，从作品题材的社会性角度，茅盾对于冰心和庐隐两位作家的"文学成就"重新给予评价。茅盾的这种评价显然与上文中批评家们对冰心作品的共识有不小的距离。我无意在这里指出茅盾是在"有意"褒贬，我想指出的是，对两位女作家作品在价值判断上出现的某种轻微"颠倒"的事实，源于茅盾有意凸显了"是否表现社会问题"作为标准。这种判断需要引起注意，它后来被许多批评者、作者

---

① 茅盾：《冰心论》，载范伯群编《冰心研究资料》，北京出版社1984年版，第248页。
② 参见茅盾《庐隐论》，《文学》1934年7月第3卷第1号。

所接受,某种程度上,成为评价一位女作家作品价值的"主流标准"。

吊诡的是,同样是在新文学大系中,在《中国新文学大系·散文二集》的编选者郁达夫那里,受到贬抑的冰心获得了"空前"褒扬,既体现在郁达夫选收了冰心的散文作品22篇,还在于郁达夫给予冰心散文作品的高度评价:"冰心女士散文的清丽,文字的典雅,思想的纯洁,在中国好算是独一无二的作家了……以诗人赞美云雀的清词妙句,一字不易地用在冰心女士的散文批评之上,我想是最适当没有的事情。"[①] 对于同样一位作家在茅盾与郁达夫那里出现了不同判断的现象,乔以钢、刘堃在一篇专门研究新文学大系中的性别策略的论文中指出,"当富于女性生命感受的爱被女作家作为解决社会问题与人生矛盾的一种理想投向广阔的社会公共空间时,被明确指认为无效、无力;可是,当女性之爱作为温柔的抚慰点缀在家庭式场景中时,就被认为适当且令人愉快"[②]。我赞同这种观点。但是,我还想从另一个角度进行理解。即无论是郁达夫还是茅盾,在评价冰心作品时都显示了他们固执的"女性"观。这种女性观表现在茅盾那里,是他明确地拒绝了温和的女性类型,显示了一位政治家和新文化运动中坚人物对于"革命女性""时代女性"的偏爱;而在"名士气"极浓的郁达夫那里,温和的才女风格更合乎他对于女性美的理解。

五、"冰心女士真是个小姐的代表!"

以是否反映社会问题作为评价冰心作品优劣的方式,茅盾并不是首倡

---

① 郁达夫:《中国新文学大系·散文二集·导言》,《中国新文学大系·散文二集》(影印本),上海文艺出版社2003年版,第16页。
② 乔以钢、刘堃:《试析〈中国新文学大系·小说一集〉的性别策略》,《南开学报(哲学社会科学版)》2005年第2期。

者，他是温和的。1925年，批评家贺玉波在呼吁冰心"把眼光和心血集中在现社会中"①时，其评论触觉就已然尖刻："她仍旧不求彻底讨究人生的真谛和分析现社会的组织，仍旧只想以逸然的态度来写她的家世以及个人的感怀，制造一些与现社会不关痛痒的作品来！作者啊，请你不要专门以锦绣似的文字，织那些已逝的好梦！现社会已不是你儿童时代那般地美满，所以你再也不必呻吟，挥写那些已往的儿女常情了。"②——几年前普通读者及批评家们曾经从冰心作品中阅读出来的时代气息——苦闷、彷徨，对母爱的呼唤和赞颂，在1925年后，开始被看作改良、中庸、妥协、软弱的表现。后者的看法慢慢成为一种结论进入冰心作品的评价和阐释系统。到了20世纪30年代，阿英，即使这位曾经在最初热烈赞美冰心的评论家，也将冰心及其小说人物视作"具有资产阶级的头脑的""都很脆弱，在初期把社会看得太理想化了"③的一群人。

在这样的恍然转变中，1925年元旦《民国日报·觉悟》上刊登的蒋光赤的《现代中国社会与革命文学》在整个冰心的阅读史中，显得刺目而耀眼。并不夸张地说，蒋光赤以其激进的批判姿态，使自己的声音有如音乐会上的枪声般，改变了冰心阅读史的整个走向。

> 好一朵暖室的花！冰心女士博得不少人们的喝彩！我真是对不起，我是一个不知趣的人，在万人喝彩的声中，我要嗤一声扫

---

① 贺玉波：《歌颂母爱的冰心女士》，载范伯群编《冰心研究资料》，北京出版社1984年版，第229页。

② 贺玉波：《歌颂母爱的冰心女士》，载范伯群编《冰心研究资料》，北京出版社1984年版，第229页。

③ 阿英：《谢冰心》，载范伯群编《冰心研究资料》，北京出版社1984年版，第214页。

兴。……一切穷苦的人们，或忧心社会的人们，暖室都没有，还说到什么花呢？

冰心女士真是个小姐的代表！"我想弟弟……""我的母亲……""姊妹们……"……冰心走来走去，总跳不出家庭的一步。或者她现在美国，那离中国有数万里的美国，但是她的人生观是小姐的人生观，她的回忆也只限于旧日家庭的生活，她的春水永起不了大浪。读者能够从冰心女士的作品中看出时代和社会的背景吗？她与那唐宋以上的小姐有什么区别？

……

若说冰心女士是女性的代表，则所代表的只是市侩性的女性，只是贵族式的女性。什么国家，社会，政治……与伊没有关系，伊本来也不需要这些东西，伊只要弟弟、妹妹、母亲，或者花香海笑就够了。

我们现在所需要的文学家不是这样的！①

蒋光赤对于冰心作品的理解、对于文学的理解显示出了1925年后新的"革命者"的断裂意识，这行为本身具有某种象征意味。首先，蒋光赤以一种革命者、叛逆者和无产阶级者的姿态宣布了自己的文学理念与"冰心们"理念的不同。因为从冰心作品中看不到"时代"，也看不到"社会背景"，她的作品中看不到国家和政治。其次，他从阶级的角度对冰心及其作品做了归类。在这位喜欢创作革命加恋爱题材的小说家那里，冰心，在"五四"时期被认为是新女性的作家现在被划为"小姐"。她作品中呈现的"亦古亦今"等被人

---

① 蒋光赤:《现代中国社会与革命文学》,《民国日报·觉悟》1925年第1卷第1期。

赞美的优点在蒋光赤的眼中与唐宋时期的小姐并无二致，甚至对于温婉的女性美德他也是有所排斥和批判的。事实上，从蒋光赤的小说中也不难看出，他向往与推崇的是洗尽铅华的女工形象、是勇往直前的女革命者形象、是与既定秩序决裂的青年女性形象。相比之下，冰心以及她的作品在这位"革命"作家看来，无力、不宽广，实在令革命者不感兴趣。于是他直接将冰心归类为"市侩性"和"贵族性"的女性，认为时代要打倒的、无产阶级所要打倒的，正是冰心这样的女性。

显而易见，在这位以新的文学家的姿态自居的作家那里，他不过是在以冰心作为"引子"呼唤新的文学家和文学作品时，使用了众多与性别有关的判断讲述。当他指出时代需要的不是冰心这样的文学家时，其实也对以冰心为代表的女性类型进行了重新诠释。先前被其他批评家和读者们解读的女性之美，在蒋光赤眼中变得毫无意义，因为这些女性眼中只有家庭，因为这些女性对于社会起不了波澜，因而她们便也是为时代所摒弃的。从社会功利角度出发，蒋光赤粗暴而激进地为以冰心为代表的女性形象和写作风格宣布了"中断"。

换言之，当蒋光赤给冰心作品中的"女性的优美灵魂"贴上"市侩性""贵族性"的标签时，他同时也宣布了一种女性美的过时。当他以阶级的名义试图重新建构新的文学家形象时，实际上也是在企图建构一种新的女性审美标准。当然，他的呼吁也恰逢其时——读者们争读革命加恋爱题材小说的社会环境成为蒋光赤此种观点的共谋。冰心无所避免地变成了"资产阶级"及"小资产阶级"的代表，成为与革命文学、革命女性迥然不同的文学审美与女性形象的代表，也正是在此际，丁玲，一个新的女作家和新的女性形象应运而生。

正如接受理论所认为的，任何一个认识的客体（包括文学作品）在历史演变过程中都会发生变异。当某作品现在的价值判断与该作品写作和发表之时所得到的判断之间出现差别时,"两者的差别关系便反映了该作品在历史过程中的价值演变情况"①。

就冰心的阅读史而言,批评家们对冰心作品评价的差异并不是基于作品本身发生了变化,而是读者及批评者们所在的社会结构和阅读习惯、审美习惯发生了变化。新的精神价值、阅读趣味和对新的女性美的期待使冰心作品被打上了一种新的符码,也与冰心作品的最初读者们从文本中获得的信息迥异。这恰也表明了重回历史现场审视冰心阅读史的价值,在那里我们已然看到,对于一位女作家的阅读不再只是对一个文本的接受、阅读和喜爱,还蕴含了一位男性对于女性美、女性品德、女性形象以及女性写作的看法,意味着不同社会语境下对同一种女性类型的接受与摒弃。

---

① [荷兰]佛克马、易布思:《二十世纪文学理论》,林书武等译,生活·读书·新知三联书店1988年版,第153页。

第十二章
一个作家的重生
——关于萧红的当代文学影响力

萧红的生命短暂,这使她丧失了很多机会:她没有可能完成她的半部红楼和《马伯乐》;她没有可能成为我们文坛的世纪祖母,膝下有儿孙绕膝;她没有机会重忆当年的情感私密,以使未来的遗产执行人一年又一年地制造出版"炸弹",粘住读者们的"八卦"之眼;她更没能力出版晚年口述史,对男人们那漏洞百出的回忆录发表看法、表达蔑视。——厄运一下子裹挟住她,将她拖进永远的黑暗里。

然而,她用生命血泪写下的文字却神奇地从死灭中飞翔而出。七十年来,尤其是近三十年来,当作为普通读者的我们谈起文学史上的著名原乡、那最难忘的小城,或者谈起现代文学史中最优秀的那几位作家时,也总是会情不自禁地谈起她。批评家也似乎对她越来越惦记了,读到让人难忘的作品时,他们常常喜欢使用类似的句式来表达:"他/她让我想到了萧红……""这让我想到萧红的《呼兰河传》……"

一、李娟:我的阿勒泰

"我们爬上最高的山,山顶上寒冷、风大,开遍白色的碎花。"这是《我

《的阿勒泰》中的话，出自一位年轻的来自北疆的姑娘李娟。它呼唤出了一个遥远的天山世界；一个率真自然的女孩子，一位坚忍又乐观的母亲；一位在夏日里拄着拐杖微笑的外婆；一个生活贫苦但有人情味的家庭。当然，除此之外，我们也看到了一个有舞会、歌声、沙漠的广阔空间，那里有无边无际的白云和蓝天，那里有人和牛羊互相追逐，那里有人与自然和谐共处。作为2010年突然而至的作家，李娟的散文为我们勾勒了非风光化、非传奇化也非戏剧化的新疆，借由她的文字，我们和她建立了一种神奇的关系：关于阿勒泰，我们信任她的讲述，觉得她的一切都是有趣的、清新的、陌生化的，令人流连忘返的。

李娟是一名生活在北疆的、以经营杂货铺为生的青年，她的文字卓尔不群，开篇方式可谓独特。"我在乡村舞会上认识了麦西拉。他是一个漂亮温和的年轻人，我一看就很喜欢他。"(《乡村舞会》)"在库委，我每天都会花大把大把的时间用来睡觉——不睡觉的话还能干什么呢？"(《在荒野中睡觉》)"我听到房子后面的塑料棚布在哗啦啦地响，帐篷震动起来。不好！我顺手操起一个家伙去赶牛。"她的开头总是那么直接和自在，是属于年轻女子独有的天真之气，自然、率性，而非矫揉造作。

这让人不知不觉想起七十年前的萧红。李娟和《商市街》时的萧红一样，喜欢书写她身在的日常：她陪伴母亲和外婆，她们随牧民们在辽阔之地辗转，从这里到那里。年轻人离开家，把兔子或小耗子留给母亲和外婆，她们把小动物当作她。"兔子死了的时候，我妈对我说：'以后再也别买这些东西了，你能回来，我们就很高兴了。'"①那是多么有趣可爱的外婆啊，年迈的她拄着拐杖天天赶牛，一扭身牛们又来了，她便和那些动物说着话，唠着嗑。"又记

---

① 李娟：《我所能带给你们的事物》，《我的阿勒泰》，云南人民出版社2010年版，第5页。

得在夏牧场上,下午的阳光浓稠沉重。两只没尾巴的小耗子在草丛里试探着拱一株草茎,世界那么大,外婆拄杖站在旁边,笑眯眯地看着。她那暂时的快乐,因为这'暂时'而显得那样悲伤。"①

李娟苍老的外婆让人想到萧红后花园里的老祖父,想到那一老一小在荒芜的园子里如何自在相处:"祖父戴一个大草帽,我戴一个小草帽,祖父栽花,我就栽花;祖父拔草,我就拔草。"②他为她遮风避雨,为她摘果子讲故事。这两位作家讲述祖孙之情时的语气也很相似——娇憨、生动、一往情深,日常生活经由她们的文字变得温暖、恍惚而令人心生惆怅。其实她们说的也不过是家常话,讲的也都是自然平实之事,但是却自有一股魔力,那是一种天然的书写本领。

李娟出生于新疆,但对故乡抱有深深的好感,"我不是没有故乡的人,那一处我从未去过的地方,在我外婆和我母亲的讲述中反复触动我的本能和命运,永远地留住了我"。③忧伤感使有着天真之气的女孩子凭空多了沧桑。但她文字中的另一种忧伤也是迷人的,那是关于爱情的片段。她在乡村舞会上爱上了一个叫麦西拉的年轻人,但是却无法与他相识相爱。"我想我是真的爱着麦西拉,我能够确信这样的爱情,我的确在思念着他——可那又能怎样呢?我并不认识他,更重要的是,我也没法让他认识我。而且,谁认识谁呀,谁不认识谁呀……不是说过,我只是出于年轻而爱的吗?要不又能怎么办呢?白白地年轻着。"④作为地理上的阿勒泰,碧水白云晴空万里,但因为这忧伤,风光变成了风景:阿勒泰温暖、空旷、辽远,成为某种象征。对于书

---

① 李娟:《我能带给你们的事物》,《我的阿勒泰》,云南人民出版社 2010 年版,第 5 页。
② 萧红:《呼兰河传》,《萧红全集》,哈尔滨出版社 1991 年版,第 756 页。
③ 李娟:《我家过去年代的一只猫》,《我的阿勒泰》,云南人民出版社 2010 年版,第 47 页。
④ 李娟:《乡村舞会》,《我的阿勒泰》,云南人民出版社 2010 年版,第 112 页。

写故乡的作品而言，感受到某种寂寞是重要的，一切会因为寂寞而变得有内容——李娟的阿勒泰与我们的想象不一样，原因就在于故乡感和异乡感混杂在她那里成功地发酵，发生了令人惊异的化学反应。这很像是离开家乡的萧红对故乡的回望。借由李娟的文字，作为生活和生存之地的阿勒泰成为新鲜的纸上原乡，它丰美而富饶，神秘而热情，一个富有象征意义的阿勒泰世界正日益显露出光芒，就像"呼兰河"一样。

为什么读到李娟时我们会想到萧红？因为她们各有属于自己的纸上原乡，因为她们身上与生俱来的"天真"之气，那是身在大自然中的"物我两忘"。当李娟讲述母亲在森林里与蛇周旋，互相吓了一跳，然后向各自的方向逃跑；当她讲述她和牛羊以及骏马一起追逐相处时，这样的场景无时无刻不让人想到《呼兰河传》里那寂寞女孩子对美好情感的再现："砖头晒太阳，就有泥土来陪。有破坛子，就有破大缸。有猪槽子就有铁犁头。像是它们都配了对，结了婚。而且各自都有新生命送到世界上来。比方坛子里的似鱼非鱼，大缸下边的潮虫，猪槽子上的蘑菇等等。"[1]

这是我们何以在李娟文字中马上辨认出萧红的最隐秘缘由：在她们的世界里，动物、植物和人都是一样的世界存在，大自然同是她们书写的主题，同是她们书写中带有意义的光；并且，她们书写日常生活和大自然时，都会使用一种迷人的"女童"之声，天真中有莫名的诗意，娇憨中有无端的怅惘。

二、塞壬：下落不明的生活

同有天真和清新，但相比萧红，李娟拥有更多的明亮、青春和欢快——

---

[1] 萧红：《呼兰河传》，《萧红全集》，哈尔滨出版社1991年版，第781页。

也难怪，李娟并没有萧红那"被毒汁浸润"的人生，那被苦痛紧紧裹挟的身体。萧红无疑是"命苦"之人，饥饿、寒冷和疾病似乎一直与她如影随形。但是，这些黑暗的负累一到萧红的文字里便消失得无影踪。《商市街》中，萧红写他们生活中的困顿："有了木桦，还没有米，等什么？越等越饿。他教完武术，又跑出去借钱，等他借了钱买了一大块厚饼回来，木桦又只剩下了一块。这可怎么办？晚饭又不能吃。对着这一块木桦，又爱它，又恨它，又可惜它。"① 没有自怜自艾，甚至还有着一些自我解嘲。尽管身体饥声四起，但这饥饿到底不属于她一个人，寒冷不是，哀哭也不是："墙根，转角，都发现着哀哭，老头子，孩子，母亲们……哀哭着的是永久被人间遗弃的人们！"② 她看自己就像看他们，看他们也像看自己——萧红可以从个人苦难中抽离出来，写自己，如同写他人。

窗子在墙壁中央，天空似的，我从窗口升了出去……高空的风吹乱我的头发，飘荡起我的衣襟。市街像一张繁繁杂杂颜色不清晰的地图挂在我们眼前。楼顶和树梢都挂住一层稀薄的白霜，整个城市在阳光下闪闪烁烁撒了一层银片，我的衣襟被风拍着作响，我冷了，我孤孤独独的好像站在无人的山顶。每家楼顶的白霜，一刻不是银片了，而是些雪花、冰花，或是什么更严寒的东西在吸我，像全身浴在冰水里一般。③

这是一段令人深有感触的书写，又冷又饿的影像逼真地呈现在我们面前。

---

① 萧红：《最末的一块木桦》，《萧红全集》，哈尔滨出版社1991年版，第995页。
② 萧红：《春意挂上了树梢》，《萧红全集》，哈尔滨出版社1991年版，第959页。
③ 萧红：《饿》，《萧红全集》，哈尔滨出版社1991年版，第917页。

她耐心地勾画着，不动声色，以至于这个困在寒冷中的饿者形象最后飞跃出了她的肉身，成了具有象征意义的图景。

天真中"力透纸背"，这是萧红作品的最大标识，也是年轻的李娟尚不能及之处。没有人比萧红对苦难的书写和认知更痛切和直接，也没有人比她更冷静，更有克制力。非常庆幸的是，2008年，我们在塞壬的散文集《下落不明的生活》里看到了萧红那种面对苦难时的强大认知。塞壬是生活在中国南方的年轻作家，也是一位以书写普通人命运见长的散文家。也许生活中塞壬与萧红便具有共通之处：她们都是颠沛流离之人，她们都居无定所，常常被疲惫、疼痛侵袭，她们内心都具有强烈的文艺气质。

塞壬喜欢书写人们不断地流浪、游走，从此地到彼地的命运。她看着公车上那些讨生活者："拥挤的人，很多来自乡村，男人黑糙的脸，油腻的头发，一绺绺地耷着；发暗、袖口一圈黑渍的衬衣皱巴巴的；破旧的皮鞋的鞋边沾着泥土，他们一靠近，开口说话，乡音伴着一股刺鼻的气味。……这些来自乡村的人，远离土地，背井离乡，此刻，他们跟我一样，从常平去虎门，为着生计。车厢里呈现出的那些物的信息，散发着他们生存真相的气息，破败、潦倒、辛酸。201路车，记录着真相的表情，他们在城市如此突兀地存在，生腥、怪异，像卑贱的尘埃，城市根本无视于他们。"[①] 和生活在哈尔滨最底层的萧红一样，塞壬拥有的是生活在深圳、广州、东莞的边缘经验和"底层视角"。

和萧红《商市街》书写了一个时代的饥饿和寒冷一样，塞壬《下落不明的生活》书写了我们这个时代的"不由分说"：我们不由自主地奔跑，也不由分说地被侵略和剥夺。当然，虽没有萧红的天真和天籁般的声音，但她面对

[①] 塞壬：《在镇里飞》，《下落不明的生活》，花城出版社2008年版，第37—38页。

时代和苦难的直接和无畏不得不令人注目。她记述她坐在火车上看到的人群；讲她在路上突然被摩托车上的人抢走皮包，她被拽倒在地上，被车拖了几米远，手肘铲得都是血；她的钱包没了，手机没了，身份证没了……她讲的是她自己，可是，经由她的讲述，你会觉得她是在讲述我们，这与我们通常理解的一种"个人写作"保持了距离。有一种写作中，书写者喜欢在屋子里走来走去，放大自己的疼痛，给自己的哭泣加上扬声器——那样的文字会让人觉得那是一种变相的撒娇，是以弱者的名义在文字里向读者索取。而塞壬的魅力则在于使她的"自己的疼痛"与他者血肉相连。

一如又饥又饿的萧红无数次看到窗外那些要饭断腿的穷人，塞壬大睁着眼睛看四围，知道穷苦人也都是自己的手足弟兄，自己是他们中的一员："我看见，那样的一些人，我能闻到他们的气味。他们走着，或者站立，他们三三两两，在城市，在村庄，在各个角落。他们瘦弱、苍白，用一双大眼睛看人，清澈如水，他们看不见苦难，他们没有恨。他们退避着它，默默无语。我突然觉得这就是力量，日复一日，年复一年，这样的力量没有消弭，它只是永久地持续。"① 对"这样的力量"的正视、体悟使塞壬文字拥有了光泽。这尤其体现在她的《转身》中，这个文字里，塞壬讲述了她 1994—1998 年的工人经验：国有企业的价值观、机器的巨大轰鸣声、下岗、分流、"算断"，一个时代就此画上句号。

说到底，塞壬文字中有一种与泥土有关的生命力，其质感与萧红文字相同。这种美令人想到北方山野中的植物，也许是向日葵，也许是大椒茨花，也许是马蛇菜……它们泼辣地在原野里盛放，拥有独属于自己的春天。《呼兰河传》中曾经书写过那美好的景象："这些花从来不浇水，任着风吹，任着

---

① 塞壬:《爱着你的苦难》,《下落不明的生活》,花城出版社 2008 年版,第 150 页。

太阳晒，可是却越开越红，越开越旺盛，把园子煊耀得闪眼，把六月夸奖得和水滚着那么热。"①

三、孙惠芬：上塘书

在李娟和塞壬的文字里遇到萧红是"喜相逢"。但这并非偶然，也非牵强。她们和当年萧红的出现方式也很相似，突然间其文字便在文坛鲜明地开放，旺盛、热烈、有光泽，被许多同行、读者、批评家们共同赞美和推荐。事实上，李娟和塞壬在访问中都提到过许多读者当面或写信告诉她们，从她们身上联想到萧红；而就这两位作家而言，她们也都坦言自己是萧红的读者。只可惜，这两位才气逼人的青年散文家尚未引起现当代文学研究者们足够的关注，毕竟"影响说"是玄而又玄的事情，崇尚实证的研究者们喜欢"稳妥"。——在萧红研究领域，讨论到萧红作品的当代影响力时，人们通常会谈起一些同样出生于东北的女作家，比如孙惠芬。

《歇马山庄的两个女人》是孙惠芬的成名作，它书写了一个村子里两个女人之间的战争与友情。海桃和李平因惺惺相惜而成为闺中密友，但嫉妒之心使海桃将李平曾经的"小姐"身份泄露，李平因此断送了一段美好的婚姻。小说书写的是姐妹情谊的脆弱，书写的是天生的嫉妒之心如何摧毁一个人内心的美好。孙惠芬进入了人物内心的肌理，她将女性内心的隐秘写得百转千回，也使这部作品成为当代文学中关于女性情谊书写的美好收获。萧红的《生死场》也书写了女性之间的情谊，女人们去看瘫痪在床上的月英，帮她擦洗，听她说话，为她的悲惨际遇掉下眼泪；乡村女人们聚集在老王婆的家

---

① 萧红：《后花园》，《萧红全集》，哈尔滨出版社1991年版，第636页。

中听她讲"故事",她如何死而复生,她的孩子如何死去,她如何理解人的生死。通过女人们聚集在一起的这些具体场景描写,萧红书写了女人经验在民间获得流传的方式。相比而言,孙惠芬更注重书写女性心理内部的迂回,她更擅长具象意义上的女性情谊和情感的书写。

《生死场》书写了特殊时代男人们的生存与尊严,他们的生活贫困、贫瘠,如蚁子般生灭。日本军队的入侵唤发了他们身上特有的尊严,正如刘禾在《重返〈生死场〉》中所说的,当半残废二里半被当作一个男人来看待、和老赵三们一起去抗击外族时,男人们借由战争的到来获得了作为男人的尊严,这是属于战争时期的特有经验。孙惠芬《民工》则书写的是20世纪的农民们,如萧红一样,她以一位女性特有的敏锐透视到了我们所在的这个社会和时代最难耐的隐痛。今天的农民来到了城市的工地上,成为农民工。但他们依然在为饥饿所困扰,生活和基本生存权利毫无保障,而在农村中留守的妻子则在疾病与寂寞中死去。小说结构精妙缜密,通过奔丧,孙惠芬既书写了农民工父子的困窘和穷苦,也书写了那位死去的永远沉默的女性——她的悲苦、她的疾病、她在丈夫和儿子离开村子讨生活后的无助和脆弱。

孙惠芬和萧红都将目光定格在东北大地上的农夫农妇,但她们对于人的书写角度又大不同。萧红没有进入人物心理内在的肌理,将她／他们内心中的层层褶皱深刻挖掘。年轻的萧红对具体人事的理解逊于孙惠芬,萧红仿佛天生对整体性的东西保持敏感。或者可以说,萧红实际意义上的乡村经验是短暂的和疏离的,这决定了她也只能写到她理解的那个层面。而孙惠芬的优秀之处大约在于从萧红最不擅长处开始写起,就农村生活经验层面,她比萧红丰富。

研究者们将孙惠芬与萧红对比,主要停留在她们写作的散文化追求上。孙惠芬的作品《小窗絮雨》《变调》《歌哭》《歌者》都有此种倾向。"她的散文化笔调与萧红类似,东北大地,尤其东北农村沉滞凝重的气氛都以她们细致委婉的女性笔触表达出来了，表现了她们的灵气，有扑面而来的生活气息。"①孙惠芬的长篇小说《上塘书》将此种联想变得更为结实，书前的一段简介可以视作将孙惠芬与萧红共同讨论的"证据"："虽然没有男作家笔下的大悲大喜大苦大难，却依然是泣血之作。其深痛和深爱，让人想起同一块土地上诞生的乡村经典《呼兰河传》。"②

《上塘书》的确可以看作《呼兰河传》的当代版，它以上塘的地理、政治、交通、通信、教育、贸易、文化、婚姻和历史为标题，试图从整体书写一个村庄。既然比附，便免不了被拿来比较，与萧红的《呼兰河传》相比，《上塘书》中人们的爱与怨何其具象和坚实，以至于整部小说没有空间飞升。——《上塘书》中，孙惠芬细致耐心地讲述了徐兰的偷情与苦痛，鞠文通的难言之苦，以及乡间女人们的愚昧和无助，但是，她却无法使读者将一个乡村女教师的爱情理解为"我们人类的爱"，也无法将一个村中人人景仰的男人的苦理解为"我们的苦"。可是，当我们想到《呼兰河传》中那有着向日葵般大眼睛的王大姑娘时，我们无法不想到人间所有朴素百姓的爱的"庄严"；当我们想到那亘古不变的大泥坑，当我们想到那被无端折磨的小团圆媳妇，我们无法不想到惯性和因循，不想到常态对"异类"的野蛮摧残……萧红不擅长写人际纠缠，不擅长想象他人的情感，她的本领在于经由个人世界书写"我们的爱"和"我们的命运"。《上塘书》当然是中国当代文学独具特色的作品，它的魅力在于它的脚踏实地；《呼兰河传》的特异则是呼兰上空暧昧的艺术之光。

孙惠芬发表于 2002 年的长篇散文自传体小说《街与道的宗教》与萧红的

---

① 董之林：《不断发现陌生的自己——评孙惠芬创作中的女性小说倾向》，《当代作家评论》1991 年第 6 期。
② 孙惠芬：《上塘书》，《当代》2004 年第 3 期。

《呼兰河传》的美学追求更为接近。也许使用贴近个人亲身体验的材料更自在，也许面对非虚构的题材时作家更为得心应手，作品写得随心、坦然、诚恳，牵动整部作品流动的是情感和空间，儿童时的家院，前门、后门、院子、粪场、场园、前街、小夹地都承载着作家儿童时代的记忆，也都能看到萧红作品的影子。《街与道的宗教》有质朴和洗尽铅华的美德，尤其是此作品并没有《上塘书》里那些交通、通信、教育、贸易等抽象而令人望而生畏的词汇，因而也使作品脱去了与这些词汇相伴随的生硬和疏离。

孙惠芬最近关于萧红的一段话令人感慨："萧红的《呼兰河传》让我百读不厌，她写荒芜的土地上忧伤的情感，童年自由的心灵，让我从此知道好的小说家更像大地上的野草，落到哪里都能生根发芽，在任何时空里都能自由思想。"[①]——是不是以真实记忆为蓝本的写作对结构的缜密要求因相对较弱而更为自在，是不是散文化写作更强调一种心随情动，境由心生？作为同行，《街与道的宗教》可能是作家孙惠芬之于萧红的一种致敬。从她对萧红写作特点的理解上也可以感受到，与孙惠芬其他作品相比，《街与道的宗教》因其"随性"而更接近《呼兰河传》由内容和形式共同编织的"自在"神韵。

四、迟子建的"生死场"

当然，今天，讨论到萧红之于当代文学的关系时，我们无法绕开的一个名字是迟子建。在迟子建初登文坛时，她就已经被联想到萧红。——戴锦华认为她的《秧歌》书写了一如《生死场》那般沉重、艰辛的边地生活。近三十年来，关于萧红与迟子建之间比较的论文众多，研究者们不断地发掘着迟

---

① 舒晋瑜：《孙惠芬：这是一次黑暗里的写作》，《中华读书报》2011年2月2日。

子建与萧红之间联系的话题：都出生于东北黑龙江，都擅长以情动人，都在追求小说散文化倾向；作品中都有着某种带着露珠的轻盈；都受到萨满教的影响；写作中每时每刻都有黑土地和皑皑白雪的浸润……甚至还包括这两位小说家都喜欢用"空间"和"具象"的方式起名字，比如《生死场》《商市街》《呼兰河传》《后花园》，而迟子建也有《额尔古纳河右岸》等。

她们都喜欢将"生"与"死"并置书写，这种生死观尤其体现在迟子建中年以来的作品《世界上所有的夜晚》中。在这部有着瑰宝般光泽的小说中，迟子建不仅写了各种各样的离奇的死亡，同时她也写了人活着的无常、吊诡、卑微、无奈。这是属于迟子建的"生死场"，与萧红的《生死场》不同，它是清晰的和透明的。萧红笔下的人物是蚁子般的死生，经由这些人的混沌存在，她书写了人作为"物质层面"的"生"与"死"。迟子建则讲述了"人的感受层面"上的"生"与"死"。

萧红世界里人们对生和死的理解并不敏感，人们的感觉甚至是迟钝的。但《世界上所有的夜晚》不同，每一个死亡都令人震惊和触动——蒋百嫂在黑夜停电后凄厉地喊叫出我们这个时代埋在地下的疼痛时；当"我"打开爱人留下的剃须刀盒，把这些胡须放进了河里时，读者和作者都分明感受到了某种共通的疼痛。"我不想再让浸透着他血液的胡须囚禁在一个黑盒子中，囚禁在我的怀念中，让它们随着清流而去吧。"[①]——情感是《世界上所有的夜晚》的经络，个人情感和悲悯情怀相互交织，正如叙述人最终使自己的悲苦流进了一条悲悯的河。她咽下了自己的悲伤，看到了另一个世界。在那个世界里，世界上所有的黑夜中，都有哭泣的人群，她只是其中一个。也正是在此处，迟子建和萧红在某个奇妙的高度获得了共振：她们都放下一己之悲欢，

---

① 迟子建：《世界上所有的夜晚》，《钟山》2005年第3期。

将目光放得辽远。

但萧红和迟子建对世界的理解依然有很大的差异。萧红到底是"忍心"的,这一点与张爱玲很相似,从《生死场》开始,萧红的世界便是"天地不仁""生死混沌";而即使是在《呼兰河传》中写祖孙情与世间暖意,她也分明有着诀别时的彻悟和"放下";并且,萧红有强大的批判精神,即使她写到她热爱的故乡人事,也有反讽、沉痛和严厉的审视。迟子建写作的起点和终点一直都是"人生有爱""人间有情",迟子建的世界里永远都有温暖烛照,即使是身处最卑微之处,她也执拗地为读者和自己点起微火;迟子建以自己对这块土地的热爱使读者相信这里的美好。因此,即使是同样书写"哈尔滨"的生活,两个人对世界的温度感也如此不同,萧红书写的是以她个人经验出发的人间生活:饥寒交迫;而迟子建的《白雪乌鸦》即使面对罕见的瘟疫,人也是坚忍生存,有情有义。

正是在对"生"与"死"的书写上,萧红和迟子建相遇;也正是因为对世界观的整体认知不同,两个作家又各自出发,各行各路。这也意味着,两个人的风景貌似相同,但又有内在肌理的巨大差别。萧红是萧红,迟子建是迟子建。于是,虽同有"放河灯"的细节,同写看"放河灯"的风俗,但因为立场和情感的不同,看到的世界也并不相同。

迟子建的"河灯"里放着她的委屈、思念以及爱情。

> 它一入水先是在一个小小的旋涡处竖了竖身子,仿佛在与我做最后的告别,之后便悠然向下游漂荡而去。我将剃须刀放回原处,合上漆黑的外壳。虽然那里是没有光明的,但我觉得它不再是虚空和黑暗的,清流的月光和清风一定在里面荡漾着。我的心里不再有那种被遗

弃的委屈和哀痛，在这个夜晚，天与地完美地衔接到了一起，我确信这清流上的河灯可以一路走到银河之中。①

这是萧红的"放河灯"。

  但是当河灯一放下来的时候，和尚为着庆祝鬼们的更生，打着鼓，叮咚地响；念着经，好像紧急符咒似的，表示着这一工夫可是千金一刻，且莫匆匆地让过，诸位男鬼女鬼，赶快托着灯去投生吧。
  ……
  同时那河灯从上流拥拥挤挤，往下浮来了。浮得很慢，又镇静、又稳当，绝对的看不出来水里边会有鬼们来捉了它们去。
  这灯一下来的时候，金忽忽的，亮通通的，又加上有千万人的观众，这举动实在是不小的。河灯之多，有数不过来的数目，大概是几千百只。两岸上的孩子们，拍手叫绝，跳脚欢迎。……灯光照得河水幽幽地发亮，水上跳跃着天空的月亮。真是人生何世，会有这样好的景况。②

  迟子建看河灯，是"此岸"望"彼岸"，是"人间"遥祝"天上"。而萧红的"看"河灯，则是"天上"看"人间"，是"彼岸"看"此岸"，有对"人世"的留恋，更是对"世界"的诀别。

  人到中年，迟子建的创作变得气象万千，她的小说开始由轻盈变得厚实，伤怀之美变成沉郁之气。迟子建的变化还有无限空间，而年轻的萧红已经定

---

① 迟子建：《世界上所有的夜晚》，《钟山》2005 年第 3 期。
② 萧红：《呼兰河传》，载《萧红全集》，哈尔滨出版社 1991 年版，第 739 页。

格。但是，迟子建的写作依然会让我们想到萧红，想到她们与土地和人民的某种共同关系：她们身上都共有某种与东北土地有关的悲悯情怀。

萧红和迟子建的关系是什么样的关系？萧红和迟子建之间是影响者与承继者的关系吗？萧红和迟子建之间谁写得更好，谁超越了谁？这是许多研究者们乐于讨论和分析的话题，我猜，它也会成为未来学术研究领域的"显学"，一如今天很多人讨论张爱玲和王安忆的关系一样，也许大可不必如此。作家之间的承继恐怕比我们想象的更为复杂——世界上哪一个真正的优秀作家是走在他人身后的呢，一个总是走在他人身后从未超越过目标的作家又有哪个称得上优秀？

把萧红和迟子建，乃至张爱玲和王安忆等作家之间的关系看成世界上所有优秀作家之间应该具有的关系也许更恰切。没有谁超越了谁，每个作家都生活在大的优秀的文学传统中，她／他们各自都会"人尽其才"，发出属于她／他们各自的光芒，建设属于他／她们各自的星空。又或者说，具有优秀传统的文学史就像迂回曲折的道路，两端都是方向，人们经过萧红之后，可能会来到迟子建的车站；反之，人们经过了迟子建后，同样也会回抵萧红。正如余华在分析作家与文学史的关系时所言，"两个各自独立的作家就象他们各自独立的地区，某一条精神之路使他们有了联结，他们已经相得益彰了"[①]。

如果文学研究领域不以"地域"限制我们对文学传承关系的理解，如果我们不把萧红的影响想当然地看作只是对东北女作家的影响，不把"酷似"视作"影响力"的唯一根据，我们会发现，那被命名为萧红的中国现代文学之源正在滋养着中国当代许多作家。我们不仅仅在林白、红柯等人的散文作品里看到萧红的名字，更在另一些作家那里看到萧红写作精神的光芒：阎连科《年月

---

① 余华：《温暖和百感交集的旅程》，上海文艺出版社2004年版，第125页。

日》《受活》中那"蚁子似的农民的死生";魏微笔下那清明俊逸的小城微湖闸;散文家周晓枫作品中面对女性身体疾病和污秽时那份冷静与审视……

当我们从许许多多当代作家作品中与熟悉的萧红不期而遇时,意味着什么?

不是谁在着意模仿谁——那些被认为受到影响的作家不过是自觉地将自己的写作变成了优秀文学传统中的一部分;那些被看到萧红身影的作家们,不过是因由作品的某种特质而进入了绵延不绝的文学史写作链条中。而作为链条之一的作家本人,萧红则因与这些同行的"同声共气",获得了属于一位优秀作家的重生。

第十三章
仁义叙事的难度与难局
——铁凝论（一）

仔细想来，那个叫香雪的北方女孩子成为中国文学史上富有标志意义的人物已经有四十年了，铁凝的文学创作之路也开始进入了第五个十年。今天，几乎可以肯定的是，铁凝已经成为当代中国重要的小说家之一。从《哦，香雪》《没有纽扣的红衬衫》《对面》《玫瑰门》《永远有多远》《大浴女》《笨花》等一系列重要作品的问世，铁凝以其勤勉而有品质的创作使自己的文学世界生动、丰满、斑驳、复杂、暧昧，气象万千。四十年来关于铁凝的研究资料众多，戴锦华的《真淳者的质询——重读铁凝》[1]、谢有顺的《发现人类生活中残存的善——铁凝小说的话语伦理》[2]、贺绍俊的《铁凝评传》[3]、郜元宝的《柔顺之美：革命文学的道德谱系——孙犁、铁凝合论》[4]，都富有启发性。

我希望能寻找到别一种途径。四十年间，铁凝书写了一系列生活在中国北方冀中平原的鲜活人物——香雪、安然、大芝娘、白大省、安德烈、马建军、向喜、向文成以及一批有着丰富内心世界的不起眼的人物，他们身上具有与现代价值体系有所距离的"传统性"，他们是尚没有被"文明"席卷的一

---

[1] 参见戴锦华《真淳者的质询——重读铁凝》，《文学评论》1994年第5期。
[2] 参见谢有顺《发现人类生活中残存的善——关于铁凝小说的话语伦理》，《南方文坛》2002年第6期。
[3] 参见贺绍俊《铁凝评传》，郑州大学出版社2005年版。
[4] 参见郜元宝《柔顺之美：革命文学的道德谱系——孙犁、铁凝合论》，《南方文坛》2007年第1期。

群人，他们都是"仁义"的人。我认为，具有仁义之心的人物使铁凝的写作具有了独特的、历久弥新的美学意义，他们的存在也显示了铁凝写作系统里的核心价值观念："仁义。"铁凝没有对自己的核心价值观念进行过有意的梳理和归纳，但她对作家的创作道德系统有清醒认识："所有作家的小说，不管你愿意不愿意，只要你下笔，必然会依附一个道德系统，你的笔下必然会有你责任的影子。其实，社会责任对于作家、艺术家来说是一种强大的创作驱动力，尽管它也许强大到仅仅让你想要画好一只有趣的虾。"① 当然，具有仁义之心的人物在铁凝作品中并不直白与明晰，他们是复现的，或潜或隐，需要细读文本辨认。需着重说明的是，我将铁凝写作进行仁义叙事的谱系梳理，但并不认为她从创作最初就有着清晰的自我辨识。与其说铁凝四十年来对仁义之心的探讨是有意为之，不如说是自然生成，作为一位作家，她依凭的是艺术家的本能。

　　铁凝对笔下的人物有体恤之情，她用文字传达对世界和人的情意与善意，这情意因其复杂和厚重至为宝贵。在此意义上，本章所讨论的仁义叙事不只是铁凝小说人物所具有的可贵品质，也指作家对世界和人所保有的那份仁义情怀：她以一种仁义之心关注周围世界，凝视中国社会几千年来传承给我们的精神财富。从文本中辨认仁义之心的过程，也是梳理铁凝创作观与世界观的过程。

　　对仁义之心的关注是铁凝创作的重要母题之一，以仁义之心为关键词的解读将钩沉出铁凝四十年来写作的潜在品质，我希望讨论的是：（1）铁凝三十年来耐心为之的仁义叙事之于已进入现代的中国社会的意义；（2）作为传统美德的仁义与现代价值观念及民族国家话语之间的关系有着怎样的纠缠，

---

① 赵艳整理：《文学·梦想·社会责任——铁凝自述》，《小说评论》2004年第1期。

铁凝写作面对的难度和难局是什么；（3）2009年以来的一系列小说是否显示了她对仁义之心的可能性的新的思索。在文本细读的基础上，我希望追溯铁凝在新文学发展史上的谱系。我希望以铁凝的文本世界为出发点，讨论铁凝写作带来的中国文学／文化／地缘意义的想象以及仁义叙事的姿态与方式给中国文学与文化生产带来的启发。

一、我们这个时代的"仁义"志

关于仁义，《现代汉语词典》里面有两个词条：1. rén yì，[名]仁爱和正义：～道德。当它做这个解释的时候，"义"读四声。2. rén yi，〈口〉[形]性情和顺善良。后面这个解释的重音在"仁"字，"义"字是轻声。都是形容词，但读音不同，词语表达的意思将发生微妙的变化。

在以《笨花》为对象的对谈中，陈超提到了孟子的话："无恻隐之心，非人也。无羞恶之心，非人也。仁义，非由外铄我也，我固有之。"[1] 他认为这是《笨花》和《笨花》人物的精神底座。《笨花》的研究资料中，不止一位研究者认为，这部长篇小说书写的是中国文化传统中的价值观念。尽管有共识，但此间的"仁义"二字却并不能笼统而言。以词典里的解释为参照，会发现两个"仁义"语义系统的并行。

在《笨花》中，王占元评价向喜说："谦益呀，自打我们早年在保定相识，我就看出你是个仁义之士。"向喜和孙传芳的对话中也提到了仁义，向喜说，"眼下孙中山不是正在把总统让位给袁大人吗，看来还有几分诚意哩"。

---

[1] 陈超、郭宝亮：《"中国形象"和汉语的欢乐》，《当代作家评论》2006年第5期。

孙传芳说,"孙中山讲仁义,这连咱们北洋军人也不能说个不是"。① 这里面的仁义更接近"仁爱和正义"。《笨花》中的仁义也有属于口语意味的一面。取灯死后,同艾和向文成回忆起取灯的往事,提到这个女孩子在同艾面前从不提她在保定的亲娘,"向文成沉默了一会儿说:'那是她的仁义,那是她愿意让你们高兴,让笨花她的娘和保定她的妈高兴。'"此中仁义,便是词典中讲到的性情上的"和顺善良"。两种含义,前者是属于宏大系统的,是政治的、有教化意味的;而后者的仁义,则是民间的、性情的。

  大多数时候,铁凝小说中的人物品德倾向于后一种,即民间意味的仁义,它的重音在仁,义读轻声。她笔下的人物通常具有这样的性格特征:善良、忠实、厚道、言语木讷却古道热肠,乐于奉献却疏于索取。具有仁义之心的人无论是之于爱人或他人都不精于算计,他们常常在感情上是被掠夺者并以吃亏是福,他们甚至被视为傻、不聪明,但有时候他们又有义气、有胆气,坦然,不功利、不势利。她书写过许多有着仁义之心的女性,比如大芝娘(《麦秸垛》),在丈夫实际上已经抛弃她的情况之下,依然执拗地想与他生个孩子。女儿死后她又以一种地母的情怀收留了身边没娘的孩子五星和沈小凤。在艰难困苦时期,大芝娘还将前夫一家收留,对他的妻子也以礼相待。比如安然(《没有纽扣的红衬衫》)从不避讳问题,也不功利,坦然地面对一切,颇有古道热肠。比如香雪(《哦,香雪》)有山村女子特有的热忱和实诚,她一定要用鸡蛋换铅笔盒而不是白拿,她对世间一切充满着热情而不是抱怨与计较。比如女知青乔叶叶(《村路带我回家》)有些傻地选择和端村的金召一起去摘棉花。比如姑爸(《玫瑰门》)用一种决绝的姿态吞下她的猫。比如唐菲(《大浴女》)用极端的身体行为表达对朋友的义气……

---

① 铁凝:《笨花》,人民文学出版社2006年版。本章《笨花》的引文均出自此版本,不另注。

仁义品质并不只是女性人物所独有。在《何咪儿寻爱记》中，铁凝书写了一个叫马建军的男人形象。女主人公何咪儿在少年时代就与马建军开始了漫长的情感经历，她说来就来，说走就走，即使是结了婚也是一样。何咪儿永远都是渴望外面世界的人，而马建军则固守在他的城市。何咪儿在外面被伤害、被欺骗，当她最终醒悟要回到这个男人身边时，马建军已与别人组建了家庭。当然，小说的结尾是浪漫的，何咪儿在马建军家门前的雪地大声哭诉，最终马建军为她打开了他的门。马建军在爱情中的沉默、谦让、宽容以及毫无怨言的奉献犹如男版白大省。《砸骨头》书写的是北方农人沉默背后的血性与仁义。在《秀色》中，共产党员李技术舍生取义，秀色村取出水的那天也是李技术牺牲的那一刻。在《安德烈的晚上》中，安德烈最终以不能寻找到约会房间的方式完成了他与心爱女人的不能相会，但其中的那份仁义却是实实在在的。

最能体现"仁义"内涵的还是白大省这个人物。在《永远有多远》中，她有着"傻里傻气的纯洁和正派"，大大咧咧、没心没肺、热情、诚恳，"永远空怀着一腔过时的热情，迷恋她所喜欢的男性，却总是失恋"。铁凝多年来对仁义之心的凝视与关注最终在这个人物身上进行了集中体现，她在为当代文坛提供了一个多汁与鲜活的艺术形象的同时，也使自己作品中那独具魅力的仁义气质由隐至显。在许多研究者看来，仁义之心在《笨花》中是苍天之树，是的，铁凝的确在这部小说中为仁义之心的品质寻找到了厚重感与历史感，但是，包括《永远有多远》在内的铁凝的其他小说表明，她关于仁义之心的写作是一个培育的过程：生籽、萌芽、不断开花与结果。

仁义之心的有与无构成了铁凝小说故事情节的推动力。在《峡谷歌星》中，山里小伙子渴望被城里人带出去，以获得成为歌星的机会，两个城市外来客的轻易调侃鼓励着他不断地免费歌唱。他们不厚道地使用着男孩子的纯朴与实诚，这种不仁义最终使小伙子"哑"了。在《谁能让我害羞》中，住在高级住宅楼里的女人对年轻人的无视与冷漠最终导致了孩子情急之下掏出了凶器，而这样的冲突在《有客来兮》中则是"我"忍无可忍，最终对表姐一家的毫无体恤发出了怒吼。仁义之心、体恤之情的缺少是最终导致《对面》悲剧发生的原因，当"我"打开灯要让女人的隐私曝光时，作为现代的人的"我"内心中的恶意正如他自己所体认的，那正是"不仁不义"。在《无雨之城》中，曾与陶又佳有过肌肤相亲的官员普运哲在政途的压力下，深夜将陶又佳扔在荒郊野外，那岂止是一个情人的无情，还是一个人的不仁与不义……

"铁凝在小说中成功地塑造了一大批坚韧而善良的心灵，这在当代作家（尤其是女性作家）中是罕见的。而且，铁凝不仅在小说中描绘了人类还残存的根本的善，更重要的是，她还将这种善在现实中证实为是可能的，它不是一种幻想，也不是对人类的有意美化——我认为，这种善，为20世纪以来衰败的人类提供了新的人性参照，为文学在现代主义的阴影和噩梦赢得了一个喘息的机会。"① 谢有顺评论铁凝小说时如是说。他的看法是恰切的，这里讨论的"仁义"与"残存的善"有着相近的一面。正如他所言，应该特别看重铁凝对人类生活中残存的善的发现，应当把这种发现视为当代文学的一个重要的精神事件。

可是，那些具有仁爱之心的人并未获得世界的嘉许，相反，他们面对的是一个光怪陆离的美丽新世界。每一个仁义的人都是情感上的受伤者，每一个具有仁义美德的人，几乎都面临着来自新世界的"他／她"的掠夺。在

---

① 谢有顺:《发现人类生活中残存的善——关于铁凝小说的话语伦理》,《南方文坛》2002年第6期。

《何咪儿寻爱记》中，何咪儿被外面的浮华诱惑，她毫无愧疚地视身边那个默默奉献的男人为无物；在《麦秸垛》中，正是因为去了外面的世界，丈夫才抛弃了大芝娘并有了后来的妻子与家庭；在《峡谷歌星》中正是那对来自外地的游客的不仁义才破坏了小伙子的美梦；而在最具有象喻意义的《永远有多远》中，白大省被四个"外面的男人"伤害并抛弃，就连那个来自外省的表妹小玢在掠夺白长省的男朋友后也对她毫无歉意、理直气壮……外面的美丽世界美好而令人向往，但又是如此地具有破坏力。《永远有多远》中白大省的仁义与老北京胡同记忆纠缠在一起成为整部小说最有芳华的部分："北京若是一片树叶，胡同便是这树叶上蜿蜒密布的叶脉。要是你在阳光下观察这树叶，会发现它是那么晶莹透亮，因为那些女孩子就在叶脉里穿行，她们是一座城市的汁液。胡同为北京城输送着她们，她们使北京这座精神的城市肌理清明，面庞润泽，充满着温暖而可靠的肉感。她们也使我永远地成为北京一名忠实的观众，即使再过一百年。"——铁凝完成的不仅仅是对一种品质和德行的深切缅怀与感慨，还有对北京城里那些不断被摧毁的胡同精神以及如胡同精神般的传统文化的痛惜。

这一切使"残存的善"具有了社会性、历史性与"中国特色"，这也是我将"人心中残存的善"命名为"仁义"的原因所在。铁凝书写着被我们久已忘记和忽略的中国式品德。在《永远有多远》中，她一开头就讨论到了仁义："在七十年代初期，这其实是一个陌生的、有点可疑的词，一个陈腐的、散发着被雨水洇黄的顶棚和老樟木箱子气息的词，一个不宜公开传播的词，一个激发不起我太多兴奋和感受力的词……"[①] 为什么一个不宜公开传播的词，在

---

① 铁凝：《永远有多远》，人民文学出版社2006年版，第6页。本章《永远有多远》的引文均出自此版本，不另注。

1999年却成为叙述人咏叹的对象？"事实上，不仅是70年代初的文革时期所谓'破四旧'，在80年代的现代化意识形态中，这个词同样暧昧而可疑。只有到现代化和都市化进程展示其真实而不无残暴的面向时，这种属于'旧时代'的品质才显露出其'温暖而可靠的肉感'且弥足珍贵的内涵。"[1]

这是一个新的社会和时代，新的价值观和伦理观如高楼一样迅速被认同，20世纪80年代末以来那些现代化观念被狂热接纳，而"陈旧的"观念和道德体系则在顷刻之间被无情地抛弃与忽略。一切都因被命名为全球化与现代化而显得理所应当。可是，真的是这样吗，我们物质生活的丰饶一定要以精神世界的贫乏为代价吗？"当我们渴望精神发展的速度和心灵成长的速度能够跟上科学发明的速度，有时候我们必须有放慢脚步回望从前的勇气，有屏住呼吸回望心灵的能力。我想，即使有一天磁悬浮列车也变为我们生活中的背景，香雪们身上散发出来的人间温暖和积极的美德，依然会是我们的梦。"[2] 铁凝，以其珍贵的耐心书写了那些被民间口口相传的品质，并且在不期然之间完成了属于她的也属于当代文学写作史上的"仁义"志。

二、传统美德·现代价值·民族国家话语

关于仁义，中国语境里民间与官方两种意义系统的并行带给了仁义叙事以难度与难局。事实上，它还不可避免地要面临"现代"与"传统"、"全球化"与"中国"的不同语义系统。在官方的/宏大的仁义系统之内，如何处理个人与民间的仁义，在个人/民间的话语中，又如何放置民族国家话语？

---

[1] 贺桂梅：《文学与城市——世纪之交的城市书写与女性表象》，载《人文学的想象力——当代中国思想文化与文学问题》，河南大学出版社2005年版，第185页。
[2] 赵艳整理：《文学·梦想·社会责任——铁凝自述》，《小说评论》2004年第1期。

当两种仁义发生冲突时将如何体现，是简单地舍"小家"保"大家"，舍"个人"取"集体"吗？如果是，那么，个人的主体性、个人的价值将如何得到实现？

《秀色》是铁凝所有作品中"少有的一部充满刚性、充满壮烈、充满豪迈气概的作品"[①]。铁凝将仁义之美置于极为特殊的环境中：秀色村的女人们渴望将身体奉献以获取水／文明。在此处，把身体奉献给打井的男人是"仁义"，男人获取这样的身体也并不是"不仁义"。可是，这一切在共产党员李技术那里语义发生了转换。他拒绝了民间伦理道德语境里的"义"，显示了共产党员话语体系里的"仁义"。"仁义"因语境和对象的不同发生了变换，这个变换因极端的环境和个人对信仰的坚守而变得容易让人理解。铁凝因之可以将一种纯粹的肉体关系写得光明磊落、直白放肆而又纯净无邪，那些舍身求生命之源的女人身体具有了合理性和正当性，传统伦理因与共产党人舍身忘我的精神结合在一起而具有了崇高性和说服力。

借助《秀色》，铁凝将民间伦理与革命话语、集体利益进行了一次结合，完成了将民间的、个人的仁义之心与民族国家的、信仰的仁义之心结合在一起的尝试。但是仁义面对的更大的挑战她当时并未曾触及，即作为仁义的民间伦理与民族国家话语里的仁义如何遭遇。正是在此意义上，《笨花》是铁凝的一次自我设限与自我挑战。在这部小说中，铁凝将"仁义之心"的思索放置于向喜一家可歌颂的平凡而令人震动的抗战经验之中，她有意识地将关于仁义之心的思索与关注置于民族国家话语框架之下来探索。

在《笨花》中，向喜一家的仁义之心不再仅是人与人之间的仁义，更是中华民族面对外族侵略时的民族大义，这是仁义之心的升华，也是铁凝系

---

① 贺绍俊：《铁凝评传》，郑州大学出版社 2005 年版，第 181 页。

性地将冀中平原人民的仁义品质与中华民族的民族大义的结合。她的努力有足够多的理由说服我们,民族大义是所有仁义中最令人动容的美德,向喜和取灯的死亡不是仁义之心的毁灭,而是仁义之心的再生。借助于民族国家话语,铁凝作品摆脱了先前给人的清丽印象,写得从容壮烈,具有朴素和深厚的北方美。

《笨花》无法不让人想到当代文学史上另一部优秀长篇小说《白鹿原》。陈忠实在《白鹿原》中以白家的家族史书写了近代以来中国的民族隐秘历史,尤其对儒家文化道德谱系进行了重新梳理与讲述。白嘉轩是个有文学光泽的人物形象:"白嘉轩的人格中包含着多重矛盾,由这矛盾的展示便也揭示着宗法文化的两面性:它不是一味地吃人,也不是一味地温情,而是永远贯穿着不可解的人情与人性的矛盾——注重人情与抹煞人性的尖锐矛盾。"[1] 在《白鹿原》的背景下,我的关注在于铁凝在同类史诗性题材中的不同表现。尽管她也是以一个家族为背景进行叙述,但她的小说更具日常性。"铁凝的质询,并不多见于对历史与历史中的暴行的记述,而更为深刻、细腻地表现为她对日常生活中的权力场景的发现。"[2] 因而,她在民族国家话语下个人仁义品质的书写便更具隐秘意味。一如《笨花》中小袄子的故事。小袄子在笨花村是一个"浪"女人,在这个女人身上有着仁义的不同语义系统。她的相好金贵是个汉奸。这个曾经为打日本鬼子送过情报的女人,看到金贵来找她,知道什么该说什么不该说,并不想与他相好。但是当他脱她的衣服时,"一时间小袄子又觉得金贵挺可怜,心想我为什么不仁不义地净给人家送膈应?也是难得一见。想着就凑过去往金贵身上攀"。在民间女人小袄子那里,不让男人"膈应"是

---

[1] 雷达:《废墟上的精魂——〈白鹿原〉论》,《文学评论》1993年第6期。
[2] 戴锦华:《铁凝:痛楚的玫瑰门》,《涉渡之舟——新时期中国女性写作与女性文化》,北京大学出版社2007年版,第244页。

一种仁义，同时，不告诉他抗战情报也是一种"仁义"。在《笨花》中，这两种仁义并行交错，使仁义叙事具有了复杂的纠缠。

小袄子出卖了抗日女英雄取灯并最终导致她被日本鬼子奸污致死。小袄子被时令在庄稼地里审问。女人摆出各种姿势对男人进行诱惑，时令很鄙视。整个细节耐人寻味处在于他并不是因为小袄子对取灯之死负有责任而处决了这个"下贱女人"，直接原因是因为小袄子对他的羞辱。"小袄子，胆大妄为给我下不来台。你要是不这样，没准儿还能多活几天。"小袄子死后，时令并没有因为个人的鲁莽而有丝毫的愧疚，他首先想到的是如何给这个女人寻找一个合理的被处死的理由："敌工部办案遇到三种情况可以就地解决：一、拒捕；二、逃跑；三、反抗。时令想，小袄子应该是逃跑。他庆幸自己让小袄子穿上衣服，要是小袄子裸体着死，就不好向上级解释了。"在许多研究者看来，铁凝在这个民族话语框架里的小说中没有"越轨"笔触，颇令人遗憾。——需要认知到的是隐蔽的性别视角给予铁凝对民族大义的天然的敏锐。小袄子的死并不是因为出卖，而是因为对时令的触怒，在民族国家话语的庇护之下，男人完成了对女人的处决，但这因个人威权被触犯而导致的杀戮是不是也显示了另一种不仁不义？

这种敏锐在铁凝的小说《棉花垛》里已经出现过。出卖了抗日英雄的女人小臭子与抗日战士国在棉花地里相遇。国最终没有抵御小臭子的诱惑，"战争中人为什么非要忽略人本身"？这个逻辑说服国重视了自己作为"人"的权利，在枪毙小臭子之前，他先是占有她，之后再要她穿上衣服执行命令。铁凝以小臭子之死和发生在棉花地里的一切重新书写了抗日战争中民族国家话语与性别秩序之间的复杂缠绕。无论是在《棉花垛》还是在《笨花》中，男人之于女人之间的另一种不义都没有被掩饰与忽略。事实上，铁凝依凭她作为女性的隐秘立场在民族国家话语之下寻找到了性别秩序与民族国家话语之间的冲突或共谋，一如萧红在《生死场》中所做出的贡献一样。这也是作为女性的铁凝与作为男性的陈忠实重新梳理我们隐秘的民族史时的重大不同。尽管他们都对我们民族文化传统心存敬意，尽管他们都书写了我们这个民族的秘史，但是性别立场的潜在不同导致了仁义语义的迁移。某种程度上，铁凝在大的仁义的框架之下，书写了仁义的日常性、复杂性并本能地给予性别指认，这样的指认在当代中国文学的书写上无疑是缺失的。

相对于《棉花垛》，《笨花》中的女人小袄子的形象被微妙地改写了。那个在棉花地里被动性地被国强奸的小臭子在《笨花》中仿佛变得更"浪"。小袄子先是希望诱惑时令，当时令对此表示鄙夷时，她也对他表示了不屑。小臭子是在不知情的情况下被国杀害的，时令则是在小袄子的激怒之下做出的选择。无论是作为抗日英雄的乔或取灯，还是作为抗日战争中的软弱分子小臭子或小袄子，铁凝都书写了她们在历史上的某种共同的宿命：她们都最终被男人，中国男人或日本男人或先奸后杀，或因言语冲撞而丢掉性命。当铁凝使仁义之心具有历史性与复杂性的同时，她是否有意识地调整或思索过她的性别意识在这一大的话语框架下的走向？我没有答案，但是我认为，这是铁凝的民族国家话语下的仁义叙事所面临的难局，也几乎是所有民族话语框架下的叙事作品都必然面对与思考的难题。

如果说给予仁义叙事以历史的复杂性认知是铁凝的写作难题之一，那么，作为一个生活在现代社会中的书写者，如何处理现代价值观念与传统伦理美德之间的关系则是她一直以来面对的另一个难题。《砸骨头》书写的是北方农人的仁义之德。在贫穷的村庄里，村主任和会计因为无法交纳税钱而"砸骨头"，最后两个男人将各自家里的积蓄拿了出来，他们的仗义感召着村人，最终大家凑够了应该上缴的税款。这是一部被认为书写了北方农村男人特有的仁义品质的作品。但是，即使小说具有令人落泪的纯朴和实诚，也依然无法躲闪其背后隐含的社会问题，在这个村庄里，拿出积蓄交税款的方式对政府和国家而言是仁义的，可是对这里生活的村人和百姓而言又意味着什么？

应该重新思考大芝娘、白大省、马建军等人身上的仁义美德。在白大省那里，别人夸奖的那种好人并不是她愿意成为的："我现在成为的这种'好人'从来就不是我想成为的那种人。"如果她可以选择，她希望成为男人们争相喜欢的并不仁义的西单小六。大芝娘也是一个靠本能完成仁义美德的人物，因为她习惯于从不考虑自己。一方面，大芝娘那沉重的胸脯与城市女人的对比可能完成的是铁凝之于现代性文明的反思：女人的现代意识是否导致了身上另一种美德的缺失？但是也是在大芝娘等人身上，她呈现了仁义品质的自然、自在与无意识。这些人的仁义品德具有被动性。当他们并不是主动地要选择做仁义之人时，这是否意味着这一群仁义之人没有主体性？白大省固然具有我们这个时代人身上所欠缺的美德，但是，她身上有没有值得反思的东西？一味地压抑自己去给予他人，是奉献还是讨好？在与男人的相遇与相处中，是因为她的善良最终导致了她的被抛弃，还是因为她的没有主体性和没有个性而被遗忘？白大省的矛盾、暧昧与含混的魅力即在于此。铁凝笔下的仁义叙事的复杂性也在此。铁凝忠直无欺地书写这一群具有仁义之心的人，她对他/她们的存在充满着眷顾和温情，但并不是无端的赞美。作为小说家，她没有掩饰她所感受到的一切，也没有回避她面临的难局。因而，她笔下的好人们全然不是完美之人，她只是凝视与关注，并给这些人的存在以光亮。铁凝和她在《永远有多远》中的叙述人一样对仁义美德有着自己的困惑与不安，西单小六的美艳性感、与时俱进与白大省的仁义笨拙、不可改变困扰着她，正是这种对困惑的不回避和不掩饰，才使铁凝作品的仁义叙事具有了宽度、厚度、深度。

三、仁义叙事的新生长点

2009年以来，铁凝发表的一系列短篇小说为她的仁义叙事打开了新的维度和可能性。四部作品中有三部与仁义之心的思索相关。《咳嗽天鹅》（《北京文学》2009年第3期），看似讲述的是给一只年老的咳嗽天鹅寻找安居之所的故事。带着天鹅寻找动物园的男人刘富还带着一个不断咳嗽的妻子香改，刘富对香改的很多脾性已经难以忍受了，他希望和她办理离婚手续。年老的天鹅被送到了动物园，动物园送给刘富的是这个小生灵被煮后的一碗肉，因为它太老了，动物园并不想花成本来饲养。男人回到车上，"发现"了咳嗽的妻子，他最终决定带她回家。在这个充满温情和忧伤的故事核里，含有铁凝对仁义美德的重新理解与认知。男人所有的仁义之德都是主动的，他具有现代价值理念中的主体性。这个男人主动送养天鹅和主动不与妻子离婚的行为都是自为的。在现代主体性与传统美德之间，铁凝寻找到了一个迷人的结合点。——人到中年的男人对女人的怜惜，他以这样的方式使这个和他过了半辈子的女人后半生"有所依"。仁义之心再次闪现了它的美好，在婚姻关系薄如纸翼的今天，铁凝以对贫寒夫妻情谊的眷顾显示了中国传统文化中夫妻关系的温暖与良善。《内科诊室》（《钟山》2009年第5期）讲述的是医生与病人之间的故事。她们都是人到中年的女性，身上背负着诸多的责任与重压。医生请求病人为她量血压的细节令人感慨。铁凝书写的是现代人与人之间的体谅、和解与仁义，哪怕只是给予对方一小会儿倾听的机会。

最令人惊喜的小说莫过于《伊琳娜的礼帽》（《人民文学》2009年第3期）。小说以双线构成，一条线是"我"因对表姐兀自与一个男人在旅行中亲密搭讪不满，另一条线是伊琳娜的故事，她在飞机上放任自己与男人"暧昧"。小说以"我"对伊琳娜冷眼旁观开始到拿着礼帽参与行动帮她在迎接她的丈夫面前掩饰结束。因为"参与""我"想到了表姐,从而达到了对表姐的宽容与理解。铁凝在一个狭窄的、封闭的空间里书写了一个开阔的、富有多重阐释空间的小说,显示了她日臻完善的写作技术。

十多年前,铁凝曾被戴锦华赞誉为"真淳者",今天她的小说依然具有这样的品质。只是这个"真淳者"不再是当年那个天真清新的香雪,人到中年的铁凝经历了人生的风雨,书写过人与人之间的重重阻隔、困扰与黑暗,她是走过岁月依然有真淳之心的人。如果把铁凝写于20世纪90年代的小说《对面》与2009年的《伊琳娜的礼帽》进行对比阅读,会发现近二十年来铁凝创作思路上的一次潜在调整。

《对面》中,铁凝借叙述人之口讨论了一个关于仁义的故事。"有一个故事说,燕王扫北时,这峡谷周围的山村野舍也颇受兵荒马乱之苦。一日他正率兵骑马追赶闻风而逃的山民,发现一个逃命的妇女怀里抱着一个大小孩,手中牵着一个小小孩。燕王心中奇怪,勒马问那妇女,为什么让小小孩走路,却把大小孩抱起来?妇女说小小孩是自己亲生的,大小孩是丈夫的前妻所生。燕王听后感慨万端,惊奇这穷山恶水之中竟有如此善良仁义之人,随即告诉妇女不必再出逃。燕王让她回村后在院门口插一桃枝,士兵见到桃枝便会绕过她家。妇女回到村里却将此事挨家相告,第二天燕王的队伍一进村,发现家家门口都插满了桃枝,燕王只好命士兵放过整个村子。后人为了纪念这妇女的德行,年年4月都在门口插桃枝,久之,又将桃枝换作了桃符。"小说中的男性叙述人说,"我只对这故事的后一半感兴趣,春风和煦的4月,在一个荒僻的山村里到处插满着含苞欲放的桃树枝,这景象颇似美国那个著名的故事——'幸福的黄手帕',使人觉得再过一百年当它被人重复时,依旧会充满一种激荡人心的吉祥境界,一种人类心心相印的古老魅力"。

这段迷人的故事令人难忘。作为叙述人，铁凝认同故事的前半部分还是故事的后半部分？我猜她应该更认同后半部分，她着迷于那个人人心心相印的世界。

《伊琳娜的礼帽》是对《对面》的一次重写。十多年前，因对"对面"的不满，作为男性叙述人的"我"放肆地拉开了四五百度的灯泡并导致了女人的死亡，"我"以一种坚决的不宽容来表达着对"对面"的处罚，而对自我长时间的窥视他人的行为却并无愧疚。当年的铁凝以冷静与客观的方式讲述了人与人之间沟通的困难。十多年后，《伊琳娜的礼帽》中，尽管有着言语不通的巨大障碍，但孩子伸到嘴唇上的手指和那个被"我"送来的礼帽使叙述人和世界达到了和解。"我"由冷眼旁观到主动参与是铁凝对世界的情意：人与人之间也许沟通上有着千山万水的阻隔，但宽容、体恤、仁爱却有着化解冰山的可能性。

《伊琳娜的礼帽》是铁凝短篇小说成果的丰美收获，它有着好小说所应有的品质：精微、复杂、严密又有光晕。如果说三十年前《孕妇和牛》中铁凝以一位怀有身孕的不识字女人用拓字的方式表达了"对世界的祝福"[①]；那么，这一次，借那位拿着礼帽走向伊琳娜的中年女子，她再一次表达了对这个物欲横流的世界的善意理解。在高高的云上的飞机里，置身在不同文化背景的旅客中，她寻找着人与人之间沟通的可能性并表达良善祝愿，这祝愿因具有某种普遍性和超越性而迷人。我想，这便是铁凝多年来那个遍野尽插桃枝的心愿吧。

---

① 汪曾祺：《推荐〈孕妇和牛〉》，《文学自由谈》1993年第2期。

四、在新文学发展史的脉络上

就中国的版图而言，铁凝小说具有深刻的北方性特征。她的北方原乡、北方人物以及北方情怀是其创作世界里重要的三个部分，三者之间互为代换与指涉，既演绎她的文学世界，又生出了她之于世界的理解与情意。她的所有关于农村的书写均与冀中平原的某个村落有关，她的人物也都是立足于平易市或福安市（这些城市都是并没有多少地方风貌的北方城市），《玫瑰门》《永远有多远》则延伸书写了老北京胡同里的人事与情感纠葛。强调铁凝小说的北方性特征，并不意味着她是狭隘意义上的地域作家，那并不符合事实。相对于中国南方的"求变"风格，强调中国文化中的"北方性"，在现代化快速发展的社会语境里既意味着保守性，也意味着铁凝书写的北方人际关系与伦理世界更具传统性色彩和坚守意味。

在《王安忆与铁凝小说女性形象之比较》一文中，研究者认为，王安忆和铁凝作品显示了海派文化和京畿文化的不同。铁凝和王安忆的小说对环境与女性分别做出了各自的诠释，体现了他们自觉的女性意识和精神关怀。聪敏优雅、精明务实的王琦瑶与大大咧咧、朴实善良的白大省形成鲜明的南北城市文化精神的差别。[①] 对铁凝仁义叙事的分析令人想到王安忆也曾经写过关于"仁义"的著名小说《小鲍庄》，小鲍庄是个重仁义的庄子，它最敬畏的是仁义。王安忆书写了一位具有仁义之德的孩子捞渣之死。对于《小鲍庄》的仁义符码，诸多研究都已经进行了探讨，这部寻根文学的代表之作在当代文学史上有着独特的意义。何为仁义之德，这位优秀的女作家有自己的认识。

---

① 参见李素珍《王安忆与铁凝小说女性形象之比较》，载吴义勤主编《铁凝研究资料》，山东文艺出版社2009年版，第426—435页。

王安忆在创作谈中说《小鲍庄》"写了最后一个仁义之子的死，我的基调是反讽的……这小孩的死，正是宣布了仁义的彻底崩溃！许多人从捞渣之死获得了好处，这本身就是非仁义的"①。这种"反讽"和更为疏离的态度显示了王安忆与铁凝对传统文化道德审美判断的差异。事实上，她们二人话语系统中的仁义含义也有不同，王安忆着眼的是作为神话的"仁义"，着眼于它"与农业生产方式的同构性"②以及与当代文明神话的冲突。

一个有趣的现象是，王安忆的研究者与阐释者远多于铁凝，尤其是在有深度的思想体系讨论方面，后者的研究成果明显薄弱。其中原因当然复杂，但一个容易被人忽视的原因恐怕在于与20世纪90年代以来中国文学的审美趣味和价值判断变迁有关。20世纪80年代以来的中国文学审美发生了深刻变化。以女性形象为例，精于心计，内心薄凉，在感情上步步为营的人物典型，如白流苏成为中国文学审美的代表。在文学批评与接受领域，她们被视为有主体性的、有主动精神的女性形象。而另一种极端的倾向是，那种吃亏让人，如刘慧芳则被宣布为过时。那么，1999年白大省的问世所带来的理解上的困扰便可以理解了。"读者无法将其安置在任何一个现代女性形象的坐标之下，也很难将之划进一个理论性的框架里加以解释。"③无论是评论者认为白大省是"当代东方女性的硕果仅存"，还是认为小说揭示了仁义作为农业社会的道德标准已经成为工业社会性的绊脚石，也都没有能跳出我们惯有的价值判断标准体系。"对于铁凝在这个时期另一部重要作品《永远有多远》评论界

---

① 王安忆、斯特凡亚、秦立德：《从现实人生的体验到叙述策略的转型——一份关于王安忆十年小说创作的访谈录》，《当代作家评论》1991年第6期。

② 黄子平：《语言洪水中的坝与碑——重读〈小鲍庄〉》，载张新颖、金理编《王安忆研究资料》，天津人民出版社2009年版，第448页。

③ 唐昕：《近十年来铁凝创作研究述评》，载吴义勤主编《铁凝研究资料》，山东文化出版社2009年版，第454页。

似乎陷入了失语的状态。对作品的分析没有找到新的突破口,并没有由此揭示这部'其貌不扬'的小说真正蕴涵的美。"①

铁凝是难于归类的作家,她"难于获得清晰的指认,或'轰动效果'的命名"②。这构成了铁凝研究中的一个难度。一篇对铁凝研究进行述评的文章认为"评论界面对铁凝作品时常常感到迷茫"。"铁凝的作品呼唤评论者能做到真正地融入小说中……这十年期间,许多新的理论被引入对铁凝的研究,然而细细分析:理论还是那个理论,作品还是那个作品。"③

尤其是研究者使用女性主义理论阅读文本时,这种难以融入更为明显。比如如何理解大芝娘身上那种自然的母性,如何理解《玫瑰门》里那些女性内心中的黑暗、困惑、不安以及纠结,都给当时的女性主义解读者带来了难度。在评论铁凝和其他女作家谁更具有女性意识时,评论者常因为铁凝作品承载更多的道德和文化内容而认为她性别意识不强。——因为铁凝作品更多承载着社会内容,所以其女性主义理念更缺失?因为不容易放入一个现代女性主义理论框架中去讨论,所以才被认为"性别意识"不强?误读的必然烛照出批评界一度"唯理论是从"的窘迫。关于对铁凝作品的性别意识的分析,诚如戴锦华所言:"由于铁凝的温婉、从容与成熟,她是当代文坛女性中绝少被人'赞誉'或'指斥'为'女权(性)主义'的作家;但她的作品序列,尤其是 80 年代末至今的作品,却比其他女作家更具鲜明的女性写作特征,更为深刻、内在地成为对女性命运的质询、探索。……这或许在于,铁凝所关

---

① 唐昕:《近十年来铁凝创作研究述评》,载吴义勤主编《铁凝研究资料》,山东文化出版社 2009 年版,第 454 页。
② 戴锦华:《真淳者的质询——重读铁凝》,《文学评论》1994 年第 5 期。
③ 唐昕:《近十年来铁凝创作研究述评》,载吴义勤主编《铁凝研究资料》,山东文化出版社 2009 年版,第 456 页。

注的,不是或不仅是社会的性别歧视与不公正;因为她不曾仰视并期待着男性的崇高与拯救,所以她也不必表达对男人的失望与苛求;她所关注的,是女性的内容,是对女性自我的质询。或许在于不期然之间,铁凝完成了将女性写作由控诉社会到解构自我的深化。"①

不仅与女性主义理论保持着距离,铁凝与许多当代文学写作潮流——伤痕文学、先锋派写作、寻根文学、新写实主义、个人化写作都保持着距离。以对中国当代文学影响深远的知青文学为例,几乎所有人都注意到了铁凝的知青身份,但却很少有人在列举知青文学时收入铁凝作品,因为其中的价值理念和美学意味都有所不同。雷达在他的评论《她向生活的潜境挖掘——说〈麦秸垛〉及其它》中提到,"作者一个很重要的眼光是,她并不把城市来的知青排除在麦秸垛之外"②。

为什么铁凝没有把知青排除在麦秸垛之外?为什么同为知青身份,铁凝的写作与其他知青作家的写作出现了裂变?除了与当年铁凝下乡地域离家并不遥远,她的下乡没有那么多的血泪经验可控诉有关,更重要的原因在于她当年下乡的"主动"。铁凝在不同的场合讲述过当时她与那些农村姐妹们的和谐相处,也谈起了她与她们之间的互相理解与疼惜。这是她在18 岁前后开始的将个人与土地和农民不断融入生命体验的经历,这为她理解农村和世界提供了不同的理解世界的角度,这与被迫下乡的知识青年们的体验迥异。

已经有诸多作家学者对当年的知青文学进行了重新的审视。阎连科说:"八十年代之初,中国文坛轰然兴起的'知青文学',把下乡视为下狱。把一

---

① 戴锦华:《铁凝:痛楚的玫瑰门》,《涉渡之舟:新时期中国女性写作与女性文化》,北京大学出版社 2007 年版,第 261—262 页。
② 雷达:《她向生活的潜境挖掘——说〈麦秸垛〉及其它》,《当代作家评论》1987 年第 3 期。

切苦难，大多都直接、简单地归为某块土地和那土地上的一些愚昧。这就让我常想，知青下乡，确实是一代人和一个民族的灾难。可在知青下乡之前，包括其间，那些土地上的人们，他们的生活、生存，他们数千年的命运，那又算不算是一种灾难？"[1]这个反问尖锐得令每一个读者和写作者都无法回避，在此背景之下，铁凝的知青题材作品的意义便更值得讨论和回味。

很多年后，当我们检讨我们的知青文学所存在的巨大弊端，当我们回忆知青文学、寻根文学以及先锋文学所给予我们的巨大影响和改变时，或许也应有所反思。当我们自以为流行的写作范式都是现代性和文明进步的一部分时，是否应该想到可能还存在着另一种写作行为和写作姿态的宝贵。那种游离于集体写作之外的写作方式是真的落伍，还是保持个人主体性的一种方式，远离现代化车轮的姿态是否也表明了在现代写作的背后的另一种现代性特征？

对铁凝别有不同的乡村经验的重视可以帮助打开我们理解铁凝作品谱系的思路，也将使我们更容易理解铁凝笔下的农村与北方小城与萧红的《呼兰河传》和师陀的《果园城记》何以有着美学风格上那么大的不同。《五四》新文学是以启蒙主义为使命的文学，在大部分现代作家那里，除了沈从文等少数作家之外，农村呈现在文本世界里的是一片等待启蒙和知识启迪的场域，以这样的眼光看农村与农人，他们是沉默的、木讷的、保守的、愚昧的，是需要被拯救的。因而，中国现代文学写作史上便也有了有关血与泪的文学。这种写作视角是"在上的""俯视的""批判的"。铁凝的北方性书写意义也在于此：她书写了北方中国农村的日常，她对这种日常生活是欣赏和认同的，

---

[1] 阎连科：《我的那年代》，载北岛、李陀主编《七十年代》，生活·读书·新知三联书店2009年版，第397—398页。

而并非批判和审视的。她在现代主流启蒙话语之外重新书写了一个日常意义的北方,书写了一个地缘意义上的北方,一种文化意义上的北方。

当代中国文学面对着一个复杂的现实处境:我们有着八亿农民,农村与城市之间的紧张关系会长期存在。我们将如何书写我们所在的这个离不开农村的城市和离不开城市的农村?也许作家都应该具有一种卢卡契所说的"总体性思维"才是。铁凝的农村经验为她的写作提供了丰厚的土壤,我认为她在逐渐形成她对当代中国的总体性认识。"我认为不真正地了解中国的农民、中国的乡村,就不可能真正把握、理解中国这个民族……在乡村你不能有屈尊的感觉,但你也不该仰视……最终我觉得我的小说,我要表现的不是审判,不是居高临下,也不是俯视。"[①]

这是更为民间和日常的视角,"这样一种转变,从根本上来说,是由于从启蒙知识分子的立场转移到民间的立场的变化所导致的。知识分子的启蒙立场与现实表现为一种紧张对抗的关系,历史被启蒙知识分子描述为流血和牺牲。而在民间的历史视野和生活经验里,则是物质贫困和生活苦难的永恒记忆,是生命与死亡的不断循环"[②]。这也是当代作家看待中国农村、理解中国农民的内心世界方面与现代作家的重大区别。从赵树理开始,当代中国作家柳青、孙犁、路遥、陈忠实、贾平凹、莫言、余华、阎连科、毕飞宇笔下的农村人事与"五四"时期的农民形象形成了巨大的张力和对话。就中国农民的形象史与心灵史而言,后辈作家的书写无疑丰富了我们之于中国农村的认知。在这些作家那里,中国农民成为主人公,是活生生的人,而不是一个批判对象。这不是启蒙主义视野所给予的,尽管这些作家身上都保有启蒙主义思想

[①] 铁凝、王尧:《文学应当有捍卫人类精神健康和内心真正高贵的能力》,《当代作家评论》2003年第6期。

[②] 旷新年:《写在当代文学边上》,上海教育出版社2005年版,第124页。

的影响，都受益于"五四"新文学传统的滋养。铁凝的农民形象是具象的而不是抽象的，在那些面目相似的农民那里，有着丰富的世界和不同的自我，没有知识和文化并不必然影响他们的生存智慧与生存哲学。铁凝书写了那些没有文化的农民身上的坚韧、智慧、勇敢、善良，这使得她和当代诸多作家一起在"五四"以来的新文学发展史上形成了另一个发展脉络。

五、"笨花"之"笨"，"洋花"之"洋"

是什么使铁凝小说具有魅力与光泽？是那些具体可感的人物形象、生动鲜活的细节以及她将自己融入小说的情怀。铁凝一直专心致志地书写活生生的人物形象，如一位画家一样用文字工笔细描她的人物谱系。这种趋近于传统叙事的人物形象塑造手法令人想到卢卡契的话："叙事诗人的技巧正在于正确地分派重点，恰当地强调本质的东西。他的作品中的这种本质的东西，即人及其社会实践，越是显得不是推敲出来的艺术品，不是他的艺术造诣的成果，越是显得是某种天然生长出来的、某种不是发明出来的而只是发现出来的东西，那么他就写得越是富有魅力，越是带普遍性。"[①]

这样的写作手法看起来并不现代，但这并不意味着封闭。她谈到过具象派画家巴尔蒂斯，"巴尔蒂斯创造了自己的风格，他是写实的，他是具象的，而这个写实的具象又是非常不一般的，就是貌似忠厚老实的一种写实，但又是非常现代的……就是说，通过巴尔蒂斯式具象的表达，更能触及现代人最内心深处的一些难以言表的困惑，他非常结实地打在你的心里"[②]。在这段关于

[①] ［匈］卢卡契：《叙述与描写——为讨论自然主义和形式主义而作（1936年）》，《卢卡契文学论文集（一）》，中国社会科学出版社1980年版，第55页。

[②] 贺绍俊：《铁凝评传》，郑州大学出版社2005年版，第233页。

绘画艺术的理解中，包含的是作家铁凝对于个人写作资源的汲取与对现代写作技术的结合的认识。

情感性是铁凝作品的写作特点，也是她显得"传统"的重要原因。王蒙在《读〈大浴女〉》中，提到了铁凝叙事的某种非现代特征，即一种抒情气质。[①]——因为铁凝不吝惜她对世界的情意，所以她的作品日益生动、鲜活、杂树生花，极具个人感染力。这是一种情怀写作。——仁义叙事于铁凝而言是思想/内容，也是艺术/形式：铁凝凝视和关注这个世界上残存的仁义品质，也将一种面对世界的仁义情怀融于笔端。

铁凝不是不受外界影响的小说家，在寻根文学时代，她写了《麦秸垛》，在女性写作盛行时，她有《玫瑰门》的出版，在重写历史的史诗性作品中，她有《笨花》问世。但无论是哪一部小说，它们几乎不能算是那个潮流的代表作品，它们都打着"铁凝"的深刻印记。与其说这是一个保守的不愿与时俱进走在风口浪尖上的写作者，不如说这是一个依凭着自己天然的艺术感觉写作的小说家，她因这份敏锐而使自己的写作具有了强大的主体性。所以读铁凝的小说可以感受到她的反现代性的一面，但却不能认为那是落伍或守旧。"笨花、洋花都是棉花。笨花产自本土，洋花由域外传来。有个村子叫笨花。"这是《笨花》的题记，它颇有含义之处在于这显然是铁凝对于本土与域外资源的思索：意识到"花"的产地，表明她将"笨"和"洋"放进了她的认知体系。"笨花"之"笨"的体认意味着对自我身份的体认，也意味着面对洋花对自我处境的回视。这是一个对自我写作资源越来越有艺术自觉性的创作者。"我觉得我们必须真诚地、诚恳地对待你所拥有的资源，你必须正视这个，你的资源究竟在哪。反正我看有些作家没有真正属于自己的资源，或者是他们

[①] 参见王蒙《读〈大浴女〉》，《读书》2000年第9期。

不屑于挖掘真正属于他们自己的资源。"①

多年来的写作实践已经表明，抵触和抗拒并不是这位小说家面对世界的态度，但随波逐流也并不可能。铁凝是有主体意识的写作者，是心仪传统又愿与世界协商的人。不失去自我的主体性，又坦然接纳现代文明的浸染，这样的仁义叙事是世界观，也是方法论。

---

① 贺绍俊:《铁凝评传》，郑州大学出版社 2005 年版，第 227 页。

第十四章
素朴的与飞扬的
——铁凝论（二）

作为作家，铁凝对棉花情有独钟。棉花常常在她的作品里出现，而棉花地则是她诸多小说故事的发生地。目前为止，她有两部重要作品的名字都与棉花有关。中篇小说《棉花垛》写了棉花地里发生的故事，而在最具代表性的长篇小说《笨花》里，她则书写了几代人在"笨花村"的生活。谈及为何起名"笨花"，铁凝说：

> "笨"和"花"这两个字让我觉得十分奇妙，它们是凡俗、简单的两个字，可组合在一起却意蕴无穷。如果"花"带着一种轻盈、飞扬的想象力，带着欢愉人心的永远自然的温暖，那么"笨"则有一种沉重的劳动基础和本分的意思在其中。我常常觉得在人类的日子里，这一轻一重都是不可或缺的。[1]

"笨"和"花"何尝不是铁凝文学世界的品质？

---

[1] 铁凝：《从梦想出发：铁凝散文随笔集》，湖南文艺出版社2007年版，第57页。

一、朴素的思考

1957年9月,铁凝出生于北京,后随父母迁居河北保定。父亲铁扬是当代著名油画家,母亲是声乐教授。16岁时,父亲带她去看望著名作家徐光耀。读过铁凝的作文后,徐光耀非常激动,连着说了两个"没想到",他对铁凝说:"你写的已经是小说了[①]。"这个评价对少年铁凝来说是莫大鼓励。

铁凝的处女作是《会飞的镰刀》,这是她在1975年创作的。也是那一年,铁凝高中毕业。"我想当作家。父亲说中国作家是理应了解乡村的,他冒险地鼓动着我,我冒险地接受着这鼓动。其实,有谁能保证,一旦了解了农村你就能成为作家呢?"[②] 从1975年下乡到1979年调到保定地区文联,铁凝在博野县张岳村生活了近四年。这期间,这位年轻人写下四五十万字的笔记,关于她对农村生活和农民的理解。当然,务农近四年的时间里,她也开始发表《夜路》《丧事》《蕊子的队伍》等短篇小说。

铁凝的成名作是《哦,香雪》,发表在1982年第5期的《青年文学》。香雪是个17岁的农村姑娘,小说写了火车对乡村人生活的冲击,写了香雪用40个鸡蛋到火车上去换一个塑料铅笔盒的故事,文风清新、自然、生动,有如来自山野的风。孙犁读到后很兴奋,特意写信给她:"这篇小说,从头到尾都是诗,它是一泻千里的,始终一致的。这是一首纯净的诗,即是清泉。它所经过的地方,也都是纯净的境界。"[③] 在信中,孙犁甚至谦虚地对这位年轻作

---

① 铁凝:《真挚的做作岁月》,《铁凝文集》(五),江苏文艺出版社1996年版,第444—445页。
② 铁凝:《铁凝影记》,河北教育出版社1998年版,第53页。
③ 孙犁:《谈铁凝的〈哦,香雪〉》,《小说选刊》1983年第2期。

家说:"我也写过一些女孩子,我哪里有你写得好!"①《哦,香雪》被《小说选刊》和《小说月报》选载,获得了首届全国优秀短篇小说奖。研究者称农村少女香雪是"铁凝艺术世界中第一个被公认的、成功的、美的形象"②。《哦,香雪》后来也被选入高中语文课本。事实上,《哦,香雪》不仅受到中国读者喜欢,还被翻译成了英、日、法、意、德等多种文字出版,不同国度的读者都曾为这部作品打动,因为它表现了一种人类心灵共通的东西。

1983 年对于铁凝来说是收获之年,这位 26 岁的青年作家不仅获得了全国优秀短篇小说奖,还发表了卓有影响力的中篇小说《没有纽扣的红衬衫》(获得 1984 年全国优秀中篇小说奖)。《没有纽扣的红衬衫》的女主人公安然是个向往自由、渴望远离复杂人际关系的女中学生,她健康、开朗,深受青少年喜爱,是 20 世纪 80 年代没有沉重历史负担的人。作家准确把握到了时代的敏感点,将她对未来的思考集中在人物身上。在当年,每个女孩子都渴望穿上没有纽扣的红衬衫,当时人们甚至把"没有纽扣的红衬衫"叫作"安然衫"。文学史上,安然和蒋子龙的《乔厂长上任记》里的乔光朴一样,成为当时在中国产生巨大影响的文学新人。如果说香雪代表了 20 世纪 80 年代我们对美好文明生活的向往,那么安然则代表了我们的理想人性和理想人格。《哦,香雪》和《没有纽扣的红衬衫》都在 20 世纪 80 年代被搬上大银幕,受到观众欢迎,同名电影《哦,香雪》荣获第 41 届柏林国际电影节最佳儿童片"水晶熊"大奖;《没有纽扣的红衬衫》被改编为电影《红衣少女》,荣获"百花奖"和"金鸡奖"的最佳故事片奖。

当年,年轻的铁凝及其作品给人带来惊喜。批评家一致认为宝贵的农村

---

① 孙犁:《谈铁凝的〈哦,香雪〉》,《小说选刊》1983 年第 2 期。
② 贺绍俊:《铁凝评传》,郑州大学出版社 2005 年版,第 41 页。

生活经验给予了她丰厚的创作素材，这当然有道理。但更重要的是，农村生活使她养成了不同寻常的理解力，如《村路带我回家》中，下乡知青乔叶叶选择了在农村生活而不是回到城市，原因很简单："我愿守着我的棉花地，守着金召，他就要教会我种棉花了。让我不种棉花，再学别的，我学不会。"①一如当年赵园的分析，"作者以极其'个人'的人物逻辑，使人物的回归、扎根'非道德化'，与任何意识形态神话、政治豪言、当年誓言等等无干，也以此表达了对当年知青历史的一种理解：那一度的知青生活，不是炼狱不是施洗的圣坛不是净土不是'意义''主题'的仓库不是……作者没有指明它'是'什么，或者'是'即在不言自明之中：那就是平常人生"②。这也是最初铁凝进入文坛时所带给人的喜悦：她以一位书写者的本能拒绝了知青文学中那份高高在上、那份时代赐予的深厚的意识形态性，那份深藏其间被诸多作者读焉不察的等级意识。她通过笔下那些以笨拙并不机敏著称的人物的选择，显示了自己对世界的"别有所见"③。

共同生活、共同劳动使铁凝与农民凝结了深切的情意，她并不把自己与他们区别开来。这最终构成了铁凝认识世界的方式——农村的一切，在她笔下有了一种他人无法察觉的气息。《孕妇和牛》中，乡间怀孕的妇女和怀孕的牛如此可爱，她们互相映衬，成为美好景象："有一次我到一个地方去，都快收麦子了，麦穗已经很饱满，麦田一望无际，在地头上，站着一个怀孕的妇女，挺着大肚子特别自豪。我觉得那个'景象'特别打动人，就想把它写成小说。"④《孕妇和牛》是铁凝的经典小说，一经发表便得到无数读者的喜爱。

---

① 铁凝：《村路带我回家》，《长城》1984年第3期。
② 赵园：《地之子》，北京十月文艺出版社1993年版，第275页。
③ 张莉：《仁义叙事的难度与难局——铁凝论》，《南方文坛》2010年第1期。
④ 朱育颖：《精神的田园——铁凝访谈》，《小说评论》2003年第3期。

在汪曾祺眼里，这部小说写的是"幸福"："古人说：'愁苦之言易好，欢愉之言难工。'铁凝能做到'人所难言，我易言之'。这是一篇快乐的小说，温暖的小说，为这个世界祝福的小说。"[1]

"要是你不曾在夏日的冀中平原上走过，你怎么能看见大道边、垄沟旁那些随风摇曳的狗尾巴草呢？"[2] 散文《草戒指》里，铁凝谈到对冀中平原上狗尾巴草的记忆，女孩子们常常编成草戒指戴在手上，它承载着她们的向往和期待。草是如此不起眼，但因为代表着情意便又变得珍贵和不平凡。将草和戒指放在一起思考，这位作家认识到，"却原来，草是可以代替真金的，真金实在代替不了草。精密天平可以称出一只真金戒指的分量，哪里又有能够称出草戒指真正分量的衡具呢？却原来，延续着女孩子丝丝真心的并不是黄金，而是草"[3]。这样的联想和思考都显示了铁凝卓异的审美能力，正如世界上所有优秀作家都拥有的那种能力——他们总能够将这个世界上真实的、看起来毫无关系的东西进行重新组合，进而引领我们重新理解和认识世界。

这位作家看到这个世界的普遍性，看到人与人之间的共通与共情。《麦秸垛》里，城市女青年杨青看到乡村生活和大芝娘的际遇，但也看到了"世上的人原本都出自乡村，有人死守着，有人挪动了"[4]，其实，那也"不过是从一个麦场挪到另一个麦场"。叙事人顺着杨青的眼睛看到"城市女人那薄得不能再薄的衬衫里，包裹的分明是大芝娘的那对肥奶，她还常把那些穿牛仔裤的年轻女孩，假定成年轻时的大芝娘"[5]。不只是在"此处"思考"此处"，铁凝

---

[1]　汪曾祺：《推荐〈孕妇和牛〉》，《文学自由谈》1993 年第 2 期。
[2]　铁凝：《草戒指》，《当代杂志》1990 年第 6 期。
[3]　铁凝：《草戒指》，《当代杂志》1990 年第 6 期。
[4]　铁凝：《麦秸垛》，《收获》1986 年第 5 期。
[5]　铁凝：《麦秸垛》，《收获》1986 年第 5 期。

对人世的理解从不画地为牢。她有她的辽远,她的犀利。关于《麦秸垛》的创作,铁凝提到出访挪威的经历,在奥斯陆她听到小婴儿的哭声,这哭声让她想到华北平原土炕上婴儿的哭声,想到农村街坊邻居娃娃们的哭声。"原来全世界的小人儿都是一样的哭声,一样的节奏一样的韵律,要多伤心有多伤心,要多尽情有多尽情。"① 由此,这位作家想道:"当一名三代以上都未沾过农村的知识妇女同我闲聊时,为什么我会觉得她像哪位我熟悉的乡下人?为什么我甚至能从那面容粗糙、哭天抢地的吵闹的农妇身上看见我?哪怕从一个正跳霹雳舞的时髦女孩儿身上,我也看见那些山野小妞儿的影子在游荡。"②

城市与乡土、富裕与贫穷对这位写作者并未构成真正的分界,那种简单的关于文明与愚昧、先进与落后的划分也是危险的。在写作之初,铁凝就以一种朴素的情感去理解世界上的人:女人有她们共同的际遇,人和人也有。农村和城市没有必然的等级,而人的生活和情感也有着相通和相近的一面。这种朴素的角度与情感最终使这位写作者拥有了非凡的理解力。一种与土地、与农村、与农民的深厚情感在她那里被点燃。那些面目平凡的农民形象因为这样的情感而变得不凡,他们心地质朴,隐匿在他们内心深处的聪明、智慧、仁义、诚信,包括那些虚弱、贫穷和精明也都在这位作家的文字世界里展现。

二、女性的内省

1988年9月,长篇小说《玫瑰门》在大型文学期刊《文学四季》创刊号

---

① 铁凝:《我尽我心》,《像剪纸一样美艳明净》,人民文学出版社2006年版,第245—246页。
② 铁凝:《我尽我心》,《像剪纸一样美艳明净》,人民文学出版社2006年版,第245—246页。

上首发。随后，作家出版社出版《玫瑰门》单行本。《玫瑰门》聚焦于以司绮纹为代表的庄家几代女性的人生际遇，深刻揭示了女性命运与现实、性别秩序与历史之间的冲突与矛盾。读者尤其难忘外婆司绮纹的一生，这个女人经历了五四运动、抗日战争、新中国成立等历史时期，经历了种种人生变故，但生命力依然旺盛。事实上，小说书写的并不是那种传奇女性，相反它剥离了一般意义上对于女性命运的书写和理解。铁凝着眼于一个女人与自我的搏斗，着眼于一个女人与她的生存环境的搏斗，着眼于她由年轻到衰老，由强悍到虚弱，由雄心勃勃到无能为力的生命过程。① 铁凝冷静直面一个女人的可怜和卑微，以及她内心深处的肮脏、龌龊、黑暗与苦苦挣扎。

小说发表后引起强烈反响，不同时代的批评家们都曾给予过高度评价。曾镇南说："铁凝在司绮纹形象身上，不仅汇聚了'五四'以后中国现代史上某些历史风涛的剪影，而且几乎是汇聚了'文革'这一特殊的历史阶段的极为真实的市民生态景观。小说最有艺术说服力和震撼力的部分，无疑是对'文革'时期市民心理的真实的、冷静的、毫不讳饰的描写。这种描写的功力在揭示司绮纹生存中的矛盾方面达到了令人惊叹的程度。"② 戴锦华认为《玫瑰门》"表现了令人震惊的洞察、冷峻和她对女性命运深刻的内省与质询"③。谢有顺则称赞《玫瑰门》是"借由个人与时代、个人与个人之间的隐秘斗争，深刻地写出了三代女性在一个荒谬年代里的命运脉络"④。三十多年来，《玫瑰门》不断被诸多文学史家重新解读、阐释，累积的评价之多，已然构成庞大

---

① 参见张莉《刻出平庸无奇的恶》，《名作欣赏》2013 年第 8 期。
② 曾镇南：《评铁凝的〈玫瑰门〉》，《曾镇南文学论集》，花山文艺出版社 2001 年版，第 152 页。
③ 戴锦华：《真淳者的质询——重读铁凝》，《文学评论》1994 年第 5 期。
④ 谢有顺：《铁凝小说的叙事伦理》，载王尧、林建法主编《中国当代文学批评大系：一九四九——二〇〇九》卷六，苏州大学出版社 2012 年版，第 210 页。

而复杂的阅读谱系。

《玫瑰门》被文学史认为是中国女性文学的巅峰之作，也通常被认为是铁凝的转型之作，她的风格由清新而犀利、复杂、深刻。事实上，文学史家们将铁凝的 部分作品视为中国女性写作的典范之作，这些作品包括中篇小说《麦秸垛》《棉花垛》《青草垛》《对面》《永远有多远》以及长篇小说《无雨之城》和《大浴女》等。《无雨之城》是铁凝的第二部长篇小说，是著名的"布老虎丛书"之一，畅销达百万册。《无雨之城》是关于人的情感故事。小说中固然书写了官员普运哲的处境，女记者的痛苦，但最有吸引力的还是那位官员的妻子葛佩云。这位官员妻子刻板、机械而又麻木地生活着，尤其令人印象深刻的是她的生活细节，比如她总喜欢在鞋垫上钉个钉子，以防鞋垫滑出来。葛佩云是可怜人，也是平庸的人，让人想到契诃夫笔下那位套中人。这样的书写代表了作家对某一类女性处境的凝视。

《大浴女》是铁凝的第三部长篇作品。城市女青年尹小跳负载了复杂的童年罪恶，小说中几乎所有人物都在一种内心的愧疚和不安中挣扎。人物内心的独白与复杂生长环境相呼应，形成了这部小说的独特调性。大江健三郎对《大浴女》的女性群像书写赞不绝口："如果让我在世界文学范围内选出这十年间的十部作品的话，我一定会把《大浴女》列入其中。"[①] 王蒙读完《大浴女》则感慨说，"却原来一个人从生下来就承负着那么多自己和别人的包括上一代人的和社会的罪恶……读起来觉得惨然肃然"[②]。

中篇小说《对面》发表于1993年，以一位男性的偷窥为主题。男人因不能占有"对面"那位独居女人而实施恶意报复，而那个女性则因他的一时逞

---

① 铁凝、[日]大江健三郎、莫言：《中日作家鼎谈》，《当代作家评论》2009年第5期。
② 王蒙：《读〈大浴女〉》，《读书》2000年第9期。

恶心脏病发作离世。小说犀利尖锐、冷峻陡峭，是铁凝少有的以男性视角书写的作品，它因多重意义上的反思和批判而深受批评家们的褒扬。1999年，铁凝的另一部重要中篇代表作《永远有多远》发表，在这部作品中，铁凝将深具传统仁义美德的女性和北京精神叠合在一起，写出了胡同里长大的女孩子白大省的情感历程，小说一经发表便引起读者长久的共情风暴。这是一部深具多种文化内涵的作品，曾获得第二届鲁迅文学奖中篇小说奖，后被改编为同名电视连续剧，引起广泛影响。"永远有多远"这一题目也成为世纪末流行的"金句"，代表了某种时代慨叹。

从《哦，香雪》《没有纽扣的红衬衫》《麦秸垛》到《玫瑰门》《无雨之城》《大浴女》《永远有多远》，铁凝刻画了香雪、安然、大芝娘、司绮纹、竹西、苏眉、尹小跳、尹小帆、白大省等一个个生动鲜活的女性形象，这些有着不同性格特征的女性生长于不同时代，有城市女性、农村女性，有老年女人、中年女人，也有少女；有姐妹、祖孙、母女……不同际遇、不同阶层的女性在她的作品中有着隐秘互映，形成了参差互现的美学特征。还没有哪位中国作家像铁凝这样，塑造了如此多栩栩如生、富有生命质感的女性形象，这些女性形象在不同历史时期都曾经陪伴读者成长。某种意义上，铁凝以一系列女性群像的方式书写了中国当代女性的处境，在她的书写里有着中国最普泛女性的生存与生活样貌。

如果说书写了丰富、复杂、鲜活多样的女性群像是铁凝女性文学作品的特质，那么，其作品的另一独特性便是独属于铁凝的文学表达。在那些女性文学作品里，她使用了内心独白的对话体方式，这尤其表现在铁凝的《大浴女》中，第一人称与第三人称互为交错，这使她的写作有了一种众声喧哗与兀自独语交互呈现的特质。王一川认为，铁凝在文本中创造了一种"反思对话体"①,"反思对话体是指一种由内心的反思和对话占据主导地位的文体样式。内心反思,是说主人公及其他人物常常处在对于自己的思想、情感和行为的回头沉思及审视状态,例如,尹小跳就时常反思自己的早年行为,陷于深深的原罪感中难以自拔,这种反思性审视一直伴随和影响着她。内心对话,是说主人公和其他人物总是在心里与他者和自我对话,尹小跳就总是为自己设置一个他者,同他展开尖锐的对话。内心反思与对话在这里是相互交融在一起的"②。正是这种反思对话体的使用,使小说得以建构一种独属于现代人的错综复杂的内心冲突世界。

反思对话体之外,铁凝作品中的抒情特质格外吸引人,这在《玫瑰门》及《大浴女》中足可以称为华彩部分,而这也正是铁凝的诚挚诚恳之处,一如王蒙所言:"与其他有些女作家的一个重要不同在于:第一,铁凝是一个把自己放在书里的作家,你从书里处处可以感到作者的脉搏、眼泪、微笑、祝祷和滴自心头的血。她在作品里扮演的是一个抒情者、倾诉者、歌哭者、笑者、祝福者或者呐喊者。她与书中的人物互为代言人。你读了书就会进一步感知与理解作者,直至惦记与挂牵作者。"③

内心独白、反思对话体及强烈的抒情特质构成了铁凝女性文学世界的迷人调性:那个世界绝不是封闭、单一和狭隘的,相反,那个世界是开放的、多元的、多声部的;那里众声喧哗,那里杂花生树;那里既有关女性的生存,同时也是一个女性的自我与阔大世界的坦率对话,这样的对话中包含了女性的倾诉、困惑、质询、追问,也包含着一个女性的自我反省、自我怀疑和自我成长。这样的女性世界深具女性特质,但却不是通常意义上的女性特质,

---

① 王一川:《探访人的隐秘心灵——读铁凝的长篇小说〈大浴女〉》,《文学评论》2000 年第 6 期。
② 王一川:《探访人的隐秘心灵——读铁凝的长篇小说〈大浴女〉》,《文学评论》2000 年第 6 期。
③ 王蒙:《读〈大浴女〉》,《读书》2000 年第 9 期。

不是软弱的、自怜自恋的女性气质，相反它丰饶、诚恳、包容、富有生机，同时它也强劲而有力。

　　铁凝的女性文学有着非凡的对于女性美、女性身体、女性命运的不同理解，而这些理解也与以往的女性书写拉开了距离，比如关于如何理解女性身体。《玫瑰门》"鱼在水中游"一节中书写了竹西身体之美，在小苏眉眼里，竹西的身体是"一座可靠的山，这山能替你抵挡一切的恐惧甚至能为你遮风避雨"[①]，这"山"有别于其他文学文本中的女性身体，她健康、强壮、坦然，从不躲躲闪闪。事实上，铁凝多部作品里都描述过一个健康而坦然的女性身体，在《对面》中，她是那位拥有健壮身体的女游泳教练；在《没有纽扣的红衬衫》中，她是安然；在《大浴女》中，她是尹小跳……某种意义上，铁凝重新发现了女性身体之美，她将女性身体从外化的标签中解放出来。这些身体不是供欲望化观看的，但也不是用来展览的，在她这里，女性美是自然的、自在的，洗浴的女性，恋爱中的女性，年老的女性，农村的女性，那些洗桃花水的女性，都是美的。什么是铁凝笔下的女性之美？是对自我身体的凝视、认同、接纳，是自信与自在，是以健康和强壮为底的。

　　铁凝之于女性写作的贡献是在两个向度完成的，其一是她将女性身体进行祛魅，进行一次卓有意味的解放，使她笔下的女性身体努力逃离那种男性视角下的被注视命运，使女性身体回归女性身体本身。其二的完成则是她将女性视为社会关系的总和。这也意味着，她的写作天然地具有一种社会性别意识。这里的社会性别意识指的是，将女性命运遭际放于民族国家、阶级、阶层中去理解，她躲避了男女二元对立的思维模式，并不单向度地理解女性命运而是多维度、整体性地理解女性之所以成为女性，女性何以成为女性这

[①] 铁凝:《玫瑰门》，人民文学出版社 2013 年版，第 96 页。

些问题。一如《玫瑰门》中,你可以看到男性之于司绮纹生命历程所构成的压迫,但更重要的是社会语境和历史负累之于一个女性的重压。铁凝并不把女性的命运简化或单线条地归之于受一个或一群男性的压迫,她将女性命运放在更阔大和更深广的背景下去思考。在司绮纹的成长过程中,她一次次被社会、被家庭抛弃,她既是受害者,但同时也是主动的施害者。这个女人之所以成为这个女人不仅与社会和环境有关,也与本人的懦弱、本人对恶的趋奉密不可分。作为作家,铁凝有她清晰的性别立场和性别敏感,但是,她绝非为某一立场写作,她最终遵从的是她作为艺术家的直感,不提纯美化女性自身而是逼近女性的生存真相,她从女性内心的更深更暗处去审视。

　　早在1989年,铁凝谈到《玫瑰门》的写作时,说起过自身作为女性如何书写女性的问题:"我以为男女终归有别,叫我女作家,我很自然。这部小说我很想写女性的生存方式、生存状态和生命过程。我认为如果不写出女人的卑鄙、丑陋,反而不能真正展示女人的魅力。我在这部小说中不想作简单、简陋的道德评判。任何一部小说当然会依附于一个道德系统,但一部女子的小说,是在包容这个道德系统的同时又有着对这个系统的清醒的批判意识。"[①]——那些农村女性为什么要彩礼,为什么"草戒指"如此珍贵,为什么大芝娘晚上睡觉总要抱着一个枕头?作为写作者,要紧紧贴近这些女性视角,写出她们夜晚中内在的欲望和挣扎,不是高高在上地观看,也不是简单地给予批判,而是尽可能给予理解和体谅,写出其中的复杂、矛盾和纠结,使她们成为她们自身,而不是成为某类符号。

　　看到女性身体的美与力量,看到女性生命的光泽与强悍,看到她们的斑

---

① 此为1989年2月22日《玫瑰门》研讨会的铁凝发言,载盛英主编《二十世纪中国女性文学史》(下),天津人民出版社1995年版,第773页。

点和衰老、虚荣和自恋,不虚美,不隐恶,唯其如此,才是对所写人物的真正尊重。每一个人物都不是(也不应该是)某种写作理念的产物,而是活生生的人。什么是属于铁凝的朴素思维?是站在农村立场对所有书写对象平等以待,同时也遵从作为女性艺术家的本能,不察言观色,不左顾右盼,既不强化也不躲闪女性身份,诚实地写出"我"之所见、"我"之所思、"我"之所感。

三、内面之魅

多年后,铁凝回忆起写作《哦,香雪》的缘起。她来到一个小村庄,住在房东家,"我在一个晚上发现房东的女儿和几个女伴梳洗打扮、更换衣裳"。这个"发现"弥足珍贵,她看到了女孩们普通生活的另一面,"我以为她们是去看电影,问过之后才知道她们从来没有看过电影,她们是去看火车,去看每晚七点钟在村口只停留一分钟的一列火车。这一分钟就是香雪们一天里最宝贵的文化生活。为了这一分钟,她们仔细地洗去劳动一天蒙在脸上的黄土,她们甚至还洗脚,穿起本该过年才拿出来的家做新鞋,也不顾火车到站已是夜色模糊。这使我有点心酸——那火车上的人,谁会留神车窗下边这些深山少女的脚和鞋呢。然而这就是梦想的开始,这就是希冀的起点"[1]。最日常的生活里有着不为人知的兴奋,最普通不过的农村姑娘内心有着难以为外人所察觉的心之波澜,重要的是"发现"。从那位普通的农村女性身上,铁凝发现了一个人的梦想和一个村庄的希冀,这也意味着属于她的写作视点慢慢生成。她逐渐瞩目于那些日常生活中普通而本分的人们,写出那些没有故事的人身

---

[1] 铁凝:《三月香雪》,《人民日报》2018年6月16日。

上的故事，写出他们平凡面容之下的内心起伏，是铁凝小说中一以贯之的美学追求。

铁凝总能发现生活的"内面"，这里的"内面"首先指的是日常生活本身的质感和美感。作为作家，铁凝有一种神奇的召唤本领，她总能将那些久已消失的味觉、嗅觉以精妙的句子聚拢来，进而将某种人类共通的情感牢牢凝聚在白纸黑字间。一如《永远有多远》中，她曾为我们召唤过一种"冰凉"："我只记得冰镇汽水使我的头皮骤然发紧，一万支钢针在猛刺我的太阳穴，我的下眼眶给冻得一阵阵发热，生疼生疼。"[1]——那些已然流逝的岁月，那些与岁月共在的情感，经由一个精当的比喻重回，昔日由此重回，美好由此再现。而这美好与情感，其实都是独属于日常生活的质感。

事实上，就像一天只吃两顿饭的香雪依然有着她的追赶火车的隐秘欢乐，安然不开心时总有酸奶化解一样，铁凝笔下的人物们无论何时何地都要在千篇一律的生活中发现一种微光、一种明亮。或者说，这位作家总能挤进生活的内部，发现其中的甘甜、人的可爱。那是什么样的甘甜，又是什么样的人的可爱呢？王蒙深有感慨地说："是穿越了众多的苦涩和酸楚之后，作者的比一切失望更希望，比一切仇恨更疼惜，比一切痛苦更怡悦的爱心和趣味。她总是津津有味地兴致勃勃地乃至痴痴诚诚地直至得意扬扬地写到人，写到爱情，写到城市乡村（作者是一个既善于写乡村又善于写城市的作家，我知道不只一个年长的文学人更喜欢她的写乡村之作），写到平常的日子，写到国家民族，写到党政干部，写到画家编辑，写到穿衣打扮、购物吃饭、出国逛街、读书执炊，甚至尹小跳开电灯、钻被窝与骑凤凰车也写得那样有兴味，不是颓废的享乐与麻醉，而是纯真的无微不至的活泼与欣然。读完了，人物们再

---

[1] 铁凝：《永远有多远》，《十月》1999年第1期。

不幸也罢，人生与历史中颇有些不公正也罢，事情不如人意也罢，命运老是和自己的主人公开玩笑也罢，曾经非常贫穷非常落后非常封闭也罢，你仍然觉得她和她的人物们活得颇有滋味，看个《苏联妇女》杂志，看个阿尔巴尼亚故事片，都那么其乐无穷。"① 因此，铁凝小说内在地给人以憧憬和向往，她有一种使读者重新认识生活、重新认识人之所以为人的能量。

发现生活内面的微光是一种能力，而另一种能力则在于她总能进入生活的"根部"，发现并勘探人性内部风景，比如短篇小说《安德烈的晚上》（1997）。罐头厂职工安德烈的生活如此平常，他娶了自己的表妹，日子按部就班。每天他都会和同车间的女工姚秀芬聊天，后者常常会和他一起分享自己包的饺子，二人就这样波澜不惊地生活着。突然有一天，安德烈要调到广播电台工作了，要和姚秀芬说再见时，两个老实人想到了"一夜情"。那是个夜晚，两个人要去安德烈的朋友家相会时，安德烈却忽然忘记了朋友家的门牌号，而此前他曾去过无数次。那个夜晚，安德烈和姚秀芬最终没有能找到属于他们的房间，而姚秀芬饭盒里的饺子在他们分手时也掉落了一地："饭盒掉在地上，盖子被摔开，饺子落了一地，衬着黑夜，它们显得格外精巧、细嫩，像有着生命的活物儿。安德烈慌着蹲下捡饺子，姚秀芬说捡也吃不得了。安德烈还捡，一边说你别管你别管。姚秀芬就也蹲下帮安德烈捡。两个人张着四只手，捕捉着地上那些有着生命的活物儿。四只手时有碰撞，却终未握在一起。也许他们都已明白，这一切已经有多么不合时宜。"②

仿佛什么都没发生，但又好像什么都发生过了。《安德烈的晚上》有着隐匿的一波三折，有着一个普通人内心的翻江倒海。小说的结尾是："他骑上

---

① 王蒙：《读〈大浴女〉》，《读书》2000 年第 9 期。
② 铁凝：《安德烈的晚上》，《青年文学》1997 年第 10 期。

车往家走，车把前的车筐里摆着姚秀芬那只边角坑洼的旧铝饭盒。安德烈准备继续用它装以后的午饭。他觉得生活里若是再没了这只旧饭盒，或许他就被这个城市彻底抛弃了。"①时间依然流逝，生活依然向前。某个晚上对于一个人的一生而言可能并不算什么。可是，因为作家潜心描摹的那只"边角坑洼的旧铝饭盒"，安德烈生命中惊心动魄的一瞬由此定格，小说使我们记住了一位普通中年男人曾经有的瞬间心动，微末的生活细节被这位小说家重新注视，而一切又因为这样的注视变得不一样。

《逃跑》发表于2003年。"逃跑"是这部小说的关键词。老宋来到一所地方剧团的传达室工作。他勤劳、本分、认真、任劳任怨，赢得了全团上下的信任，也收获了和剧团演员老夏的友谊。因此，在老宋罹患腿疾、面临截肢困境时，老夏和剧团人筹措了一笔钱以帮助他免于截肢。但老宋携款潜逃了，他用不到2000块钱锯掉腿，用剩下的钱来接济女儿和外孙……穷人的逻辑逐渐展现在读者面前，这令人震惊。《逃跑》根植于日常伦理，并不追求表面的喧腾和戏剧化。后来，老夏来到了老宋家乡，老宋远远看到他撒腿便跑，"如一只受了伤的野兽"般逃离。由此，铁凝将老宋推到了道德／伦理绝境：在极端经济困境里，一个人如何保有整全的身体和尊严。已经很难用正确或错误、好或者不好来衡量老宋的行为了，事实上，这部作品并没有引领我们对老宋进行道德审判，相反，它在打开我们对世界的理解力，打开我们对人的认识力。②

"内面"如此具有吸引力，她带领我们发现这个世界的微妙与"魅性"——铁凝拥有一种从"寻常"中发现"不寻常"的本领，她能敏锐觉察

---

① 铁凝：《安德烈的晚上》，《青年文学》1997年第10期。
② 详细分析参见张莉《恰如其分的理解，或同情》，《北京文学》2020年第9期。

普通人流畅表达之下的某种磕磕绊绊，也能精微描摹出那平淡表情之下的隐隐不安。虽然所写几乎全是最日常最习见的生活，她却总能抵达基于生活逻辑的"出乎意表"，于是，那些普泛生活便一下子拥有了属于艺术品的神奇光泽，这是属于铁凝小说的不凡。

2006年，长篇小说《笨花》发表，小说讲述了向喜一家的抗战经验，这些人是中华民族的普通人，但也是坚韧而深具民族美德的人。小说有洗尽铅华之美，作家的视角再次回到乡村、回到村庄内部。尽管《香雪》和"三垛"等都书写了乡村生活，其中也有一种朴素的思考，但《笨花》则变得更为朴素。铁凝的叙述缓慢而卓有耐心，她以一种凝练但又古朴的方式描摹冀中平原上那些朴素、平凡、善良的人们，她写下了人性的光辉幽暗和民间烟火，展现了冀中平原一代代人面对外族侵略时的民族气节，这是铁凝写作美学的一次重要调整。由此，她的长篇小说气象变得阔大、厚重，卓有气度。

贺绍俊认为《笨花》是超越了个人生活经验的创作。王春林则认为这是铁凝的一次自我超越，与其以往长篇小说的面目完全不同，"如果说《玫瑰门》与《大浴女》更多地将艺术的聚焦点投射向了对于人性中恶与丑的一面的挖掘与审视，那么《笨花》则将艺术的聚焦点更多地投射向了人性中善与美的一面，并且极其令人信服地在这善与美的表现过程中展示出了人性中正面力量的充沛与伟大……在《笨花》的写作过程中，铁凝向自我发出了具有相当难度的艺术挑战。但也正是在应对这一难度很大的自我艺术挑战的过程中，铁凝的小说创作于有意无意间踏入了一种如王国维所言'眼界始大，感慨遂深'的全新的艺术境界之中"[1]。

---

[1] 王春林：《凡俗生活展示中的历史镜像——评铁凝长篇小说〈笨花〉》，《小说评论》2006年第2期。

这是重新回到最初美学风格系统的写作之变，虽然看起来依然书写人之美善，但与当年书写香雪时有重要不同。《笨花》里，铁凝逐渐形成了自己对何为中国精神、何为民族气质的理解并将这种理解切实体现在她的创作中。"笨花、洋花都是棉花。笨花产自本土，洋花由域外传来。有个村子叫笨花。"这是《笨花》的题记，它颇有含义之处在于将"笨"和"花"视为事物的一体两面。"笨花"之"笨"里，有作为艺术家的本分、老实以及耐烦，也有作家对民族身份的清醒认知，这是看到外来世界后对自我处境的一次重要回视。要知道"自我"是谁，不妄自菲薄，但也不妄自尊大——这是一个低调的、不愿追赶文学风潮的写作者，敏锐、深情、热爱乡村和土地、怀有赤子之心。《笨花》中，铁凝以比朴素更朴素、比缓慢更缓慢的写作方式，呈现了另一种独属于中国北方的美学气质。

铁凝说："小聪明是不难的，大老实是不易的。大的智慧往往是由大老实作底的。"[1] 事实上，她对"大老实"品质情有独钟："小说家更应该耐心而不是浮躁地、真切而不是花哨地关注人类的生存、情感、心灵，读者才有可能接受你的进攻。你生活在当代，而你应该有将过去与未来连接起来的心胸。这心胸的获得与小聪明无关，它需要一种大老实的态度，一颗工匠般的朴素的心。"[2]《笨花》最迷人的东西是什么？说到底，是一位作家面对生活、面对世界的"大老实"气质。

---

[1] 铁凝、王尧、栾梅健：《"关系"一词在小说中——在苏州大学"小说家讲坛"上的讲演》，《当代作家评论》2003 年第 6 期。
[2] 铁凝、王尧、栾梅健：《"关系"一词在小说中——在苏州大学"小说家讲坛"上的讲演》，《当代作家评论》2003 年第 6 期。

四、"诚"与"真"

2017年出版的短篇小说集《飞行酿酒师》,收录了铁凝近十年来创作的短篇小说,读者们惊讶地发现铁凝的写作发生了隐秘而细微的变化。《伊琳娜的礼帽》(2009)被同行赞誉为有契诃夫小说的神韵。作为旁观者,"我"目睹了一对俄罗斯男女在机舱的邂逅。尽管"我"不能听懂他们的语言,但他们的动作和表情却胜似千言万语。飞机落地后,一切戛然而止。伊琳娜和迎接她的丈夫拥抱,而目睹一切的儿子萨沙,"他朝我仰起脸,并举起右手,把他那根笋尖般细嫩的小小的食指竖在双唇中间,就像在示意我千万不要作声。"[1]——在狭窄封闭的有限空间里,小说将人的情感际遇写得风生水起、意蕴深长,从而揭示了人性内部的丰饶、幽微以及现代人"异域"处境的斑驳复杂。[2]

《伊琳娜的礼帽》获得首届郁达夫小说奖短篇小说大奖,得到了评委及同行的高度赞扬。王德威评价:"叙事者冷眼旁观人间风情流转,时有神来之笔,本身社会、情爱位置的自我反讽,尽在不言之中。全文严守短篇小说的时空限制,写来举重若轻。"[3]作为同行,格非认为这部作品其实写了三个故事,"这三个本来是重叠的'共时性'故事,作者将它们放在'历时性'的线性层面展开。这样一来,原本很简单的故事陡然增加了厚度和力量。作者的匠心所指,正是短篇小说叙事艺术的精髓"[4]。迟子建认为这部作品是铁凝近年小说创作中的"奇葩":"机舱内由人间携来的不自由,与机舱外天空中广阔

---

[1] 铁凝:《伊琳娜的礼帽》,《飞行酿酒师》,人民文学出版社2017年版,第20页。
[2] 参见张莉《作为酿酒师的小说家》,《文汇报》2017年10月1日。
[3] 《首届郁达夫小说奖终评公示》,《江南》2010年第5期。
[4] 《首届郁达夫小说奖终评公示》,《江南》2010年第5期。

的自由，形成了强烈的反差，这似乎正是人类情感尴尬处境的真实写照。大胆而唯美，抒情而又节制的笔法，使小说焕发着温暖而忧伤的人性光辉。"①

近十年来，铁凝笔下故事的发生地并不宽阔，它们大多发生在家庭的餐桌上，发生在饭馆、别墅、诊疗室、旅馆、机舱里，尽管活动范围有限，但读来却有宽广、辽阔之感，小说家在短篇小说的有限空间里极大拓展了表达的无限可能。虽然批评家们看到了变化，但也都注意到，铁凝小说里总有一种不变，即"香雪"身影的存在。②是的，铁凝作品里的确有"香雪"。那些年长女性都可以视为香雪成长后的身影，那是站在农村的、朴素的女性角度理解世界——香雪身上最宝贵的是，她有未受世界浸染的真淳，这种真淳在初写作者那里是一种本能，正是这一写作初心使铁凝最初为人所识。如何不忘来路、不受世俗所扰但又使写作更上层楼，是这位作家面对的最大难题，这也是作品中一直有香雪身影的重要意义所在。某种意义上，正是对写作初心的专注、聚精会神和心无旁骛才使铁凝成为铁凝。四十年风雨，四十年的创作实践，铁凝对文学、对世界、对人生有着自己诸多认知。换句话说，在这个状态写作的作者是"有知"之人，但她要克服自己的"有知"，努力让自己回到"无"，回到"诚"与"真"。以初心写作并不难，难的是一直保持初心并不断精进。

诚挚地看待并理解世界和他人，而不让自己为风霜、成见所侵蚀，这是一位优秀写作者最大的"诚"，也是最大的"真"，正是这种属于艺术家的"诚"与"真"使铁凝近几年的作品有种返璞的迷人质感。《火锅子》（2013）讲述了一对老年夫妻的日常，两位老人一起吃火锅，但他和她的味觉与嗅觉

---

① 《首届郁达夫小说奖终评公示》，《江南》2010 年第 5 期。
② 参见王彬彬《铁凝〈飞行酿酒师〉简论》，《当代作家评论》2018 年第 1 期。

已经退化，"他"的两个眼睛都得了白内障。她发现，他热情夹给她的海带是"抹布"，不过，她舍不得告诉他。"她从盘子里拣一片大白菜盖住'海带'说，好吃！好吃！"虽是耄耋之年，但那种与爱、温暖、柔情、甜蜜、体恤有关的情感依然新如朝露，完全不因时光摧毁而暗淡。这只属于两个人的别样"缠绵"，远胜过我们所知道、所能想象到的"缱绻""悱恻""热烈"。

写作《火锅子》时的铁凝并非不了解这世上情爱关系越来越薄脆如纸，也并非不知晓许多婚姻里交织着的肮脏、背叛、仇恨和麻木，但是这并不影响她对爱情的另一种认知和书写。小说家希望记取的是被我们忽略的日常之爱与平凡情感，她希望凝视夫妻关系里的体恤、包容、扶助和彼此珍重。某种意义上，《火锅子》是返璞，也是祛魅，它使我们从一种粗糙、简陋、物质唯上的情感中解放出来，重新认识爱情的质地，它的平实、普通和隐秘的神性。①

《七天》（2012）由一位别墅女主人的烦恼起笔，她不知如何对待家中那位不断长高的小保姆布谷。从家乡回来的布谷几天之内越来越高，实在让人震惊，不仅如此，她时时刻刻都有饥饿感，要吃光冰箱里所有的东西，而与之相伴随的是她生理期的反常，鲜血淋漓不止……谁能猜到布谷突然长高的秘密呢？布谷家乡旁边新建了加工厂，从车间流出来的废水流进村外的河，那正是全村人吃水的河。孩子吃了河里的水，上课时坐不住，乱动。污水使布谷和家人的生活发生了改变。在工厂做工的两个姐姐也越长越高，厂里辞退了她们，婆家退了亲。小说结尾，布谷主动离开了雇主家。她没有再去厨房大吃，而是把房间和卫生间清洗干净，留下字条，黎明之前悄悄离开。

小说想象力卓异，它从一个女性身体的反常讲起，写出了污染曾经给每

---

① 参见张莉《作为酿酒师的小说家》，《文汇报》2017年10月1日。

个人带来的影响。《七天》里分明有着荒诞的情节处理和奇崛的想象，但我们依然能感受到一种巨大的诚意，正是这样的诚意让人感受到这是切实的、切肤的，与我们每个人的生活息息相关。纯朴的布谷让人想到当年的香雪，但是布谷的故事远比香雪的故事更为复杂——将深刻的理解力、洞察力与一种真淳的善意结合在一起，这是铁凝《七天》所带来的魅力。[①]

五、持续的成熟

梳理铁凝四十年来的创作，多次想到奥登对"大诗人"的判断："写一首好诗不难，难的是在不同的阶段总能写出不同于以往的好诗，而这是评价大诗人至为重要的标准。"铁凝不是诗人，但又是另一种意义上的诗人。从《哦，香雪》到《没有纽扣的红衬衫》，从《孕妇和牛》《对面》到《永远有多远》，从《玫瑰门》《大浴女》到《笨花》《伊琳娜的礼帽》，无论从作品数量、质量、风格多样性以及成熟度而言，铁凝都有她的不变、她的守持，同时也有她的蜕变与持续成熟——正是因为在不同阶段都能写出不同以往、不断精进的优秀作品，铁凝才被称为当代文学史上的重要作家。

---

① 参见张莉《爱情之树长青》，《北京文学》2013 年第 7 期。

第十五章
"起义的灵魂"
——周晓枫论

作为一名女性写作者，我希望自己能够写出女性真实的成长、疲倦、爱和痛感。我知道有些读者保留着美化女性的期待，概念中的、史诗中的、长得像天使的抽象而完美的女性把我们战胜。可破损使人生动。强迫自己直视镜子，面对痣、刀口和羞于启齿的欲望……我希望自己，有胆量以耻为荣。①

——周晓枫

"为什么那么多写作者习惯通过文字不断矫饰，把自己美化到失真的高度，或者永远在塑造并巩固自己的无辜者形象？"② 一次，周晓枫被问到是否有对散文文体进行破坏或重建的想法时如是说。这是不需要旁人回答的疑问句。它以提问的方式引起读者思考。答案就在问话里。周晓枫形容的那种文字我们再熟悉不过了，它们充斥在我们的教科书、散文经典选本里已经很多年了。那种文字让人很容易想到被 PS 过的照片、蜜蜡制的水果、忸怩作态的情感以

---

① 周晓枫：《来自美术的暗示》，《周晓枫散文选集》，百花文艺出版社 2011 年版，第 74 页。
② 周晓枫：《与姜广平先生对话（代跋）》，《周晓枫散文选集》，百花文艺出版社 2011 年版，第 280 页。

及被提纯的人生感悟。它们如此稀松平常，以至于读者们都理所当然地认为，只有那种文字才能叫作"散文"。

许多写作者对那种僵化的散文写作表达了不满并试图进行破坏和改造，这样的工作一直持续到今天。周晓枫是这群人中最为独特的一员，她的散文气质卓然。嗅觉灵敏的读者从第一句话就会意识到她的独特，她的行文中饱含真切的人的气息，有作为人的深度反省以及经年累月的沉思。

随着阅读的深入，读者们会很快发现，这位写作者沉迷于"破损"，她会看到世界的残缺，喜欢对某种坚不可摧的东西进行"破损"。她对一切完美的人事都保持深度怀疑。无论是人性还是童话，她都选择站在破损处思考，并向更深暗处推进。这种深度怀疑的气质与她少年时被损毁的容颜有关，而那种疤痕性体质加重了这外力带来的损毁。身体的痛楚使她感受力丰富，她往往看到许多人看不到的细小，比如阴影、暗痕、泪迹，这是心怀善好对世界有极大好奇心的写作者，她渴望穿越事物的外表触摸其内核。她喜欢面向自己内心，返回到内心深处，与自我争辩。所有的深思和争辩在这位作者那里都不是即兴的和发泄式的，所有的经验在她内心里都需要反刍，经过时间的消毒，反侧辗转。最终，那些痛楚和不安变成一种结晶体，驻留在文字里。百转千回的思考最终投射在她的写作中，演变成她修辞上的浓烈、黏稠，以及繁复。

一、对破损的执迷

"黑"是名词，也是形容词，但在周晓枫这里变成了动词，尤其是在她关于童话的叙述里。《黑童话》中，她对那些留存于我们记忆中的童话——那些美好的、给予我们大团圆结局的、抚慰孩子进入香甜梦乡的童话——进行拆解、反写。把那些我们视而不见、习焉不察的细节放大：原来在这个细节后面还有另一种细节，在这个叙述中还有另一个叙述，在这一个逻辑背后还藏着另一种逻辑。

从《一千零一夜》的结尾回看。被认为世界上最擅长讲故事的神奇少女山鲁佐德，在故事的最后为国王生下了三个儿子。寻常逻辑中，我们只看到了她的讲故事才华，却忽略了她的女性身份和生育功能。生下儿子的细节在这里被放大——难道，让嗜血的国王停止杀戮仅仅是因为她讲的故事？这位书写者使读者看到"山鲁佐德的嘴唇和腰"——"她度过一个又一个性命交关之夜，不完全归功文学，性在其中亦占有比例。在那些故事航程里踏山渡水，在她缠绵的肉体上停靠休憩，甜美节奏过后，国王涌起入梦前醉意的松弛。你我非王，只是遥远之外的读者，怎么比较山鲁佐德的嘴唇和腰，哪个才是决定性的法宝？"[①]堂而皇之的"讲故事"背后，有着另一种交换。神圣的讲故事才华之后，性的吸引力对作为国王的男人似乎更有效。"其实山鲁佐德的夜夜讲述，与昭君出塞一样，都是典型的东方式的以身体换和平的故事。"[②]

童话中的女主人公们，再不像我们想象的那么处境完美。一如《睡美人》，在最早的版本中，她被人强奸，之后生下了双生子。在《意大利童话》中，强奸者的身份是国王，病得意志不清的国王。那么，所谓美人必须得"睡"着："睡美人的睡眠可以用来回避痛苦，假设痛苦更剧烈，更极端，就需要以死亡来回避。痛苦的延宕过程洗刷了被强奸的耻辱，当孩子降生，他们无辜清亮的眼神，使追剿强奸者的罪行显得不那么必要，多数时候，它使凶犯变成血脉相系的亲人。睡美人将和在她无知无觉中破坏她童贞的男子永

---

① 周晓枫:《黑童话》,《周晓枫散文选集》,百花文艺出版社 2011 年版, 第 25 页。
② 周晓枫:《黑童话》,《周晓枫散文选集》,百花文艺出版社 2011 年版, 第 26 页。

结连理，共度余生。"①

童话有多完满，它背后潜藏的逻辑便有多不堪。她引我们看到了《白雪公主》里的后妈。"第一页起，我们就已明了她注定失宠的未来。冠以妒恨之名，冠以迫害之名，让她的爱和痛说不出口。对反面人物的仇恨被有效地培养，这是必须的衬托。王后的美仅仅因为次要而变成丑恶。同样的命运也发生在灰姑娘的后妈和姐妹身上，因为，那最美的，尖细的水晶鞋跟，需要踩在令人惊讶的起点上。"②

用脑子想一想吧，一个完美的人怎么能没有弱点和缺陷？"如果白雪公主不是自恋而先验地把自己的形象预设为纯洁的无辜者和牺牲品，她会发现，使自己遭受迫害的，不仅是继母的狠毒诡计，主要发挥作用的，是她自身的诸多毛病。白雪公主挑剔——轮流睡遍七张小矮人的床，以便不错过最为舒适的一张；虚荣——她迫不及待地拿起毒梳子打扮自己；嘴馋象征着贪婪——甜得能够裹住罪的苹果，她根本无法抵抗它的诱惑；都说白雪公主是个善良的美人，但她的报复心如此强烈，以至于婚礼上特殊安排的庆贺表演，是继母临终前的酷刑。正是白雪公主自身的弱点，成为她坠入灾难的决定因素。继母曾经是世上最美的女人，这句话的意思是，继母就是一个长大了的白雪公主；白雪公主的复仇索要着高昂的代价——而所谓复仇的对象，也正是未来的自己。"③

没有什么比童话更具欺骗性。那些童话有如斑斓的气球，这位作家则如不合时宜者，她的手指一触动便戳破了那些"完满"，那些"美好"。周晓枫使我们看到月亮的背面，暗黑之下。她具有一种"破损"的本领，"没有一种

---

① 周晓枫：《黑童话》，《周晓枫散文选集》，百花文艺出版社 2011 年版，第 32 页。
② 周晓枫：《黑童话》，《周晓枫散文选集》，百花文艺出版社 2011 年版，第 34 页。
③ 周晓枫：《齿痕》，《巨鲸歌唱》，东方出版社 2013 年版，第 233 页。

文学样式比童话更需要邪恶的参与，尽管童话以善良遭遇不公开始，必以善良大获全胜告终"[①]。但童话难道仅仅是童话，使童话破损仅仅是为了让我们看到童话的不完美？"记住镜子的秘密。镜子看起来不折不扣地映现现实——只是，颠倒了左右。"[②]

世界上需要"破损"的怎么会仅仅是童话？"我们不知道有多少屈死的冤魂，有多少失真的史册，不知道一个光芒万丈的书里英雄，他旗帜一样鲜艳的襟袍是不是掩盖着血和违背的盟誓。也许，在童话的背后，有另外一个王后，一个真实的王后，死在某个不为人所知的地点。"[③]还有别的假象。周晓枫对那种完满明亮掩映之下的真相情有独钟。"一个看起来昭然若揭的谎言，可能裹挟着更大的真相。"[④]"写作必须有能力逼近破损的真相。"[⑤]"展示破损比表现光滑更具技术难度。"[⑥]"它挑剔靠近者，所以设置非凡的考验，以使得以目睹的人维持在极少数。"[⑦]

对破损的执迷，使这位喜欢"黑童话"的作家总愿意和那些并不可爱的动物站在一起。比如飞蛾，比如蝙蝠，比如水母，比如海鸟，比如鲨鱼，比如乌贼。"哺乳动物似乎有着与人类近似的悲喜变化的感知系统，因而它们的死易于获得同情。而我们看待诸如海星这样的生物，疾病和死亡都令人无动于衷，之所以对应的情感锐减，因为它们的样貌——石灰质感的肢体坚硬，

[①] 周晓枫：《黑童话》，《周晓枫散文选集》，百花文艺出版社2011年版，第32页。
[②] 周晓枫：《黑童话》，《周晓枫散文选集》，百花文艺出版社2011年版，第34页。
[③] 周晓枫：《黑童话》，《周晓枫散文选集》，百花文艺出版社2011年版，第34页。
[④] 周晓枫：《来自美术的暗示》，《周晓枫散文选集》，百花文艺出版社2011年版，第70页。
[⑤] 周晓枫：《来自美术的暗示》，《周晓枫散文选集》，百花文艺出版社2011年版，第74页。
[⑥] 周晓枫：《来自美术的暗示》，《周晓枫散文选集》，百花文艺出版社2011年版，第70页。
[⑦] 周晓枫：《来自美术的暗示》，《周晓枫散文选集》，百花文艺出版社2011年版，第70页。

看起来如同化石，缺少交流的可能。"①

还有蛇。在那个伊甸园的神话里，站在蛇的立场是怎样的？"假设时光逆流，亚当和夏娃得知善恶树的秘密之后，没有当即用树叶装饰自己可怜的生殖器，蛇或许继续隐身于伊甸园之中。它失去一切，换来亚当和夏娃生殖器上两片颤抖的树叶——这是否是一桩值得的交易？这是否是公正的价值兑换？仿佛，把梦想折价为羞耻，把飞翔等同于堕落，仿佛判定残疾的天使不如害羞的嫖与妓。况且，分享终极秘密的人并未就此成为蛇的同盟，反而向上帝招供。"②

尽可能地对那些常识保持怀疑，尽可能地站在边缘立场，尽可能不被主流裹挟。"谁的节日，谁的灾难？锣鼓喧嚣，我们就听不到啜泣。其实所有的庆祝都秘密地建基于某种失败和牺牲。战争胜利，建立在敌军足够多的尸首上；祭祀仪式，建立在牲畜替代的死亡上。"③ 在风光的背后，在喧哗的背后，在成功的背后，在幸福的背后，世界在她的笔下展现了另一种丰富性。破损在这位作家笔下哪里只是一个形容词？它还是有强大行动色彩的动词。"假设抹除那些破损，我们只会目睹一个失真的丰收。"④ 要将所有失真的东西破损。是的，破损是必需的。

二、在善恶的秘密交集处

因为破损，世界上诸多貌似简单的事物变得复杂。好的不再是好的，明

---

① 周晓枫：《琥珀》，《周晓枫散文选集》，百花文艺出版社 2011 年版，第 66 页。
② 周晓枫：《弄蛇人的笛声》，《巨鲸歌唱》，东方出版社 2013 年版，第 52 页。
③ 周晓枫：《焰火》，《周晓枫散文选集》，百花文艺出版社 2011 年版，第 228 页。
④ 周晓枫：《来自美术的暗示》，《周晓枫散文选集》，百花文艺出版社 2011 年版，第 73 页。

亮的不是明亮的，黑暗的也不全是黑暗的。许多东西并不像我们想象的那么泾渭分明。

> 我总觉得，过分严格地区分美与丑、善与恶，易于形成审美上的局限——当然它们之间泾渭分明，混淆两者，我们就会丧失基础的衡量标准；但同时，两者存在秘密的交集，对这个交集的发现和承认，是对世界更高的认识境界，也是我们对自己更有价值的宽容。比如爱的美好和恨的丑陋之外，我们或许可以持有更大勇气，看到某些情境下，爱使人平庸且无助，恨却捍卫着必要的个性与力量。[①]

所谓善恶的秘密交集处是什么？是灰色地带。是一种很难清晰下定义、清晰给出判断的地带，那里因为地形复杂而少人烟。但人迹罕至处才可能藏有绝美的风光。善恶的秘密交集处对周晓枫有强烈的吸引力。破损需要一种分辨力，哪些是值得记取的，哪些是可以带给我们思考的。但无论怎样，看到事物的破损之处并不是美好的体验。这也意味着，周晓枫的散文不为读者提供安慰剂，别指望在她的文字里获得安慰。但是，周晓枫的散文会带给我们别的。她的文字会激活麻木的心灵，会唤回那种新的令我们自身都惊讶的感受力。她的文字的魔力在于通过阅读让我们的触须更为敏锐，更四通八达。借助她的触觉，读者的感觉器官会变得细微宽广。这位作家有带领我们进入一种新异想象世界的能力。

比如，《独唱》中她之于"嫉妒"的书写。嫉妒是多么可怕的人类暗疾，人类内心中恶的深渊。它是暗器，是女人反抗的一种武器。"嫉妒者往往不

[①] 周晓枫：《夏至》，《周晓枫散文选集》，百花文艺出版社2011年版，第187页。

是通过超越来平衡内心的恼怒,而是幻想被妒者倒霉。女性之间诉诸武力的少,更多,是暗地里的语言伤害——她们被彼此之间的词语磨损,为了自卫,她们长满舌叉后的小毒牙。"[1]

那么,有没有由嫉妒带来的快感,在我们的内心最深处?"被嫉妒,是一种虽然危险但却怡人的享受。嫉妒体现为从他人的幸福里引发的不满,而作为被嫉妒者,别人恰当的不快与不满,正如糖奶的汇入,使我们独自的黑暗散发出咖啡般令人陶冶的香气。"[2]我们日常的幸福感,是否也与他人的嫉妒相关?"我们的幸福从来不是绝对值,是比较值,它需要烘托……或者直言,我们需要恰当的牺牲品。最好天降不幸,万不得已,当我们无法遏止沸腾的嫉妒时,我们才会被迫亲自下手。我们像猎豹埋伏下来,而牺牲品并未察觉自己的身影已映入埋伏在前方的嗜血眼睛……等着吧,她束手就擒的命运以及利齿下的最后呻吟。"[3]

嫉妒有它的复杂性,有时候它也可能与同情相伴而行:"但仔细分析那种同情,是鸟与鱼之间的那种同情——对方不能成为受益者,不能因这种慷慨的慈善而获得任何实际好处;这种表面上给予他人的同情,只是为了让自己产生良好的道德优势,所谓的同情背后,是自以为是、含而不露的自得,迹近内心的炫耀。"[4]可是,我们站在哪里讨论嫉妒才能分辨嫉妒的复杂性、有害性和黑暗性?"所有的殷勤发生在自己的身上就是温存,发生在别人身上就是肉麻——这几乎是女人天然的判断","自私者看重自己的付出,忽视别人的

---

[1] 周晓枫:《独唱》,《巨鲸歌唱》,东方出版社2013年版,第201页。
[2] 周晓枫:《独唱》,《巨鲸歌唱》,东方出版社2013年版,第209—210页。
[3] 周晓枫:《独唱》,《巨鲸歌唱》,东方出版社2013年版,第214页。
[4] 周晓枫:《独唱》,《巨鲸歌唱》,东方出版社2013年版,第208页。

给予，任何时候都能找到便利的切入点，强调自己遭受的委屈"。①

周晓枫有一种刻薄之力。她看到善的有限性和恶的有效性，也看到善恶之间的暗度陈仓。"嫉妒是人类普遍的隐疾，是虚荣的伴生物，完美主义者与自我主义者都难逃它的统治。嫉妒是对美好的向往……可如果美好理想落实在他者身上得以实现，那它像是嘲讽而不是激励，霉变的美好将散发强烈的败坏气息。"②在《独唱》中，周晓枫将与嫉妒有关的情感写得山重水复。与嫉妒有关的所有细微的瞬间的情感，都被她收入。"嫉妒永远在幕后，像个隐藏面目的制片人：不会在公演的剧情中扮演角色，只是安静地操纵。我们应该警惕口气温和者眼睛里的冷漠，就像警惕皮毛松软的猫科动物隐伏在肉垫里的爪钩。"③

"无论怎样的不幸里，一定，潜有秘宝。"④面对这个世界，周晓枫是多疑多思者。极为敏感的书写者认为，只有在人性的破损处、人性善恶交集处才能提供给我们理解世界的更多层面、更多角度、更多视域。一个人为什么会毫无怨言地用最美好的年华养活一个病孩子，一个人在反抗强暴时有没有一丝一毫的动摇和妥协，甚至屈就？《琥珀》中，讲到一位被强奸者的感受："难道，我不曾有过回忆，回忆起他身体的能量和偏好，在那种不道德的回忆里，难道我从来没有过瞬间的快感体验？"⑤

站在人性最暧昧不清的地带，在善与恶的中间地带，破损、搏斗、纠缠。不仅仅对外，一个优秀的写作者面对他的书写世界时，最勇敢之处在于如何

---

① 周晓枫：《独唱》，《巨鲸歌唱》，东方出版社 2013 年版，第 207 页。
② 周晓枫：《独唱》，《巨鲸歌唱》，东方出版社 2013 年版，第 214 页。
③ 周晓枫：《独唱》，《巨鲸歌唱》，东方出版社 2013 年版，第 208 页。
④ 周晓枫：《琥珀》，《周晓枫散文选集》，百花文艺出版社 2011 年版，第 73 页。
⑤ 周晓枫：《琥珀》，《周晓枫散文选集》，百花文艺出版社 2011 年版，第 54 页。

第十五章 "起义的灵魂"——周晓枫论

回到内心，审视、自省，看到自我灵魂的黑暗和不堪，并且要将它呈现于文本。"长达十年的写作，我习惯在行文中回避我的恶。倡导美德当然没有错，但在慈爱和批判背后，我不自觉地把自己塑造为道德完美主义者。"①这是一位时时有自我反省的人，她不仅在破损世界上所有完美的假象，也将自己视为目标，反躬自省。纠缠，纠结，与自我争辩。反省是独自思考，自我说服。反省是一个人之所以能长大成人的隐秘途径。只有经由反省，一个人才可以辨认自身，认识到"我"之所以是"我"，人之所以为人。

反省自我身上的恶和黑，反省自我情感世界的隐藏，这是一种勇气。作为一位作家，周晓枫要与她的拟想读者分享她的反省。向自我抵达，一点儿也不手软。剖析自己，有如剖析他人。她把那些最晦暗、最令人惭愧、最病态的思想和念头尽可能地暴露。周晓枫比我们想象的要坦诚勇敢得多，她像临渊的勇者，不虚美，不隐恶，不伪装。

当然，很可能周晓枫写作时并没有考虑那么多。也许她只是提供一种视角，一种方向，使我们认识世界的方式不再扁平、光滑，"其实有些生活内容，本身就是黑暗的，因为我们把它们处理成秘密就更增加了黑暗和残酷的意味。我们不敢面对，我们包庇，我们在黑暗上刷涂明亮的油漆以自欺欺人"②，使我们看到事物的斑纹，褶皱凹凸，借此，我们有看到事物本质的可能。

一个喜欢在破损处看事物的人，其文字似乎注定有一种悲观主义气质。但这也很容易让读者抵触。而这位作家不是，因为她的低分贝语调，加之她的自我批评和自我反省，这一切使她的文本有谦逊之气。内省精神最终决定

---

① 周晓枫：《来自美术的暗示》，《周晓枫散文选集》，百花文艺出版社2011年版，第72页。
② 周晓枫：《与姜广平先生对话（代跋）》，《周晓枫散文选集》，百花文艺出版社2011年版，第297页。

了她的写作是向内转的。她的写作无疑是冒犯性的，但却因这种谦逊之气，文本中没有那种咄咄逼人的挑衅姿态，相反，读者愿意和她订下交流的契约。

三、有肉身的叙述

"十五岁的一个夜晚，我被开水烫伤。从昏厥中醒来，我感到强烈的灼痛，把手放到脸上摸一下……我惊恐地发现一片很大面积的皮肤，贴在自己的指端。瞬间蔓延的疼痛，让我觉得被火包围。幸福生活的胶片，从一个特定镜头那里被烧毁。"①这是在周晓枫写作生涯中具有重要意义的事件。

开始写作的周晓枫时常会提到15岁那年的这次烫伤。她的文学世界里似乎总有一个15岁记忆的定格。如果把周晓枫所有的散文视作一部电影，那么，其中不断闪回的桥段便是15岁的记忆。它们常常被定格、放大、缩小、变形。

> 如果说我今天格外注意身体叙事，那是因为，伴随着青春期的苏醒，我首先体会到的是身体带来的深深屈辱。后来我发现，烫伤并不是孤立事件，多米诺骨牌被推倒了。由烫伤导致的发烧与感染，造成我左侧耳膜穿孔；然后是跟随我二十多年的化脓性中耳炎；然后由此引发美尼尔氏综合征；事情并未终结，大脑里平衡系统受到破坏，致使每隔几年我就要崴脚，双脚的筋腱都数度撕裂。②

---

① 周晓枫：《后窗》，《周晓枫散文选集》，百花文艺出版社2011年版，第42页。
② 周晓枫：《与姜广平先生对话（代跋）》，《周晓枫散文选集》，百花文艺出版社2011年版，第277页。

15岁是节点。她格外喜欢回忆15岁之前的时光，以及对彼时身体的留恋。这也注定她有一部分作品会沉溺于儿童记忆。儿童固然是天真的，儿童也是尚未被世俗教化的，但更重要的是，透过他们的眼睛，更容易看到这个世界的细枝末节，而那正是大人们所常常忽略的。在大自然与万物间，保持孩童般的卑微，满怀好奇和想象，相信奇迹。世界在他们眼中会发生变形，小的变成大的，大的则变得更大；好的可能也是坏的，那些坏的，可能也不仅仅只是坏的。儿童的嗅觉、听觉、味觉也都是灵敏的，他们说话也是直率的。面对世界，脆弱的孩子比旁人怀有更敏感的发现和更强大的想象。周晓枫散文中有一种直率的孩子般的天真和赤诚，这种拟童体被诸多批评家多次提及。

但是，周晓枫那种拟童体与我们通常知晓的那种捏细嗓子模仿儿童说话的腔调有本质的和重大的区别。"我愿自己是那个说出'皇帝什么也没穿'的人，并且不希望仅仅由于童言无忌；我希望说出这句话的，是一个早熟的孩子，或者，是一个预知生命但更愿意捍卫真相的成人。"[①] 事实上，在以儿童为话语主体时，周晓枫的叙述里分明有一种成人的思考，是一个时隔多年后的成人和儿童回到当时一起观看，那既是纯童的，但也是成熟和洞悉世事的。比如《铅笔》，比如《月亮上的环形山》，都有一种迷人的叙事声音，那是什么样的声音呢，既有童贞又有不洁，既明亮又黑暗，既是成人的又是女童的。

还是15岁。因为事故，她的身体永远变成不完美。这身体因此异常敏感，时时受伤，也自卑，为疼痛所侵袭。这也意味着这位作家何以如此喜欢站在"破损"处书写，喜欢书写喧哗之后的暗哑、焰火之后的沉寂。身体从

---

① 周晓枫：《与姜广平先生对话（代跋）》，《周晓枫散文选集》，百花文艺出版社2011年版，第292页。

此不得不成为这位成年人感受世界的最重要经验。当然,她喜欢这样的经验,并为此着迷。

最鲜活的、最丰富的、最不可替代的直接经验来自什么?正是我们的身体。身体真正参与其中的创作,融入了作者的灵与肉,不仅有益于态度上的真诚,也有助于感性与理性的激发、平衡与相互渗透……当写作者不尊重自己身体的时候,很难同时尊重身体里的那颗心,也就很容易为文造情,违背那条基础的原则——"修辞立其诚"①。

一切都来自身体,一切思考都经由身体。痛苦、快乐、希望、绝望,一切都经由被命运破损过的不完美的身体,身体带来敏感、惊恐、卑微和沉默。没有体味、没有肉身的文字,没有斑点、没有缺陷的身体,毫无疑问是失真的,是没有生命力的。"如果连面对自己的勇气都没有,作家还谈什么承担?"②

经由身体,这位写作者意识到她从灾祸中的"受益"。"成长中,有的灾难如烫伤是被动的天罚,有的灾难如正畸是主动的人祸,这种主动与被动的交替构成我们宿命的一生。我对十五岁的毁容并无悔意,因为我从这受挫中受益颇多,得以丰富,得以重塑性格,变得更善意和体恤,所以这段经历并非灾难,而是秘密建设着我的未来。"③

身体是作家面对真实内心的一个渠道。《你的身体是个仙境》中,女性身体呈现了它的真切、经血、情欲、衰老,以及消失的乳房、子宫的癌变。她书写各种各样的女人和她们的身体,以及与这些女性身体相关的故事与情感,

---

① 周晓枫:《与姜广平先生对话(代跋)》,《周晓枫散文选集》,百花文艺出版社2011年版,第278页。
② 周晓枫:《与姜广平先生对话(代跋)》,《周晓枫散文选集》,百花文艺出版社2011年版,第280页。
③ 周晓枫:《齿痕》,《巨鲸歌唱》,东方出版社2013年版,第241页。

令读者有切肤之感。《齿痕》里写的是作家牙齿正畸的痛苦经历,但这并不意味着这位作家是耽溺疼痛舔舐伤口者。这经历只是一个点,她由此生发出对世界的理解。

然而,书写身体是一种挑战——如何保持身体的痛感书写又不失女性写作者的尊严,如何使身体真切在场又不使写作被视为展览和卖弄?重要的是如何书写身体和呈现身体带给人的思考。身体是用来感受和思考的而不是展览的,身体是我们认识自己的方式之一而不是取悦他人的工具。那些与身体有关的文字绝不应由表象而来,它不应该是线性的而应该是弯曲的,它们应该经过沉淀。

如果说十五岁的烫伤,让我的心境直接告别青春;那么年逾四十岁的正畸,让我瞬间沦陷在中老年的疲惫里。想想我把此生的多数时间用于对抗自己,用于艰难地适应既定的事实。上帝给每人一张不容背叛的面容。原来,鬼斧神工并非专指美轮美奂之作,而是说,神明的设计不可修改,即使它看起来诸多不理想,也有因自然而获得的自洽与完美。如何能够彻底认领这张脸,认领它的破损和灾难,认领它风格上的缺陷,认领它藏在背后颤抖的灵魂,认领它陡然的勇敢和漫长的怯懦?①

重要的是"感同身受",有肉身的叙述指的是切肤感而不是仅指有关身体的书写。周晓枫那里,有肉身的写作具有一种严肃性。事实上,她最擅长也最热爱的,是书写那些由身体感受带来的思考。那种思考往往带着自我批判、自我审视以及自我旁观。

比如,我做过数次或大或小的手术,在我的要求下,从不打术前

---

① 周晓枫:《齿痕》,《巨鲸歌唱》,东方出版社2013年版,第239页。

的镇定针剂。我不怕，一点都不紧张。我一直以为这是自己的勇敢，后来明白非也，是被动使然。性格里绝对的被动，使我被放到什么位置上就宿命地听任角色需要，意识配合，躯干听话——我是一个乖巧得失去态度的病人。在生活的许多方面，我都不自觉地贯彻着这种考拉型的顺从、病人式的屈服，没有反抗，没有隐含对峙的紧张关系。我身上有些奴隶气质，很多时候我更愿意成为服从者而不是支配者。人人的骨子里都有某种贱性，愿意听从等级、秩序和代表它们的统治者；我只是把并非出自功利目的的贱性，转化为日常化的温顺，似乎他人的喜怒要重要过我的个人意志。"①

没有哪位作家像周晓枫这样喜欢自我解剖，直挖到更深更深处。四十岁牙齿正畸带来的伤痛在她那里不断迂回，最终，又变成一次对自我的剖析："正畸的痛苦太具体了，根本不需要形容。然而，一切并非他人的辜负与谋害，是我的怨意、好奇、轻信、盲目、草率、畏惧……是自身丛生的弱点所致。当试图向母亲施加隐形的报复，我看到了，惩罚，如何作用在我的每个明天以及由此组成的未来上。"②这些文字中，有着这位作家一次次从痛苦中爬起来，一次次化蛹为蝶的艰难过程。"我觉得，那是主动撕毁与命运合约的人才能遭受的报复。十五岁烫伤，加上四十二岁的歪斜——妈妈，我现在是个打了补丁并且不对称的小孩。难道，这就是我辜负和背叛母亲所遭到的惩罚？"③

此刻的她让人想到泰戈尔的诗："世界以痛吻我，让我回报以歌。"可是，这是什么调性的歌？是深沉的绝非轻快的，是结晶体而非漂浮物。身体里的

---

① 周晓枫：《齿痕》，《巨鲸歌唱》，东方出版社2013年版，第231页。
② 周晓枫：《齿痕》，《巨鲸歌唱》，东方出版社2013年版，第234页。
③ 周晓枫：《齿痕》，《巨鲸歌唱》，东方出版社2013年版，第237页。

疼痛是命运中的无常，就像生命中必然遇到的葡萄。它无论是甜还是酸，都不能躲避。有些人看着葡萄由青涩到成熟，再到凋落，无知无觉。有些人则异乎寻常地敏感。她们选择接受、采摘，视它们为命运赐予的珍宝。周晓枫当然属于后者。

生命中的葡萄有些酸涩，但她却经由自己的反省和深思将之酿成红酒。要将那些源自身体内部的疼痛转化为生命的琼浆：

……但无论如何的悲欢，像蚯蚓，所有走过的路都必须经由自己的身体开采。用脚走过的常常是既定而可视的公共路线，另外还有一条隐秘路径藏在我们的体内——从牙到肠道。我的齿痕就是我的路。经由咀嚼，经由牙的切肤之痛，那些我们吃过的食物，吃过的亏，吃过的经验、真理、教训和秘密……它们搅拌在一起，被缓慢消化，继而组成个人秘而不宣的成长通道。[①]

看得出，所有的痛楚都必须沉得很深，她才会在文字中写下它们。对于这位写作者而言，下笔是一件极庄重的事情，尽管她和所有写作者一样有倾诉的热望。凡是重大的经验，哪怕最为沉痛，也不会马上动手，她需要它们经过时间的消毒，她不仅需要写下她所历经的那些痛楚挣扎，也需要写下她作为旁观者的感受。从身体而来，却绝不拘泥于身体，绝不需要通过展现伤口获得同情，她需要和旁人一起打量自己，写下超越自身痛感的文字。那些文字当然来自女性视角，但却与我们通常看到的那种"自怜自艾"相去十万八千里。周晓枫写出了人身体本身的富饶、复杂和深刻。

[①] 周晓枫：《齿痕》，《巨鲸歌唱》，东方出版社2013年版，第245页。

四、繁复的意义

周晓枫的文字与简朗无缘。她的文字繁复，处处是绝妙的比喻。每个句子都闪光，像亮片一样。她显然沉醉于将这些亮闪闪的碎片编织排列的工作，那简直是语句的盛宴。这是从不吝惜语言才华的人，不知节俭，喜欢铺陈。面对亮闪闪的句子时，这位写作者有如财可倾城的富豪，一掷千金，这使她的表达铺陈、密集、层层叠叠。

这是表达上的加法。这种铺陈让人想到中国文学传统中极尽华美之能事的"赋"。但赋虽华美却空无一物，最终没有生命力，成为死的文体。周晓枫的散文有赋的影子，却言之有物。在层层叠叠的繁复的簇拥下，她呈现的是事物破损的真相，是那些尖锐的、疼痛的、我们不愿直视的东西，是那些个伤痕和那些个晦暗。繁复的形式与直抵内核的真相奇异地纠合在一起，这是属于周晓枫的修辞，这是由两种巨大反差因素纽结而成的文字，混合着一种吸引力。这有如在极端的甜的外表之下，包着极端的苦——生命如此短暂，我们不过是这茫茫人世的经验者和体察者。苦、疼、黑暗、孤独，人生有多少令人难以直视、难以下咽的东西！可是，不知晓、不了解生命之苦与生命之黑，这一趟人生是否太轻飘、单薄？也许，只有用这种繁复之美覆盖，才使我们更了解生命和人世的丰饶？

繁复的语句和表达，不仅仅与她要表达的内容形成对峙，繁复本身也是内容。繁复的句式和表达使人了解，周晓枫的写作从来不是单向的。直线、简洁、明朗，这些形容词与周晓枫并不搭界；暧昧、曲折、幽深、缠绕，与她的文字气质更相吻合。她固然要告诉我们，那些童话的明亮背后分明有黑暗破损，她固然最终发现"月亮上的环形山"只是一个天坑，但是她从不会直接说出来，她要和读者一起跨过重峦叠嶂，再抵达。抵达真相和进入黑暗的路从来都不是直线的，它往往回环，往返。

　　色彩浓烈，繁复黏稠，绕过山绕过水，浓墨重彩，都不只是一种表达方法，不只是一种修辞。形式从来都不只是形式，有如语言也从不仅仅是语言。繁复的表达意味着克服，克服禁锢，克服羞耻，克服庸常。无数次的繁复是对事物复杂性的尊重和理解。九曲回环和笔直的单行道带给人的感觉意义如此不同。不能简洁表达，是因为这样的思考和探询不适宜直接讲出。

　　"放弃选材上的洁癖，保存叶子上的泥。"①周晓枫的行文喜欢跳跃，喜欢悬置，给人以阅读难度，这也是"破损"，是有意打破那种业已形成的写作秩序，打乱通常的阅读习惯。"任性地结束，比如对话题的突然脱水处理，在小说情境的进行中，穿插哲学命题的论证——让怀疑主义的虫子蛀洞而入。我所说的破损，不仅起到增强句子之间摩擦力的作用，包括其他，甚至越过修辞层面，指涉文本背后的操作者：作家本人，能否不再自塑道德完人的蜡像，转而暴露自身的破损？"②

　　使我们熟悉的句式变得陌生，使通常认为的完美和均衡的叙述出现裂缝。周晓枫沉静的表达中，内蕴着一颗不安分的"起义的灵魂"——用何种语言，用何种形式表达，意味着一种思维，一种立场。周晓枫和她的散文之所以令读者们如此念念不忘，不只是因为她的书写内容、她的修辞，也因为与这一切相伴生的、她面对世界的态度与方法。

---

① 周晓枫：《来自美术的暗示》，《周晓枫散文选集》，百花文艺出版社 2011 年版，第 74 页。
② 周晓枫：《来自美术的暗示》，《周晓枫散文选集》，百花文艺出版社 2011 年版，第 74 页。

第十六章
异乡人
——魏微论

    它时而穷，时而富；它跳动不安，充满时代的活力，同时又宁静致远，带有世外桃源的风雅。它山清水秀，偶尔也穷山恶水；它民风淳朴，可是多乡野刁民。她喜欢她的家乡，同时又讨厌她的家乡。有一件事子慧不得不正视了，那就是这些年来，故乡一直在她心里，虽然远隔千里，可是某种程度上，她从未离开过它。

——魏微《异乡》[1]

    1997年4月，文学杂志《小说界》发表了署名魏微的短篇小说《一个年龄的性意识》，这小说令人惊异，它"那么短，那么尖利又那么平实，还那么不像小说"[2]。——叙述人对身体以及女性的认识和看法未尝不是犀利的，但态度温和端正，认识都建立在诚实探讨问题和对身体写作的真切思索的基础之上——一位青年作家就此逐渐为人所识。

    魏微的作品并不丰富，她用字简洁，写得慢，讲求写作质量，但气质独

---

[1] 魏微：《姐姐和弟弟》，山东文艺出版社2005年版，第80—81页。本章《姐姐和弟弟》的引文均出自此版本，不另注。
[2] 张新颖：《知道我是谁——漫谈魏微的小说》，《当代作家评论》2003年第1期。

特。她是70后的代表作家，也可能是最早被"经典化"的20世纪70年代作家，小说《大老郑的女人》获得鲁迅文学奖短篇小说奖，《化妆》获得了第二届中国小说协会短篇小说奖。除此之外，魏微也还有另外的小说作品令人印象深刻且不断被阐释，如《在明孝陵乘凉》《父亲来访》《异乡》《乡村、穷亲戚和爱情》《姊妹》《家道》，以及她的长篇小说《流年》（又名《一个人的微湖闸》）。面对这样年轻的有特殊文学气质的作家，诸多批评家纷纷有话要说[1]。郜元宝认为"魏微可以说是中国新一代青年作家的一个典型：他们终于告别了因为逃逸政治意识形态宏大叙事而痴迷于形式探索与陌生化叙事的'先锋派'，回到亲人中间，回到中国生活的固有的形式与内容"[2]；施战军认为魏微小说"叙事格调清朗"[3]；张新颖认为魏微小说"明白人情物理"，呈现了一个"完整的世界"[4]；李丹梦认为"我们已不自觉地把魏微放在了传统的衍生段：不是从西方硬性嫁接过来的，而是从'本土'生长出来的。当卫慧等人用过度的激情描写割断历史、沉醉于当下时，魏微却在调整自己的历史位置，力图接续上传统的脉搏"[5]。

　　正如已有研究者指出的，"还乡"之于魏微是重要的，我甚至将之视为魏微写作的核心。魏微借助于故乡小城书写她对于生活的独特感触和发现——在不断地找寻故乡的书写中，她的小说不期然检视和记录了以小城为核心的当代中国社会伦理的变迁，这是魏微小说的独有气质。她无时无刻不怀念她的小城街道，小城里的父母以及小城的岁月。这或许应该叫作乡愁？但也不

---

[1] 这些评论除以下列举之外，还包括何平的《魏微论》，周景雷、王爽的《打开日常生活的隐秘之门》，徐坤的《魏微：从南方到北方》等。
[2] 郜元宝：《回乡者·亲情·暧昧年代——魏微小说读后》，《当代文坛》2007年第5期。
[3] 施战军：《爱与痛惜：呢喃中的清明——感受魏微的〈流年〉》，《南方文坛》2002年第5期。
[4] 张新颖：《知道我是谁——漫谈魏微的小说》，《当代作家评论》2003年第1期。
[5] 李丹梦：《文学返乡之路——魏微论》，《山花》2008年第1期。

仅仅是，至少不是这么简单。小城既是家乡与来处，也是想当然的归处和安息之地。这有点儿像现代化城市中人总喜欢将山村当作家园一样。可是，小城只不过是想象中的罢了。但魏微并不总会让小城只成为背景的，她的人物总是要在离开后又重新面对，她关于故乡的小说魅力在于"归去来"。一如郜元宝所言："正是在不同形式的'回乡'过程中，魏微为我们呈现了她笔底人物的感情秘密，而这些感情秘密确实也只有在城乡之间的撕裂和缝合中，才得以诞生。"①——在外面的大城市，这个来自小城的姑娘是贴着标签的"外地人"，外地之于她是异乡。那么重回小城呢，小城却早已飞速发展面目全非了，她依然是陌生人，并不容于家人。

"异乡感"是魏微小说的关键词。她有部非常耐人寻味的短篇小说《异乡》，讲的是一位远离故土的青年女性重回故乡的故事。这令人想到现代文学初期的著名经典作品《故乡》。鲁迅书写了重回故乡后的震惊体验，魏微亦如此。只是，她笔下的人物是位青年女性，使她产生强烈震惊的是她的邻里和她的父母看她的目光及对其身体的揣测。无论是否有意，作为现代文学传统的一部分，某种程度上，这部沿袭了鲁迅"归去来"模式的作品都是对经典作品的一次重写和重构。事实上，和《异乡》中的子慧类似，魏微小说的叙述人总是流动的，夹杂在一个并不安稳的时间和空间里，进而，对故乡/亲情的执迷书写便成为渴望寻找安稳信任以及由此而衍生的亲情、爱情的隐喻。异乡感折磨着每一个人物，也折磨着叙述人，这使魏微的小说远离了那种甜腻的亲情/温暖小说底色，也使我们得以更逼近她小说内在的核心。

异乡感既是个人与故土之间的相互难以融入，也是对身在世界的诸多价值观的不能认同。《化妆》中的嘉丽"化妆"后冒险与情人相见，使她永远地

---

① 郜元宝：《回乡者·亲情·暧昧年代——魏微小说读后》，《当代文坛》2007年第5期。

成为这个时代的异乡人——这个时代认可的是多年后重逢的光鲜,为彼此留下美好的念想。但她执拗地希望爱情"富贵不能淫,贫贱不能移"。重新体验贫穷的女人不仅被前情人鄙视,也被她所处的这个时代打击。也许还有另一种异乡感,那是一种永远在别处的异乡感,它困扰每一个有着平凡而千篇一律生活的人们。如《到远方去》的中年男人,《流年》的杨婶。他们内心都分明有着某种强大而不可扼制的欲望与力量,这样的欲望与力量使她们成了各自生存环境中的异者、孤独者、不合群者、异乡人。在看似安稳的面容之下他们都有颗不安稳的心。魏微书写着这个时代卑微而敏感的不安分者,以及他们内心那无可排遣的异己感、异乡感,她也借由这样的人物,为一个时代的都市里讨生活者画像与立传。

在当代文学的阐释中,许多研究者已经意识到日常生活的美学正在日益困扰着当代作家的创作。魏微也被视作这种日常生活美学制造者的一部分。魏微的许多创作谈自然证明了她的美学观念的确有所特征,但那种日常生活的"温暖"却不一定全部源于魏微。魏微的温暖只是表象:还没有哪个女作家可以写出魏微之于土地和小城的那种既爱又厌,还没有哪位女性写作者写出魏微之于故乡和异乡的惶恐。一如 20 世纪 60 年代出生的作家无法忘记他们童年时"文革"的那些记忆一样,成长于 20 世纪 90 年代的魏微永远纠结于那个断裂的记忆,纠结于计划经济向市场经济的转变的一瞬——那岂止是一个时间上的转变,那还是价值观的转换,是人生观的断裂,是爱情观的开始变形,甚至也是亲情扭曲的开始。魏微不断地书写着那个渐变的故乡和被时代摧毁得面目全非的"小城",她的文字常常令人重回昨日:我们每一个人,不都是这个飞速旋转时代的异乡人?每一个人,内心里不都有个他乡与故乡?

一、归去来：故乡与异乡

《异乡》讲述了一位在外漂泊的青年女性回到故乡时的震惊体验。从小城来到都市的女青年子慧，和她的女友一起被房东当作可疑的外地人审视，"小黄关上门，朝地上啐一口唾沫说：'老太婆以为我们是干那个的。'"而这个时代，正是人们热衷离开的时代。"他们拖家带口，吆三喝四，从故土奔赴异乡，从异乡奔赴另一个异乡。他们怀着理想、热情，无数张脸被烧得通红，变了人形。"身在异地，饱受歧视，四处奔波讨生活，回忆熟悉温暖的小城成为子慧的习惯，受到委屈和不公时，她便突然想回家，回到她的小城去，因为那里"青山绿水，民风淳朴"。她常常向他人讲述着她的故乡："青石板小路，蜿蜒的石阶，老房子是青砖灰瓦的样式，尖尖的屋顶，白粉墙……一切都是静静的，有水墨画一般的意境。"离开家乡的子慧最终选择回家看看。"现在她不太情愿人家拿她当吉安人。她在外浪迹三年，吃了那么多苦，为的是什么？为的是洗心革面不做吉安人，她要把她身上的吉安气全扫光，从口音、饮食习惯，到走路的姿势、穿着打扮……一切的一切，她要让人搞不懂她是哪里人。"

在故乡，子慧的第一次震惊体验来自他人的目光。"她拐了个弯，改走一条甬道，走了一会，突然感到背后有眼睛，就在不远的地方，无数双的眼睛，一支支地像箭一样落在她的要害部位，屁股、腰肢……到处都是箭，可是子慧不觉得疼，只感到羞耻……天哪，这是什么世道，现在她连自己都不信任，她离家三年，本本分分，她却总疑神疑鬼，担心别人以为她是在卖淫。"女主角站在故乡的土地，却感觉到比身处他乡更为冷清。而更大的震惊则源自她的家庭，她的父母。她回到家，自己的行李箱已经被打开，内裤胸罩都被检查了。

"你生活得很不错,"母亲走到子慧面前,探头在她的脸上照了照,声音几同耳语,"你并不像你说的那么惨,你有很多妖艳的衣服,可是一回到家里,你却扮作良家妇女——"母亲伸手在子慧的衣衫上捏了捏。

"我三番五次要去看你,"母亲坐回桌子旁,重新恢复了一个法官的派头,"都被你全力阻挠,这意味着什么?意味着你知道我是去偷袭你。三年来我花了几万块钱的电话费,心里也疑惑着你是个妓女。"

因为在外生活并不窘迫,母亲直接将女儿视作了妓女——这来自母亲的不信任,给予子慧的震惊远胜于来自大都市陌生人那里的歧视。小说书写了小城对年轻回乡者的深刻怀疑,也书写了一种伦理关系因此"不信任"而受到的破坏。这种不信任由何而来?或者,因为中国传统文化中对女性身体的看守,但更大的原因则在于大环境中对于"暴富者"的深刻怀疑——因暴富甚为普遍和可疑,这使得小城对"远方"产生了警惕。《异乡》中子慧所获得的震惊体验,是一个青年女性因身体所遭受到的巨大不公的表现——她穷,容易被人视作可能会出卖肉体,她不穷,也容易被人视作因靠肉体赚钱——这样的想象,是城市外来女性生存出路狭窄的现实性投射,也是一个时代对有财富者、暴富者的完全不信任的表征。《异乡》的字里行间,都潜藏有一位青年女性在故乡与异乡所受到的双重创伤,也潜藏了关于中国社会时代和价值伦理的巨大变迁。

《异乡》还有个姊妹篇《回家》。如果说《异乡》中魏微书写的是清白的回乡女性如何被人猜忌和不接纳,那么《回家》书写的则是真的妓女的离去与归来。这两部小说形成了有趣的参照关系。警察送小凤一干人等回家,着意希望这些身体工作者以后清白做人。但家乡和故土并不接纳,母亲也不。

> 母亲说:"凤儿,娘只你一个女儿……娘全指望着你了。不管怎样,找个人嫁了是真的,只有嫁了人……你吃的那些辛苦才算有了说法。要不你出去混一遭干吗?……你出去混一遭,为的是嫁人。"小凤笑道:"依你说,我在乡下就没人要啦?"母亲拍打芭蕉扇子站起来,自顾自走到屋里去,在门口收住脚,迟疑一会儿道,难啦!

"不管怎样"——母亲并没有和小凤挑明了说,她们心照不宣。小说人物自有对小凤等人皮肉职业的鄙视,但同时也可能是一种默许。母亲鼓励女儿再出去受罪,去混,找个人嫁了,表明对贫穷的恐惧远超过了对贞洁的看重。小说最后,小凤带着另一个姐妹李霞共同离开则显示了青年女性离开故乡做皮肉生意行为的绵延不绝。对于这些贫穷土地上的女性,也许只有走出去赚钱嫁人才是最好的选择,用什么样的方法赚钱已不足论,钱是否干净也是次要的,人们更看重的是结果。《异乡》中母亲的怀疑和武断,《回家》中母亲的不接纳和鼓励出去,都是对寻找家园的青年女性的打击。因"离去—归来"模式,魏微对乡镇中国的社会现状做了一次有效的注解。

应该讨论故乡在魏微这里的含义,也许它只是都市人最普遍意义上的乡愁,但也不仅仅是。一如郜元宝所说:

> 魏微只是文学上的"回乡者",并非一度时髦的文化怀乡病患者。她的立场既不在乡村,也不在城市,而毋宁寄放在超乎乡村与城市之间的某个更加虚无的所在。乡村固然给了她记忆的蛊惑和温情的慰

藉，但恰恰在这其中也包含着乡村所特有的冷漠与伤害；城市令她感到陌生，充满危机陷阱，但隐身城市之中，又使她获得还活在人间的坚硬的真实。这种两头牵扯而又两头落空的遭际，正是魏微反复描写的当下普通中国人的感情困境。[①]

是的，魏微写出了都市人情感的普遍性："多少次了，她听到一个声音在召唤，温柔的、缠绵的、伤感的，那时她不知道这声音叫回家。她不知道，回家的冲动隔一阵子就会袭击她，那间歇性的反应，兴奋、疲倦、烦恼、轻度的神经质、莫名其妙……就像月经。"

从《异乡》很容易想到鲁迅的《故乡》。1921年，现代文学之父鲁迅发表了他的杰出作品《故乡》。叙事人二十年后回故乡，记忆中的故乡与眼前这个故乡发生了深深的断裂，这使他处于深刻的震惊体验当中。故乡的破败和童年玩伴闰土的凄苦生活使小说家感到痛苦，有着一轮明月的故乡只是"我"想象中的了。这是一幅典型的回乡图景，也是近百年来中国知识分子回乡的普遍经验，而书写这种震惊体验时，"归去来"的模式非常重要，这是鲁迅作品中常有的叙事模式。

魏微小说中有"想象性的故乡"，民风淳朴、世事清明，生活着爷爷奶奶和其他亲人们。《回家》《异乡》以及《乡村、穷亲戚和爱情》等小说也都有类似于鲁迅小说中的"离去—归来"模式。只是不同在于，魏微书写了作为回故乡者的窘迫，一位回故乡者所受到的审判，以及一位回故乡者被亲缘伦理的质疑和抛弃。这多半缘由故事的主体是女性，声音和叙事视角都是女性。魏微写作《异乡》时可能并未曾想到鲁迅的《故乡》，但这部读者耳熟能详的

[①] 郜元宝：《回乡者·亲情·暧昧年代——魏微小说读后》，《当代文坛》2007年第5期。

作品无可逃避地成为魏微书写的"前文本",构成了魏微写作的强大传统。某种意义上,《异乡》和《回家》都是对这一经典性文本进行互文式写作,也是后辈作家对前辈作家的一次隔空致敬。这令人想到同为 70 后的电影导演贾樟柯的电影。在贾樟柯的电影中,他的家乡汾阳是他的主角,借此,他书写了一个不断变化的时代里一个小城的沦落和变迁。魏微的小城也是如此,只是,魏微重新面对小城的方式没有贾樟柯那样直接,那样斑驳和复杂。无论怎样,乡镇中国的灰色现实通过这些邻里如箭的目光获得了放大,外面的世界对这个封闭的小城意味着洪水猛兽。子慧的异乡感通过父母亲的审问和盘查获得了放大,浪漫意义上的温暖故乡在此刻早已被剥离殆尽。

依我看来,魏微故乡系列作品的意义在于,借由女性的际遇,我们看到"故乡"在我们眼皮底下发生了何等的巨变;经由一个女人的离去与归来,我们得以见证乡镇中国人际、亲情以及伦理冲突之下的崩坏。

二、"乡村、穷亲戚和爱情"

除去"异乡感","贫穷"是魏微小说的另一个关键词,这在《异乡》和《回家》中都有所体现。虽然这两部小说书写的是回家而不得,但事实上还书写了一个时代的到来,这是一个鄙视和痛恨贫穷的时代。魏微对贫穷的认识卓有不同,她将贫穷视作个人的起点。这在《乡村、穷亲戚和爱情》中可以清晰地认识到。小说也是一次回乡,但这次回乡所获得的体验与反观自身和反观来路有关。"我"的爷爷来自农村,因为闹革命进了城。"我"也就成了城里人的后代。但节假日时常常会有亲戚们来送土特产,"我"的成长过程中,常常会遇到穷亲戚们的上门⋯⋯奶奶的去世使我有机会来到了乡下。"你没有到过乡野,你也不是乡村子弟的孩子——假如你的爷爷奶奶没有葬在这里,你就很难理解这种感情。它几乎是一触即发的，不需要背景和解释，也没有理由。你只需站在这片土地上，看见活泼、古老的世风，看见一代代在这里生长的子民，你就会觉得，有一种死去的东西在你身上复活了。""我"经由给爷爷奶奶上坟，将"我"与土地和"我"与贫穷的关系做了一次梳理——"我"是城里人，但也是乡下人，正是如此，"我"才有了割舍不断的穷亲戚。

这是值得称道的小说，气质纯正，态度端然，正如谢有顺所言：

> 《乡村、穷亲戚和爱情》是我读到的好短篇之一。温婉而柔韧的情感线条，满带感情而朴实的语言，理性而欲言又止的人物关系，隐忍的高尚，以及年轻作家少有的节制……这些，共同构成了这篇小说的忧伤面貌。它是我们这个时代少数能令人感动的小说，尤其是在许多作家都热衷于进行身体和欲望叙事的今天，魏微能凭着一种简单、美好并略带古典意味的情感段落来打动读者，不简单。[①]

"我"一瞬间爱上了陈平子——远房的穷亲戚，这是拟想的，更重要的是，建立起和土地血肉不断与贫穷源远流长的关系。"和贫苦人一起生活，忠诚于贫苦。和他们一起生生息息，最终成为他们中的一分子。这都是我的想象，可是这样的想象能让我狂热。""我看见空旷的原野一片苍茫，这原野曾养育过我的祖父辈，也承载着我死去的亲人。我看见村人们陆陆续续地收工了，他们扛着锄头，走在混沌的天地间；走远了。我微笑着，只有我自己知道，我的心收缩得疼。"魏微对贫穷的态度和这个时代唱了个大反调：谁愿意承认祖上贫穷，谁又愿意和贫穷的人相爱相守？只有成为这个时代的异乡人，

---

① 谢有顺：《短篇小说的写作可能性——以同篇小说为例》，《小说评论》2007 年第 3 期。

只有诚实地面对出身,才可以获得真相。这需要勇气。

《化妆》是魏微一次有勇气的书写。这不是温暖得令人落泪的旅程,而是有关情感、贫穷、困窘的探寻。十年后拥有了律师所的嘉丽,在重新遇到她的初恋情人时,开始了一次冒险的"化妆"。嘉丽在旧商店里选购廉价服装,借用桑塔格在《疾病的隐喻》里的话来说,服装,这个从外面装饰身体之物其实是嘉丽对自我之新态度、新认识。她不仅换了衣服,同时也换了身份——离异的下岗女工。见面后,科长相信了嘉丽外表所代表的一切,并且还想当然地把她归为了靠出卖身体而生存的女人。睡是睡了,但科长不会给她钱,一是在他眼里她是卑微的;二呢,在他看来,钱在很多年前已经给过了。

小说关乎爱情,女主人公嘉丽以一种昔日重来的方式对曾经的情感进行审视。叙述人则用消解物质的方式慢慢地剥离"爱情"光环——因为"化妆"过的身份,昔日情感发生了本质的变化,并且,更为可怕的是,这一次化妆把以前似乎曾经有过的情分也全都毁了,科长把当年给她的钱当作了这次肉体交换的报酬。小说还关乎贫困。年轻的嘉丽渴望远离贫困,当她富足时,她又渴望再一次趋近贫困,以期获得最纯粹的情感。对贫困的趋近直接导致了嘉丽一切不愉快的、晦暗的经历——商业伙伴对面不相识,逃票受到羞辱,白领们对她不屑一顾,在大酒店里受到大厅保安的无情盘问……当然,还有前情人的最终唾弃。

金钱是巨大的怪兽,我们都被它裹挟。嘉丽与情人见面有多种选择,但她选择了其中最为决绝的方法。嘉丽显然是自寻痛苦者,她明明可以活得轻松,拥有金钱和社会地位的她完全可以对许多事一笑而过。嘉丽的痛苦令人想到丁玲的《莎菲女士的日记》。在当年,莎菲痛苦于那个有钱的男人是否值得爱,是否真爱她。她衡量他爱她的标准不是金钱和体面,而是他的思想是否浅薄。而今天，嘉丽的痛苦在于不断地、神经质地用将情人礼物进行估价的方式来判断他是否爱她。恋爱时用礼物价值几何来估价爱情，但又不希望情人用此等方式来估价她。分手多年她获得了金钱后，她又要剥离一切，寻找以贫贱面目相见的可能，她渴望那个男人爱一个一贫如洗年华不再的她——物质时代的嘉丽，纠结、疼痛、不安。

这样的"化妆"相见，好比鸡蛋碰石头，一定会碰得头破血流。嘉丽是偏执的，她是勇敢者也是不识相的人，她获得了真相：贫穷的她被情人鄙视，被所有人鄙视。如果联想到而今"宁愿在宝马里哭，而不在自行车后面微笑"的择偶宣言就不难发现，《化妆》将爱情与金钱、身体以及岁月之间"目不忍睹"的关系进行了一次重写。

这是一部独具匠心之作。"《化妆》——贫困、成功、金钱、欲望、爱情，一个短篇竟将所有这些主题浓缩为繁复、尖锐的戏剧，它是如此窄，又是如此宽、如此丰富。"[①]——"化妆"是动作，是有着连续性行为的动作，它有如电影里的镜头般慢慢地被接近、定格、放大，直到被凝视。在荒谬而又真实的经历中，生活张着血盆大口吞没了嘉丽的一切幻想，钱，金钱，让她在他们面前出丑，也让他们在她面前出丑。如果没有物质的装饰，嘉丽在这个世界获得的这一切，尊严、爱情，会全部失去——被物质吞没的生活，变得如此苍白、不堪一击。"化妆"是一个有意味的象征、一个深度揭示。它早已不只是衣饰的化妆，更是身份的错位，它应该被理解为两个名叫"嘉丽"的女人因身份不同而导致的相反的际遇，她们互为他人，又互为异己——魏微将人与人之间最势利的关系通过一个女性的情感际遇表达了出来。

---

① 李敬泽:《向短篇小说致敬〈2003年短篇小说〉序》,《为文学申辩》,作家出版社2009年版,第183页。

三、性、女性、性别

《化妆》不只书写性，关于性与金钱，身体与金钱的关系无处不在。魏微小说的别有气质之处在于她笔底的性不只是性，身体不只是身体，女性书写也不只是女性书写。当嘉丽以贫穷的衣着叙述着她下岗、离异的经历时，科长的怜悯中分明开始有了鄙夷，甚至怀疑她以一种最廉价的方式赚取生存的资本。科长的猜测和想象击垮了嘉丽，也足以令每一个在困窘中的女性绝望。这样的际遇在《异乡》中也有，房东担心"她"是"那种"女人，母亲把她的行李箱打开以寻求可疑的迹象——子慧被误读、想象、猜忌、鄙视。

嘉丽说出下岗女工的身份后，为什么科长立刻想到这个女人的生活靠的是廉价的肉体交易呢？为什么子慧到了外地便被人猜疑过另一种生活？问题不在于现实中这些外地女青年和下岗女工是否真的是这种职业，而在于她们"可以"被很多人轻蔑这个事实。这样的想象也影响了女性们的自我想象——贫困时期的嘉丽在与科长幽会时多次想到自己可能的商品处境，无意识地把科长给不给钱，给多少钱在内心进行一次比较，她甚至不敢用科长给她的三百块钱，因为在嘉丽眼里，钱一旦被使用，感情就变了味道。"异乡"，是现代人的无家可归感，是现代人面对物欲世界的无可奈何，不也是女性面临着被商品化的想象无处逃遁的心境吗？在以财富和地位为评判标准的物质世界里，离异的下岗女工、外地的女青年——那些被主流排斥在外的边缘群体，不是异乡人又是什么？

"嘉丽扶着栏杆站着，天桥底下已是车来车往，她出神地看着它们，把身子垂下去，只是看着它们。"这是一切都结束之后的嘉丽。化妆的她再一次被路人们的眼神打败时，风在小说的结尾吹来，那是有关愤怒、悲伤以及绝望的风。子慧在被误解后也有从楼上跳下去的冲动，但她最终是不会跳下去的，内心的挣扎只会在刹那间产生——大部分女人都不是刚烈的、反抗的,她们只是普通的一群,她们除了以敏感、柔软的内心感知到来自外在的威胁与排斥之外,还会回到原来的生活中去。

关于性的书写,魏微有无师自通的本领——她书写性不煞有介事,而是举重若轻,一如《在明孝陵乘凉》。小说写的是一个女孩子的成长,这样的成长当然和男人以及初潮有关。这一切不过是日常的性罢了。但魏微却写得神秘和辽远,她将一种日常的性和作为重大事件的性巧妙地结合在了一起:三个小伙伴的一切都发生在明孝陵里,而那里躺着的是千百年前的帝王和后妃,以及不为我们所知的性与高潮。帝王当年也有着同样的"第一次",性以及快感。明孝陵的久远和小芙与百合刹那间的成长就这样巧妙地共同存在于一个空间和文本中,这种对性的认识,显示了魏微在最初开始写作时与众不同的性观念——相比于传说中的皇帝与后妃,平凡人的性才是她所关注的。这潜在地表明魏微的性是存在于民间的自由立场里的。《大老郑的女人》中非良非娼的女性是令人感兴趣的,她用身体安慰那个男人,这样的性在社会中是不被承认和接纳的,但这样的性却有着强大的生命力,它让人想到沈从文的《丈夫》。凡夫俗子的性,穷苦人的性和快乐——与那种尖叫的女性身体相比,魏微小说人物的性正大自在,具有极强的生命力。

性的压抑是生命力的压抑,魏微小说中有一群人是为此而困扰的,比如储小宝,比如杨婶。这是一群敏感的人,他们很容易听到内心的声音。尽管魏微讲述的并不只是女性的性,但不得不承认,关于女性她的体察与认识更为锐利。如果将《回家》《异乡》《流年》以及《一个年龄的性意识》归在一起,认为魏微书写的是女性的身体以及女性身体的际遇并不过分。魏微没有躲避自己的女性身份,她的大部分小说是从女性以及女童视角出发进而抵达隐秘的书写。

李丹梦在"魏微论"里颇为有力地分析了魏微作品的女性主义意识,尤其提到了魏微小说的"父亲"情结。在这方面,我与她有某些共识。"父亲"体现在魏微的《寻父记》和《父亲来访》两篇小说中。比如《父亲来访》中,"父亲"的目光、"父亲"的肯定和否定对于人物和叙事人而言都是如此重要。"父亲"可能还意味着一种传统,一种习惯,一种行为方式和行事风格。"父亲"常常说要来,但终不能成行。原因是如此多,每个原因在今天的我们看来是如此不能理解,但在那个时代却又有着无比的合理性。"父亲"终究不能到来在于"父亲"的惯性,那种生活方式的执迷,导致了他走出家乡的艰难。小说家不断地叙说着"来访"以及与之相伴随的企望和期待,有点儿等待戈多的意味,具有某种显在的象征性。一种难以挣脱的惯性控制住了他,而他从未曾想逃脱。女儿也意味着另一种价值观和判断吧,甚至是另一种行为与生活方式,是自"父亲"身体而来又背离"父亲"的那一种。她对于"父亲"的态度是如此矛盾,敬畏但又不能理解,恼火又向往。"父亲"成为她的阴影,她渴望与"父亲"相遇,又是如此地渴望逃离。有如她惯性地向往着以往的生活,但又惯性地躲避与背离一样,看起来叛逆实则保守,看起来保守,但内心又常常有尖叫声传来。这是尴尬的所在,模糊不清,暧昧不清,魏微小说典型地书写了这样一代人的感受和处境,恐怕也是许许多多今日中国人的感受吧?

不过,魏微小说的另一种气息不应因"父亲"情结而遮蔽。她书写了姐妹情谊,她将"父亲缺席"之后的生活写得生气勃勃,有力量。《家道》里的母女是边缘人,是家道中落之人,她写了从生活中坠落谷底的母女的世俗和坚忍,以及由她们的视角望去的这世间百态、人世炎凉。《姊妹》也一样。她将一种女性生存状态抽象化和象征化,写了女性与男性关系的另一种可能。尽管这可能是女性主义的,但却不一定归于身体写作,也许她只是在书写一种女性情谊，一种你中有我我中有你，一种既爱又恨相谐相守的关系。而这种关系可能并不是以身体的靠近或疏离为终点，亦并不以之为起点。

　　魏微的性别意识殊为强烈和敏感，是天赋使然，这不仅表现在《一个年龄的性意识》中的痛感把握，还表现在她的另一部小说《乔治和一本书》中。乔治房间里有很多书，他常常在女人面前拿来英文版的《生命中不能承受之轻》。"乔治轻轻念上一段。他的英语发音异常准确，鼻音很重，像个地道的英国绅士。""现在托马斯的情人向托马斯的妻子发出了托马斯的命令，两个女人被同一个有魔力的字联系在了一起……服从一个陌生人的指令，这本身就是一种疯狂。"接下来，乔治道："现在该我说了。脱！"他说的是中国话，温和而坚定，甚至带有权威的口气。他从佳妮的眼里看到了特丽莎崇拜的神情。这神情，从他屋里穿过的每个女人都有——乔治做爱前喜欢朗诵《生命中不能承受之轻》的一段话，这成为他性生活中的重要步骤，是不可或缺的前戏。他纯正的英语和纯正的西方性观念完全掠夺了那个时期的女孩子，她们不假思索地与他上床，仿佛在跟现代化的生活做爱／接轨一样。

　　这是线条并不复杂但又颇有意蕴的作品。魏微将一个伪西方人来到中国大陆后的艳遇写得别有意味，变成了一种象征，一种时代的症候。魏微的叙事语调依然是娓娓道来，但分明带有某种戏谑的表情。这种表情在魏微小说中并不常见，它很宝贵，因为这种戏谑不轻率，充满智性。乔治最终遇到挫折——因为没有朗诵英文版《生命中不能承受之轻》做前戏，乔治在征服女人的战役中"异常孱弱"，在性爱中失败了。连同表情、腔调、声音、台词，当所有的外在光环都褪去，当乔治只还原为一个自然属性的男人时，他失去了他的最基本能力，这是一次卓有意味的失去，这是一次卓有意味的失败。当假洋鬼子还原为一个人时，他失去了他的征服能力。他不能再征服他人。他只有带着他的满嘴的洋文和名词，以及由此而产生的一种莫名其妙的虚弱光环才能所向披靡！写这部小说时魏微只是个初出道的写作者，但其中对于"以西方为是"的反思却令人印象深刻。魏微借由一个人的性，书写了一个时代的虚弱。

就普遍性而言，上面提到的《父亲来访》中也有。"父亲"来访意味着一种旧有方式的不断瓦解，而这并不能用市场经济的到来解释一切，还包括交通方式的转变，比如火车的提速会不会改变"父亲"来访的方式呢？如果说"父亲"来访在当时只意味着一种生活方式和价值判断困扰着叙述人的话，今天看来，"父亲"是否来访还意味着一个时代的现代化速度。在一个不断提速的时代里，"父亲"的来访还会那么难吗？"父亲"来访固然书写了对一种生活观念的困守，但事实上恐怕也书写了一种生活方式以及出行方式客观上对一个人的禁锢。

魏微不是通常意义上的女性写作者，她的写作并不以狭隘的"尖叫""女性身体"为写作宗旨。事实上，在最初，她就与拿身体当旗号的女性写作保持了严格意义上的界限。魏微的写作将一种社会性别意义上的写作有力地推动了一步。她书写了那些流动在社会里的青年女性生存的困窘和不安，她书写了贫苦女性注定需要面对的种种尴尬，她关注这个社会上"被窥视的身体"和"被金钱化的身体"，她将社会给予女性的严苛和责难给予了深刻关注和深切书写。尽管她并没有大张旗鼓地标榜什么，但这样的书写远比那些标榜更为有力和痛切。因而，魏微的小说尽管书写的是一个个体女性的回乡际遇，一个个体女性的书写际遇，但这些小说分明具有隐喻的色彩，具有某种普泛意义。

"我喜欢把一切东西与时代挂钩，找个体后面那博大精深的背景和底子。个人是渺小单薄的，时代是气壮山河的，我们得有点依靠。"这是魏微在《一个年龄的性意识》里的一段话。在这段话中，包含了一个书写者对个人与时代的思索。她在当时也许是懵懂的，但她后来的写作表明，她在努力地表达她个人之于时代的思索——魏微小说以一个青年女性的视角切入了一个时代，切入了这个时代给予贫穷者、异乡人切肤的疼痛和困扰，并以一种细节的放大和描摹方式，使这种疼痛和困扰变成了某种普遍性。

魏微说话方式独特，不是"嘈嘈切切错杂弹"，她舒缓、沧桑、不疾不徐。这独有的女性叙述声音是迷人的，容易让人想到写随笔时的张爱玲，想到写《呼兰河传》时的萧红，或者想到写《我的自传》时的沈从文。但也不一样，它清明端静，独属于魏微而非别的什么人。现代白话文的方式成就了她的写作，使她成为经典的致敬者，在"先锋"过后回去寻找到了自己的路——魏微不是与时俱进的人，她的写作也从不寻找轰动且耸人听闻的方式，所以成为大众作家的可能性并不很大。她和她笔下的人物一样，坚固执迷，忧伤敏感。这个人眷恋亲情，眷恋故土和小城，那么在意亲人的看法，父亲或母亲的一个眼神。这使她注定不可能成为具有通常意义上的"先锋"，但她孤独的生活理念反而在某种程度上成为"一个人的"视角和景观。

小说家很喜欢在阳台上看世界。

> 我们站在阳台上看风景。我们看见了阳光，以及阳光里的粉尘，邻居的衣衫在风中飘舞。小街的拐角传来卖茶叶蛋的吆喝声……我对女友说，我发觉自己是热爱生活的，它对我们有蛊惑力。我轻轻而羞赧地说着这些，发觉眼泪汪在眼里。
>
> 我每天都站在这阳台上看风景，其实我看见的是人。隔着一层层的空气、灰尘、阳光和风，我看见了人的生活。我和他们一样生活在市井里，感觉到生活的一点点快乐、辛酸和悲哀……然而我只是看着

他们。有一天，我突然醒了，大大地吃了一惊。原来多年来我就是这么生活着的，站在阳台上，那么冷静、漠然。我甚至因此而感激南京，它和我一样不很"热烈"，然而具有感知力，常常感到悲哀。

阳台上的观看者，旧日小城故事的忆者，是魏微小说叙事人的典型形象。而在她的小说中，也有着"倚着栏杆，心情很明净"的画面。站在哪里看，是一个小说家进入世界的视角——尽管魏微常常将她的小说人物置于"此在"，但大多数时候她是在彼岸的，或者是时光上的彼岸，或者是地点里的他乡。这形成了一种独有的在阳台上观看的美学。有时候，为了使自己所见更为精微，这个在阳台上的人恐怕还使用了"望远镜"吧？这样的视角与叙事方式使《大老郑的女人》《一个年龄的性意识》《流年》具有了一种典雅的美，也使《姊妹》和《家道》独有沧桑之意。要知道，这样的美学视角和叙事手段对魏微是多么重要，它是魏微的宝藏，她对此驾轻就熟。

这样的美学或许已然变成了束缚。《李生记》中有瑕疵，写到生活困顿的李生最后如何走上了楼顶结束生命时，魏微的望远镜似乎不能再精准和明晰，她的调焦出现了问题。尽管我能深切理解她渴望认识和记下这个时代无数李生们的命运，而2016年发表的《沿河村纪事》亦是如此。魏微在为不断改变自己而努力并践行着，在这部迥异于她其他作品风格的小说中，她摒弃了原有的叙事和熟悉的书写腔调，给人以陌生，但那个匆匆在村中调查的研究生叙述人显然不足以支撑这部小说——在这部小说中，魏微显然渴望重新书写当下的村庄，以及它们从前和未来的路，但她的"阳台上的观看美学"并没有在这篇小说中发挥出光泽。

说到底，阳台之外的"他们"毕竟并不只是我们的风景，还是血肉相连的姐妹弟兄。"我会走过许多城市，这是真的，我可能会在一些城市生活下来，租上一间有阳台的房子，临街，可以看得见风景（人的生活）。我可能会结交一些市民阶层的朋友……"或许多年前她就意识到要离开自己的阳台，回到土地上，回到了人群中来，回到当下与此在。那么，或许也并不是阳台上的美学制约了魏微，而只是，魏微式书写方式重新出发时还没有寻到最佳的与写作内容相谐的结合点？

附录：我们时代平凡女性的史诗

——读魏微《烟霞里》

读完《烟霞里》，我想到二十多年前，魏微在《一个年龄的性意识》里的话："我喜欢把一切东西与时代挂钩，找个体后面那博大精深的背景和底子。个人是渺小单薄的，时代是气壮山河的，我们得有点依靠。"[1] 魏微这段话里包含了一位年轻书写者的万丈雄心，包含了对个人与时代关系的思索。也许，当时她是懵懂地靠本能写下这些话，但她后来的写作表明，她一直在探索，在气壮山河的时代面前，如何书写一个人的生存。

在《烟霞里》中，魏微终于将二十多年前的雄心付诸实践。这部层峦叠嶂、深情缱绻的长篇小说，读来让人百感交集。这种百感交集在于，这部作品里有魏微一以贯之的美学追求，有她人到中年后对于世事的透彻理解；是她日常美学书写的集大成之作。某种意义上，《烟霞里》是一位中年女性的生活感慨，是作家写下的关于我们时代平凡女性生活的优美之诗，饱含女性声音、女性视角、女性气质。这是独属于当代中国女性的长河小说，在百年女性文学发展史上具有里程碑意义。

一

小说以编年体形式讲述名为田庄的一生。从她1岁出生开始，一直写到

---

[1] 魏微：《一个年龄的性意识》，《小说界》1997年第5期。

她上中学、上大学、去广州，结婚、生女，然后40岁因突发疾病去世。田庄并不是有戏剧命运的人（除了她中年夭亡的结局），因此，如何为她作传是一个难题。而另一个难题是，如何将这个普通人的一生写得风生水起。或者说，如何将田庄生活的细部进行打磨使之有神采，是魏微面临的挑战。很显然，《烟霞里》完成了一次有难度的书写。魏微将田庄的生活写成了一条波澜不惊但又气象万千的长河。

如果将田庄的生活史比作一条河，那么，这条河的风光是平坦辽阔而又水光潋滟，是日常之河。写一个人的四十年生活，很容易陷入她的个人成长经验和家庭兴衰起伏，但那不是魏微想要的东西，她所要写下的是大时代背景下，我们每个人如何成为自己。因此，从田庄的1岁开始说起时，作家便细密写下时代的变化，叙述过程中视点慢慢位移，我们看到孩子的出生，我们看到家庭的变化，再看到田庄的小家庭，逐渐意识到一个人的日常生活如何随时代而动，与时代相互映照。

小说写的是个人史，一个人四十年来在中国社会的成长经验，这是整个70后的成长经验，其实也是50后、60后的成长经验。小说重要且珍贵之处在于，它将主人公所经历的大历史和她的日常生活紧密契合，将历史的波澜壮阔和质感折射在日常细节里。这是《烟霞里》卓有意味处，这种意味需要慢慢品读。

要从一个小女孩儿的感受说起，写得澄明但又让人感慨。那是田庄还叫小丫的时候，和父亲一起离开老家。"那天清晨，父女俩离开了，五婶一直把他们送到村口。父亲骑上脚踏车，小丫坐在后座上，不时朝立在村口的五婶扬扬手。五婶慢慢小了，看不见了。那一刻，小丫恍然大悟，觉得五婶既是在清晨，也像在黄昏。走到高岗上，再拐个弯，就算出村了。小丫把手扶着后座，回头瞥了一眼村子。终其一生，她都记得自己这一瞥，那般郑重。

可是这一瞥,与其说她瞥的李庄,毋宁说她瞥的故乡。确认说,她瞥的是词汇里的故乡,是千百年来,经过千万人唠叨过的、被压得很重很重的那个故乡。"[1]这里既是个人视角,但又有旁观者的理解;既是当时感触,又含有了后来者的回望。还有那段儿童印象中的家庭场景:"家不是一个整体吗?除了爸爸妈妈,还有弟弟,还有她家的小院子,堂屋、锅屋、灶台、豁嘴碗,拉风箱的声音,灶膛里的火烧的很旺,有炸裂声。父亲劈柴的声音。母亲呵呵笑。院门口的小园地里,种着青椒、西红柿、青菜、萝卜、黄瓜。还有清晨和傍晚。点灯时分她最高兴,煤油灯的气味好闻极了,常常她会深呼吸。"[2]

四十年时光早已走过,生活中的那些点点滴滴早已沉进记忆深处,《烟霞里》所做的,是打捞我们曾经的记忆,唤醒我们曾经的情感。那些似乎已经忘却、已经沉没在时光深海的碎片在她那里被重新复活、拼贴。读《烟霞里》,有如进入时光机,重新回到往昔,回到那些再也回不去的从前,尤其是那些情感。有些情感随着时间会褪色、会包浆、会面目全非,魏微带领我们重新辨认、辨识。比如田庄出生时光,父亲初为人父的细微又激荡的情感:"那一刻,他从未体验过的情感突然降临,这情感广大无边。在孩子还未成型时,它已生成;及至落地,一照面他就有温柔缱绻,虽然那时他未有留意。这情感就一个字,这个字在中国人,读和写没问题,说出来却是不容易,羞死了个人。这个字,与他对妻子、对父母的都不一样,具体他也说不上,好像是天生的,无条件,无目的,具有单向性,不求回报。很多年后,每当父亲读到歌咏伟大的父爱、母爱文章时,就会想起 1970 年 12 月的那个清晨,他的大女儿出生,他站在雪地里,感动到哭泣。那天他真是稀奇,或许是初

---

[1] 魏微:《烟霞里》,人民文学出版社 2022 年版,第 142 页。
[2] 魏微:《烟霞里》,人民文学出版社 2022 年版,第 131 页。

为人父的原因，有一种紧张新鲜。"①

这样的情感如此微末又如此重大。作家毫发毕现地为我们再现了那样的情感和内心波澜，尤其是关于田庄还没有记忆时的生活，鲜活生动、历历在目，让人有强烈的共情。——世界上原本没有田庄这个人，但魏微以她真切而深具感染力的讲述使我们相信，世界上有田庄这个人，我们和她一起真切地走过我们所经历的四十年。她所打捞的，是我们时代平凡女性的共同记忆，共同成长历程。

二

大约十三年前，我曾经在《异乡人——魏微论》里写到魏微的叙述方式："魏微说话方式独特。不是嘈嘈切切错杂弹，她舒缓，沧桑，不疾不徐。这独有的女性叙述声音是迷人的，容易让人想到写随笔时的张爱玲。想到《呼兰河传》时的萧红。但也不一样，它清明端静，独属于魏微而非别的什么人。现代白话文的方式成就了她的写作，使她成为经典的致敬者，在'先锋'过后回去寻找到了自己的路。——她和她笔下的人物一样，坚固执迷、忧伤敏感。这个人眷恋亲情，眷恋故土和小城，那么在意亲人的看法，父亲或母亲的一个眼神。这使她注定不可能成为那种'革命'作家，不具有通常意义上的'先锋'，但她孤独的生活理念反而在某种程度上成为了'一个人的'视角和景观。"②

我认为，这种"一个人的视角和景观"一直在她的作品里，一方面她会紧贴着她的人物，和她的人物亲密无间地在一起；另一方面，小说中的叙述

---

① 魏微：《烟霞里》，人民文学出版社2022年版，第5—6页。
② 张莉：《异乡人——魏微论》，《文艺争鸣》2010年第23期。

人还会远远地观照着她的叙述对象。

> 这世上的一切,凡落进她眼里的,都是她的,都活了。午饭后,她会一个人上街,走满大街的陌生面孔:好看的、难看的、年轻人、师奶、蹒跚老人、收破烂儿的、开豪车的……人人都跟她有关系,是一个整体。那边走过来一个其貌不扬的中年人,苦着脸;又有一个北妹,透着些乡气,又有一个老太太,面无表情。田庄一个个看过去,端详他们的样貌,想着这些面孔可能被爱过,那一刻,她简直为之动容,这些丑的、美的、年轻的、年老的、有钱人、穷人,现在全是一种人,爱的光辉曾照他们,荣耀上身;曾欢喜、心疼;曾被人从尘土里扒拉出来,被人确认过,说,你跟他们不一样。……她立在街角,看着大街上川流不息的人群,盛夏的光影落在他们的脸上;有一刻她像魇住似的,想着几十年后,这些脸孔都消失了吧?今天襁褓中的婴孩,几十年后也都成了老人。但唯因爱过、被爱……啊,她想哭。①

从叙述角度而言,魏微显然是个"阳台上的观看者",隔着空气、尘土和阳光看对面——尽管魏微常常将她的小说人物置于"此在",但大多数时候她是在彼岸的,或者是时光上的彼岸,又或者是地点里的他乡。这是她的"阳台上观看"的美学。《烟霞里》的写作,也采用了这样的视点。隔着岁月有间距地去观照田庄、田庄身边的人,以及田庄身上所发生的一切。由此,写一个人的成长史的小说便不再是只具有"个人性",相反,具有了一种旁观的冷静、疏离感,进而有了某种对人类命运的整体性感叹和认知。小说中有许多

---

① 魏微:《烟霞里》,人民文学出版社2022年版,第557页。

段落极为动人。

> 她也不知道自己为什么乐，可能是那一种年轻旺盛的气息。在她12岁那年，她已经嗅到了有一点汗味，是夏天的味道，带一点青葱气，又是春天的味道，蓬勃的，暧昧的，丰富的，花枝招展的，哎呀，好极了。是从小姨开始，田庄才真正留心到姑娘这个物种。并为自己有一天当姑娘做准备，原来姑娘这么好的，首先是好看，真的，没有哪个姑娘不好看的。很多年后，父亲也说，年轻人都好看，确实，人人都好看过，都美过。[①]

这样的打量，有欣赏、有品评、有赞叹，是发自内心的疼惜。甚至，笔者在阅读时常常觉得她跳出了一时一地去观照，有了某种对时代和地域的超越性。

用"一切景语皆情语"形容《烟霞里》是合适的，魏微把对日常生活和普通人的爱寄予在叙述声音里。你会发现，她所描写的这些事、这些人，都带着写作者的体温。每一个人的生活，包括夫妻怄气，人和人之间吵架，她都有一种赞叹，是对生命能量的赞叹和欣赏。比如她写孙月亮的生活：

> 每天清晨，天蒙蒙亮的时候，孙月亮骑着三轮车，车上放着几筐馒头、包子、豆浆、牛奶，温热温热的，用白棉被紧紧压住。这样的生活，她过了好些年，无论春秋寒暑，她都风雨无阻。这中间她迎朝霞，看晚霞，毛毛细雨，天雾蒙蒙一片，像烟霞，真是好景致。一路

---

① 魏微：《烟霞里》，人民文学出版社2022年版，第186页。

上她跟人打招呼，说，三爷早！遛弯儿呢？对，这一阵都去体育场，客流量多，多走几步路不怕的，又累不死人！

　　说，二婶吃晚饭了没？我吃了，卖馒头的还能饿着自己？——转头看了看擦肩而过的姑娘，真是好看——还行吧，二婶，比不上拿工资的，但好歹不会挨饿。我跟你讲，人还是要动起来才有精神。好嘞，我也得回家看孩子写作业去。①

带着情感的叙述声音是属于女性的，这种女性声音和女性特质的情感共同参与并构成了魏微作品的文学特质。体贴、理解而又温和的文学质感使得这部作品气质卓然。而如何书写人与时代的关系呢？有时候作家直接写大的历史事件，但更多的时候，是书写大时代在人心中的映照。个人的世界由此宽阔，人的世界也由此喧哗起来。比如田庄来到广州后所感受到的："满街都是广东话，听不懂。可是熟悉的腔调，跟粤语歌里一样。穿得也时尚，香港最新款的时装，隔不上几天就穿来广州了，满大街都是，还便宜。女仔港里港气，红唇、大波浪；也有飒爽短发，一袭黑裙，回眸一笑时，妩媚不输于王祖贤，张曼玉。"②

当然，小说也着重赋予人的情感以庄重性。人到中年的田庄有一场精神恋爱，遇到了林有朋——一个女人三十七八岁的时候，遇到了那个男人，恰好那个男人也觉得她好，两个中年人互相欣赏对方，但是并没有发生身体关系，只是互生好感。但已是人到中年，情感没办法持续，只能这样散去，因为双方都有家室有孩子，再加上朋友们的劝说，两个人便再也不见面了。

---

① 魏微：《烟霞里》，人民文学出版社2022年版，第601页。
② 魏微：《烟霞里》，人民文学出版社2022年版，第380页。

后来田庄的生命就结束了。这是无疾而终的情感。在我们的日常生活中，这种情感不过是倏忽一瞬，作家却把这种稍纵即逝的情感写出了一种恒长。

万里红端严肃容。想起两人都是压势的人，一直攒着、压着，未得释放，如此，心里才会掀起滔天巨浪。换句话说，纯粹的爱情必是唯心的，隐而不发的恋爱，才有可能促成伟大的爱情，没有琐屑、计较、背叛，没有私欲、伤害、幻灭；不曾占有，才是最完整的占有；世间未见雪泥鸿爪，心里才是漫山遍野。啊，无为才是最大的作为，无形大于有形，直通无限、无垠。

这对普通男女，因为隐忍、克制，未谈成的恋爱里才会生出来郑重，使得爱情有一种庄严相，挺严肃。又因田庄不几年即去世，林有朋不再隐忍，对她的惦念转化成绵长深情，由此，我们斗胆推导出"永恒"二字，希望不致亵渎这个词。毕竟两人阴阳两隔，田庄以短命换来了一场爱情，虽然她的死跟爱情没半毛钱关系。[1]

什么也没有发生，但却似乎都发生了，这样的爱情是爱情吗，似真似幻而又令人心惊。魏微所看重的，并不是情感的结果，而是情感的曾经发生。也由此，小说记下了爱情照亮人生命的瞬间。——如果说普通人的一生都是平淡而波澜不显的，那么，作家打捞那些不显的波澜使之真正成为波澜，进而写出了我们日常情感的质感。也许这些在大历史面前实在算不得什么，但在我们普通人生命中，这样的浪花即使微末，却也深沉，却也耀眼，却也值得回味终身。读《烟霞里》的愉悦感在于静心、在于沉浸，许多的复杂、许

---

[1] 魏微：《烟霞里》，人民文学出版社2022年版，第552页。

多的暧昧、许多的丰富，都在那些时光的碎片里了。魏微将碎片织成时光之锦，其中交织闪烁，让人心有戚戚的便是关于中年人命运的感喟。

三

2023 年 1 月，在《烟霞里》的分享会上，我提到《烟霞里》之于魏微的意义，有如《呼兰河传》之于萧红。《呼兰河传》的部分章节和作品中的重要人物，在萧红不同的短篇作品里都出现过，但当她以《呼兰河传》为名将这些作品重新结构时，《呼兰河传》便显示出了不同的文学气象。《呼兰河传》也最终成为萧红美学的集大成之作，先前的写作便都变成一位优秀作家的练笔和为写出杰作所做的准备。也是在这个意义上，长篇小说之于小说家的重要性便显现了出来。同理，《烟霞里》的各个章节也都有着魏微青年时代写作的痕迹，但是，当这些章节和人物以田庄的一生结构在一起时，魏微小说便具有了新的气象和气度。

换言之，以往魏微的小说多是关于某个人的片段生活，而当她把对日常的理解和对普通人生活的理解勾连在一起，使这样的生活变成"云蒸霞蔚"时，《烟霞里》和魏微的日常生活美学便"成"了。这个"成"，一方面意味着魏微的日常生活美学在《烟霞里》获得集大成般的展示；另一方面则在于，魏微对于人和时代的关系，个人和现实、时代的关系，在《烟霞里》中得到了全方位的、整体的、深入的展现。当然，《烟霞里》也由此成为中国女性文学发展史上的重要代表作品。

要特别提到的是，小说写下了田庄作为女性的一生，写下了她和世界的关系，也写下了她和母亲、和奶奶，母亲和奶奶，母亲的姐妹之间的复杂女性情谊。尤其是小说关于田庄与母亲孙月华关系的书写，实在令人难忘。田庄一直在努力走出"原生家庭"的困扰,一直渴望成为母亲的"反面":"三十年啊,田庄长成今天这个样子,也做了母亲;实在她都不知道自己是怎么长成的,不合她妈的要求,是按她妈的反面来自我塑造、自我修复、自我疗伤,她一生的精力全用在对她妈的纠错上,太无意义了,全消耗了。童年,人生的故乡啊,某种意义上,田庄终生没走出故乡。她要做一个跟她妈相反的人,一个更美好、成熟的人。一个懂得施爱的人;一个不打小孩,也不辱骂小孩儿的人。一个在家庭关系里不滥用权力的人,也不施以专制、压迫;她心心念念的都是妈。"田庄母女的相亲相爱又相知相斥的关系,读来心惊。诚如书中所言,"田庄终其一生都致力于做她妈的反面,那也像镜子一样,母女面对面,她举起右手,落在镜子里就是左手。她能走多远呢?能在多大程度上改变自己,做一个新生的人?她是她妈的女儿啊,她对她妈的纠错,落在自己身上,就是一辈子拧巴,跟自己犯别扭"。[1]田庄是拧巴的女儿、叛逆的女儿,但是,当她真正做了母亲后,又重新认识了母亲:"及至王田田出生,她一身而兼两职,母女合二为一,这身份使得她横冲直撞,慈柔、痛苦且感念,仿佛时光倒流。事实上,自从女儿呱呱坠地,把她当抬成母亲,她才想起自己的女儿身份。这身份被她忽略许多年,现在得以强化。只有当了妈,才配当女儿。"[2]

如果说她对母女关系有着血肉相关、紧密相连的书写,那么她对于女性友情的书写和理解,也读来让人动情。

从前是穷开心,及至中年,人生况味出来了,一个人兜不住,须

---

[1] 魏微:《烟霞里》,人民文学出版社2022年版,第430页。
[2] 魏微:《烟霞里》,人民文学出版社2022年版,第430—431页。

找人一块儿共度。闺蜜的意思是在这里，她懂。有时，话都无须说透，只需开个头、欲言又止，她就说："你不用说了，我明白。"彼此是肚里的蛔虫。

……

友情是世上最动人的情感之一，弥补了亲情、爱情的巨大缺陷，不以占有为目的，不必每天相处，逃过了日常损耗。而女人友谊必是超越了雌竞、芥蒂、胜负、输赢等人性恶疾，它需要忘我无我的精神，关乎平等、理解、体谅、慈悲、默契，它不是江湖义气，不是有人说了闺蜜坏话，我就必得发飙掀桌子，这个也挺动人，但更动人的是超乎此上的价值认同。是诤友，也是同道。①

闺蜜的相处，非但男人看不懂，很多女人也看不懂，她们太知轻重，人生的山高水长全在眼里，她们须不停歇的赶路，奔波于职场、男人间，忙的跟花蝴蝶似的，有人眼里只有权贵，俗称"精准社交"，有人是上下敷衍、四面打通，时不时送点小礼物，民主投票时就不会吃亏。人生对她们而言，不过"成功"二字。也有的女人，视男人为职场，眼里容不得异己，恨不得全世界男人的目光都落在她身上，单把她一人照亮。我们怯怯问一句，你吃得消吗？②

以上这些对女性之间友谊的讲述，都逃离了文学作品中"塑料姐妹花"的刻板印象，真挚诚恳但又卓有洞见。读这部作品不由得感叹：原来我们这样活过，原来我们生命中曾经有如此美妙的时刻，这正是田庄这一人物的魅

---

① 魏微：《烟霞里》，人民文学出版社 2022 年版，第 499 页。
② 魏微：《烟霞里》，人民文学出版社 2022 年版，第 501 页。

力所在。我们从她短暂的一生里，真切地感受到了她的活过、她的爱过，她的被爱过。魏微将这个女性生命中所拥有的那些不凡情感深印在了每个读者的内心深处。

另外，我也想说的是，田庄不是传奇人物，但正是这样的非传奇生活才和普通读者达到了共情。《烟霞里》的特质并不是戏剧性而是日常性，不是传奇而是非传奇。为普通生活赋形，写出大时代里普通人身上的霞光，"烟霞里"的命名意义也便在这里。四十年，在整个历史长河中何其短暂，作家通过"烟霞里"的命名刷新了我们对普通人和普通生活的理解。

四

《烟霞里》让人百感交集处甚多，我尤其看重作家所记下的来自中年女性的感慨和况味，既有时代性，同时也有超越性。还是引用田庄自己对命运的那些感受吧："公园里绿树成荫，桂花沁鼻，田庄深深嗅了嗅，把眼看向远天，云蒸霞蔚的傍晚，她看了好久，那一刻她有一种强烈的安稳感、动荡感，美而脆弱的，人人都在不测中，出门买菜都能叫飞砖砸死！也包括她的婚姻、家庭，她的丈夫或许在幽会，今晚提出离婚都有可能，但是她并不怕，兵来将挡，水来土掩。一切都在她的预估中。公园外传来市声。她觉得挺好，至少这一刻，晚霞成绮，她把身子往木椅上一靠，安安稳稳，人间甚好！"[①]

这是田庄对人生、对动荡、对婚姻、对日常的认识，这位中年女性知性而深具理解力，行踪随时代漂泊但却自有定力、通脱和通透。生活中，田庄并不起眼，但是，对人世的迁移、对人间的逻辑却也有她的不服众、不跟从，

---

① 魏微：《烟霞里》，人民文学出版社2022年版，第554页。

有她的包容、接受和看破。很多时候，不过是因为理解、因为性子温和、因为对人世的懂得，所以选择了"不说破"。

　　魏微的写作，也有这样的对世界的包容、懂得和理解，由此，她将平凡女性的生存赋予了文学之光，这固然是我们时代女性的传记，更是我们时代平凡女性的史诗。

第十七章
空间美学、女性视角与新乡村故事的讲法
——论乔叶《宝水》

读《宝水》的过程是愉悦而感慨的，能充分感觉到这是作家用全部生命经验进行写作的作品，它贴切而深具感染力，读来动情动意。这部作品无论是对中国乡土小说还是中国女性文学来讲都深具意义。它书写了乡土中国的巨大变革，同时也以敏锐的女性视角展开叙事，写出了乡村女性的困境、觉醒、成长、蜕变。尤其要特别提到乔叶小说里与日常有关的迷人调性，实在让人念念难忘。人性幽微处的复杂、热气腾腾生活里的痛感，都逃不过她的慧眼。质朴、切实、恳切、温厚，对世界和生活的深情厚意使《宝水》熠熠闪光。谁能忘记乔叶笔下那些满怀热情的人和生活呢？从《宝水》里，我们感受到了生活之所以是生活、村庄之所以是村庄、家乡之所以是家乡的秘密。

以"宝水"为题，当然有着多个含意。但它首先是一个具体的村庄，而小说所全力描绘的，则是村庄所发生的重要变化。因此，作为村庄的空间在《宝水》中便有了多重意味，它是内容，也是形式，同时还是小说组织情节的重要手段。我认为，在某种意义上，《宝水》以女性视角构建了一种新的乡村空间美学，以一种家常的语言表达、以一种传统小说的形象迭现与情节复沓，完成了一种新的乡村故事的讲法。

一、乡村书写里的风景美学

小说中,"福田"对于地青萍意味着过往,也意味着痛苦,而"宝水"则意味着新的治愈之所。对村庄空间的聚焦打开了小说的故事向度,也成为故事发展的关键因素。从情节结构上看,《宝水》由村民的日常生活连缀而成,小说情节并不像一般的小说那样不连贯,不同人物的故事最终能够聚合为一部具有整体感的作品,它所依赖的是村庄作为空间的组织作用。因为大部分的故事都发生在宝水村和福田村,因此,某种意义上,作为空间的村庄不仅为作家提供了书写山乡巨变的重要场景,也为小说提供了一种结构时间的方式。

这让人想到赵树理的《李家庄的变迁》《三里湾》,孙犁的《铁木前传》、周立波的《山乡巨变》,柳青的《创业史》等。写乡村变革,聚焦于一个村庄的变革,这是作家普遍使用的方式。乔叶的《宝水》也是如此。在"宝水"这个空间里,人们的生活经验、生活意识与生活向往都是这部小说重要的表现内容。

在名为"宝水"的空间里,山村之美是基础,是起笔。而这种山村之美,首先是与它的自然风貌、四季风物有关。"野杏花跟着漆桃花的脚,开起来也是轻薄明艳,只是花期也短,风吹一阵子就散落了。和它一起开的山茱萸花期却长,也是来宝水之后我才识了它的面,乍一看跟黄蜡梅似的,只是比蜡梅的气势要大。它是树,开出来便是花树,不管大花树还是小花树都披着一身黄花,黄金甲似的,每个枝条每朵花都向上支棱着,十分硬气。且有一条,风再吹它的甲也不落。"[①]落笔细微,逐渐点染,这是这部作品构建山村美

---

① 乔叶:《宝水》,北京十月文艺出版社2022年版,第80页。

景的方式。所写的风景不是观光客视角,而是与风物耳鬓厮磨后的日常所见。因为熟悉村庄的日常,所以那些不起眼的灯台草、远处的香椿、地下的茵陈,都来到了她的笔下。当然,虽然是寻常所见,但也并不因为熟悉而没有了惊奇感。

事实上,描绘宝水村的风景时,叙述人有一种内在的惊奇,这是对风景的惊奇发现:"起初,红还不是秋山的主调。画屏一般的坡峰宛若一块巨大的调色板,赤橙黄绿青蓝紫皆以一种不可理喻又无可挑剔的气势铺洒开来,其风韵还随着时辰变化无穷。按雪梅喜欢的比喻,晨昏时岚气浓重是国画,正午阳光明丽时是油画,而光影模糊无界处则是莫奈。莫奈还说过,画的立体,来自于它的阴影,人也是这。萍姨,你说他咋说得这么好呢。……这样的星星宛若梯田、石板和核桃树,在宝水村自是常见的。晚上出门散步,但凡发出感叹的必定是客:哎呀,快看天上的星星。上次看到这么大的星星还是在西藏呢。"[1]

引人入胜的风景是自然的,但宝水村之所以成为美丽新乡村并非只因为这些"自然",宝水村之美更在于建设者们的精心构建。孟胡子是小说中浓墨重彩的乡村建设者,也是小说中乡村新风景的构建者之一。小说讲述了他对何为乡村之美,何为新乡村之美的思考与认识:"咱扎囤时,能不能想想这三四个囤咋排列更好看,能不能编几小辫玉米,在苇箔上外头挂出来,或者再配上几串红辣椒,小小一点缀,俏他一俏。还有咱们的山楂,你晒时也不要泼泼洒洒往地上一摊。你要么晒到咱的大簸箕里,要么铺块布,最好是净面白布,衬着咱的山楂圆溜溜红艳艳的,这都能成景儿。类似这些事,咱都要犯犯思想,都要虑虑进到客眼里头是啥样,能不能叫客想去拍照留影,能不

---

[1] 乔叶:《宝水》,北京十月文艺出版社2022年版,第402页。

能叫看到图的人也想来咱山里看，这就有了意思，拐弯抹角地都能给咱钱。"[①]

孟胡子的美学观念有意识地为村民们打开了新窗口，也为他们想象美丽新乡村开拓了新的空间。美的认识影响着村人们的理解力，小说讲述了乡村妇女在抖音里探索如何展现乡村新景。"小媳妇又愁说不知道该拍啥，秀梅惊讶道，咋会没啥拍哩？啥都值得拍。做饭，烧地锅，在地里种菜摘菜，对着口型唱歌唱戏，这都中呀。下雨时拍雨水滴答到花草上，拍姊妹们打着花伞排一排，不是也中？等下雪了拍得更卓。我跟你说，除了下刀子不拍——不对，下刀子更得拍，谁见过下刀子呀，那播放量肯定爆啦，哈哈哈。"[②] 从这样的对话中不难看出，在秀梅眼里，村庄的美在于村庄的日常生活，村人们的做饭、烧地锅、在地里种菜摘菜、对着口型唱歌唱戏，都构成了独属于宝水的动态风景。当然，在这里，村民们是被观看的对象，同时也不再只是被观看的对象，他们主动参与风景的构建，主动成为乡村风景的设计者、拍摄者、主动展现者。做抖音直播的"三梅"，了解在大众传媒时代如何呈现乡村的日常生活，也懂得如何使日常变成被观看的景观。换句话说，小说中通过如何构建和呈现乡村美景，展现了作为新的时代农民的主体性和能动性。而孟胡子对新美丽乡村这一空间的描画，也带动村民们逐步认识到一种社会进步的方向。

宝水村使地青萍深刻感受到了何为新乡村，也使她完成了自我治愈，以"宝水"为圆心的生活，显示着人们家园意识、乡土意识在新的时代的悄然更新。事实上，小说也讲述了南太行地区人们生活空间的不断变换，小说并不只是聚焦宝水村这一个村庄，随着地青萍这一人物的流动，我们看到了宝水村、福田村，也看到了四通八达的乡镇以及繁华的省城，而这样的空间变换

---

① 乔叶：《宝水》，北京十月文艺出版社 2022 年版，第 361 页。
② 乔叶：《宝水》，北京十月文艺出版社 2022 年版，第 366 页。

则展现了新的时代里人际伦理的变化、时势的变化。《宝水》中,空间的变换和流转让人意识到,小说虽然仍是以作为地方的宝水为主要表现对象,但世界和视野却是打开的,总体结构上有着乐观的历史意识。

要特别提到小说中人们在村委会门前晒太阳的情景,这是作家着意描绘的公共空间,是村民们谈天说地、互通消息的地方,更是孟胡子在这里以拉着家常普及何为乡村之美的所在:"一群人正坐在村委会的矮墙上晒太阳。要说这里还真是个晒太阳的好地方,尤其是半上午,太阳一出来就照到了这。村委会后面的小土凹如两条大粗胳膊,从两边虚虚地抱过来,把这块地方稳稳地拥在了怀里,妥帖地聚着了气。老太太们无论胖瘦,一个个都穿得厚墩墩的,像是一群老孩子。张大包的妈穿着很端庄的蓝黑色对襟罩衫,戴着大红绒帽,围着蓝底紫花的围巾。张有富媳妇手里端着块豆腐,穿着满是英文字母的拉链帽衫,已经洗得到处起球,显见得是捡拾了晚辈的。坐在轮椅上的赵先儿媳妇穿的外套却是民族风,袖口一圈福寿,胸前一溜儿牡丹。"[1]在这个闲适又和谐的空间里,人们所谈的是新的话题和新的思考。而村民们关于何为村庄之美的思考,也是在这里生发和讨论的:"张大包这时也走过来,说是接他妈回家。问孟胡子,在网上看新闻说有些美丽乡村升成了景点,村里人都不在村里住了,来村里就是工作,上班来,下班走,你说咱村会不会也成这?孟胡子道,反正眼下是不会。村景再美,美的芯儿还是人。全靠人气儿来养这美哩。要是没人住,那还叫啥美丽乡村?大包妈说,光来村里上班,不在村里住,那过的不是假日子?大包说,城里人好来农村看这假日子,咱就把这假日子演给他们看嘛。孟胡子道,你还当你是演员哩。你咋不去拍

---

[1] 乔叶:《宝水》,北京十月文艺出版社2022年版,第483页。

电影哩。又都笑。"① 可以看到，作为村庄的空间图景的展现推动着村人们情感共同体的形成，也在引导村民们接纳、思考关于乡村建设的想象以及担忧。

如果一个村庄只是为了被观看和被展览而存在，如果村民们的生活成为一种演出，那便是背离了美丽乡村的真正意义。——村庄之美与村民的日常生活之间的关系是怎样的，这是浸润在书中的重要问题。当村庄成为被观看的对象时，村民们的生活该如何保持日常。又或者说，当日常被作为景观观看时，村庄本身的安宁会不会被打扰，村民们会不会成为"演员"？"看着他们笑的样子，我却突然想，如果宝水也真有这么一天，村里人来这里都只是朝九晚五地上下班，或许还会按时按点打卡，甚至还会有什么企业文化，他们之间再也没有鸡毛蒜皮的牵扯，也再听不到他们说这些话……忽觉荒唐。"②《宝水》写下了村民们的疑惑和思考，这是村庄作为主体性的发问，也是由小说本身的内在视角决定的，而深具反思能力的内在视角正是这部小说与其他乡土小说的重要不同。

二、总体性视野与乡村之变

为什么《宝水》如此受关注？重要的原因是，作家在构建这一广阔画面时，写出了我们这个时代的时与势，以及每个人在时世之下的改变。小说从总体性的视野全方位书写下了时代的静水深流之变如何在每个人身上发生，构建了中国乡村的新图景。

只有当一种总体性视野介入写作，才能跳出具体且有限的联系，也才能

---

① 乔叶:《宝水》，北京十月文艺出版社2022年版，第483页。
② 乔叶:《宝水》，北京十月文艺出版社2022年版，第483页。

第十七章　空间美学、女性视角与新乡村故事的讲法——论乔叶《宝水》　　307

看到更为广阔的天地与世界，看到人与乡土、乡土与社会之间新的关联。乔叶选择了地青萍作为叙述人。作为一位来自农村的省报记者，退休后回到乡村办民宿的际遇，使地青萍把村里村外的世界串联了起来，也将农村人视角和知识人视角结合在一起，进而拥有了一种超越性视野。

事实上，小说中两个视角一直交替出现，一方面会写本地人怎么看，同时也会写外村的人怎么看，既包括对何为传统的思考，也包括对何为现代的理解，这两个视角都是在作品里共时出现的，有时还会互相发问，但是并没有分开对峙，而是均衡杂糅在地青萍这个人物身上。整个村庄的变化都与地青萍相连，她既是村里人，又是村外人，既看到村庄的美和质朴，也看到村庄本身的问题和需要变革之处。

比如《宝水》中写到年轻人肖睿和周宁来宝水村支教。他们给乡村孩子进行生命教育和死亡教育，但村民们却不喜欢，觉得晦气。城里来的青年向地青萍感叹村民们太愚昧、太落后了，她则提醒他们要考虑到每个人的处境；还比如研究者进入村庄进行调研，小说中也有这样的讲述："下午他们就让小曹带着串了几家，说是入户调研。晚上便听秀梅唠叨说村民们对他们的调研嗤之以鼻，说他们不会说话，聊的都不是人家爱听的，什么留守儿童、空巢老人之类的。有人没好气怼他们道，敲锣听声儿，说话听音儿，你们问来问去的意思，就是觉得俺们过得不好。跟恁说吧，俺们的日子没有拍电影恁好，也没有恁想的恁不中。"①这是写作者站在村庄内部的讲述，是站在村庄内部看待外地人的调研。村民们固然对入户调研有着刻板化理解，但也显示了调研中村民们的主体性，对调研者的话语方式提出了质疑。

是站在村庄内部思考，还是要作为村庄外界保持疏离态度，这是地青萍

---

① 乔叶：《宝水》，北京十月文艺出版社2022年版，第302页。

的两难处境。这位从村子里走出来的人，曾经努力想摆脱农村人的身份，但回到乡村又时刻意识到自己与村庄的血肉相连。"不止一次，碰到有游客问我，你不是这村里人吧？我说我是。他们说你肯定不是。为什么？看着就不像。和他们在一起这么长时间，我常常觉得自己很像是了，常常觉得自己已经知道了这么多事，认识了这么多人，每一栋房子是谁家的我都清楚，对他们彼此间的枝枝叶叶也所知甚多，这不就已经融入村子内部了么？和这个村子还有什么距离呢？可是，外来者们的判断却让我的这种幻觉瞬间破碎。"①宝水是地青萍的缅怀之地、叹息之地，也是渴望逃离城市生活的家园。一方面，它有传统和不开化的一面；另一方面，它又潜藏有无限的生机与活力。地青萍在乡村生活所感受到的种种细节唤醒了读者之于乡村的复杂情感，写出了乡村的复杂含义。

《宝水》的写作让人想到孙犁的乡土小说创作。早在1942年，孙犁认识到所处的时代正在发生变化，而这个变化会波及一切东西、每一个人。那么，作为一位作家，应该关注新的现实。新的现实包括新的人，新的人际关系，新的时代的发展趋势。也就是说，写村庄变化，要落实到每个人身上。《宝水》写乡村各个阶层的人，从县长、镇长、外来者到村民，更聚焦于乡村女性，乡村女性生活是作为巨变中的细小波澜被展现的。

在当代文学史上，中国农村取得的伟大变革，往往都体现在农村女性命运的变化上，她们在婚姻上的自主，她们在公共生活中的贡献等，都在乡土变革题材作品里得到充分展现。《宝水》中，乔叶继承了这样的书写传统，她以女性视角书写当代中国乡村所发生的巨变，书写巨变中那些女性的命运：女支书的泼辣和聪慧，青年妇女们的网上直播账号，遭遇家暴的农村妻子反

---

① 乔叶：《宝水》，北京十月文艺出版社2022年版，第210页。

戈一击，留守女童内心的波折和渴望向上……这样的书写使读者深刻地认识到，乡村女性既是新乡土生活的推动者同时也是受益者。

大英是新时代的村庄干部，她带领村庄人一起建设新乡村。但这个人并不是凭空出现的，她有着她的历史和过往。她的公公是曾经的村主任。这样的人物关系，可以看到村庄的人际，但更重要的，看到的是村庄建设是一种事业，是一种代代相继的工作。这个女村主任，有着她的委屈，但也有她的强悍。小说中她以借助大喇叭的形式讲述了自己的过往，"这句狠话说过，缓了一缓，她的声调里突然带了哭腔，道，想起我刚过门第二年，我公公带着人修路，叫炸药崩住，人碎成了多少片，到了也没有拼成个囫囵个儿。满村的老少爷们都来戴孝，说他是好干部，为村里人送了命，世世代代都会记住他的功德。如今我也当了这个干部，不敢说能像他老人家一样做下恁大的事业，可我也能顶天立地说一句，我知道啥大啥小，啥轻啥重。我没有给他老人家抹黑，也没亏过自己的良心"①。这是大英在工作中所感受到的苦楚。当然，小说中也写到了大英作为母亲和婆婆的种种难以为外人所道的煎熬，尤其是女儿的际遇，如何深深地成为她的内心创伤。

三、反复、点染与乡村女性故事的真实呈现

书写宝水村女性命运时，小说使用了中国传统小说中的"形象迭用"方式。所谓"形象迭用"这一说法，是浦安迪在《中国叙事学》中提出的，在他看来中国奇书文体"形象迭用"的章法，即行文中人物、情节、地点、场

---

① 乔叶：《宝水》，北京十月文艺出版社2022年版，第407页。

景等周而复始反复出现的现象。① 这种情节的反复,并不是指情节的相同,而是指相似性的故事在小说中反复发生,构成一种奇异而又新颖的复现场景。有时候,这些相似性的故事可能发生在不同人身上,但有时候,这些情节会发生在一个人身上,只是时间、地点、程度不同而已。

《宝水》在故事情节上也采用了某种深有意味的反复方式,比如关于村庄里的家暴问题,小说主要聚焦于香梅的受害。因为婚前曾经与他人有过恋爱关系,婚后她遭遇了丈夫的打骂,这样的打骂最终成为村庄里的"常事",旁人拉不住也劝不住,而香梅自己也逆来顺受。为什么不反抗,香梅有自己的说法。"在外头,他要是敢打我,我就敢报警。侵犯妇女权益呀,家暴呀,都能说得通。可在这里,那些道理都派不上了用场。满村去看,男人打老婆也从没人报警。都不报,我也就不报。在这里就不兴这些个。也不知道是为啥。"② 小说写了村庄里对家暴的容忍以及不能容忍,同时也写男女之间的不平等像土壤一样蔓延在村庄里。叙述人带领读者对宝水村里的家庭内部夫妻关系进行了深度凝视:"在村里,多大本事的女人,比如大英,再忙也得回家给光辉做饭。比如秀梅,即便峻山是上门女婿,饭食做好了,第一碗也要先端给他吃。要是吃米饭炒菜,就得把肉菜堆到男人那边。烩菜呢,就把肉多挑出来些给男人。总之都得是低在男人下头,不这样好像就不成个规矩。一句话,男人主贵。男女平等的口号喊了这些年,在外头倒还容易平等,可在村里也就是喊喊,难落到桩桩件件的实事上。要说也都不是啥大事,都是些鸡零狗碎,可日子长了就没了气势。打一回打两回,打多了也就麻了,也就认了命。真的,也不知道咋的了,在这里就可容易认命了。"③

---

① 参见〔美〕浦安迪《中国叙事学》(第2版),北京大学出版社2018年版,第114页。
② 乔叶:《宝水》,北京十月文艺出版社2022年版,第349页。
③ 乔叶:《宝水》,北京十月文艺出版社2022年版,第350页。

第十七章 空间美学、女性视角与新乡村故事的讲法——论乔叶《宝水》 311

　　七成对香梅的殴打，构成了村庄里的重要事件，在不同章节里多次点染，也使地青萍深感震惊："小时候在福田庄，见过不少女人挨打。当闺女的被打的少，嫁人成了媳妇后被打的概率就高得多。那时在懵懂中就只是把这当个热闹瞧。长大后听到家暴的事也没有多触动，就只是当新闻听，而这新闻其实也没什么新劲儿。家暴这个词，似乎也只是一个词而已，从不曾让我这么生气过。而如今目睹香梅挨打怎么就能让我哭呢？这泪水意味的是什么？仅仅是同理心么？还是因为这事就发生在眼前，七成的棍棒抡过的风都能刮起我的发丝，他的脚还踢到了我的腿肚子，这些近在咫尺的伤害让我有了唇亡齿寒的惊惧和愤怒？"①反复讲述和反思，是对村庄土壤的质询，而最终则有了香梅对七成的爆发和反抗。

　　不仅仅是家暴事件，还包括性侵事件。"性侵"在周宁的故事里出现，在大英女儿的故事里出现，有时是在女孩子的童年时代，有时则是在她们少年或者成年时代。故事的讲述通常只是在女性之间的日常对话中，看起来只是一个人的过往遭际，并没有构成一个完整的有戏剧性的冲突，但是，通过这样的讲述，却能看到这些事件在一个人内心深处所引起的震荡。从上面的例子可以看到，《宝水》在讲述女性命运时，并不是以事无巨细的描写和叙述构建所有事件，而是采用从不同视角、时间丰富所叙写的事件。这让事件得到多维度的、更为深层次的展现，有时，甚至也会让同一个事件在不同时期的处理有了鲜明的对照意味。

　　作家之所以能够从不同的角度叙述这些相似的故事，女性视角和女性声音是重要的。女性之间的隐秘谈话推动了这样的故事迭合，某种意义上，作家在有意识地构造这些故事的相似性——相似的女性处境情节的复沓出现使

---

① 乔叶：《宝水》，北京十月文艺出版社2022年版，第350页。

《宝水》拓展了故事叙述的方式，从不同维度丰富了事件的内涵，在显示出人物来历的同时，也显现出了人物与村庄之间的成长关系，形成了今昔映衬的效果。

什么是这种反复讲述情节的意义？各种细小的相近的、互相呼应的情节连接贯通，最后汇合到总的情节结构当中，有如历史长河中的溪水一样，最终构成了乡村剧变的汹涌波浪。当然，也要特别提到，《宝水》中的情节看起来旁逸斜出地反复出现，但并没有弱化事件的因果关系，反而给人以新鲜的惊奇之感。即使情节在不同女性的讲述中出现，但仍然有着时间的先后顺序。小说以四个章节"冬—春""春—夏""夏—秋""秋—冬"结构，使个人故事被严密地编织在了统一的叙述时间之中，这样的时间也并不是循环的而是不断向前的。

正如前面所说，《宝水》中的叙事方式保留了传统小说文体的某些特征，趋向于赵奎英所认为的"空间化的统一"。这种"空间化的统一"一方面指总体结构上小说时间从头到尾呈现出一种循环往复的特点，往往出现"首尾大照应"的情况；另一方面则指的是"'反复重现'所蕴含的内在相似性、类同性，让看似没有多少因果关系的情节片段或者说'缀段性'结构获得了一种'艺术的统一性'"。[①]《宝水》在书写新时代农村女性生活的巨大变化时，其实正是在于使用了"空间化的统一"的叙事方式，进而达到了一种"艺术的统一性"。

除了情节反复迭用，《宝水》中也有着一种方言、语词的反复使用，造成了一种独特的节奏形式。比如小说中多处出现了"怪卓哩""办得卓""维"等地方方言，叙述人在使用时也在解释这个词语的来处和意义，讲述为何

[①] 赵奎英：《语言、空间与艺术》，北京大学出版社2018年版，第273页。

成为村人们常使用的日常用语。还比如小说中多次出现"就都笑""又都笑了""都笑了"。笑的状态在作品里大量重叠出现,既呈现了语言的家常性,同时又是农村人生活的日常状态,进而把人们内在生活的变化写了出来。

从日常生活中进入,是《宝水》的美学趣味。除四章节的标题以四季为题之外,小说中的小标题也有着这样的美学追求,比如第一节是"落灯""失眠症""我信你""眼不好,心不瞎""极小事""景儿都是钱""脏水洗得净萝卜""真佛与家常""人在人里,水在水里""过小年"等,这些标题是细小而微的,但又遍布每个人的生活。从小处着眼,小说最终抵达的,是讲述乡村大地上所发生的巨变与深变。正是在这个意义上说,构建一个村庄的美学空间只是《宝水》的起点,小说所着意描绘的是中国村庄里的新伦理建设、新生活建设;小说家所致力于的,是在人与人的广泛关系之中观察时代变化,展现人在这一场剧变中的主体性和能动性。

今天,讨论《宝水》之于中国乡村书写的意义,角度多重,路径多重,但无论从哪个角度上说,都会认识到这部作品之于中国乡土小说史上的重要贡献:看到村子内部和村子以外;看到乡村之美和乡村之美的设计者与建设者;看到细小而微,也看到广阔深远;看到村庄的白天与夜晚,也看到年轻者与年老者、男人与女人;看到村庄的过去、现在以及未来,也看到农民们真实的渴望、向往、欢笑;看到美丽乡村里不对着记者、镜头的那部分生活……这正是乔叶在《宝水》里完成的。由此,《宝水》成为弥足珍贵的我们时代乡村巨变的见证之书。

第十八章
先锋气质与诗意生活
——廖一梅论

别怕,我要带你走。在池沼上面,在幽谷上面,越过山和森林,越过云和大海,越过太阳那边,越过轻云之外,越过星空世界的无涯极限,凌驾于生活之上。前面就是一望无际的非洲草原,夕阳挂在长颈鹿绵长的脖子上,万物都在雨季来临时焕发生机。

——廖一梅《恋爱的犀牛》[1]

"廖一梅是中国近年来屡创剧坛奇迹的剧作家。她的作品《恋爱的犀牛》从 1999 年首演风靡至今,被誉为'年轻一代的爱情圣经',是中国小剧场史上最受欢迎的作品。她的'悲观主义三部曲'的其他两部剧作《琥珀》和《柔软》,皆引起轰动和争议,是当代亚洲剧坛的旗帜性作品。无论是她的剧作还是小说,在观众和读者中都影响深远而持久,被一代人口耳相传,成为文艺青年们的一代集体记忆。"[2] 这段介绍出自《像我这样笨拙地生活》,很准确地传达了廖一梅在中国当代小剧场史上的贡献和影响力。

---

[1] 廖一梅:《恋爱的犀牛》,载《柔软》,中信出版社 2012 年版,第 263 页。
[2] 廖一梅:《像我这样笨拙地生活》"作者简介"部分,中信出版社 2011 年版。

第十八章　先锋气质与诗意生活——廖一梅论

廖一梅出生于 1970 年，毕业于中央戏剧学院。这是一位常被批评家遗忘的剧作家。按通常的代际分类，她是 70 后作家，但与诸多 70 后作家的文学追求、文学审美迥异。讨论先锋戏剧时，人们常常讨论孟京辉的贡献而往往忽略了廖一梅，这不公平。廖一梅的剧作敏感、尖锐、独异，不惜冒犯大众审美而深具先锋气质。她所有写作的目的都在于表达她对世界的理解和认知。她的困惑痛苦，她的愤怒和喜欢全部幻化于她的人物之口，而非依附在一个完整的人物命运或人物故事之中。她的剧作带给观众纯粹的、不掺杂质却又难以捉摸的感觉。

她的话剧常常是众声与独语交汇，严肃的与滑稽的，喧哗的与低语的，夸张的与日常的，全部糅杂在一起。艺术生活与日常生活之间的边界似乎模糊了，对喧哗之声的渲染，其中含有一种内在的讽刺性，愈贴近愈疏离，愈表现愈讽刺，其中透露出一种审视，一种观望，以及一种隐隐的态度。廖一梅的语言表达是文学性的、诗性的，这与当下流行的那种小剧场话剧——搞笑的、杂耍的、轻浮的、缺乏深刻思想的剧作演出保持了严格的距离。

自我认知，自我反省，对所见的现实进行陌生化处理，廖一梅在戏剧创作中促使观众重新认识现实以及流行文化。她剧作的创作核心是自我，自我反思，自我反省。戏剧在廖一梅这里不是故事，不是对现实的照搬，而是剧作家内心世界的完全表达；是演员、观众和创作者一起对一些问题的探讨，包括时事、流行文化、婚姻、爱情、性、性倒错等。她常常纠结于一个事情，一个意念，一个问题，毫无保留地挖掘、思辨、陈述、反诘、驳难。不过庆幸的是，她的戏剧绝不因这种深刻的思辨性而乏味，恰恰相反，她的戏剧有趣、鲜活、好看、百演不衰。毫无疑问，她的人物都是现代的、"现在时"的、具体情境的，但又具有从具体情境飞离出来的空间。她都有她的独特理解。

迄今，廖一梅有十多部剧作及小说问世。

戏剧作品：

《恋爱的犀牛》（1999）

《琥珀》（2005）

《魔山》（2005）

《艳遇》（2007）

《柔软》（2010）

电影作品：

《一曲柔情》（2000）

《像鸡毛一样飞》（2002）

《生死劫》（2005）

此外，她还有一部长篇小说《悲观主义的花朵》（2008）以及一本语录集《像我这样笨拙地生活》（2011）。

坦率地说，廖一梅的剧作质量参差不齐。她的话剧作品数量并不多，但是别具锋芒。无论之于她本人还是同时代的创作，她的话剧作品都可称作出类拔萃。她的艺术探索远比其他大多数剧作家更有个性、实验性和探索精神，这正是本章主要以《恋爱的犀牛》《琥珀》《柔软》为讨论中心的原因。这三部话剧并称为"悲观主义三部曲"，一部比一部更为尖利。这是一位总渴望把自己从现实泥沼中脱离出来的写作者，她的每一部作品都试图给人一种新突破。——也许她的新剧推出总是会得罪或惊吓不少她的铁杆剧迷们，但同时，也会赢得另外的读者与观众。

她的剧作具有整体性。三部戏剧独立成章，并无实质联系，但又高度一致。它们都关心爱情、关心灵魂和肉体、爱情与性，以及爱情与生殖、与性别的关系。它们是对一个问题不同面向的探索和追问，像三块美妙而花纹复杂的暗色玻璃，相互映衬、互相折射、互为关系，最终形成这位剧作家长期的艺术追求。——在庸常的现实生活之外，建立一种自由的诗意生活；在恶俗的大众审美之外，实现一种文学的、先锋精神的追求。这样的艺术实践使人刮目相看。

一、在爱欲的无尽深渊里

廖一梅是爱的探索者。她所有的剧作都是对爱欲关系的认识，"通过爱情，人们去寻找自己和世界的关系，找到去表达自己欲望和激情的方式"①。当廖一梅如此表达她所理解的爱情时，也意味着她找到了探索个人与世界关系的助力。爱欲是廖一梅认识世界的方式。《恋爱的犀牛》是她的第一次尝试，被视为"恋爱的圣经"，但这样的说法令人怀疑。那些把剧作当作爱情指导来观看的观众未免会失望，这部剧作与其说是关于恋爱的指导，不如说是对何为爱情的深入思考。

主人公马路是爱情至上者。如何爱明明，如何使明明意识到自己爱她是个难题。他发现，当他真的爱一个人时，常常是束手无策的，这种束手无策也出现在明明那里。她爱上了不爱她的男人，她无法获取他的爱，爱成为两个人的难题和难局，这恐怕也是处于爱情状态里的所有人都必然面对的难题。对于这两个青年来说，他们受困于爱，他们为自己的爱画地为牢。他们不能像周围的人那样轻松爱。关于爱的表达，那些唱歌、礼物、金钱，在他们的情感中全不适宜。

廖一梅有一种本领，她能把一个具体的通俗意义上的日常爱情故事写得

---

① 廖一梅：《像我这样笨拙地生活》，中信出版社2011年版，第25页。

深入、深刻,使读者很快进入话剧的肌理。她有穿透力,这令人赞赏。《恋爱的犀牛》中,明明对于爱的理解抽象又精微,具有某种普泛性:"我是说'爱'!那感觉是从哪来的?从心脏、肝脾、血管,哪一处内脏里来的?也许那一天月亮靠近了地球,太阳直射北回归线,季风送来海洋的湿气使你皮肤滑润,蒙古形成的低气压让你心跳加快。或者只是来自你心里的渴望,月经周期带来的骚动,他房间里刚换的灯泡,他刚吃过的橙子留在手指上的清香,他忘了刮的胡子刺痛了你的脸……这一切作用下神经末梢麻酥酥的感觉,就是所说的爱情。"[1]

对于这部话剧而言,具体环境并不是剧作家所关注的,马路和明明能否走到一起也并不是她所着意表达的。没有开头结尾和起承转合,她只想阐释对爱的疑问、追问、理解,因为"人对于爱的态度,代表了他对这个世界的态度,爱情是一把锐利的刀子,能试出你生命中的种种,无论是最高尚还是最卑微的部分"[2]。

《恋爱的犀牛》只是廖一梅探索"何为爱"的开始。关于爱,有许多疑问困扰着她。"人们总是说'我心爱的',真的是'心'在爱吗?""如果你的灵魂住到了另一个身体我还爱不爱你?如果你的眉毛变了,眼睛变了,气息变了,声音变了,爱情还是否还存在?"[3]——如果你爱人的心换到了另外一个人那里,你会爱另一个人吗?你爱,你爱的是以前的他还是现在的他?《琥珀》与《恋爱的犀牛》的不同在于,《琥珀》是一种更为深入的对何为爱的思辨。

审视自己的情感,我常会有这样的疑惑:是什么在影响我们的爱

---

[1] 廖一梅:《恋爱的犀牛》,《柔软》,中信出版社2012年版,第195页。
[2] 廖一梅:《像我这样笨拙地生活》,中信出版社2011年版,第27页。
[3] 廖一梅:《柔软》,《柔软》,中信出版社2012年版,第145页。

憎？激发我们的欲望？左右我们的视线？引发我们的爱情？这种力量源于什么？什么样的人，什么样的气息，什么样的笑意，什么样的温度湿度，什么样的误会巧合，什么样的肉体灵魂，什么样的月亮潮汐？你以为自己喜欢的，却无聊乏味，你认为自己厌恶的，却深具魅力。这个问题，像人生所有的基本问题一样，永远没有答案，却产生了无穷的表述和无数动人的表达。①

在"爱是什么"的整体疑问里，《琥珀》的进一步问题是，爱与身体、爱与欲望的关系。因车祸消失的人，如果他的心移植于另一个人的身体，"心爱"二字何解？对小优而言，当她意识到爱时，她爱的是现在这个男人，还是他身体里潜藏的那颗爱人的心。对高辕而言，他爱小优，是作为高辕的爱，还是为那颗心的驱使而爱？

每一个问题都是切肤的，有着最为真实的疼痛。思考和追问都需要勇气。爱真的是不可转移的吗？当形而上的爱前所未有遇到一种肉体分离时，爱是什么？不断地追问是《琥珀》的深度。廖一梅把她的人物完全推到了悬崖，一种绝境。她的问题折磨着剧中人物，也折磨着她的观众——他们从来没有意识到，爱如此复杂，关于爱的问题会以如此凛冽的方式被推到前台，这使人不得不思考，不得不面对。

《柔软》则是三部曲中最为惊世骇俗的，也最受争议。这部作品是关于了解、婚姻、爱、男人、女人、性、异性恋、异装癖，以及人的勇气的，那种渴望探求身体可能性的勇气。一个人如何认同她的性别属性——如果一个人的性别属性与她本人分离，她如何认知，诸多复杂缠绕的问题全部呈现在这

---

① 廖一梅：《像我这样笨拙地生活》，中信出版社2011年版，第31页。

部剧作中。变性医院里，一个青年男子渴望变成女性，在变性前，他以男性身份与他的女医生发生性行为，并且获得快感。这是她最为暧昧的作品，你很难用清晰的语言表达和阐释。它是无解的，但缠绕本身就是一种冲击。廖一梅解释说，"我想通过进入禁忌来试图探讨真相，试图找到真相"[①]。

《柔软》中，对那位要做变性手术的年轻人而言，身体与他的欲望和个人认同之间产生了巨大的距离。他向他不能认同的性别挑战，不惜一切做变性手术，完成另一个他认同的"我"。这位年轻人是勇敢和果决的。对普通人来说，最困难的恐怕是肉体和灵魂的相悖。剧作中的女医生，有和剧作家本人一样的悲观情绪："我该对我的灵魂动手术，它们困在我的体内，它们对我说要得到改善……"[②]由爱、相爱、做爱、肉体，廖一梅一步步逼近她的深渊。不过，整体而言，廖一梅是信任爱的人，因为信任，所以才执迷于何为爱。在她那里，爱不只是爱，也是人和人之间的交往。"爱还是存在的，如果你细细分辨，那可能是人最本质的善意和友爱。它既不是欲望，也不是需要，是人和人之间的一种默契，是人类能够存在的最本质的东西，它超越任何身份、禁忌，甚至性别。"[③]

想来，这位执迷于爱的作家，也许在创作的最初并没有想过写"悲观主义三部曲"。她的每一部剧作既是一个问题思考的结束，也是深入挖掘另一个问题的开始，下一部总是顺理成章。爱与肉体、与婚姻、与灵魂、与生殖的关系——她的主人公缠绕在这样的问题里不能自拔，他们以一种不能自拔的状态使我们重新理解那被传说过一千万次的爱。一个人，如何通过对爱的理解去理解世界、理解人本身？剧本中没有清晰的答案，也许读者在这样的问

---

① 廖一梅：《像我这样笨拙地生活》，中信出版社2011年版，第139页。
② 廖一梅：《柔软》，《柔软》，中信出版社2012年版，第58页。
③ 廖一梅：《像我这样笨拙地生活》，中信出版社2011年版，第27页。

题和困惑里找到了同道,也许剧作会把懂得爱的人弄糊涂,但无论怎样,"悲观主义三部曲"像巨大的深不可测的镜子一样,使读者照见了自己的困扰和烦恼。——这种困扰和烦恼与什么时代、什么样的物质条件无关,而只与灵魂、孤独、精神疑难有关。

二、众声杂糅

廖一梅剧作里总是众声喧哗,其中有多种语言的大胆杂糅。各种语言元素相互矛盾,构成一种拼贴叙事,不加雕琢,某种意义上,是带有讽刺性质的现实叙事。她展示当年最流行、最红火的观点并加以漫画化,这与我们通常的戏剧理论格格不入,但最终又能达到一种和谐效果,这种杂糅在孟京辉的舞台上得到了一种彻底的贯彻。由此,他们二人也正在形成一种戏剧的新范式:将各种文化元素进行选择和堆砌的拼盘,将内心的忧郁、抒情的独白与最流行的口头俚语、街头段子结合;在不同叙述风格和表达形式之间迅速切换,进而完成对一种问题的深刻探索。

这种喧哗是廖一梅式的。《恋爱的犀牛》第一场,每一位上场的演员都在读一本书,大声读其中的一段话,关于科学,关于知识分子,关于上帝、结婚、高跟鞋、眼睛……最终,这些人来到一口世纪大钟前许愿,愿望都与金钱或爱情有关。第五场,"恋爱训练课"中,教授教青年人恋爱,每一个人都渴望获得爱情,在恋爱成功学里,包括倾诉、情境,以及表演。同一个空间里,先是由不同的人物说起他们遇到的不同的情感困惑,之后他们的声音共同交织而起。而最为极致和富有意味的喧哗是在另一部话剧《琥珀》中高辕的讲演。

如何赢得你的人生？投资极小，成本极低，回报极丰，利润极厚！这个美丽的新世界还剩下什么可以赚钱？面条加工设备，卤味烧腊名店，干洗店加香，骨汤粉面馆，防盗手机套，牛仔服外带休闲，睫毛生长液，自卫防身手电，微型永久脱毛器，疯狂增高营养片，活性再生因子疤痕灵，儿童健脑跳毯，处女膜修补，得克萨斯肉饼店……[1]

这个段落里充斥的全是名词，与金钱、盈利有关的名词。剧作家是名词爱好者，她喜欢将各种毫不相关的名词堆积在一起。这些名词身上打着浓烈的时代烙印，是谋利者为获得金钱而制造出来的物品，对观众和读者构成了一种轰炸力，一种独特意味。

这位剧作家也喜欢使用铺排。比如在《琥珀》中，"关于爱情的七张床和七次对话"。第一张床是大学教授和有可能怀孕的女大学生之间的对话，第二张床是警察和企图自杀者之间的对话，第三张床是登山运动员和女演员之间的对话，第四张床是《夜色温柔》节目主持人和他的初恋情人在电台里公开的对话，第五张床是两只非洲蚂蚁在实验室中热烈的对话（动画片），第六张床是一个男"网虫"和一个女"网虫"的对话，第七张床是两名宇航员在太空舱里被发现的爱情对话。

用名词，用声音，用场景表达人的多样，世界的多样，时代的光怪陆离是剧作家希望达到的效果。但这真的是多样性？《琥珀》中，有一个场景是高辕的声音和众人的声音一起。

---

[1] 廖一梅：《琥珀》,《柔软》，中信出版社2012年版，第95页。

高辕：我是出色的。

众人：我们是出色的。

高辕：我绝对是出色的。

众人：我们绝对是出色的。

高辕：我的精神是放松的。

众人：我们的精神是放松的。

高辕：我的思维是清晰的。

众人：我们的思维是清晰的。

高辕：我能应付生活中遇到的任何问题。

众人：我们能应付生活中遇到的任何问题。

……

高辕：我将成功。

众人：我们将成功。

高辕：我应该得到更多的钱。

众人：我们应该得到更多的钱。

高辕：我要坚持自己的意见并且为自己感到骄傲。

众人：我们要坚持自己的意见并且为自己感到骄傲。[1]

声音高亢有力，但又单一重复，时代的某种乏味和无聊被深刻勾画出来。《恋爱的犀牛》中，剧作家使用的则是众人合唱。一个人引领，万众附和。

这是一个物质过剩的时代，

---

[1] 廖一梅：《琥珀》，《柔软》，中信出版社2012年版，第133—134页。

> 这是一个情感过剩的时代，
> 这是一个知识过剩的时代，
> ……
> 我们有太多的事情要做，
> 我们有太多的东西要学，
> ……
> 爱情是鲜花，新鲜动人，
> 过了五月就枯萎，
> 爱情是彩虹，多么缤纷绚丽，
> 那是瞬间的骗局，太阳一晒就蒸发，
> 爱情多么美好，但是不堪一击，
> 爱情多么美好，但是不堪一击。[1]

这是对时代的直接表现。正如一位批评家所意识到的，"《恋爱的犀牛》中的合唱所言说的并非古老庄重的命运之音，它带有现代社会无赖的嘴脸，不以为然又略带嘲弄。这种合唱带着媚俗之气弥漫在整个舞台"[2]。一个狂乱的、实用主义的、无聊的世纪末图景被表现出来。这一场景在其他两部剧作中也反复出现。《琥珀》中，写手们联合写作，美女作家横空出世，骗取销量及金钱。《柔软》的喧哗则在整容室里：女明星整容，腮帮子里眼眶子上打肉毒杆菌，头发里埋根拉皮的线，乳房旁边有小小切口。《柔软》的语言是突破禁忌的，其中有大量的与性有关的字眼，也包括对性、性倒错、变性的理解。

---

[1] 廖一梅：《恋爱的犀牛》，《柔软》，中信出版社 2012 年版，第 250—251 页。
[2] 张永宏：《论〈恋爱的犀牛〉中的感伤色彩及批判意识》，《群文天地》2011 年第 20 期。

一方面，俚语、俗语、段子、笑声，同构了有关时尚、时代的众声，这些声音和表达都是用严肃的方式呈现的，激昂、铿锵，像我们身在的现实，这似乎是这个时代的底子。另一方面，她似乎也喜欢使用科学性的语言，而科学类语言以一种冷冰冰的方式出现，比如剧作中对图拉的介绍，《琥珀》中对人心脏的分析，对变性手术的介绍等。所有的语言都煞有介事。作者把不同风格的语言、不同的生活态度、不同的生活场景全部糅杂在一个空间里，成为一种人生境况的隐喻性描写。

《恋爱的犀牛》中，讨论到如果得到一大笔钱该做什么时，各种声音泛起，"用于还债""出国""买房""全部买成伟哥"……而果然中得大奖的马路却想的是"给图拉买个母犀牛"做伴，给他爱的明明以幸福。在这样的喧嚣里，马路的声音出现。

你们欢呼什么？你们在为什么欢呼？我的心欢呼得快要炸开了，可我敢说我们欢呼的不是同一种东西！相信我，上天会厚待那些勇敢的，坚强的，多情的人，如果你们爱什么东西，渴望什么东西，相信我，你就去爱吧，去渴望吧，只要你有足够强大的愿望，你就是不可战胜的！[1]

与此相类，《琥珀》中，当《床的叫喊》畅销，当美女作家的情爱作品畅销时，一个声音开始在舞台上出现。

如果你的灵魂住到了另一个身体里我还爱不爱你？如果你的眉毛

---

[1] 廖一梅：《恋爱的犀牛》，《柔软》，中信出版社2012年版，第255页。

变了，眼睛变了，气息变了，声音变了，爱情还是否还存在？他说过，只要他的心在，他便会永远爱我。可是，我能够只爱一个人的心吗？①

与大众的、科学的语言相对应的，是来自人的低语，一个人的独白，是独语者的诉说。它们不是高亢的、响亮的，它们是由人的内心深处发出的。这种低弱的、发自肺腑的声音与高声的喧哗构成一种强烈的比照关系，互相映衬。并不是声音高亢的就是重要的，对比之下，个人的声音更具力量，来自独语者的表达是文雅的、抒情的、诗意的。

三、文学性或反大众

独语者具有魅力。在廖一梅的剧作里，在时代的功利、市侩语境中，独语之人的执着坚守被放大、被深描、被注目。相互矛盾的声音元素并置在一起，并不意味着简单的呈现，剧作家的态度蕴含其中。——只有在杂糅风格中，廖一梅剧作的另一特征——抒情性特征才会凸显。这种抒情性特质在《恋爱的犀牛》中表现得很充分，这也是廖一梅最为酣畅淋漓、丰满复杂的剧作。主人公马路有大量的内心独白，成为剧场观众久不能忘记的段落。

我爱你，我真心爱你，我疯狂地爱你，我向你献媚，我向你许诺，我海誓山盟，我能怎么办就怎么办。我怎样才能让你明白我如何爱你？我默默忍受，饮泣而眠？我高声喊叫，声嘶力竭？我对着镜子

---

① 廖一梅：《琥珀》，《柔软》，中信出版社2012年版，第153页。

痛骂自己？我冲进你的办公室把你推倒在地？我上大学，我读博士，当一个作家？我为你自暴自弃，从此被人怜悯？我走入精神病院，我爱你爱崩溃了？爱疯了？还是我在你窗下自杀？明明，告诉我该怎么办？你是聪明的，灵巧的，伶牙俐齿的，愚不可及的，我心爱的，我的明明……①

忘掉她，忘掉她就可以不必再忍受，忘掉她就可以不必再痛苦。忘掉她，忘掉你没有的东西，忘掉别人有的东西，忘掉你失去和以后不能得到的东西，忘掉仇恨，忘掉屈辱，忘掉爱情。像犀牛忘掉草原，像水鸟忘掉湖泊，像地狱里的人忘掉天堂，像截肢的人忘掉自己曾快步如飞，像落叶忘掉风，像图拉忘掉母犀牛。忘掉是一般人能做的唯一的事，但是我决定不忘掉她。②

这些表达是文学性的，它们与所有杂声相悖。事实上，她的剧作中常常出现诗句。比如《恋爱的犀牛》中，一直有一首诗响起。"一切白的东西和你相比都成了黑墨水而自惭形秽／一切无知的鸟兽因为不能说出你的名字而绝望万分。"在这样的场景中，那些主人公的内心独白具有一种罕见的抒情色彩，这首诗在剧作的后来也再次出现。

  一切白的东西和你相比都成了黑墨水而自惭形秽
  一切无知的鸟兽因为不能说出你的名字而绝望万分
  一切路口的警察亮起绿灯让你顺利通行

---

① 廖一梅：《恋爱的犀牛》，《柔软》，中信出版社2012年版，第180页。
② 廖一梅：《恋爱的犀牛》，《柔软》，中信出版社2012年版，第228页。

> 一切正确的指南针向我标示你存在的方位①

诗句和抒情性独白表明，这位剧作家有着深厚的文学气质。这种强烈的文学性特征，也表现在她的剧作结构上。——严格意义上，她的结构不是线性的，而是非故事性的，尽管她有她的核心观点和问题。《恋爱的犀牛》中，恋爱培训班、世纪庆典和马路的爱情交织在一起；《琥珀》中，高辕和伙伴们一起炮制畅销书、美女作家与高辕和小优的爱情缠绕；《柔软》中，男青年的变性手术、女医生的巨大困惑和碧浪达的多面人生互相映衬。她的剧本结构类似于散文体，场景之间并没有必然的和必要的联系，但却"形散神不散"地结构在一起。

她的话剧有内在的文学情怀。《恋爱的犀牛》中饱含20世纪末知识分子的不安和迷狂，延续了知识分子的危机意识——困惑、恐慌、孤独、忧伤。她专注于个人的想法和理念。她剧作中的很多人物都可以文思泉涌、才思敏捷、妙语连珠。她常常引用他人的话，提到一些文学作品时则用诗句来表达。她的人物，她们讨论的话题，绝不可能是琐屑的、鸡零狗碎的。她的话题关于爱情、关于身体、关于性和变性、关于精神本质。她将文学特质的东西恰如其分地融入她的创作中，如苏俄人亚·伊·索尔仁尼琴的《癌症楼》，德国人托马斯·曼虚构的《魔山》，法国人阿尔贝·加缪的《鼠疫》……这些作品多次出现于她的人物之口。

文学性的表达是一种风格，一种方式，更是一种态度。在独自的、忧伤的个人声音之后，是一个人对时代、对大众、对流行的拒绝和对抗。一如陈晓明对先锋小说的分析："在那些似是而非的抒情背后，可能隐藏着颇为复杂

---

① 廖一梅:《恋爱的犀牛》,《柔软》, 中信出版社2012年版, 第263页。

的历史意蕴……特别是在讲述生活陷入无法挽救的破败境地的故事时，那些优美的抒情总是应运而生，这使得抒情不再是一种修辞手段或者语言风格特征，它表明了处理生活的一种态度和方式……"[①]

这也意味着，对马路来说，"爱明明与否"已经不再关乎爱情，它变成了一种生活态度："我曾经一事无成这并不重要，但是这一次我认了输，我低头耷脑地顺从了，我就将永远对生活妥协下去，做个你们眼中的正常人，从生活中攫取一点儿简单易得的东西，在阴影下苟且作乐，这些对我毫无意义，我宁愿什么也不要。"[②]这也是一种较量，不是两个青年男女之间的较量，是一个人和外在一切的较量。

具有文学气质的独语者是属于廖一梅的个人标识，但这位剧作家还有她另外的个人锋芒，即她对大众审美的认识。她不将大众当成一个整体，借高辕之口，她争辩大众的多样："海洋不只是简单的海洋，而是由各种河流汇成；森林不只是简单的森林，而是由各种树木组成；人民和大众也不只是简单的人民和大众，他们当中有建筑师，心理医生，洗盘子的伙计，种棉花的农民，律师，小业主，诗人，锻工，牧羊人，驯兽师。"[③]她更不会把大众审美当成天大的事情加以膜拜。事实上，廖一梅借她的人物高辕之口表达过她对大众、公众和时尚的理解："公众从来没有自己的想法，公众都是人云亦云的。事实证明你只要说得有煽动性，再搬出几个专家来，一切就都妥了。"[④]"记得尼采说过：疯狂就个人而言是少见的，但就集团，组织，民众和

[①] 陈晓明：《无边的挑战：中国先锋文学的后现代性》，广西师范大学出版社2004年版，第127页。
[②] 廖一梅：《恋爱的犀牛》，《柔软》，中信出版社2012年版，第257页。
[③] 廖一梅：《琥珀》，《柔软》，中信出版社2012年版，第142页。
[④] 廖一梅：《恋爱的犀牛》，《柔软》，中信出版社2012年版，第141—142页。

时代而言,却屡见不鲜。"①她甚至曾激愤地说过,"大众审美是臭狗屎","因为产生原始的、质朴有力的大众审美的社会结构已经消失了。所有的传媒电视报纸网络时尚杂志推销的审美全部来源于商业利益和政治利益,无一例外,所以在这个意义上,这种审美肯定是个怪胎,肯定是狗屎"。②与文学气质并构的是她独特的先锋精神,廖一梅是少有的既能保证戏剧的商业性特征又毫不掩饰地对大众审美进行激烈批判的新锐剧作家。

四、个人性与普遍性

写作、剧作对于这位作家而言,是对内心自我的深入探寻。在她那里,自我并不是像我们想象的那么浅表,它是深井,有无数关于"我"的宝藏和秘密。对自我的探索是艰难的,需要经年累月的劳动,需要作者沉思、冥想,向更深更暗的无人至访处探进。"有一些东西可能不构成外在的冲突,但实际上却是让你撕心裂肺的!它可能是你内心的两种品性或两种喜好,甚至是你不知道是什么的东西在你内心作战,却比任何有形的冲突更令你痛苦、更加激烈。"③

她感受她的痛苦并表达。痛苦在她这里是有重量的、有质量的,是对生命的滋养。廖一梅和她剧作里的每一位主人公一样痛苦,备受熬煎:"大部分的时间,我都在干一件事儿,垂下脑袋深深地埋进自己的胸腔,将五脏六腑翻腾个遍,对自己没完没了地剖析较劲儿。"④在她看来,迎着痛苦是一位艺术

---

① 廖一梅:《恋爱的犀牛》,《柔软》,中信出版社2012年版,第142页。
② 廖一梅:《像我这样笨拙地生活》,中信出版社2011年版,第80页。
③ 廖一梅:《像我这样笨拙地生活》,中信出版社2011年版,第69页。
④ 廖一梅:《自序:生活之上》,《柔软》,中信出版社2012年版,第4页。

家的本能:"不回避痛苦,我基本上是迎着刀尖儿上的人。如果你一路躲闪,一直生活在舒适、愉悦、顺利的环境里,你会变得肤浅。人类就是以痛苦的方式成长的,生命中能帮助你成长的,大都是痛苦的事情。我珍视生命中的这些痛苦。"①

对痛苦的迎面而立使廖一梅的人物在每一个决定面前都不会模棱两可,相反,他们坚定果决。她的人物对个人有清晰的认知,她的每一个人物都偏执,有自己的极致追求,她喜欢把她的人物推向绝境,像用鞭子抽着他们一样去认识自我,倾听内心的声音,这使廖一梅的戏剧具有了强烈的个人特征。这里说的个人特征不仅仅指的是创作者的主观性及个性,也包括她作为叙述者的强大主体性。无论她的戏剧中有多少人物出场,有多少互不相干的议论,她都能始终把控她的节奏,实现她始终的艺术理念:"我"决不向大众妥协。"我"要以最为极端的方式坚持"我"自己。她的戏剧中,主人公的共性在于坚持自我,马路、明明、小优、男青年,以及碧浪达,他们从不听从他人劝告,他们听从自我内心的声音。

追求一种极端的个人化倾向,但并不追求那种独一无二的情感表达,她看重的是人类精神疑难的普遍性。《恋爱的犀牛》中有两段关于爱情的独语。一段是男主人公马路的。

也有很多次我想要放弃了,但是它在我身体的某个地方留下了疼痛的感觉,一想到它会永远在那儿隐隐作痛,一想到以后我看待一切的目光都会因为那一点疼痛而变得了无生气,我就怕了。爱她,是我

---

① 廖一梅:《像我这样笨拙地生活》,中信出版社2011年版,第56页。

做过的最好的事情。①

在同一场景同一空间里，明明接下来也有此内心独白。

也有很多次我想要放弃了，但是它在我身体的某个地方留下了疼痛的感觉，一想到它会永远在那儿隐隐作痛，一想到以后我看待一切的目光都会因为那一点疼痛而变得了无生气，我就怕了。爱他，是我做过的最好的事情。②

同样的独白出现在两个人的内心世界里，由他们共同表达，这一场景意味深长。"这种叙述明显拒绝了个人化的差异，拒绝进入任何历史场域的习俗、观念和境遇，可是却形成一种更强大的力量、激情和连绵不断的回声。"③——人类的共同困惑是她关注的焦点。在这位剧作家看来，没有什么比人的东西更重要。某种程度上，人与宇宙同构。"人与宇宙是同构的，你如果发现了一个细胞的秘密，就发现了宇宙的秘密。人类在每个历史时期都会有特定的重大问题需要解决，这个问题解决了，又会有一个新的世界格局出现。某一地的制度问题，争端，福利，教育等等社会问题，我觉得都是可以解决的。但是从人类出现，有关人的基本困惑却从来没有得到过改善。"④因而，吸引这位剧作家的最重要的问题是："人怎么能更自由，更有尊严，更幸福，这

---

① 廖一梅：《恋爱的犀牛》，《柔软》，中信出版社2012年版，第259页。
② 廖一梅：《恋爱的犀牛》，《柔软》，中信出版社2012年版，第259页。
③ 张永宏：《论〈恋爱的犀牛〉中的感伤色彩及批判意识》，《群文天地》2011年第20期。
④ 廖一梅：《像我这样笨拙地生活》，中信出版社2011年版，第45页。

是本质的问题，是每个人都关心的问题。"①

　　这样的认识也决定了她只对真相，只对本质的东西感兴趣。思考，写作，透过那些浮泛的东西抵达更深入的内核，通过发现爱的真相而发现人的真相。"如果每天都关注当天或者当月发生的热闹事儿，那自己的精神永远都被之牵引了。那些东西大多是过眼云烟，再过一个月后，可能再没人提到或想起，我不愿意把生命浪费在那上面。现在是信息太多，而不是太少。对于人来说，随波逐流是容易的，谈论同样的话题会有安全感，拒绝反而是很难得的。"② 发现真相，发现爱的真相，这不仅是廖一梅作品最重要的艺术追求，也是她的作品为何只关注人的内在面向，人的精神和灵魂的缘由所在。

　　但是，发现真相何其容易？它需要对自己严厉、严苛，更尖锐地面对内心。她像她的人物一样勇敢，不怕疼痛。"人是可以像'犀牛'一样那么勇敢的，哪怕很疼也是可以的，看你疼过了是不是还敢疼。大多数人疼一下就缩起来了，像海葵一样，再也不张开了，那最后只有变成一块石头。要是一直张着就会有不断的伤害，不断的疼痛，但你还是像花一样开着。"③

　　发现真相，便是要辨析常态和变态，"所谓变态其实就是改变常态，这个常态是什么呢，我觉得这个常态只能以统计学来确定，什么算是正常的，那就是大多数人，大多数人是一个什么样的比例呢？以一个概念确定一件事，这就离真相越来越远了"④。为了真相，必得转换你的思维、你的视角，以及你的理解力，这样的转换才能使你处在接近真相的过程中。"我并没有得出什么结论，也不知道会是什么样的结果，但是我有奔向真相的决心，无论这

---

① 廖一梅：《像我这样笨拙地生活》，中信出版社2011年版，第39页。
② 廖一梅：《像我这样笨拙地生活》，中信出版社2011年版，第69页。
③ 廖一梅：《像我这样笨拙地生活》，中信出版社2011年版，第95页。
④ 廖一梅：《像我这样笨拙地生活》，中信出版社2011年版，第57页。

个真相是什么，哪怕它是刺眼的、露骨的或者对人有强大腐蚀性的，我都不逃避。"①

在渴望把脑子写透的人眼里，常态和变态与通常的定义不同。她的人物：马路、明明、高辕、陈天、男青年和女医生，以及碧浪达，在他人眼中都是怪物，都是变态。但在她那里都是美好的人，多情的人，勇敢的人，敢于面对真相的人。

辨析常态和变态的过程，是剥离教育、习俗和规则给人身上强加的条条框框。廖一梅试图以一种生动鲜活的方式表现这些人的存在，这具有创造性。她塑造的主人公即是那种打破各种模式横空出世的年轻人，是新鲜人类。他们喜欢"有创造力的、有激情、不囿于成见的自由生活"。"我反对伪善，谎言，媚俗，狭隘，平庸，装腔作势，一团和气，不相信任何人制定的生活准则和幸福模式。不管世界给没给你这种机会，我相信人都可以坚持为自己为他人创造自由的生活。"②对于这些主人公，她选择寻找具象的、生动的、贴切的、具有指代性的东西来表现，比如犀牛，比如琥珀。这种简约生动的形象便于观众接受剧作者传递的意味，尽管难以深入理解，但却可以深深铭记。

从个人感受出发，廖一梅试图使她的剧作抵达一种普遍性，对人类普遍性精神疑难进行探险。这位剧作家终生渴望的是"揪着自己的头发把自己从泥地上拔起来"③。她对那种"厌恶琐碎的、平庸的、蝇营狗苟的生活"不感兴趣。也许这样的愿望与结果之间有某种距离，或者完成得并不那么完美。——与她的第一部剧作的酣畅淋漓相比，《琥珀》《柔软》显得不够丰满和灵动，剧情推动显得生硬和别扭。但即使如此，其剧作的异质之美依然值得赞赏。

---

① 廖一梅：《像我这样笨拙地生活》，中信出版社2011年版，第43页。
② 廖一梅：《像我这样笨拙地生活》，中信出版社2011年版，第70页。
③ 廖一梅：《像我这样笨拙地生活》，中信出版社2011年版，第38页。

在剧作中，她如实地写下那些疑问、努力、挣扎、纠缠、迷恋和痛苦，以此确认自我的存在。"在现实生活之外，还存在着一个诗意的世界。我写书或写舞台戏剧，都是对那个诗意世界的想象和寻找。"[①] 那些在舞台上痛苦独语的人物，那大自然里稀缺的"犀牛"，那经历风雨存留至今的"琥珀"，都是廖一梅把自己从泥地里拔起来后所建造的诗意世界。当她的主人公开口说话，当这个弱的、偏执的、不屈不挠地坚持自我的人开始表达时，你会发现其中包含她对狂躁现实的抵抗，以及一种不屈不挠地对平庸生活的超越。——作为时代众声中的独语者，廖一梅的剧作中有着这个时代艺术作品稀缺的尖锐和锋芒，她的剧作追求具有宝贵的个人性、文学性、诗意特质，也具有了这个时代一位艺术家应有的先锋精神。

---

① 廖一梅：《像我这样笨拙地生活》，中信出版社 2011 年版，第 9 页。

第十九章
"不规矩"的叙述人
——鲁敏论

一、持取景器者

鲁敏是视角独特、兴趣驳杂的小说家。我想到在她的小说《取景器》中,那位女摄影师关注的主题是那么与众不同:井、屋檐、背影、面孔、畸形人、野猫、菜场。独特的"取景手法"使其拥有了重新解释和命名世界的权力,她给出的解释是:"我需要一下子发现拍摄对象与众不同的东西,那隐藏着的缺陷、那克制着的情绪、那屏蔽着的阴影部分!"[①] 读到此处,作为读者的我停了下来——这固然是摄影家的思量,是否也是小说家的自况? 你看,鲁敏的选材是如此别具特色:家人、机关单位人员、邮差、播音员、大夫、大龄女青年、养鸽子者、图书管理员。有意思的是,这些人都渴望成为另一个自己,内心有一个不安分的存在——某种意义上,鲁敏的大多数人物是"越界者"与"脱轨者",或者他们渴望着一个脱离"常规"的世界。于是有两处风景便不断地复现,一个是遥远的、迷离的、具有传奇意味的乡土世界——"东坝"。随着《思无邪》《离歌》《风月剪》《纸醉》《燕子笺》的问世,"东坝"迅速构

[①] 鲁敏:《取景器》,《纸醉》,江苏文艺出版社2008年版,第99页。除特别说明外,本章《纸醉》的引文均出自此版本,不另注。

成了鲁敏具有标志意义的纸上乡原，它与我们生活中的世界有着远为不同的特质与美好。另一处则是都市人身上微小的疾患与怪癖。鲁敏热衷于对暗疾"显微"的书写，很多人物都出现了某种"暗疾"：窥视欲、皮肤病、莫名其妙的眩晕、呕吐、说谎。她的人物于暗疾处脱轨，也于暗疾处渴望重生。

这是个"不规矩"的叙述人。行文中，叙述人常常会跳到故事里叹息，煞有介事地和读者一起讨论人物的命运走向，这种"边叙述边议论"使她的作品蒙上"温柔的反讽"[①]的调子。小说的某个场景的逼真令你感到结结实实的撞击，但有时候你又被一种"不可能"的想法拽住，觉得她的人物脱轨得未免太猛烈了。她漫不经心地对诸多生活细屑的搜集使小说的许多场景充满诱感力，但是，沉浸其中的你又分明听到了叙述人那兴致盎然和并不缺少幽默的解说，会觉得这会使小说出现很多分岔……一切就成了景中之景，画外之画。你会觉得鲁敏小说太没有章法了，可是，不也正因如此才有了她叙事中所独有的繁复、缠绕、纠结，以及调动读者热情的兴致勃勃？

阅读中，我日益相信，鲁敏小说中还有一处"风景"是隐藏着的："父亲"。叙述人热衷于从女儿角度对父亲谜团一样的婚恋世界进行探寻。如果说父亲是鲁敏取景器里的风景，那么"父女情感"则是镜头外被忽视的，这是认识鲁敏小说的一个特别视角，这是一个持特殊"取景器"者。你经由鲁敏对父亲的讲述，会意识到小说家对"父亲"在物质匮乏时代的精神恋爱表现出的好奇，会感受到父女情感的复杂，这最终促使叙述人对父亲般的男人具有宽容与耐心，也对一种传统生活表达着罕有的"致意"。与其说父女情感显示了一位女性小说家对像父亲一样的长辈男人的崇拜，不如说鲁敏小说因对父辈精神生活的向往而具有了别种情怀。"父女情感"使她的创作破坏了女性

[①] 张清华：《镜中的繁复和荒凉——关于鲁敏的〈墙上的父亲〉》，《小说评论》2008年第3期。

主义某种僵化的理论框架,使其性别写作与体认向更复杂与纠结处推进。我认为,"父女情感"以及从中延伸的对父辈精神生活的景仰和认同使"暗疾"与"东坝"在鲁敏小说中构成了别样风景:鲁敏借用"暗疾"与"东坝"的存在使"不可能"在小说中发生,进而寻找着文学写作的另一种"可能"。这是一位因对人与人之间关系的不懈探求和对人性"暗疾"的好奇而使自己在同龄写作者乃至当代写作者中脱颖而出的写作者,她充满韧性的书写方式与其笔下顽强地在俗世中生活的人们一起,共同构成了一个充满生命力的纸上世界。

二、"暗疾":"脱轨"的人与事

"暗疾"首先指的是一种生理意义上的疾病,比如《暗疾》中的一家人:大龄女青年梅小梅生活在城市的边缘,她爱去高级商场刷卡买高档服装,隔天便去退货——这会让她得到高人一等的快感;她的父亲一紧张就呕吐;长期便秘的姨婆喜欢与人分享大便次数,即使是在餐桌上。《羽毛》中的郝音总会毫无征兆地不舒服,导致聚会草草收场;女儿则"搔痒开始分布到腰上,而脖子与四肢上的则越抓越厚,并变得苔藓似的一块一块"。"暗疾"是不是生活压力给予身体的神经质反应呢?当所有人的"暗疾"以一种精微又放大的姿态出现时,你看到了这些人生活的庸常,他们内心中对这种庸常的不满和来自其身体的潜在反抗。

《致邮差的情书》中小资女人 M 突然想给邮递员罗林写封情书,她觉得自己爱上他了。可平庸的罗林遇到的却是金钱的困扰,妻子渴望逃离家庭哪怕只有一秒,儿子渴望获得和其他同学一样的生活条件……罗林收到了那封信,他判断有人寄错了,这让视爱情或情感为生命的女人实在不理解。在 M

身上，有没有那种被叫作"怜悯癖"与"施舍癖"的"暗疾"呢？正是通过一次异想天开的写信之举，鲁敏书写了有趣的人际关系，它具有抽象性——一个小资产阶级与一个刻板的邮差之间的关系，不再只是人与人之间的关系，还是注重实际利益的男人与多情女人之间的关系，更是两个阶级之间根本上的不可沟通。《取景器》中，摄影师唐冠热衷于为她的情人拍摄照片，他从她的镜头里看到了不同的自己。分手后，她偷拍他的妻子，他的女儿。男人看到的家人和摄影师镜头里的完全不同，当家人热衷于谈论那些景象时，男人感到了错位和对一种古怪的人际关系的陌生。需要注意的是取景器后面的摄影师的眼睛，她是否通过这种拍摄的侵略性获得隐秘的快感和征服欲——这是不是作为第三者的女人身上的"暗疾"？

"暗疾"引发"脱轨"。《细细红线》中，女主人公红儿是按部就班生活着的图书管理员，她的爱好就是体验成为另一个人的快感。一个拥有众多粉丝的男性著名播音员因被光环围绕而疲倦。小说中那根"细细红线"正是男名人对红儿所说的界限："我跟你之间，什么都可以，但绝对不谈恋爱，什么你爱我、我爱你之类的。"[①]这个界限恰也是她愿意和他交往的原因。他们渴望成为另一个人，在肉体上实验。最终，"她与他，在相互交叉的最初，曾经可能保有的明亮与光明，彻底消失了，现在，他们正把人性中最炽烈最危险的那部分，狠狠地掏出来，爆发出恶之花的绚烂"。人物"脱轨"的生活状态成为小说中最有意味的隐喻，是都市人渴望成为"他者"的行为艺术。事实上，对生活的无奈是导致小说人物有诸种"暗疾"发生的原因，也是鲁敏的故事发生的原因。"暗疾"使不可能发生的变得可能发生，使本该平安无事的生活变得痛楚不堪。因而，这里的"暗疾"不只是病理层面的，还具有某种抽象

---

① 鲁敏：《细细红线》，《钟山》2009年第3期。

意味，是都市人渴望从"此我"中逃离的隐秘渴望。由"暗疾"处，你会感受到作为人的卑微和渺小，你会发现，"暗疾"是人们心理阴暗的藏污纳垢之所在，也是人原谅自我和自我原谅的护身符——由小的病灶出发，鲁敏进而临近了人性的无尽的深渊。

把暗疾笼统地书写或理解为人性的书写是轻易的，也说得通。但我想补充表达的是，一个优秀的小说家大约永远不可能就"此地"看"此地"，也不可能只是就"此病"而论"此病"。——当书写者用"暗疾"的方式命名小说人物的"疾病"时，她当然是敏锐的，可是人身上最可怕的暗疾与病苦，恐怕不是具有典型性的或特殊化的那部分，而是每个人都习以为常的"非典型性"和"普泛性"的部分，是我们没有办法戏剧化处理的部分，是遍布我们身在世界和社会的、我们无法抽离的那部分。或许，小说家应该意识到，书写暗疾时不能只停留在"精微"层面而忽略那被埋在精微之下的"复杂"与"深广"——"暗疾"有它的连筋带肉处，也有我们未曾看到的根须，那么当我们书写"暗疾"时，是否要避免抽离历史语境，避免剥离普遍性而放大其特殊性？当我们对"暗疾"进行显微和放大时，是否应该意识到这有可能导致"猎奇"的危险、制造"典型"的嫌疑？是什么引发生理上的暗疾？是什么使这种暗疾演变为精神上的"暗疾"？如何认识个体身上的"暗疾"之广泛性与社会性？这样的个体"暗疾"与整个时代有什么样复杂的关系？这些，恐怕是鲁敏今后写作时应该直面的难局。

三、"父女情感"与"母女厌憎"

还没有哪一个当代女作家像鲁敏这样喜欢书写"父亲"。如果把她笔下的那些女儿归于一起考察，你会很快发现她们的共同"暗疾"："关注父亲。"

《镜中姐妹》《盘尼西林》《墙上的父亲》《暗疾》《白围脖》《羽毛》中都有一个父亲形象。父亲是在场的，比如《暗疾》《羽毛》，但更多的时候父亲不在场，"缺席的'父亲'成了想象的诠释之地，欲望的寄托之所。父亲这个在一般意义被认为是联结家庭与外界的纽带，在鲁敏的小说之中同样一般地表现为纽带的断裂，于是生活窘困、不安，精神乃至心理、生理的跳动不安都成了叙事中盘旋不去的支撑"[①]。不在场也是一种在场，他影响女儿的生活，干预故事的走向，正如小说《盘尼西林》中"我"的叙述一样："父亲长年不在家，这只是一个小小的背景，但可能正是它，决定了我生活的许多细节与走向，你接下来会知道，背景其实往往也是未来的前景。"[②]父亲们有共同特点：沉默、喜欢文学艺术，即使是生活困顿，也有对精神生活的享受。他是神秘的，他的情感生活像无尽的宝藏需要女儿探寻和了解，女儿是那么渴望了解他的一切，即使是一段背叛了母亲的婚外情。父亲的情人也有某种共通性，她是比母亲年轻、带有神秘感的柔软的女人，或者是个文艺女青年吧，《白围脖》中她是小白兔，《羽毛》中她是郝音。相对而言，女儿是另一种女人，她们并不是优雅的，也不是柔弱的，更没有好的婚姻和情人。她们了解父亲的爱情，她们愿意像他那样寻找精神意义上的恋爱，比如《白围脖》中忆宁的婚外情追逐，以及她对白围脖的迷恋。

这样的推理很危险，一不留神便落入"女儿渴望成为父亲的情人"的结论，尽管无论是生活中还是文本中，女儿寻找丈夫时往往是以父亲为尺度也是一个事实。但这样的归纳太简单和粗暴了——"忆宁像孩子一样放声大哭起来：爸爸，我想你。"这是《白围脖》的结尾，其中含有对父亲深情的向往

[①] 程德培：《距离与欲望的"关系学"——鲁敏小说的叙事支柱》，《上海文学》2008年第10期。
[②] 鲁敏：《盘尼西林》，《作家》2007年第2期。

与想念，但又不止于此。鲁敏小说中的"父女情感"要复杂得多，也许这不是情谊，而是由父亲所引发的影响的焦虑——她对父亲是有距离的疏离，一种犹疑和一种情感上的不确定性，父亲在她的作品中既强大地"在场"，又虚弱地"远去"。

鲁敏的大部分作品显示，在性别体认方面她具有"女儿性"。女儿对父亲情感世界的好奇是鲁敏家庭小说故事的发动机，它决定鲁敏诸多小说的故事走向。但是此中讨论的发动机并不仅限于这样的表层理解，对父亲情感世界的好奇和对父女情感的书写，也使小说中的女儿对父亲一样的年长男人抱有好感。这可以解释鲁敏小说中年轻女性中意的几乎都是年长得可以做父亲的男人，例如《正午的道德》中的程先生。男长女幼的书写模式让叙述人感到某种安全。另外，这也使鲁敏小说对"精神恋爱"表现了很大程度上的尊重，使她的小说人物在男女情感上有某种特别坚定的道德感。相比而言，鲁敏更多地在意"精神性"的沟通。"我们的第一次拥抱就仅仅隔着皮肤"，"我们长久地亲吻，慢条斯理地进入，像是孩子品尝他们的第一块水果硬糖"，这是《取景器》里男女主人公第一次肉体相遇的场景，很性感，尤其是"慢条斯理地进入"这句话，举重若轻地书写了成年男女的性生活风姿。熟悉鲁敏小说的读者会注意到，正面描写"交欢"在鲁敏小说中几乎是绝无仅有。鲁敏小说中男女肌肤相亲很少会直接发生，她喜欢调动嗅觉和听觉，喜欢借用"器物"，比如取景器、剪纸、吹笛子、裁剪量衣等中介方式到达"乐而不淫"的"调情"。说到底，这个女儿，渴望像父亲们一样超越这平凡的物质生活，追求具有意义的"精神生活"／"精神恋爱"。

与父女情感有所区别的是，母亲在鲁敏小说中不是和蔼可亲的，不是优雅美丽的，她们没有成为母女情谊的可能，她是女儿的敌人。比如《白围脖》中，是母亲发现了女儿的婚外情并告诉了女儿的丈夫，从而使女儿的婚姻最终瓦解。而这种告发和破坏，正是基于她多年前的受伤害的妻子身份。在《墙上的父亲》中，母亲的喋喋不休是那么令人厌倦："这活像瓶盖子，一拧，旧日子陈醋一般，飘散开来。接下来的一个时辰，母亲总会老生常谈，说起父亲去世以后的这些年，她怎样地含辛茹苦——如同技艺高超的剪辑师，她即兴式截取各个黯淡的生活片段，那些拮据与自怜，被指指戳戳，被侵害被鄙视……对往事的追忆，如同差学生的功课，几乎每隔上一段时间，都要温故而知新。"

唉，母亲，简直就是女儿"精神生活"的敌人！在《暗疾》中，她锱铢必较的"暗疾"折磨着家人们，这是一个与精神生活完全不相关的母亲形象。这处于经济的拮据状态，这处于情感被侵略、被分享状态的母亲与可恶的物质主义相连，令人心生不快。我认为这个物质主义的母亲是一种象征，这使得喜欢追求精神生活的女儿与母亲之间完全不可能建立"母女情谊"。当然，女性之间的互相厌憎显示了鲁敏对于性别体认的复杂性。这不一定不是女性主义的，这样的事实其实也是"性政治"的结果，是集体无意识——当母亲以及姐妹在父亲或别处遭受的歧视在她们本人身上被深层意识化时，她们便会鄙视自己并相互鄙视。

需要说明的是，我认为鲁敏关于性别认识的分析与理解，不是结论而是进程——鲁敏对于性别关系的理解处于过程之中，即使是上文提到的父女情感其实也正在悄然发生着某种变化。在《取景器》中，唐冠和她的摄影镜头一样具有咄咄逼人的劲头儿，她不仅以此侵入男人的生活，还以一种更年轻的女性姿态冒犯男人生活的每一个细节。手持摄影镜头的女人是强势的，与男人的开始与结束，主动权几乎全在她身上，此类女性在鲁敏小说中是如此独特，你或许以为这意味着鲁敏开始进行一种"女权主义"的书写。其实不然，《取景器》提供了进入鲁敏小说的不同路径：有外遇的丈夫／父亲最终产生了悔意与摄影师女友疏离，而对妻子充满歉意，这是鲁敏的有婚外情的丈夫/父亲故事中非常少见的情形。所以，《取景器》在鲁敏小说中的独特意义就在于：鲁敏开始变换理解视角去重新讲述一个"老故事"——当故事偏离女儿"景仰"的视角，叙述人显现了她作为一个成熟女性对此一事件的理解宽度，她意识到了"婚外情"的复杂性，她有了自己作为女性的困惑。当《取景器》中热爱编织的妻子以一种无趣的、刻板的以及受伤害的女性形象出现，男人最终又回到妻子身旁的结局是否暗示着鲁敏开始以另一种方式关注母亲/妻子？《细细红线》中男性的虚弱与《取景器》中男性的颓败互为文本，是鲁敏对父辈男性的重新审视，也可能是她对男女情爱关系的某种重新理解。那么在性别体认方面，这两部小说是鲁敏对作为"女人"的女性形象的一次建构，还是对作为"女儿"的女性形象的一次解构？也许两者都有。

四、"东坝"："信"与"不信"，"不可能"与"可能"

与物质主义和"暗疾"丛生的当下现实不同，鲁敏的"东坝"遥远而美好。在当下的时代语境里，大多数阅读鲁敏小说的读者都会对她笔下的"东坝"系列怀有深深的好感与强烈的好奇。那里的世界是如此与众不同：有水，有人，有情爱，有剪纸，有裁剪旗袍的裁缝……东坝是安静的，人们的生活欲望也不浓烈，这里流传着久违的美德，以及对生活的独特理解与认识。《离歌》写的是死亡，写的是活着的人如何死，如何面对死，我们所有的人就这样死死生生。小说重新讲述了人在死亡面前的从容、淡定以及尊严，《离歌》以重述"离去之歌"的方式，完成了一种向中国式生活与中国式死亡哲学的致敬。《思无邪》的故事也发生在"东坝"，两个身有残障的男女被安排生活在一起，他们的肉体以纯粹的肉感方式出现。与没有意识的植物人发生性关系其实存在着伦理道德的指责,即使他是聋哑人,但鲁敏却执拗地书写了一种肉感的美好。她试图寻找的是去情欲、去世俗以及去丑陋的男女之情,其中去世俗化的处理也包括《逝者的恩泽》。也许它的故事可以变成另一个结局,但在鲁敏的世界里,两个女人可以因一个逝去的男人达成某种关于情感的契约,达到作为情敌的女性的同盟。

"东坝"系列小说有传奇性和乌托邦意味,人们因物欲负累相对减少而更活得本真。物质的匮乏导致的是人性的美好,即使是因钱而困顿,但这困顿也最终变为善与理解的起点,比如《逝者的恩泽》。鲁敏对物欲的某种负面性的态度在《风月剪》《纸醉》《思无邪》中都有体现。她笔下的人物在物质并不宽裕的环境里都具有某种节制之美和克制的能力,她试图在最坏的岁月中,探寻那"性情最好的流露,亲人们间的关照和搀扶",这与城市生活中"暗疾"患者们放纵自己成为"他者"的行为方式形成了某种对照。就"东坝"系列而言,她在使读者"隔岸观看"。"从叙事角度来看,'隔',它提供了一个稳妥的基石,一个从容的相对恒定的气氛,这种'隔',有狡黠的成分,也有笨拙的元素,会体悟到宿命的气息,也传达出生命的顽强与壮丽,小说会因此形成神秘独特的气氛,而那,恰好是我比较倾心的调子。"[①]"东坝"是"他乡"与"别处",我们只是"东坝"的观者,也许我们的疑惑与不认可正映照了彼处人性的清洌、洁白与一尘不染。从这个角度出发,你既可以认为她是一个温情主义者、乐观主义者,也可以理解为她是一个悲观主义者。也许,正是现实的不可改变,才使得她不厌其烦地书写另一个世界,努力建立另一个世界的伦常和道理。

程德培在《距离与欲望的"关系学"——鲁敏小说的叙事支柱》中认为

---

① 鲁敏:《没有幸福,只有平静》,《小说选刊》2009年第3期。

鲁敏的"东坝"系列有"单边主义"的嫌疑，就此，他有精彩的论述。[①]我也有疑惑——小说家对笔下人物命运的处理是否太"一厢情愿"？比如《逝者的恩泽》中两个女人的和睦，《风月剪》中男女主人公对情感的克制，包括《思无邪》中的肉体相逢是否有着抽离复杂性，对人性进行提纯处理的简单化倾向？当然，因为存有这样的疑惑让我也反观自己的阅读期待是否存在问题——在物质主义的语境里，让我们相信人性中纯洁而美好的一面，要比让我们相信人性中的丑恶，难度大得多。所以从这一角度出发，鲁敏"东坝"系列小说能让大部分读者相信并喜爱，作家的"一厢情愿"最后能够有效，其写作技术实在值得肯定和关注。近十年来不断的写作实践已使鲁敏具有了施战军所说的"隐秘的人文向度和小说家的专业精神"[②]，书写"东坝"时，她寻得了一种雅致的、清冽的、未免有些文艺的语言来讲述"东坝"的人事，这种语言风格与当地的水、土地以及美好人事相融合，互为表里，成就了一种"彼岸的美好"之效。王彬彬在评论鲁敏小说时也谈到她的叙述技术："这些作品叙述的故事，本身是美丽的。但如果叙述方式不美丽，那故事本身再美丽也不能让人感兴趣。鲁敏用美丽的方式叙述着美丽的故事，才使故事真正显出自身的美丽。"[③]我想，这是她的小说最终让人"信以为真"最结实的理由。

当然，"东坝"系列小说最终得到诸多的认同和理解，也牵涉到在当下文学创作与阅读中的信与不信的问题——"相信"是何其艰难的事情，尤其是在书写一个荒诞不经的故事时，它恐怕首先得是作家本人的相信，这是最重

---

① 参见程德培《距离与欲望的"关系学"——鲁敏小说的叙事支柱》，《上海文学》2008年第10期。
② 施战军：《隐性的人文向度和小说家的专业精神——鲁敏论》，《钟山》2008年第1期。
③ 王彬彬：《鲁敏小说论》，《文学评论》2009年第3期。

要的和最基本的。汪政在评《逝者的恩泽》时提到"只要信，善就是真的"[①]，这个说法很准确。我认为，作为小说家的鲁敏，她对于人文精神的相信与向往正是"东坝"系列小说变得可信的潜动力，是她的作品最终获得读者认同的重要原因。

鲁敏创作中精神层面的开阔维度使"暗疾"世界与"东坝"世界成长为矛盾的统一：她相信人性的美好和精神圣洁，难得有一腔对人世的热爱和"温柔体贴"以及对矛盾的复杂人间世相的包容与理解。因此，对物质性的沉湎迷恋与对精神生活的隐匿向往，现实世界的委实平庸与理想世界的纯粹美好，对传统生活的致意与对当下现代主义生存方式的凝视——截然不同的系列小说同时出现在一位作家的文字世界里便也不是偶然的。作为一位青年作家，鲁敏被认为值得期待，其作品被认为有气象与光泽的原因或许就在这里。

[①] 汪政：《只要信，善就是真的》，《小说选刊》2007年第7期。

第二十章
工厂、劳动与女性：郑小琼的文学世界

郑小琼及其诗歌已成为一个令人惊讶的文学存在。关于她的诗歌评论众多，本章希望讨论的是作为打工妹主体社会／文学形象的浮现过程。——困扰我的问题是，在当代中国，为什么会出现作为女工主体形象的诗人郑小琼，她的出现是偶然的吗？在今天，为什么她会令那么多研究者与批评家念念不忘？进一步，她是如何成长为一个令人无法忘记的文学存在的？

在我看来，郑小琼及其诗歌所代表的主体形象具有时代象征意味。我想讨论的是实践层面一位女工获得主体存在的可能性，首先想讨论的是一个文学层面上的在车间及打工现场的女性主体的存在。这个女性主体触觉灵敏，她既看到作为故乡的农村在现代化城市面前的衰弱，也看到一个机器化时代个人力量的被吞没。而在社会学层面，作为书写者的郑小琼本人便是打工妹，她有别于"扮演"工人而进入工厂车间的人类学研究者，她作为打工者的漂泊生涯和经历使她成为这个时代真正的可以表达工人感受的书写者。

无论是在当代文学史上，还是在现代以来的女性写作史上，郑小琼都是一个特殊的无法忽视的文学存在。这位从四川走出来的打工妹以其对"黄麻岭"的书写重构了一个全球化时代的劳动现场，作为文学／社会学主体的郑小琼及其诗歌充分表明，在当代中国，一个女性工人主体形象正在形成。

一、"黄麻岭"

郑小琼身上有这个时代农村女青年的共有经历——离开农村来到广东打工。"在前两年,我进了十五六个工厂,有的做一个月,半个月,几天,两个月的都有,工厂进的也是五花八门的,五金,毛织,印刷,玩具,注塑……做过十几个工种。"①她有曾经在黑玩具厂上班并逃离的经验:"最困难是从一个黑玩具厂出来,没有一分钱,那个玩具厂是一家黑工厂,每天早上七点半上班一直到晚上十一十二点休息,吃的开水烫白菜,宿舍睡三十几个人,工资也很低……我在那里做了半个月后,实在待不下去,就自己离开了,因为那个工厂不允许背行李离开,我只好将自己的衣服多穿了几件在身上,跑出工厂了。"②

郑小琼的典型经历为她的书写呈现某种普遍性提供了基础。她以一个长期在场者的身份书写了打工者眼中的生产现场,这个地方叫"黄麻岭",这里有成千上万的工人。黄麻岭对这个青年意味着陌生,"在异乡,在它的黯淡的街灯下／我奔波,我淋着雨水和汗水,喘着气／——我把生活摆在塑料产品,螺丝,钉子／在一张小小的工卡上……"③(《黄麻岭》)她意识到这种打工生活的短暂性、打工生活对一个青年身体的某种掠夺性,"我的生活全部／啊,我把自己交给它,一个小小的村庄／风吹走我的一切／我剩下的苍老,回家"。工厂里的一切是如此灰暗:"那台饥饿的机器,在每天吃下铁,图纸／星辰,露珠,咸味的汗水,它反复地剔牙／吐出利润,钞票,酒吧……它看见断残的手指／欠薪,阴影的职业病,记忆如此苦涩／黑夜如此辽阔,有多少靠铁

---

① 郑小琼、何言宏:《打工诗歌并非我的全部》,《诗选刊》2008 年第 1 期。
② 郑小琼、何言宏:《打工诗歌并非我的全部》,《诗选刊》2008 年第 1 期。
③ 本章所引用的郑小琼诗歌出自郑小琼诗集《洒落在机台上的诗》,中国社会出版社 2009 年版;《郑小琼的诗》阳光出版社 2020 年版;及《黄麻岭》,长征出版社 2006 年版;不另注。

片生存的人／欠着贫穷的债务，站在这潮湿而清凉的铁上／凄苦地走动着，有多少爱在铁间平衡／尘世的心肠像铁一样坚硬，清冽而微苦的打工生活。"（《机器》）

她是具有个人判断力和思考力的诗人形象，不为表象世界所迷惑。书写外来工夫妻生活，她借助了月光的视角，"月光照亮了未竣工的夫妻楼，月光照耀着报纸上的新闻／关注外来工的性生活……"外来工们被媒体报道和关怀，这只是一个表象，而诗人则看到他们作为人而不是作为描述对象的肉体、骨骼以及内心的欲望和忧伤："月光照着／他们有关新婚夜的回忆，月光太亮／像盐，撒在他们结婚十八天后分居的伤口／月光照着肉体的井，月光照着欲望的井／月光照亮他们十五天婚假，月光照亮他的记忆／她的身体一寸一寸长满了绿荫、女贞子／她的身体在月光下荒芜，一寸，一寸的／沿着五幢到六幢四十五米的距离／如果月光再近一点，它运来辽远的空旷会大一些／她的欲望会加深一些，如果月光再暗一些／她的皮肤的伤口会扩大一些，他内心的折磨会／深一点。"（《月光：分居的打工夫妻》）

电视新闻批评某地擦鞋女工在公共绿化带丛中拉尿——在电视镜头面前，这是城市环境文明的"麻烦制造者"们，可郑小琼并不这样认为。这些擦鞋女工，"她们一天收入大约是二十块钱，在中国很多地方，上一次公共厕所需要交费一块钱，一个正常的人一天大约是三到五次的排泄，如果她每次交钱上厕所的话，差不多是她一天收入的20%了"[①]。这里潜藏了一个悖论：为城市做贡献者没有享受到她们应该享受到的——郑小琼的文字世界书写了打工者成为这个城市／社会的新的主体时所面临的重重困难。但这书写并不是弱者的姿态。郑小琼诗歌中的书写主体需要被重新认知，尽管她贫穷、孤独，累

---

① 郑小琼、何言宏：《打工诗歌并非我的全部》，《诗选刊》2008 年第 1 期。

得弯下了腰,却决不屈服。

郑小琼意识到立场和角度对书写者的影响。"当你以管理者或者参观者的身份走进一个数千人的工厂里面之时,你的外在感受是这个工厂、机器、产品、厂房……更远一点是想到利润或这个工厂的老板在各报刊富豪排行榜之类的,很少有人会想到劳动的工人,面对几千个不停地劳作的人,他们的想法与感受被上述东西挤压掉了,当自己是他们中一个的时候,这种感受是不同的。"① 因为生活其间,郑小琼有她的自我认同和自我表达:"我低声说:他们是我,我是他们/我们的忧伤,疼痛,希望都是缄默而隐忍的/我们的倾诉,内心,爱情都流泪,/都有着铁一样的沉默与孤苦,或者疼痛。"

"他们是我"的想法,正是当下社会所缺少的"阶级/阶层"的认同感。尽管她可能没有清晰的阶级意识,但她懂得把自己归类,归于打工者的群体,尽管她并没有清醒的女性主义者的视角,但却有敏锐的性别自觉。如果说她"他们是我"中含有强烈的兄弟情,那么她的书写中也早已隐含了"姐妹情谊"。比如《三十七岁的女工》,"招工栏外,年龄:18—35岁/三十七岁的女工,站在厂门外/抬头见树木,秋天正吹落叶/落叶已让时间锈了,让职业的疾病/麻木的四肢,起伏不定的呼吸……锈了。"比如《午夜女工》,"没有谁,会注意机台女工的月经/那股潮水在体内涌动,她颤抖的肩膀下/无声的疼痛,被切割机切断,捣碎/她的无奈,惊慌的眼神,悄悄的叹息/都被工业时代淹没,工业孕育的一切/必将吞没她的整个,将她的身体,灵魂/思想,梦想剪裁,组合,成为货架上/等待出售的件件散发光泽的商品"。比如那个叫田建英的拾荒者:"这个叫田建英的拾荒者,她咳嗽、胸闷,她花白的头发/与低沉着的咳嗽声一同在风中纠缠,一口痰/吐在生活的面包上,

---

① 郑小琼:《铁·塑料门》,《人民文学》2008年第5期。

带血的肺无法承受生活的风／吹打。"(《风中》)这些女性形象,这些被社会忽视的女工通过郑小琼诗歌获得了艺术上的再生。

二、"断指"的创伤性记忆

"我认为,疼痛的身体并不是屈服的身体,而是抗争的身体。在工厂,工人们普遍受到慢性疼痛的折磨,例如头痛、背痛和经痛等。这些慢性疼痛为我们提供了研究社会异化以及对女性身体支配程度的指标。"①——潘毅书写了疼痛给予打工妹的肉体与精神的双重伤害。"疼痛"在郑小琼的诗歌中也反复出现,它主要由"断指"带来,事实上,这已经成为她书写中的创伤性记忆。"有一次,我的手指不小心让车刀碰了一下,半个指甲便在悄无声息中失去了。疼,只有尖锐的疼,沿着手指头上升,直刺入肉体、骨头。血,顺着冷却油流下来。"②断指的经历使她得以发现周围无数的伤病者、断指者、被疼痛困扰者,他们都是来自外地的打工者,有的伤了半截手指,有的伤了整个手,有的伤了腿和头部。

由此,她深刻感受到他人的疼痛。"我的左边是一个头部受伤的,在塑胶厂上班;右边一个是在模具厂上班,断了三根手指。他们的家人正围在病床前,一脸焦急。右边的那个呻吟着,看来,很疼,他的左手三个指头全断了……他的疼痛对于他的家庭来说,如此地尖锐而辛酸,像那些在电焊氧切割机下面的铁一样。那些疼痛剧烈、嘈杂,直入骨头与灵魂,他们将在这种疼痛的笼罩中生活。这个人来自河南信阳的农村,我不知道断了三根手指,

---

① 潘毅:《中国女工——新兴打工阶级的形成》,香港明报出版有限公司2007年版。
② 郑小琼:《铁·塑料门》,《人民文学》2008年第5期。

回到河南乡下，他这一辈子将怎么生活？"①这是加诸在个人身上真切的疼痛，但是这些工人／受伤者的疼痛并没有被当作个体的疼痛，他们的疼痛并没有被社会足够认识。"在这座镇医院，在这个工业时代的南方小镇，这样的伤又是何其的微不足道。……他们像我控制的那台自动车床夹住的铁一样，被强大的外力切割，分块，打磨，一切都在无声中。"②

这样的叙述意味着郑小琼身上个人的疼痛发生了转移。郑小琼对疼痛"无声性"的认知使她的手指伤痛变成了内心的创伤性记忆，疼痛在她的诗歌和散文以及访问和发言中不断被重复着，"尖锐的疼痛袭击过来，从内心涌起、蠕动，它不断在肉体与灵魂间痉挛，像兽一样奔跑，与打工生活中种种不如意混合着，聚积着。疼痛是巨大的，让人难以摆脱，像一根横亘在喉间的铁。它开始占据着曾经让理想与崇高事物占据的位置，使我内心曾经眺望的那个远方渐渐留下空缺"③。

对于大部分遭受疼痛的工人而言，他们只有辗转在床上呻吟，或者默默忍受着疼痛，或者向他们的同伴和亲人不断讲述经验以此来减轻个体的疼痛。郑小琼寻找的解脱途径是书写：

> 我是来南方后写下第一首诗歌的，准确地说，是在那次手指甲受伤的时候开始写诗……我开始思考，因为从来没有过这样节奏缓慢的日子，这样宽裕而无所事事的时间。我坐在床头不断假设着自己，如果我像邻床的那位病友一样断了数根手指以后会怎么样？下次我受伤的不仅仅是指甲盖我会怎么样？这种假设性的思考让我充满了恐惧，

---

① 郑小琼：《铁·塑料门》，《人民文学》2008年第5期。
② 郑小琼：《铁·塑料门》，《人民文学》2008年第5期。
③ 郑小琼：《铁·塑料门》，《人民文学》2008年第5期。

这种恐惧来源于我们根本不能把握住自己的命运，太多的偶然性会把我们曾经有过的想法与念头撕碎。我不断地追问自己，不断聆听着内心，然后把这一切在纸上叙述下来。①

上面这段话清晰地表明了一个具有主体意识的女性书写者正在慢慢诞生。个体的疼痛使郑小琼重新思考自己的命运，诗歌表达使她开始治愈疼痛，并以此反抗世界。所以在诗歌中，这位诗人不断讲述身体的困扰、断指、忧伤、孤独，她用这样的方式来将疼痛的感受放大，并试图让更多的人听到。

2007年，当郑小琼站在人民文学奖的领奖台上讲述她的创作动机时提到了断指的创伤。新闻媒体以"断指"和"打工妹"为关键词进行了报道，郑小琼也从此成为2007年度最具有代表性的青年女工和青年诗人。——我们不能将这视为简单而自然的事件，它象征了一位青年女工借助一次公共平台成功进行的发声，她将个人的疼痛转移为一个群体的疼痛，这不再是一个人的断指之痛，这是无数个无名人群的断指之痛，"她的写作，分享了生活的苦，并在这种有疼痛感的书写中，出示了一个热爱生活的人对生活本身的体认、辨析、讲述、承担、反抗和悲悯"②。这是具有主体意识的选择和发言，中国新一代打工者的际遇以"断指"这样的隐喻方式浮现在整个社会的视野里。

三、一个青年女工主体形象的浮现

郑小琼是具有清晰认知能力的女工，她并不因为自己是这个自动化生产

---

① 郑小琼：《铁·塑料门》，《人民文学》2008年第5期。
② 谢有顺：《分享生活的苦：郑小琼的写作及其"铁"的分析》，《南方文坛》2007年第4期。

车间的一部分就主动成为其中的一员,她认识到"在张张疲惫的面孔后面,一颗颗被时代虚构的心/沉浸在虚无之中,工业高楼与商业资本的阴影中/一个个被奴役的人,惊惶失措地奔波着",那么"我"是谁呢,"我"是一个个活在不由自主之中的小人物,"我"正在变成某种沉默的机器,某个工位,某个零件。

她书写工厂部件的"全球化":"美资厂的日本机台上运转着巴西的矿井/出产的铁块,来自德国的车刀修改着法国的/海岸线,韩国的货架上摆满了意大利的标件/……在这个工业时代,我每天忙碌不停/为了在一个工厂里和平地安排好整个世界。"(《机器时代》)她认识到工业化时代里工人的生存。"它抓住我的青春,一张小小的工卡/它抓住我的头发,一条长长的流水线/它抓住我的影子,一幢不说话的厂房/它抓住我的肉体,一台不说话的机器……/它抓住一个个失血的少女,它抓住职业病,污水沟,畸形儿,熟悉的与不熟悉的身影/它抓住一截让机器咬掉的断指与一个外来工的命运。"(《工业区》)她清醒地认识到这个时代工人的"无名性质","你们不知道,我的姓名隐进了一张工卡里/我的双手成为流水线的一部分,身体签给了/合同,薪水……我不知道该如何保护一种无声的生活/这丧失姓名与性别的生活,这合同包养的生活"。(《生活》)

"铁"的意象反复出现深刻表明了郑小琼对于全球化工业时代表象的穿透能力,许多研究者都对此做出了精辟的分析,如张清华所言:

> "铁"的频繁出现在郑小琼这里不是偶然,铁的冷硬、铁的板滞、铁作为工业化生存的象征,作为流水线一般的生产程序的隐喻,作为与细弱的人性与肉体相对照的异化力量的化身……在表现"工业时代的美学"方面,它可以说有着不可替代的意义。铁是黑暗和秩序,也

是心灵和命运。它统治着这个世界，这些血肉之躯的生命，让他们更显卑微、无力抗拒。某种程度上，如果说郑小琼的诗歌是有着不寻常的美学意义的话，那么她为这时代提供的最具有隐喻的扩张意义的，就是这以"铁"为关键词和标志的冷硬的工业时代的新美学。①

她看到"铁的脆弱"，她看到作为"铁"的农民／农村在工业时代的无限溃败。"这种感受让我想到了我或者工友们，在家里，他们是儿子，是丈夫，是家里的顶梁柱，是坚强的，是强大的，是乡间之铁，但是走进这边的工厂时，面对形成系统的社会程序组织，他是那样的弱小，他们正被一种看不见的系统异化了。"②

郑小琼和她的诗歌强调个人的情感、疼痛和忧伤，强调个人那明亮而固执的心，她强调属于个人的寒冷、愤怒，尽管社会已经习惯于将这些打工者们当作群体进行讲述，但她本人依然要倔强地强调情感和感受的个人性。

那些在工厂里的打工妹的未来在哪里？她们的出路是什么？20世纪90年代大热的电视连续剧《外来妹》讲述了由陈小艺扮演的打工妹晋升为工厂主管的路，那个打工妹因为自强不息而成为打工妹们学习的榜样。今天看来，这样的成功越来越稀缺，打工妹的成长空间也越来越狭窄。所以，郑小琼最终成为2007年度"中国妇女时代人物"，并成为广东省人大代表，实在得益于《人民文学》的平台，而她经由获得人民文学奖并进入公共社会领域进行发言的轨迹更为意味深长。一位评论者曾经如此评价："'打工妹'与'人民文学奖'，无异于'丑小鸭'和'公主的王冠'，这两者之间强烈的反差，是

---

① 张清华：《当生命与语言相遇——郑小琼诗歌札记》，《诗刊》2007年第13期。
② 郑小琼、何言宏：《打工诗歌并非我的全部》，《诗选刊》2008年第1期。

郑小琼为媒体所关注的诱因。但如果不是郑小琼的诗歌文本来自底层，就算她得上十个'人民文学奖'，也不过仅仅能获得一张通往作协的门票，在小圈子里得到一些承认而已。"[1]

可问题是，在当代中国文坛上，关于底层生活的书写并不在少数，何以只有郑小琼及其诗歌最终成长为女工主体社会／文学形象的代表？是因为她的书写本身。李敬泽在谈到郑小琼的诗歌时说："谈到郑小琼的时候，我们都会想到她曾是一个打工者。打工者的经历对理解郑小琼肯定是重要的，但某个社会身份并不会自然地转化为诗人的力量和洞见，一个出色的诗人必须把它内在化，把它纳入心灵的内在结构。郑小琼从这个原初的身份出发，她在这个身份里自我发现，形成了一个漂泊的'他者'，她通过这个'他者'去探寻自我，这其中有一种撕裂性的冲突。在郑小琼这样的诗里，历史远没有终结，历史就在人的心灵和身体上运行。"[2]是的，郑小琼之所以能作为一个文学主体形象为人所识，关键在于她以她的写作维护了诗歌的尊严。她依靠个人的发声成为社会主体，而不是依靠在通常意义上的工厂体制内部的升迁。但她之所以能成为一种不可匮缺的存在更在于她与生俱来的天才敏感力和表达能力。是的，郑小琼令我们念念不忘当然因为她的书写内容，更在于她那来自诗歌本身的表达和识见。

四、嚎叫的力量

中国农村涌出千千万万的年轻女性，她们来到南方，进入工厂、车间，

---

[1]　韩浩月：《谁在维护诗人的尊严？》，新浪博客（http://blog.sina.com.cn/hanhaoyue）。
[2]　李敬泽在北京中国现代文学馆举行的"岭南文学新实力作品研讨会"上关于郑小琼诗歌的看法，见《文学报》2009年9月25日综合报道。

成为这个时代的"打工妹"。中国经济增长的背后,是她们辛勤劳动的血和汗水——庞大的女工基数意味着这无数无名女工对发声的渴望,也意味着打工妹诗人的出现具有了无限可能。

潘毅的著作中有一位在深夜睡梦中无端尖叫的女工阿英,困扰她多年的梦令人无法忘记,"我每天晚上都会做同一个梦:我梦见自己朝着一个码头走,想要坐船渡过一条河。这条河把两个村子隔开了,要想到另一个村子去的话,就只能坐船……我眼巴巴看到船就要开走了,心里很着急。但是我的身体却怎么也动不了,又疼又累,想动也动不了。我心里怕得要死,因为船就要开了。我眼看就要被丢下了,天越来越黑"①。郑小琼也讲述过她的梦魇:"我远离车间了,远离手指随时让机器吞掉的危险,危险的阴影却经常在睡梦中来临,我不止十次梦见我左手的食指让机器吞掉了。"②

阿英只能在梦中尖叫,以此表达自己内心深处强烈的反抗和惊恐。郑小琼则将梦境后自己发出的"声音"命名为"嚎叫":"拇指盖的伤痕像一块铁扎根在我内心深处,它有着强大的穿透力,扩散、充满了我的血液与全身。它在嚎叫,让我在漫长的光阴里感受到一种内心的重力,让我负重前行。"③

与惊恐的尖叫相比,嚎叫是不是更有力量,更具主动性和反抗性,更具"不屈服"性?——这是抗辩的声音,这是属于新的一代青年女工主体的声音,这是这个时代最宝贵的声音。

---

① 潘毅:《中国女工——新兴打工阶级的形成》,香港明报出版有限公司2007年版。
② 郑小琼:《铁·塑料门》,《人民文学》2008年第5期。
③ 郑小琼:《铁·塑料门》,《人民文学》2008年第5期。

新的女性写作时代正在来临

——《我们在不同的温度沸腾》序言

（代结语）

提到当代女性散文，必须要提到三十多年前的"小女人散文"。20世纪90年代，"小女人散文"异军突起，女作家们以轻松活泼的笔调书写都市里的日常，深受普通读者的喜爱和批评家的关注。重回历史现场会意识到，这一女性散文现象意味着一种"反抗"，意味着和那些热衷宏大叙事的"学者散文"疏离，我的意思是，即使今天我们可能对"小女人散文"这一命名表示困惑，但也不得不承认，那一代女作家的作品以切实的表达进入了我们的阅读视野，使我们重新思考何为女性散文的魅力。

三十年过去了，中国女性散文发生了什么样的变化？在何种意义和何种维度上我们将之命名为新的女性散文写作？这是编纂《我们在不同的温度沸腾》的初衷和动力。我希望以选本的方式追踪三十年来中国女性精神的成长轨迹，重新认识我们时代女性散文的价值。

从林白、周晓枫、冯秋子、梁鸿、塞壬、李娟、毛尖到脱不花，从《即使雪落满舱》《铅笔》《月圆之夜》到《相亲记》，从《外婆遇到爱玛》《在湖北各地遇见的妇女》到《我曾遇到这座城市的青春》，从《苏乎拉传奇》《我跳舞，因为我悲伤》到《吴桂兰》，这本书里收录了不同年龄、不同阶层女作家关于女性生活与女性精神的理解，集中呈现了我们时代丰富多样的女性生活,有一种众声喧哗、杂花生树之美。——有的作品关于女性成长,有的作品关于爱情与亲情,有的作品关于远方风景,有的作品关于世间万物,芸芸众生。与之相伴的则是气质卓异的女性叙述之声,有的声音沧桑而沉静,有的声音青春而甜美;有的声音日常而切近,有的声音则遥远而空旷;有的声音内敛朴素,有的声音则克制而饱含深情。

而之所以决定启用"我们在不同的温度沸腾"这一题目,主要原因在于这句话能呈现所选作品风格的丰富性。同时,书名对不同沸点的强调也暗示了这里的每一位作者、每一部作品风格的独特与鲜明。但无论怎样,这些散文中所呈现的女性形象都在努力摆脱伤感悲情、顾影自怜,摆脱那种躲躲闪闪、期期艾艾。在这本书里,这些女性写作者都在努力变得明朗、果敢、幽默、冷静、独立、有力、宽阔、包容。——这里的每一篇作品都在努力冲破性别刻板印象。

努力摆脱受害者身份

为阅读方便,我将 20 篇散文分为四部分,它们分别对应着秘密与成长,血缘与情感,远游与故乡以及生存与希望。当然,这样的分类只是权宜,主题与主题、温度与温度之间并非截然分开。

隐秘成长是女性写作中的重要主题——每个人都有隐秘与伤痛,大部分人选择将之隐藏。它们隐隐地长在记忆深处,不再讲起并不意味着从未发生。我们如何面对那些过往的创痛和羞耻,是以受害者身份"数伤痕",还是以一种疏离的态度重新审视?

《即使雪落满舱》里,塞壬写下了一个女儿内心巨大的创痛,要怎么样面对父亲牢狱经历。16 岁的女儿,最终要面对的是父亲的不堪,他家暴、出轨、说谎,他行贿、受贿、触犯法律……有一天,女儿看到父亲被押在了囚车上。"太突然了,强烈的悲痛攫住我,我失声痛哭。突然间意识到,所有的,所有的这一切都不重要了。我的所谓尊严和面子,罪犯的女儿,这些都不重要了。此刻,我唯一需要的,是一个活着的父亲回来。"[1]直视伤痛,直视这样的事实,这位女儿选择读父亲从狱中写来的信,慢慢了解他,也原谅他。

格致的《减法》里,写下的是一个女孩子当年的恐惧和纠结。在火车铁轨旁边,小女孩遇到了一个裸露癖的男人,他威胁她,而她则不知所措;周晓枫的《铅笔》里,讲述的是少女时期所遇到的隐秘的困扰,关于两性关系之间隐藏的权力;《霍乱》里,赵丽兰写下的是家族女人们在历史中挣扎的活着,《个人史》中,连亭写下的则是自我的来历不明——因为逃避计划生育,父母刻意忘记了她真实的出生年月……

这个世界上,每个人的生命都会遇到酸葡萄,有的人会因此哭号,而有些人,则试图将酸葡萄酿成琼浆。《铅笔》里,周晓枫带我们看到了女性力量的成长和男人权力的衰弱:"岁月会延长。秩序会颠倒。重逢时,我的彭叔叔老了。他的沉默里,有什么东西被剥夺之后的虚弱。"[2]《减法》中,"我"则不再惧怕"他"了:"我走上了铁桥,暗淡的星光下,我看见比黑暗更黑的他站在桥的中间。我向他走过去,我从他的身边走过去,他一动不动,靠在栏杆上。我听见桥下河水流淌的声音,水声盖住了我的脚步声。下了桥,水声还一直响在我的身后。接下来的路,我已经不害怕黑乎乎的田野……"[3]

不控诉,不陷入受害者思维,努力从受害者身份中跳出来,以零度或最大的克制来讲述自身的伤痛,是这些散文的共同美学追求。这些作品引领

---

[1] 塞壬:《即使雪落满舱》,《中国作家》2020年第10期。
[2] 周晓枫:《铅笔》,《你的身体是个仙境》,二十一世纪出版社2005年版,第77页。
[3] 格致:《减法》,《人民文学》2004年第10期。

读者直视女性生命中的创伤,既不沉湎也不躲闪,而是选择直面。写出那一切——写出是倾诉,写出也是自省与自我疗愈。努力摆脱那些伤痕所带来的伤害,不被情绪或者感伤操控,要在疼痛面前重建一个人的主体性。

女性是社会关系的总和

如何理解爱情,如何理解男女关系,是女性写作中的重要主题。脱不花《相亲记》中关于爱的寻觅,相亲是被动的,也是状况迭出的,这位可爱的女主角,并未把相亲当成亲戚的"迫害",而只把经历当作经历,从而也将自己从这件事情中抽离出来:"以失败开始,以失败结束,我的相亲记可谓是'善始善终''始终如一'。不过,沮丧之余,乐趣更多,在这个过程中,我见识到了各色人等,千奇百怪地证明了人类社会的多样性,也因此让我对人性的复杂性和差异性充满敬畏。"[1]《相亲记》写得欢脱、幽默,作家将无趣而令人生厌的相亲故事讲得风生水起,叙述方式让人想到吐槽大会。她当然意识到了相亲市场里的男女被物化身份,但也并未大加嘲讽。读《相亲记》,想到波伏瓦在《第二性》里所说,"有一天,女人或许可以用她的'强'去爱,而不是用她的'弱'去爱;不是逃避自我,而是找到自我;不是自我舍弃,而是自我肯定。那时,爱情对她和对他将一样,将变成生活的源泉,而不是致命的危险"[2]。是的,爱情并不意味着对一个女性的拯救,爱情或者婚姻只是人生的一部分而并不意味着全部。不恨嫁,也不被身边人的意愿裹挟,《相亲记》里的女性在清醒地做自己。当然,有了爱情的女性,也不会变成"恋爱脑"。《欢情》

---

[1] 脱不花:《相亲记》,《人民文学》2012年第4期。
[2] [法]西蒙娜·德·波伏瓦:《第二性Ⅱ》,郑克鲁译,上海译文出版社2011年版,第528页。

里，张天翼写的是一位女性对爱的眷恋和享受，那是属于爱本身的美好。

今天，"原生家庭"已成为我们时代的高频词，而讨论原生家庭时，很多人也会提到原生家庭所带来的伤害，但原生家庭所给予我们的，远比我们所感受到的深刻和深远。《洛阳　南京》是杨本芬《秋园》中的第一章，年近古稀的老人以朴素的笔触勾勒母亲秋园的人生。那是100年来普通女性命运的缩影："秋园在私塾读了一年，学了点'女儿经，仔细听，早早起，出闺门，烧菜汤，敬双亲'之类，便被梁先生送去了洋学堂。梁先生是个跟得上形势的人。现如今都流行上洋学堂，也不兴裹脚了。秋园裹了一半的脚被放开，那双解放脚以后就跟了她一辈子。"① 我们看到她在婚姻选择中的被动性："秋园躲在红绸布后面，对外面的热闹心不在焉，只是迫不及待想看看自己的丈夫到底是怎样一个人，便偷偷地掀起盖头来。新郎一副文官打扮：头戴礼帽，脚蹬圆口皮鞋，胸前戴朵大红花，国字脸白白净净，面相诚笃忠厚。此时此刻，秋园才算放了心。"② 作为女儿的杨本芬，以节制的笔墨写下秋园跌宕起伏的人生，也写下她从原生家庭中所获取的力量。

《外婆遇到爱玛》中，毛尖设想了自己的外婆与《包法利夫人》女主人公爱玛相遇的场景："赖昂这种人，外婆不用见面，就能把他判断个底朝天。爱玛呢，即便心里很不以为然，即便很反感外婆这么说，也会让外婆说得心花委顿。甚至，我相信，凭着外婆坚定的意志，如若不让爱玛意识到婚外恋可耻，她自己都会觉得没有尽到做人的责任。"③ 市民气的外婆让人了解，爱情小说还有另一种读法。

当年迈的杨本芬写下自己母亲的故事，当毛尖写下外婆对于包法利夫人

---

① 杨本芬：《秋园》，北京联合出版公司2020年版，第7—8页。
② 杨本芬：《秋园》，北京联合出版公司2020年版，第19页。
③ 毛尖：《外婆遇到爱玛》，《一寸灰》，中信出版社2018年版，第73页。

的看法，当草白写下远去的祖母故事，当孙莳麦写下父亲离去时的疼痛……这些亲人早已化作了我们生命中的滋养。这让人想到，女性不是孤立的而是生活在社会关系中的。重要的是写作者的社会性别意识，要将女人和女性放置于社会关系中去观照和理解而非抽离和提纯。真正的女性意识，是在日常生活中发现隐秘的性别秩序，但又不被性别权力塑造。当我们被塑造时，每个人、每个女人也都有力量、有可能完成"反塑造"。

敞开自我，去往陌生之地

近一百年前，伍尔夫在《一个人的房间》里畅想过女性写作的未来。在她的想象里，如果我们把目光从起居室移开，如果我们理解人不只从男女关系中理解，如果我们不仅注视人与人的关系，还关注人与大自然、人与现实的关系，那么有一天，"莎士比亚的妹妹"就会到来，这样的理解方式给人带来启发。远方对于任何一位写作者都是重要的，对于今天的女性散文写作尤其如此。远方意味着对远方之人、陌生之地的寻觅，意味着从熟悉之地移开，去寻找陌生的经验。那正是打开自我，重建自我的重要路径。

《我曾遇到这座城市的青春》中，绿妖写下了她离开故乡来到北京的经历。在北京，阅读、写作、饭局、唱歌，她找到了自己的朋友群落，也找到了安心之所。远在阿勒泰的李娟偶然遇到了苏乎拉。苏乎拉有许多让人费解的地方，也有许多可爱之处。李娟以清新而欢快之笔写下了一位新疆姑娘的传奇。而林白，生命中的重要时刻则是从北京来到湖北，"一路上风雨兼程。心中只觉得山河浩荡，且波澜壮阔"[1]。看到那些普通妇女，和她们聊天，从

---

[1] 林白：《在湖北各地遇见的妇女》，《妇女闲聊录》，新星出版社2005年版，第212页。

此，听到另一种市声、人声和嘈杂之声，开始创作另一种风格的代表作：《妇女闲聊录》《北去来辞》《北流》。

在异国遇到海啸的经历，使张悦然重新思考写作之于自我的关系："第一次，生出一种写作的责任心。在此之前，是没有的，从未想过用写作去影响或者改变别人。认为责任感之于写作，是虚妄的。可是此刻，我被一种责任感紧紧地抓住。它让你看到，自己与世界之间，有那么醇厚的联系，不可放弃，也无法放弃，没有这样的权利，你不属于自己，而是和月亮、潮汐一样，属于自然界，或是更遥远和不可知的能量。责任心，是在旷阔的空间里，找到了你自己。必须这样做，做下去，因为别无选择。生活的责任心，写作的责任心，都是如此。"①

当然，去往陌生之地还包括对另一个未知领域的探索。一如冯秋子在《我跳舞，因为我悲伤》中所写，是现代舞唤醒了她："我感到美好，就走进去跳了，跳得有些忘我，不小心摔倒了。摔倒了也是我的节奏和动作，我没有停下，身体在本能的自救运动中重新站立起来，接着跳。那个晚上，在整个舞动过程里有一种和缓而富有弹力的韧性，连接着我的自由。这是没有规范过的伸展，我的内在力气一点一点地贯注到里面，三十多年的力气，几个年代的苍茫律动，从出生时的单声咏诵、哭号，成长中心里心外的倒行逆施、惊恐难耐，到今天，悲苦无形地深藏在土地里，人在上面无日无夜地劳动……此时此刻，我在有我和无我之间，没有美丑，没有自信与否，只有投入的美丽。我一直跳，在一个时间突然停顿下来，因为我的心脏快找不着了。"②

---

① 张悦然：《月圆之夜及其他》，《人民文学》2008年第2期。
② 冯秋子：《我跳舞，因为我悲伤》，《人民文学》2001年第4期。

忘我舞蹈的女人多么让人着迷！那是属于她的生命沸点，就连我们这些读者和观众也被卷进了她的舞蹈风暴里。这也便是远方的意义、陌生经验的意义、自我敞开的意义——做自己，成为真正的自己多么重要，遇到熟悉陌生而又深有能量的自己多么美妙。

纯粹与丰富的女性友谊

近年来，关于女性情谊的作品持续被翻译引进，成为一种阅读景观，比如埃莱娜·费兰特的"那不勒斯四部曲"，角田光代的《对岸的她》，波伏瓦的《形影不离》，它们都一起构成了有关女性友谊的世界文学地图。《我们在不同的温度沸腾》中，也有着我们时代关于何为女性友谊、何为女性共同体的认知。

经由生育经验，叶浅韵在《生生之门》里写下女人们共通的悲欢："医生说我的宫口已经开全，要上产床的时候，我已经精疲力竭了。我的羞耻，我的尊严，在白大褂面前，还不及一张草纸。医生说，用力，用力。我拼尽了全身的力气。……医生说，'你可以大声地哭或是喊'，可是我没有一点哭喊的力气了。她还说，'你不要害羞，听我的，来，用力，再用些力'。"[①]但是，一切的疼痛又因为孩子的到来而慢慢消散。"陪伴一个孩子长大的过程是艰辛的、有趣的，当看着他少年英姿，阳光清朗地向我奔来时，我忘记一切疲惫和劳累。我的记忆里选择性地保留了他成长的一切快乐时光……仿佛为他所经历的所有苦和疼都有了最幸福的注脚。……逝去的苦与甜，都变成了一种

---

① 叶浅韵：《生生之门》，《十月》2018年第5期。

精神长相,悲悲欢欢地撒在前行的路上。"①切身感受到生育的疼痛,也切身感受到生育的甜蜜,这位女性逐渐变得冷静,冷静看生育所带来的恐惧和喜欢。"作为女人,生育是一生中的重大课题。翻开我所能看见的几代人的生育史,就是一部血泪史,只有女人才深知其中的痛苦。于我,更多的是一种幸运,但太多的不幸不会因为我没有经历,它就不存在。……何去何从的生命,该在哪里觉醒,又在哪里顿悟?这也许是女人们值得花一生时间来思索的大命题。"②

曾经是女工的诗人郑小琼,在《女工记》中辨认每一个与自己相关的"她",她试图使"她"成为"她",她努力叫出每一个女工的名字而不以地名或者工种指代,"每个人的名字都意味着她的尊严","我觉得自己要从人群中把这些女工淘出来,把她们变成一个个具体的人,她们是一个女儿、母亲、妻子……她们的柴米油盐、喜乐哀伤、悲欢离合……她们是独立的个体,有着一个个具体的名字,来自哪里,做过些什么,从人群中找出她们或者自己,让她们返回个体独立的世界中"③。《吴桂兰》中,梁鸿写下的是一个64岁女人的生活,一方面,她是跳舞的"网红",另一方面,这个女人也被人孤立。但即使是在被孤立中,吴桂兰也在反抗,"她眼神中的渴望,她所弄出来的巨大声响,她三十年如一日地在吴镇大街上跳舞,似乎在反抗,也似乎在召唤。她兀自舞着,显示出自己的力量,也释放着善意和无望的呐喊"④。在这里,梁鸿以凝视和聚焦的方式,传达到了对于吴桂兰的关注与关切,也是在那一刻,她让自己和更低微的女性站在了一起。无论《女工记》还是《吴桂兰》,作

---

① 叶浅韵:《生生之门》,《十月》2018年第5期。
② 叶浅韵:《生生之门》,《十月》2018年第5期。
③ 郑小琼:《女工记》,《人民文学》2012年第1期。
④ 梁鸿:《吴桂兰》,《梁庄十年》,上海三联书店2021年版,第112页。

家都绝不把她们视作"他者",我认为,这是另一种深切的"女性友谊"的表达。

行超的《回头的路》中,写下的是农村女性的真挚友情。奶奶临死之前捎话让宏明妈去看她,而在她死后,宏明妈则赶来送别。老人在奶奶灵前沉默地叠着元宝:"她们那样牵挂对方,也许就是对另一个自己的惦念。如同一生中的所有时刻那样,她们如此柔软又如此坚强,奶奶临走前缝好的最后一件小棉袄、宏明妈仍在不断折叠着的纸元宝,正是她们所能想到的、几乎是唯一的爱的方式。在那些被寂静与枯燥覆盖的日子里,作为被规训的农村妇女,她们从不认为自己有多大本事,唯有缄默无言地持续付出。到最后,如果真的什么都不能改变,那么就去忍耐、去承受,正如她们一直所做的那样。"① 这样的讲述让人落泪,它以诚挚的笔触照亮了农村女性生活幽微隐蔽的一面,也还原了两位女性之间的一世情谊。

我想到《闺蜜:女性情谊的历史》,也想到大众媒体对"女性群体""姐妹花"的"污名化"称呼。一如书中所说,当公众媒体讲述那些为男人争风吃醋的女性故事时,是在延续并加深传统对于女性友谊的刻板想象,是在贬低"女性友谊"的价值。而无论是在现实生活中还是文学作品中,女性友谊都比常人想象的要深厚与宽广。

这里所写下的每一位女性,都是作为主体出现的人,而不是沉默讷言的被启蒙者。看到她们,认出她们,写下她们,写下她们之间纯粹而真挚的情谊,是这些散文的共同特质,也是今天女性散文的重要美学向度。无论是《回头的路》《生生之门》还是《女工记》《吴桂兰》,其中所表达的,都不只是在男女关系的框架里去理解情感。在这里,女人的世界里固然有男女、有

---

① 行超:《回头的路》,《北京文学》2021年第12期。

家庭，但也有友谊、社会、大自然；在这里，有儿女情长，也有山高水阔。

重构女性散文美学传统

《中国新文学大系·散文二集》的"导言"里，郁达夫收录了冰心的散文，也写下了最早的关于冰心散文的重要评价："冰心女士散文的清丽，文字的典雅，思想的纯洁，在中国女子算是独一无二的作家了。"[①] 清丽、典雅、纯洁、柔情、意在言外，《中国新文学大系》中对冰心散文的评价早已成为经典，某种意义上，它构建了女性散文写作的判断尺度。亲切、家常，充满温柔与爱意的冰心散文也由此成为现代女性散文的典范。其后，萧红《商市街》、张爱玲《流言》则开启了或随笔或日常的女性散文写作风格，这几乎成为现代女性散文的主要样态，即使是在 20 世纪 90 年代以来受到欢迎的三毛及龙应台散文，其风格也大约与此相类，这是百年来中国女性散文写作的基本脉络。

一旦一种写作成为范式，便意味着风格的固化。20 世纪 90 年代以来，尤其是近二十年来，更多的女性散文作品已经开始打破或颠覆固有的散文写作样式，这也是我之所以提出新女性写作的动力所在。在 2020 年《十月》的"新女性写作"专辑的寄语里，我强调了"新女性写作"指的是"新的""女性写作"——新女性写作强调写作的日常性、艺术性和先锋气质，而远离表演性、控诉式以及受害者思维；新女性写作看重女性及性别问题的复杂性，它应该对两性关系、男人与女人以及性别意识有深刻认知。我认为，真正的

[①] 郁达夫编选：《中国新文学大系·散文二集》"导言"，上海良友图书印刷公司 1935 年版，第 12 页。

女性写作是丰富的、丰饶的而非单一与单调的，它有如四通八达的神经，既连接女人与男人、女人与女人的关系，也连接人与现实、人与大自然。

《我们在不同的温度沸腾》里的作品呼应了我对新女性写作的理解，这些作品使我认识到，独属于我们时代的新的女性散文美学正在生成。一方面，新的女性散文美学首先指的是固有的女性散文写作风格和样态正在被打破，随笔体及心情文字只是女性散文写作的一种形式，这些作品散见于公众号里，拥有大量普通读者。另一方面，当代散文作家们也在尝试将更多的表现形式引入散文写作中，比如内心独白、纪实、戏剧化、蒙太奇手法等。

尤其要提到当代女性散文写作的两种趋向：一种趋向指的是对内心隐秘持续开掘的"内窥镜式"书写方式，另一种趋向则指的是来自边地或边疆视野的表达。无论哪一种趋向，这些作品都是和更广大的女性在一起、感同身受，以独具女性气质的方式言说我们的命运。事实上，也正是在这种深具探索精神的写作中，我们看到了那些以往不容易看见的女性生存，听到了那些以往不容易听到的女性之声，这对既有的女性散文固定写作风格构成了强有力的颠覆。

当然，还要提到写作者构成的多样性，在这个选本里，一些作家是久已成名的散文作家，而另一些作家则只是文坛新手或"素人"，她们中很多人只是刚刚拿起笔，而这里所收录的作品甚至还只是她们的唯一作品，但是，也已足够惊艳。我希望用选本的方式使更多读者认识她们。新的媒介方式给了女性更为广阔的写作舞台，为什么不写下去？——当越来越多的女性拿起笔，当越来越多的普通女性写下她们的日常所见和所得时，那是真正的女性写作之光，那是真正的女性散文写作的崛起。

重读这些作品是在北京的初夏，疫情防控期间正值居家办公，欢笑有时，落泪有时，静默有时。这些作品不断提醒我，新的女性散文写作的时代已经来临。重读也使我确信，总有一天，这些新作家和新作品将构成当代女性散文写作的重要标志，不仅因为其中闪现的女性气质，更因为其中所包含的散文写作更多的可能性。

——哪怕这些作品不如我们想象中的"委婉"或"悦耳"，哪怕这些作品暂时还没有被更多的人听到或接受，她们都依然是美的、是有力量的，是在我们情感深处能够引起回声的。

2022 年 6 月 5 日于北京